선과 악의 학교

The School for Good and Evil

제1부
선과 악의 학교
2
THE SCHOOL FOR GOOD & EVIL
소피와 아가사

소만 차이나니 지음
신윤경 옮김

문학수첩

옛날부터 그 숲에는

선과 악의 학교가 있었지

쌍둥이처럼 닮은 두 개의 탑

하나는 맑고 순수한 이를 위한 것

다른 하나는 사악한 이를 위한 것이지

달아나려 해 봤자 결과는 실패

그곳을 나가는 방법은 오직 하나

동화 속으로 들어가는 것뿐이라네

명예의 탑 층별 안내

순수의 탑
명예의 탑
파란 숲
관용의 탑
나무 터널
용맹의 탑
선의 학교
선의 학교 기슭
호수
잔디
늪지
입문

엘리의 정원
지붕
선행의 도서관 2층
5층
선행의 도서관
4층
기숙사 휴게실
3층
기숙사
2층
엘렐의 안식처
1층
사랑 교실

선

17

벌거벗은 임금님

소피가 사랑의 주문을 시도했다가 실패했다는 소문은 순식간에 학교 전체에 퍼졌다. 다음 날 오전이 되자 학생들은 모두 'F'자 낙인이 찍힌 소피의 모습이 나타나기만을 숨죽이고 기다렸다. 하지만 소피는 수업에 들어가지 않았다. 학생들은 그녀가 너무 부끄러워 차마 얼굴을 내밀지 못하는 것이라고 짐작했다.

"테드로스가 걔를 뭐라고 불렀는지 아니?"

점심시간이 되자 베아트릭스가 선의 학교 소녀들을 모아 놓고 이야기를 풀기 시작했다.

가을 낙엽 더미를 깔고 앉은 아가사는 베아트릭스와 선의 학교 소녀들의 수다에 귀를 닫고, 테드로스를 바라보았다. 그는 친구들과 럭비를 즐기고 있었다. 소년들이 입은 파란색 스웨터 위에는 언제나 그랬듯 은색 백조 문장이 반짝이고 있었다. 공터 맞은편에는 악의 학교 학생들이 보였는데, 그들은 끼

리끼리 모여 있기보다는 대부분 따로 떨어져 혼자만의 시간을 보내고 있었다. 그때 《괴롭히기 주문》이라는 책을 읽던 헤스터가 고개를 들었다. 그녀는 아가사와 눈이 마주치자 어깨를 으쓱해 보였다. 소피가 어디에 있든 자기 알 바 아니라는 말을 하는 것 같았다.

"사실 생각해 보면, 걔 잘못이라고 할 수는 없어."

베아트릭스의 이야기가 계속되고 있었다.

"걔는 진심으로 자기가 선의 학교 학생이라고 믿고 있거든. 어찌 보면 참 안쓰럽지. 우리는 그 아이를 비난하지 말고 불쌍하게……."

순간 베아트릭스가 입을 헤벌린 채 말을 멈추었고, 아가사는 즉시 그 이유를 알아차렸다.

소피가 당당한 걸음으로 공터에 들어섰던 것이다. 평퍼짐하던 검은 교복은 몸에 딱 붙는 짧은 원피스로 바뀌었고, 가슴에 새겨진 'F'자는 새빨간 스팽글로 화려하게 장식되어 있었다. 그녀는 짧아진 금발을 아예 더 짧게 잘라 반지르르하게 빗어 넘겼고, 얼굴은 게이샤처럼 하얗게 화장했다. 눈꺼풀은 핑크색, 입술은 주홍색으로 화려하게 번쩍거렸고, 부러졌던 유리 구두는 한층 더 높은 굽을 달고 새로 태어났다. 짧은 드레스와 아찔하게 굽이 높은 유리 구두 사이로는 길고 매끄러운 우윳빛 다리가 드러나 있었다. 그녀가 그늘진 곳에서 햇빛 아래로 유유히 걸어 나오자 그녀의 피부에 뿌려진 반짝이 가루가 마치 천상의 빛을 발하는 듯 현란하게 번쩍이기 시작했다. 소피는 우쭐대는 걸음으로 공터를 가로질렀다. 헤스터는 책을 떨어뜨렸고, 럭비를 즐기던 남자아이들도 공을 내려놓고 입을 벌린 채 그녀를 바라보았다. 모두의 시선을 받으며 소피가 향한 곳은 바로 호트의 옆자리였다.

"점심 같이 먹자."

그녀는 마치 인질을 잡듯 호트를 잡아끌었다.

먼발치에서 이 모습을 바라보던 테드로스의 손에는 어느새 칼이 쥐어져 있었다.

하지만 그는 곧 불타오르듯 이글거리는 베아트릭스의 시선을 발견하고, 다시 칼을 칼집에 넣었다.

〈동화에서 살아남는 방법〉 수업이 시작되었다. 유바는 '활용 가능한 흔적을 남기는 방법'에 대해 열심히 설명했지만 소피는 전혀 귀담아 듣지 않았다. 그녀는 수업 내내 호트에게 다정하게 달라붙어 말을 걸거나, 각종 허브와 뿌리를 뜯어 들통에 담아 넣었다.

"대체 뭐 하는 거야?"

아가사가 낮은 소리로 소피에게 말을 붙였다.

"어쩜 이런 일이 다 있니! 여기 비트며 버드나무 껍질이며 레몬우드며 없는 게 없어! 이거면 예전에 집에서 만들던 미용 크림이랑 약을 얼마든지 만들 수 있겠어! 이제 곧 내 예전 모습을 되찾을 수 있을 것 같아!"

"진짜 너의 모습을 보여 주라고 했더니 이게 다 뭐야?"

"무슨 소리야? 네가 시킨 대로 하고 있잖아. 내가 가진 장점을 과감하게 드러내 보이라고 했지? 자, 보다시피 나의 수많은 장점을 있는 대로 다 내보였어. 둘째, 말 대신 행동으로 보이라고 했잖아. 내가 테드로스한테 한 마디라도 하든? 아니! 그리고 경쟁자가 있다는 걸 보여 주라는 것도 잘하고 있어. 호트랑 점심을 먹으려고 내가 어떤 짓까지 했는지 알아? 테드로스가 쳐다볼 때마다 개한테 다정하게 얼굴을 비벼 대느라고 내가 어떤 짓을 했는지 아느냐고? 유칼립투스 나뭇잎! 유칼립투스로 코를 마비시켰다고, 아가사! 정말 고된 노동과 인내심이 필요한 작업이었지만, 결국 네 말이 맞았어."

"아니, 내 말은 그런 뜻이 아니라…… 뭐? 내 말이 맞았다고?"

"네 말을 듣고 나서야, 가장 중요한 게 뭔지 깨닫게 됐어."

소피가 덤불 너머에서 그녀를 향해 추파를 던지고 있는 테드로스와 남자아이들을 향해 고갯짓을 했다.

"악인이냐 선인이냐가 중요한 게 아니었어. 결국 제일 예쁜 사람이 이기는 거야."

소피는 입술에 립글로스를 바른 뒤 남자아이들을 향해 입술을 모아 '쪽' 소리를 보냈다.

"이제 곧 결판날 거야. 테드로스는 이번 주 중에 나에게 무도회에 같이 가 달라고 청할 테고, 그러면 네가 그렇게 원하는 사랑의 키스는 시간문제가 되는 거지. 그러니까 걱정 좀 그만해. 네 잔소리 때문에 머리가 다 아플 지경이야. 그런데 쓸모없는 호트 녀석은 어디로 간 거야? 내 옆에 바싹 붙어 있으라고 그렇게 당부를 했는데!"

소피는 주위를 두리번거리며 쌩하니 자리를 떠나 버렸고, 아가사는 멍한 얼굴로 그녀의 뒷모습을 바라볼 수밖에 없었다.

그날 저녁 악의 학교 저녁 식사 시간은 유난히 침통했다. 식사가 끝나면 밤늦게까지 공부를 해야 한다는 사실에 학생들 모두 입이 부루퉁 부어 있었던 것이다. 주문 연습 기간이 시작되면, 학생들은 이미 가지고 있는 재능보다는 지루하고 따분한 암기를 통해 평가받게 된다. 다음 날만 하더라도, 학생들은 레소 부인의 첫 주문 수업에 대비해 80개의 암살 계획을 외워야 했고, 〈부하 길들이기〉 수업에 필요한 거인 주문을 암기해야 했으며, 새더 교수의 지리 시험을 치르기 위해 꽃동산 지도를 머릿속에 넣어야 했다.

"눈도 안 보이면서 어떻게 시험지를 확인하겠다는 거야?"

헤스터가 툴툴거렸다.

통행금지 시간이 다 되어 갈 즈음, 헤스터와 도트, 그리고 아나딜은 산더미 같은 책을 짊어진 채 휴게실에서 터덜터덜 걸어 나왔다. 마침내 방에 이르러 문을 연 그들은 낯선 풍경에 정신이 번쩍 들었다. 그들의 침실은 실험실이 되어 있었다. 10여 개의 알록달록한 물약 병이 불 위에서 보글보글 끓고 있었고, 크림과 비누, 염색제가 선반 위를 어지럽게 나뒹굴고 있었다. 이미 낡고 더러웠던 침대는 나뭇잎과 약초, 꽃으로 더욱 엉망이 되어 있었고, 난장판이 된 방 한가운데에 소피가 앉아 있었다. 스팽글과 리본, 그리고 각종 천에 파묻힌 그녀는 새로 만든 크림들을 피부에 발라 보고 있었다.

"맙소사! 얘 진짜 마녀였어!"

아나딜이 숨을 헉 들이마시며 말했다.

인기척에 고개를 든 소피가 세 사람을 향해《아름다운 외모를 가꾸기 위한 요리책》을 들어 보였다.

"점심시간에 선의 학교 애한테서 훔쳐 왔어."

"내일 과제 준비는 안 해?"

도트가 물었다.

"아름다운 외모를 가꾸려면 그런 거 할 시간이 없어."

소피는 밝은 초록색 크림을 문질러 거품을 내면서 한숨을 내쉬었다.

"이러니 선의 학교 애들이 만날 늦지."

헤스터가 한심하다는 표정으로 말했다.

"너희에게 진짜 소피의 모습을 보여 주지! 이건 겨우 시작일 뿐이야! 이제 내가 신경 써야 할 과제는 오직 '사랑'뿐이라고!"

소피는 세 룸메이트의 놀림과 비난에도 아랑곳하지 않고 유쾌한 목소리로 말했다.

그녀의 말은 과연 사실이었다. 다음 날 오전 수업 과제에서 소피는 연달아 하위권을 기록했지만, 점심시간이 되자 모두의 시선을 한몸에 받는 데에 성공했던 것이다. 그녀는 뒤가 훤히 트인 토가 드레스에 파란색 난초로 장식을 한 휘황찬란한 차림으로 학생들 앞에 등장했다. 유리 구두의 굽은 전날보다 2센티미터 더 높아졌고, 얼굴은 구릿빛으로 반짝거렸으며, 눈에는 도발적인 청색 아이섀도를 바르고 입술에는 선홍색 립스틱을 칠했다. 가슴에 커다랗게 그려진 'F'자는 스팽글 장식을 이용해 등 뒤로 이어지는 문장이 되어 있었다.

"F는 패뷸러스(Fabulous, 멋진―옮긴이)다."

"학생이 저런 차림을 하면 안 되는 거 아니야?"

베아트릭스가 질질 침 흘리며 시선을 빼앗긴 소년들을 향해 징징거리는 목소리로 말했다.

하지만 소피는 당당했다. 교사들을 향해서도 자신은 교복을 입고 있노라고 자신 있게 항변했다. 늘 사납게 굴던 늑대들도 그날만큼은 소년들과 다를 바가 없었다. 도트는 늑대 중 한 마리가 소피의 들통에 점심을 채워 주며 윙크를 보내는 것을 보았다고 주장하기도 했다.

"쟤는 악당 전체를 웃음거리로 만들었어!"

헤스터가 검은 두 눈으로 소피를 발가벗길 듯 노려보며 씩씩거렸다.

"저런 건 파멸의 방에 영원히 가둬 버려야 해!"

"거기 있던 비스트 말이야, 아직도 안 나타났대. 뭔지는 모르겠지만, 제대로 겁을 먹은 것 같아."

아나딜이 관심 없다는 듯 나른한 목소리로 말했다.

다음 날도 소피는 모든 과제를 엉망으로 진행했다. 하지만 희한하게도 낙제는 면하는 행운이 계속해서 그녀를 따라다녔다. 반에서 제일 안 좋은 성적을 낸 것이 분명한 데도 불구하고, 그녀의 머리 위에는 '20'이라는 숫자 대신 '19'라는 숫자가 나타났던 것이다.

"난 낙제시키기에는 너무 사랑스러운 아이거든."

소피가 얼떨떨한 표정을 짓고 있는 반 아이들을 향해 거만한 미소를 지으며 우쭐거렸다.

숲 그룹 수업 시간에도, 소피는 '허수아비 생존법'을 열심히 설명하는 유바의 말에는 전혀 귀를 기울이지 않고 공책에 뭔가를 부지런히 쓰고 있었다. 아가사는 스팽글로 "F는 펀(Fun, 재미—옮긴이)이다!"라는 글귀를 장식한 하이 웨이스트(보통의 위치보다 높은 허리선—옮긴이) 스타일의 깜찍한 원피스를 입고 핑크색 막대사탕을 든 소피의 모습을 못마땅한 시선으로 노려보고 있었다.

"F로 시작하는 단어가 또 뭐가 있을까?"

소피가 뚱한 표정의 아가사를 향해 속삭였다.

"난 수업 들어야 돼. 너도 열심히 들어야 할걸. 이제 집에 가기는 틀렸고 영원히 여기 처박혀 있게 생겼으니 말이야!"

"F는 포에버(Forever, 영원—옮긴이)다? 너무 무거운 느낌인데. 좀 더 가볍고 재미있는 거 없어? 아! 페칭(Fetching, 매력적인—옮긴이) 어때?"

"퓨틸(Futile, 헛된—옮긴이)이라고 해, 차라리! 너 개하고 아직 한마디도 못했지?"

"F는 페이스(Faith, 믿음—옮긴이)라고 해야겠다. 지금 너한테 꼭 필요한 것 같으니 말이야!"

아가사는 투덜거리며 고개를 돌려 버렸다.

하지만 바로 다음 날, 아가사에게 믿음이 되살아날 만한 일이 생겼다. 소피는 배꼽이 보이는 홀터넥 상의에 짧은 스커트를 입고 점심 식사 자리에 등장했다. 머리는 뾰족뾰족하게 세우고, 구두 굽은 밝은 핑크색으로 칠했다. 선의 학교 남학생들은 그녀를 보느라 소고기를 제대로 입에 넣지 못했고, 테드로스마저 그녀의 다리를 흘끗흘끗 훔쳐보기 시작했다. 그는 소피가 앞을 지나갈 때마다 이를 악물었고, 그녀가 가까이 있을 때면 땀을 흘리기도 했지만, 웬일인지 그녀에게 말을 걸지는 않았다.

"뭔가 부족해."

유바의 수업이 끝난 후 아가사가 소피에게 다가가 말을 걸었다.

"너의 장점을 더 보여 줘야 할 것 같아."

소피는 고개를 숙이고 자신의 모습을 쓱 훑어보았다.

"이 정도면 충분하잖아."

"외모 말고 내면적인 장점 말이야, 이 바보야! 동정심이라든지 관용이라든지 다정한 모습 같은 거!"

소피가 두 눈을 깜빡였다.

"너도 가끔씩 참 맞는 말을 한다! 내가 내적으로도 얼마나 훌륭한 사람인지 보여 주겠어!"

"드디어 말이 좀 통하네!"

아가사가 안도의 한숨을 내쉬며 대답했다.

"하지만 서둘러. 테드로스가 다른 사람한테 무도회에 가자고 청하면, 우린 끝장이야."

아가사는 소피에게 라임이 살아 있는 아름다운 사랑 시를 써 보내거나 그녀가 얼마나 사려 깊은 사람인지를 보여 줄 수 있는 선물을 보내자고 제안했다. 모두《나만의 왕자님 쟁취법》에 나온 검증된 방법들이었다. 소피는 고개를 끄덕이며 진지한 표정으로 아가사의 말을 경청했다. 다음 날 점심시간, 아가사는 소피가 시를 써서 가져오거나 직접 손으로 만든 선물을 가져와 보여 줄 것이라고 기대했다. 하지만 아가사가 공터에서 발견한 것은 한쪽 구석에 우르르 몰려 있는 20명의 악인 소녀들뿐이었다.

"쟤들 뭐 하는 거야?"

아가사는 그늘진 곳에서 책을 보고 있는 헤스터와 아나딜에게 다가가 물었다.

"네가 제안한 거라고 하던데."

헤스터가 책에 시선을 고정한 채 비아냥거리듯 대답했다.

"어쩌자고 저런 걸 하자 그랬어? 너랑 말도 하기 싫어졌어."

아나딜의 반응 역시 차가웠다.

아가사는 어리둥절한 표정으로 악인 소녀들에게 다가갔다. 소녀들 한가운데에서 익숙한 목소리가 들려오고 있었다.

"잘했어! 그런데 크림을 조금만 덜 바르면 더 좋을 것 같아."

아가사는 갑자기 가슴이 조여 오는 것 같았다. 그녀는 오밀조밀 모여 있는 아이들을 제치고 목소리의 주인공을 향해 다가갔다. 마침내 그녀가 비틀거리며 군중의 한가운데 도착한 순간, 그녀는 심장이 멎어 버릴 것만 같았다.

뭉툭한 나무 그루터기에는 소피가 앉아 있었고, 그녀의 머리 위에는 글자가 적힌 나무 간판이 가지에 걸려 대롱거리고 있었다.

소피를 둘러싼 악인 소녀들은 끈적끈적한 빨간색 비트 크림을 짜 여드름과 무사마귀에 바르고 있었다.

"이걸 꼭 기억해. 못생겼다고 해서 남들 앞에서 움츠러들 것 없어!"

소피가 설교조로 말했다.

"내일은 룸메이트들도 데려와야겠어."

아라크네가 피부가 온통 초록색인 모나에게 속삭였다.

아가사는 너무 놀라 아무 말도 할 수 없었다. 그때 누군가 무리에서 빠져나가기 위해 부스럭거리는 것이 눈에 띄었다.

"도트?"

도트는 움찔하더니 천천히 고개를 돌렸다. 그녀의 얼굴에도 빨간색 크림이 덕지덕지 묻어 있었다.

"아, 왔구나! 난 그냥…… 그니까, 뭐 하는지 궁금해서…… 혹시라도, 뭐…….."

도트는 모든 것을 포기한 듯 고개를 푹 숙였다.

"헤스터한테는 비밀로 해 줘."

아가사는 이게 대체 테드로스의 마음을 얻는 것과 무슨 관련이 있는지 도무지 이해할 수 없었다. 그녀는 소피가 설명을 끝내는 것을 확인한 후 그녀를 향해 다가갔지만, 세 명의 악인 소녀들이 어느새 그녀를 밀치고 소피를 둘러싸더니 질문을 쏟아 내기 시작했다. 어떻게 하면 질 좋은 비트를 구할 수 있느냐는 것이었다. 숲 그룹 수업에서도 아가사는 소피에게 다가갈 수 없었다. 유바가 선의 학교 학생들과 악의 학교 학생들을 떼어 놓았기 때문이다.

"너희는 서로를 적으로 보는 것에 익숙해져야 한다! 3주 후면 첫 번째 동화 경연 대회가 열릴 테니 말이다."

유바가 설명했다.

"대회에 참가하기 위해서는 몇 가지 기본 주문을 연습해야 한다. 물론 마법을 부리는 방법에는 여러 가지가 있지. 어떤 주문을 외울 때에는 머릿속에서 시각화를 해야 하기도 하고, 어떤 주문은 소리 내어 크게 외워야 하기도 하고, 때로는 가벼운 손동작이나 발 구르는 동작이 필요하기도 하고, 마법의 지팡이나 숫자 암호의 도움이 필요한 경우도 있다. 심지어 파트너가 없으면 할 수 없는 마법도 있어. 하지만 모든 주문에 공통적으로 작용하는 규칙이 있다!"

유바는 주머니에서 끄트머리가 백조 모양인 반짝이는 은색 열쇠를 꺼냈다.

"선의 학교 학생들, 오른손을 내밀어라!"

학생들은 어리둥절한 표정으로 서로를 바라보다가 하나둘씩 손을 내밀기 시작했다.

"음, 너부터 시작하자."

아가사가 살짝 인상을 찌푸렸지만, 유바는 개의치 않고 그녀의 손을 잡아당기더니 두 번째 손가락을 골라잡았다.

"잠깐만요. 뭐 하시려는…….."

순간 유바의 백조 모양 열쇠가 마법처럼 아가사의 손가락 끝으로 들어갔다. 피부는 투명하게 바뀌었고 열쇠는 그녀의 살과 혈관을 지나 뼈에까지 가 닿았다. 유바가 열쇠를 돌리자 그 끝에 맞닿아 있던 뼛조각이 열쇠를 따라 제자리에서 한 바퀴를 돌았지만, 희한하게도 고통은 전혀 느껴지지 않았다. 회전이 끝나자 아가사의 손끝이 잠시 밝게 빛났다. 하지만 유바가 열쇠를 빼내는 순간 빛은 금세 사라져 버렸다. 아가사가 얼빠진 표정으로 손가락을 살펴보고 있는 사이, 유바는 다른 학생들의 손가락을 열쇠로 돌려 열기 시작했다. 선의 학교 학생들의 차례가 끝나고 악의 학교 학생들의 차례가 되었다. 소피는 유바가 손가락을 만지작거리는 순간에도 여전히 공책에 무엇인가를 끼적이느라 고개조차 들지 않았다.

"마법은 감정을 따라간다. 그것이 유일한 규칙이다."

손가락 열기 작업을 끝낸 유바가 다시 설명을 시작했다.

"손가락 끝이 빛난다는 것은, 너희 내면에 충분한 감정과 목적의식이 존재하고 따라서 주문을 성공적으로 이룰 수 있는 준비가 되었다는 뜻이다. 마법을 하기 위해서는 반드시 강한 욕구와 절실함이 필요하다."

학생들은 손가락을 끝을 노려보기도 하고 만지작거리기도 하는 등 온갖 방법을 동원했다. 그리고 잠시 후 그들의 손가락 끝은 각기 다른 색깔의 불빛을 내며 깜빡거리기 시작했다.

"하지만 마법의 지팡이와 마찬가지로 이 손끝의 불빛도 결국은 보조 수단일 뿐이다. 숲에서 주문을 외울 때마다 손끝을 반짝였다가는 얼간이 취급을 받게 될 것이다. 너희 불빛을 마음대로 조절할 수 있게 되면, 다시 손끝을 잠그도록 하겠다."

선과 악의 학교

진지한 표정으로 경고를 한 유바가 호트를 향해 시선을 돌렸다. 그는 무엇인가 놀라운 일이 일어나기를 기대하는 표정으로 바위를 향해 계속해서 손가락을 찔러 대고 있었다.

"그렇게 해서 퍽이나……."

유바는 혀를 차며 다시 학생들을 바라보았다.

"1학년들이 배우는 주문은 딱 세 종류뿐이다. 물을 제어하는 주문, 날씨 조작 주문, 그리고 식물과 동물로 변신할 수 있는 주문이다. 우리는 마지막 것부터 시작해 보자."

유바의 말에 학생들이 흥분한 듯 재잘대기 시작했다.

"머릿속에 간단한 이미지를 떠올리기만 하면 되는 주문이지만, 적에게서 도망쳐야 하는 순간에는 매우 효과적으로 활용할 수 있을 거다. 변신한 뒤에는 지금 입고 있는 옷이 맞지 않을 테니, 아예 옷을 벗고 시작하는 게 편할 것 같군."

유바의 말에 웃음소리가 뚝 그쳤다.

"하지만 오늘은 대충 이대로 하지."

유바가 재미있다는 듯 짓궂은 미소를 지었다.

"누가 먼저 해 보겠나?"

학생들이 모두 손을 번쩍 들어올렸다. 하지만 미동도 하지 않는 사람이 두 명 있었다. 아가사는 소피가 제발 집에 돌아갈 계획을 제대로 실행하고 있는 것이기를 간절히 기도하고 있었고, 소피는 〈목욕은 즐거워!〉라는 다음 강의를 준비하느라 수업에는 전혀 관심이 없었다.

소피의 세 번째 점심 강의는 〈칙칙한 옷 싫어!〉였다. 전날 강의를 열심히 들었던 30명의 악인 여학생들은 깨끗하게 목욕을 하고 세 번째 강의에 참석했다.

"맨리 교수님은 악인들은 반드시 못생겨야 한다고 말씀하시지. 못생겼다는 것은 곧 독특하고 강하고 자유로운 것이라고 말이야. 그렇다면 이런 질문은 어떨까? 이런 걸 입고 과연 스스로를 독특하고 강하고 자유로운 사람이라고 느끼는 것이 가능한 일일까?"

소피가 펑퍼짐한 검은 교복을 손에 들고 마치 깃발처럼 흔들어 대며 큰 소리로 외쳤다. 악인 소녀들 사이에서는 우레와 같은 함성이 터져 나왔다. 공터 맞은편에서 무도회 드레스를 그리고 있던 베아트릭스는 그 소리에 놀라 펜을 떨어뜨리며 스케치를 망치고 말았다.

"또 쟤야! 아주 정신이 나갔구나!"

베아트릭스가 발끈 화를 냈다.

"아직도 무도회에 같이 갈 사람을 찾고 있나 보네."

테드로스가 한 손에 편자를 들고 막대기를 조준하며 중얼거렸다.

"그뿐이면 다행이지. 이제는 악인이 결코 못난 게 아니라는 둥 이상한 소리까지 해 댄다니까!"

베아트릭스의 말에 깜짝 놀란 테드로스는 편자를 엉뚱한 곳으로 던지고 말았다.

아가사는 점심을 다 먹은 후에도 소피를 찾아가지 않았다. 어차피 악의 학교 소녀들에게 둘러싸여 옷차림에 대한 질문 세례를 받느라 그녀와 이야기를 나눌 기회조차 없어 보였던 것이다. 다음 날역시 아가사는 소피를 만날 수 없었다. 그날 소피는 〈못생긴 신발은 개나 줘 버려!〉라는 다소 과격한 강의를 진행했고, 그녀의 말에 따라 악인 학생들이 즉석에서 신발을 불태우는 소동이 일어나는 바람에 늑대들이 혼비백산해 채찍을 휘두르며 학생들을 건물 안으

선과 악의 학교

로 몰아넣었던 것이다. 다음 날이 되었지만, 아가사는 또다시 다른 악인 소녀들에게 기회를 빼앗겼다. 〈뚱보를 위한 피트니스〉에 대한 그날의 강의에는 헤스터와 아나딜을 제외한 모든 악인 소녀들이 참석했다. 점심을 다 먹은 헤스터와 아나딜은 아가사를 찾아와 구석으로 데리고 갔다.

"꼴이 점점 더 험악해지고 있어. 우린 이런 어이없는 아이디어를 낸 사람이랑 더 이상 친하게 지낼 생각이 없어!"

아나딜이 말했다.

"남자, 무도회, 키스…… 이제 다 네 문제니까 혼자 잘 해 봐! 내가 캡틴이 되는 걸 방해하지만 않는다면 너희 둘이서 무슨 이상한 짓을 하든지 난 더 이상 신경 쓰지 않을 거야. 알겠어?"

헤스터가 으르렁거리자, 그녀의 목에 달라붙은 악마가 덩달아 씰룩거렸다.

다음 날, 아가사는 나무 터널 안에 숨어 악의 학교 소녀들을 기다렸다. 하이힐로 낙엽 밟는 소리가 들려오고 잠시 후 소피가 나타나자 그녀는 얼른 소피 앞에 뛰어들었다.

"오늘은 또 뭐야? 큐티클 관리법? 치아 미백 관리? 복근 운동 2탄인가?"

"나한테 할 말이 있으면, 다른 애들처럼 줄을 서서 차례를 기다려야지."

소피가 당당하게 소리쳤다.

"'악인에게 어울리는 몸단장', '블랙이 대세다', '악당 요가'! 이게 다 뭐야! 여기서 죽고 싶은 거야?"

"네가 그랬잖아. 테드로스한테 내 내면의 장점을 보여 주라며. 지금 내가 하는 게 그런 거 아니야? 아무것도 모르는 불쌍한 악당들을 위해서 동정을 베풀고 친절하게 나의 지혜를 나눠 주고 있잖아! 난 지금 걔들을 돕고 있는 거라고!"

"네가 무슨 성녀 테레사라도 되는 줄 알아? 우리 목표는 테드로스라고! 이런 걸로 어떻게 목표를 달성하겠다는 거야?"

"목표 달성이라…… 그것 참 애매한 말이네. 저런 건 어때? 저 정도면 목표에 가까워지고 있는 거 아닌가?"

아가사는 소피의 시선을 따라 터널 바깥을 내다보았다. 소피가 늘 앉아 있던 나무 그루터기 앞에 100여 명의 악인 소녀들이 우글거리고 있었고, 그 뒤쪽에 소녀들과는 전혀 다른 모습을 한 남자아이 하나가 어슬렁대는 모습이 보였다.

그는 파란색 럭비 스웨터를 입은 금발의 남학생이었다.

아가사는 깜짝 놀라 소피를 잡고 있던 손을 놓았다.

"너도 와서 들어. 오늘은 푸석하고 손상된 머릿결 관리법에 대해 얘기할 거거든."

소피가 고개를 높이 들고 당당하게 터널을 빠져나가며 말했다.

그사이 나무 그루터기 앞에서는 묘한 긴장감이 쌓여 가고 있었다. 아라크네가 이마에 달린 외눈으로 테드로스를 쏘아보며 선공을 펼쳤다.

"잘난 왕자님이 무슨 볼 일이 있어서 여길 왔어?"

"그러게! 너희 편으로 돌아가!"

모나가 나무 곰팡이를 집어던지며 아라크네를 도왔다.

악인 소녀의 비난과 야유는 점점 더 거칠어졌고, 테드로스는 겁에 질린 듯 어깨를 움츠리고 뒷걸음질을 쳤다. 그는 이런 반응이 처음이었다. 자신은 누구에게든 환영받을 것이라고 믿어 왔던 것이다. 그가 비난 세례에 떠밀려 등을 돌리려는 순간, 구세주가 등장했다.

"일부러 찾아온 사람을 그렇게 쫓아내는 건 예의가 아니야."

소피는 꾸짖는 듯 엄한 표정으로 악인 소녀들을 바라보며 말한 뒤, 그루터기에 자리를 잡았다.

그 주 내내 테드로스는 소피의 점심 강의에 참석했다. 친구들에게는 그저 소피가 무슨 옷을 입었는지 궁금했을 뿐이라고 둘러댔지만, 그것이 전부는 아니었다. 그는 소피의 모든 행동을 유심히 관찰했다. 소피는 흉측하게 생긴 악인 소녀들을 상대로 허리를 곧게 편 바른 자세를 가르치고 상대의 눈을 똑바로 바라보게 했으며 명확한 발음을 연습시켰다. 처음에는 미심쩍은 표정으로 주변을 맴돌기만 하던 악의 학교 남학생들도 조금씩 소피에게 조언을 구하기 시작했다. 그들의 관심사는 잠을 잘 자는 법, 몸에서 나는 냄새를 감추는 법, 분노를 조절하는 법 등이었다. 아이들을 감시하며 하품이나 해 대던 늑대들도 시간이 지날수록 점점 더 소피의 목소리에 귀를 기울였다. 얼마 지나지 않아 악당들은 저녁 식사를 하거나 휴게실에서 찌꺼기 차를 마실 때에도 소피의 강의에 대해 이야기하기 시작했다. 그들은 점심시간에도 서로 모여 앉았고, 수업 시간에도 서로를 헐뜯는 대신 보호했으며, 계속된 패배에 대해서도 더이상 자조적인 농담을 하지 않았다. 200년 만에 처음으로 악의 학교에 희망이 생겨난 것이다. 이 놀라운 변화는 모두 한 소녀로부터 시작된 것이었다. 테드로스는 이 믿을 수 없는 과정을 두 눈으로 직접 목격하고 있었다.

그 주가 끝나갈 무렵, 테드로스는 마침내 당당하게 가장 앞줄에 나서게 되었다.

"이럴 수가! 효과가 있어!"

아가사는 소피와 함께 나무 터널을 향해 걸어가며 흥분한 목소리로 말했다.

"너한테 사랑한다고 고백할지도 몰라. 이번 주 안에 키스하게 될지도 모른다고! 그러면 우린 집에 가는 거야! 내일 주제는 뭐야?"

"잘못 인정하기."

소피는 짧은 대답만 남기고 쌩하니 사라져 버렸다.

다음 날 점심시간이 되었다. 아가사는 아티초크와 올리브 타르틴(빵 조각 위에 햄, 치즈, 채소 등의 각종 재료를 얹은 음식―옮긴이)이 든 점심 바구니를 받기 위해 줄을 섰다. 하지만 그녀의 머릿속에는 온통 고향 생각뿐이었다. 소피와 함께 집에 돌아가면 그들은 마을의 영웅이 될 것이다. 가발돈은 광장에 두 소녀의 동상을 세우고, 그들에게 강연을 요청하며, 그들의 삶을 뮤지컬로 만들어 공연할 것이다. 오랜 시간 마을을 공포에 떨게 했던 저주에서 모두를 구한 두 소녀의 이야기는 교과서에도 실리게 될 것이다. 마을 사람들은 엄마에게 치료를 받으러 집 앞에 줄을 설 테고, 리퍼는 매일 신선한 송어를 먹을 수 있게 되겠지? 마을 기록실에는 그녀의 초상화가 걸리게 될 것이고, 그동안 그녀를 무시하고 비웃었던 사람들은 그녀 앞에 머리를 숙인 채…….

"웃기시네!"

아가사의 백일몽을 방해한 것은 베아트릭스였다. 그녀는 노출이 심한 검은 사리를 입고 굽이 높은 털 부티(단화보다는 목이 길고 장화보다는 짧은 여성용 구두―옮긴이)를 신은 소피와 그 주변에 우르르 몰려든 악의 학교 학생들을 바라보고 있었다. 그날의 강의 주제는 〈(소피처럼) 모든 분야에서 최고가 되는 법!〉이었다.

"자기가 무슨 최고라고!"

선과 악의 학교

베아트릭스가 코웃음을 쳤다.

"지금까지 내가 본 악인들 중에는 최고가 맞는데."

그녀는 등 뒤에서 들려오는 목소리에 깜짝 놀라 고개를 돌렸다. 테드로스였다.

"그렇게 착각할 수도 있겠지. 하지만 조금만 더 자세히 보면 다 환상이고 거짓이라는 걸 알게 될 거야."

테드로스는 베아트릭스의 시선을 따라 눈을 돌렸다. 파란 숲 출입문에 걸린 등수 알림판이 부드러운 햇살을 받아 반짝이고 있었다. 올새들이 소피의 이름을 새긴 자리는 바로 악의 학교 등수 알림판의 맨 밑이었다. 소피는 120명 중 120등이었던 것이다.

"벌거벗은 임금님 같은 거야. 자기 혼자만 자신의 진짜 모습을 못 보고 바보같이 거드름을 피우는 거지."

베아트릭스가 거들먹거리며 자리를 떠났다.

그날 테드로스는 소피의 강의에 참석하지 않았다. 테드로스가 나타나지 않자, 아이들 사이에는 소문이 퍼지기 시작했다. 테드로스는 악의 학교 학생들이 '최악의 학생'한테 희망을 거는 모습이 너무 안타까워 보여 더 이상 그 자리에 가지 않기로 했다는 내용이었다.

다음 날도 소피는 나무 그루터기 앞에 섰지만, 주변은 텅 비어 있었다. 가지에 걸려 있던 나무판에는 누군가 낙서를 한 흔적이 남아 있었다.

소피와 함께 점심을
"뷰티 팁을 나눠드려요!"
멍청해지는
오늘의 주제
비트를 사용해 잡티 없애기

"그렇게 수업에도 신경 좀 쓰라고 했잖아."

아가사는 유바의 수업이 끝난 뒤 늑대들이 출입문을 열어 주기를 기다리는 동안 소피에게 다가가 말을 붙였다. 하늘에서는 장대비가 쏟아지고 있었다.

"새 옷 만들랴, 화장품 제조하랴, 강의 준비하랴, 얼마나 바빴는지 알아? 수업 같은 거 신경 쓸 여유가 없었단 말이야. 내 팬들 챙겨야지."

검은 우산 아래에서 비를 피하던 소피가 훌쩍이며 대답했다.

"팬이고 뭐고 이제 아무도 없어!"

아가사가 소리쳤다. 6번 숲 그룹 학생들과 옹기종기 모여 있던 헤스터가 그녀를 바라보며 히죽거리는 것이 보였다.

"꼴등 세 번 하면 바로 낙제야, 소피! 지금까지 어떻게 버텨 왔는지 모르겠다."

"꼴등을 안 주더라고. 내가 아무리 못해도 20등이 안 되더란 말이야! 그걸 보고 아예 공부에서 손을 놔 버렸어!"

아가사는 소피가 한 말에 대해 생각해 보려 했지만, 손끝이 계속 반짝거리는 통에 도무지 집중할 수가 없었다. 유바가 백조 모양 열쇠로 그녀의 손끝을 연 후부터, 화가 날 때면 어김없이 손가락 끝이 화끈거리며 빛을 발했다. 마치 주문을 걸고 싶어 안달을 내는 것 같았다.

"그럼 전에는? 그땐 등수가 꽤 높았잖아."

아가사가 손을 주머니에 넣어 감추며 다시 물었다.

"그땐 외울 게 별로 없었잖아. 내가 빗에 어떻게 독을 묻히는지, 두꺼비 눈알은 어떻게 뽑는지, 트롤어로 '이 다리를 건너도 될까요?'는 어떻게 하는지, 이딴 문제에 조금이라도 관심이 있을 것 같아? 난 이 악당들을 좀 더 나은 인간이 되게 하려고 온 힘을 쏟아붓고 있는데, 지금 나한테 아이를 넣어 누들 수프 끓이는 방법 따위나 외우라고 하는 거야? 너 그거 알아? 수프에 아이를 넣을 때에는 먼저 종이로 싸야 된대. 안 그러면 솥 안에서 깨어나서 발버둥을 치거나 제대로 안 익을 수도 있다는 거지. 내가 이런 거나 공부하고 있으면 좋겠어? 사람들을 해치고 죽이는 방법이나 배우면 좋겠냐고? 넌 내가 마녀가 되기를 바라는 거야?"

"그런 말이 아니잖아. 다른 학생들의 마음을 얻으려면……."

"일부러라도 마녀인 척하라고? 싫어!"

"그러시든가! 그럼 우리 계획은 끝이지 뭐!"

아가사가 버럭 소리를 질렀고, 소피는 화를 참지 못해 씩씩거리며 걸음을 옮겼다.

하지만 갑자기 그녀의 표정이 바뀌었다.

"대체 어떻게……."

소피는 파란 숲 출입문에 붙어 있는 선의 학교 학생 등수 알림판을 얼빠진 표정으로 바라보았다.

"어떻게…… 하지만 넌…… 너!"

소피가 소리쳤다.

"난 공부 열심히 했거든!"

아가사는 기회가 왔다는 듯 더욱 목청을 높였다.

"나도 비둘기 언어나 기절하는 척하기, 손수건 만들기 같은 거 전혀 관심 없지만, 집에 돌아가기 위해서 이 악물고 했다고!"

하지만 소피는 더 이상 아가사의 말에 귀를 기울이지 않았다. 그녀의 얼굴에는 음흉한 미소가 퍼져 가고 있었다.

아가사는 단호한 표정으로 팔짱을 꼈다.

"안 돼! 교수님들한테 단번에 들킬 거야."

"〈저주와 죽음의 덫〉 수업 숙제가 얼마나 재미있는지 아니? 그거 왕자를 속이는 법을 연습하는 거야. 너 남자애들 싫어하잖아."

"교수님들은 모른다고 해도, 네 룸메이트들이 고자질할……."

"〈추한 외모 만들기〉 수업 숙제는 또 어떻고! 아이들을 겁주는 법에 대한 건데, 너 아이들도 싫어하잖아!"

"테드로스가 알면, 우린 둘 다 끝장……."

"네 손가락 좀 봐! 네가 화낼 때마다 빛이 나잖아. 난 그런 거 못 해!"

"이건 그냥……."

"이것 봐! 더 밝아졌어! 넌 타고난 악당⋯⋯."

아가사가 발로 바닥을 쿵 내리찍었다.

"속임수 쓰는 건 안 된다고 했지!"

소피는 마침내 입을 다물었다. 늑대들이 파란 숲 출입문을 열자 학생들이 우르르 나무 터널 안으로 쏟아져 들어갔다.

하지만 소피와 아가사는 그 자리에서 꼼짝하지 않았다.

"룸메이트들이 나보고 100퍼센트 악당이래."

소피가 풀 죽은 목소리로 다시 입을 열었다.

"하지만 넌 진짜 내 모습을 알잖아. 난 악이 뭔지도 몰라. 하나도 모른다고. 그러니까 내 속에 없는 모습을 가짜로 꾸며 내라고 하지 마. 난 못해, 아가사."

소피의 목소리가 메어 왔다.

"하고 싶어도 할 수가 없어."

말을 마친 소피는 커다란 검은 우산 아래에 아가사를 혼자 남겨 둔 채 자리를 떠났다. 그녀가 다른 학생들과 함께 출입문을 빠져나 가며 비를 맞는 사이, 굵은 빗줄기가 그녀의 머리와 피부에 붙어 있던 반짝이 가루를 깨끗하게 씻어 내렸다. 소피는 다른 악의 학교 학생들과 전혀 다를 바가 없었다. 아가사의 마음에는 죄책감이 밀려들었고, 그녀의 손가락은 해처럼 밝은 빛을 뿜어냈다. 그녀는 소피에게 솔직하게 털어놓을 수 없었다. 그녀 역시 소피의 숙제를 대신해 줘야겠다는 생각을 했다. 하지만 아가사는 즉시 그 생각을 억눌러 버렸다. 다른 사람들에게 발각될까 두려웠기 때문은 아니었다.

그녀는 자신이 실제로 그 숙제들을 좋아하게 될까 봐 두려웠다. 자신이 100퍼센트 악당이라는 사실을 알게 될까 봐 겁이 났던 것이다.

그날 밤 소피는 악몽을 꾸었다. 테드로스가 도깨비에게 키스를 하고, 큐피드의 날개를 등에 단 아가사가 어두운 우물에서 기어 올라왔다. 그녀는 헤스터의 악마에게 쫓겨 하수도로 도망갔지만, 검은 물속에서 비스트가 불쑥 솟아오르더니 그녀를 향해 피 묻은 손을 쑥 뻗었다. 소피는 펄쩍 뛰어 그의 손길을 피했지만 파멸의 방에 갇혀 버리고 말았다. 그곳에는 새로운 고문 기술자가 있었다. 그는 늑대 가면을 쓴 그녀의 아빠였다.

소피는 헐떡이며 잠에서 깨어났다.

룸메이트들은 모두 깊은 잠에 빠져 있었다. 소피는 한숨을 쉬며 다시 베개에 머리를 묻었다. 하지만 그녀는 다시 벌떡 자리에서 일어나지 않을 수 없었다.

그녀의 코끝에 바퀴벌레 한 마리가 올라앉아 있었던 것이다.

그녀가 비명을 지르려고 숨을 들이쉬는 순간, 바퀴벌레가 낮은 목소리로 입을 열었다.

"나야!"

소피는 두 눈을 꼭 감았다.

'이건 꿈이야. 일어나야 해! 잠에서 깨, 소피!'

그녀는 다시 눈을 떴지만, 바퀴벌레는 여전히 그 자리에서 그녀를 바라보고 있었다.

"내가 가장 좋아하는 머핀이 뭐지?"

소피가 얕은 숨을 몰아쉬며 물었다.

"밀가루 없이 겨로 만든 블루베리 머핀이지."

바퀴벌레가 가소롭다는 듯 툭 내뱉었다.

"밤새 그런 멍청한 질문이나 할 생각은 아니겠지?"

소피는 코끝에 앉아 있는 바퀴벌레를 손으로 집어 들었다. 눈이 툭 튀어나오고 볼이 쑥 들어간 것이 아가사와 똑같았다.

"대체 어떻게……."

"변신술이야. 2주 동안 배웠잖아. 휴게실에서 만나자."

바퀴벌레 아가사는 여섯 개의 다리로 바닥을 발발 기어가다가 갑자기 뒤를 돌아보았다.

"책도 가지고 와."

18
바퀴벌레와 여우

"그런데 초록색이나 갈색 빛이 나면 어떡해?"

소피가 다리를 긁으며 나른한 목소리로 물었다. 악의의 탑 휴게실은 바닥, 가구, 커튼까지 모든 것이 굵은 삼베로 만들어져 있었다. 마치 정신병원 1인실같이 잔혹한 분위기가 감도는 곳이었다.

"내 옷 색깔이랑 안 어울리잖아. 난 안 할래."

"그딴 걱정하지 말고, 감정에 집중하라고!"

소피의 어깨에 올라앉은 바퀴벌레가 버럭 소리를 질렀다.

"분노 어때? 분노부터 해 보자."

소피가 눈을 감았다.

"빛나고 있어?"

"아니. 무슨 생각하는데?"

"이 학교에서 나오는 음식."

"바보야, 그런 거 말고 진짜 분노를 느껴야지. 마법은 진정한 감정에서 나온다고 했잖아."

소피는 좀 더 정신을 집중하려는 듯 미간에 힘을 주었다.

"더 노력해 봐. 빛이 안 나."

순간 소피의 표정이 어두워지면서 그녀의 손끝이 밝은 핑크빛으로 반짝였다.

"됐다! 해냈어!"

아가사는 신이 나서 펄쩍펄쩍 뛰었다.

"무슨 생각을 한 거야?"

"네 목소리 진짜 짜증 난다는 생각…….'

소피가 눈을 뜨며 말했다.

"매번 네 생각을 해야 하나?"

다음 주에도 바퀴벌레 야학은 계속되었다. 변신술은 세 시간밖에 지속되지 않기 때문에 아가사는 휴게실에 도착하는 순간부터 한시도 쉬지 않고 소피를 몰아붙였다. 소피는 손가락에서 더 밝은 빛을 내기 위해 안간힘을 썼고, 방 안에 안개를 피우거나 바닥에 홍수를 내기 위해 정신을 집중해야 했다. 그녀는 또한 잠자는 버드나무와 일반 버드나무를 구분하는 법을 배웠고, 거인의 언어도 몇 마디 익히게 되었다. 효과는 즉시 나타났다. 소피의 등수가 쑥쑥 오르기 시작했던 것이다. 하지만 네 번째 밤, 드디어 밤샘 야학의 피해가 그녀의 앞을 가로막고 나섰다.

"피부가 칙칙해졌어."

소피가 쉰 목소리로 말했다.

"아직 68등이야. 좀 더 집중해야 해."

책 위에 걸터앉은 바퀴벌레는 여지없이 그녀를 채찍질했다. 볼록한 배에서 백조 문장이 반짝거리고 있었다.

"숲 전체에 전염병이 퍼진 것은 룸펠슈틸츠헨이 발을 힘껏 구르자 땅이 갈라지면서…….”

“왜 생각이 바뀐 거야? 처음엔 나 도와주기 싫다고 했었잖아.”

“…… 땅이 갈라지면서 그 속에서 수백만 마리의 해충이 기어 나와 숲을 점령했기 때문이야. 벌레들은 수많은 악인과 선인들을 감염시켰지.”

아가사는 소피의 질문을 무시하고 설명을 이어 갔다.

“상황이 심각해지자 학교는 휴교를 결정했어. 벌레들의 전염성이 너무 강해서…….”

소피가 소파에 털썩 주저앉았다.

“넌 이런 걸 어떻게 다 알아?”

“네가 거울을 들여다보는 동안, 나는 책을 읽었으니까!《독과 전염병》이라는 책 말이야!”

소피는 한숨을 내쉬었다.

“그래, 벌레 때문에 학교 문을 닫았다고. 그래서 어떻게…….”

“매일 밤 몰래 빠져나가더니 여기 온 거였어?”

소피는 소리 나는 쪽을 향해 고개를 획 돌렸다. 검은색 파자마를 입은 헤스터가 양옆에 아나딜과 도트를 대동한 채 그녀를 바라보고 있었다.

“숙제하는 거야.”

소피가 책을 들어 보이며 말했다.

“환한 데서 보려고.”

“네가 언제부터 숙제에 신경 썼다고 그래?”

헤스터가 평소보다 유독 더 기름져 보이는 검은 머리를 흔들며 소피를 향해 다가왔다.

“외모를 아름답게 가꾸려면 그런 거 할 시간 없다며?”

아나딜이 끼어들었다.

"너희와 한방을 쓰다 보니 생각이 바뀌었어. 나도 최고의 악당이 되고 싶어졌거든."

소피가 미소를 지으며 대답했다.

헤스터는 한참 동안 아무 말 없이 그녀를 노려보더니, 못마땅한 표정으로 몸을 홱 돌리고 다른 두 아이들과 함께 휴게실을 떠났다.

소피가 안도의 한숨을 내쉬자, 아가사는 바람에 날려 소파에서 떨어졌다.

"뭔가 꾸미고 있어!"

헤스터가 으르렁대는 소리가 휴게실까지 들려왔다.

"진짜 생각이 바뀌었는지도 모르잖아."

도트가 뒤뚱뒤뚱 걸음을 옮기며 낮은 목소리로 말했다.

"걔 책 위에 바퀴벌레가 앉아 있는데 전혀 신경도 안 쓰더라고."

야학 엿새째 밤이 되었다. 소피의 성적은 어느새 55등까지 올라가 있었다. 하지만 시간이 갈수록 소피의 모습은 좀비처럼 변해 가고 있었다. 피부는 아픈 사람처럼 허여멀겋게 변해 버렸고, 두 눈은 흐리멍덩하니 아무 생각이 없어 보였다. 그녀는 이제 예쁜 새 드레스와 모자 대신, 지저분한 머리에 주름진 드레스를 입고 학교 곳곳을 성큼성큼 돌아다녔다. 그녀가 지나간 곳에는 외울 것을 끼적거린 종잇조각들이 헨젤과 그레텔의 빵 조각처럼 줄줄이 떨어져 있었다.

"잠 좀 자면서 해."

테드로스가 소피를 향해 몸을 기울이고 속삭였다. 유바의 〈곤충 요리하기〉 수업 시간이었다.

"우리 학교 '최악의 학생'이 되지 않으려면 할 일이 너무 많아."

소피가 열심히 필기를 하며 중얼거렸다.

"미어벌레가 없을 때는 곤충을 통해 영양분을 섭취할 수 있다."

유바가 살아 있는 바퀴벌레를 손에 쥐고 말했다.

"내 말 때문에 기분이 상했나 본데, 사실 그렇잖아. 호트보다 성적이 낮은 아이 말을 누가 귀담아 듣겠어?"

테드로스가 다시 속닥거렸다.

"나한테 사과할 준비나 하시지. 1등은 곧 내 차지가 될 테니까."

"네가 1등을 하면, 원하는 건 뭐든 해 주지."

테드로스가 코웃음을 치며 대답했다.

소피가 마침내 그를 향해 고개를 돌렸다.

"너 그 약속 꼭 지켜."

"그 전에 뻗어 버리지나 마."

"먼저, 먹을 수 없는 부위를 떼어 내라."

유바가 바퀴벌레의 머리를 톡 부러뜨리며 말했다.

아가사는 몸서리를 치며 소나무 뒤로 몸을 숨겼다. 그녀는 수업이 끝날 때까지 자리로 돌아가지 않았다. 그날 밤, 다시 바퀴벌레가 된 아가사는 온몸이 조각조각 부서질 듯 제자리에서 뛰어 댔다. 소피에게 테드로스의 말을 전해 들었던 것이다.

"선인들은 약속을 꼭 지키잖아!"

아가사는 울퉁불퉁 옹이 진 다리 마디를 흔들어 대며 껑충껑충 뛰어올랐다.

"왕자들은 기사도 정신이란 걸 지켜야 하거든. 이제 1등만 하면 돼! 그러면 테드로스가 너한테…… 소피?"

소피는 이미 코를 골며 곯아떨어져 있었다.

바퀴벌레 야학 열흘째가 되었다. 소피의 성적은 40등에 머물러 있었고, 그녀의 눈가에는 마치 너구리 같은 다크서클이 넓게 자리 잡았다. 다음 날 그녀의 성적은 65등으로 미끄러졌고, 수업은 엉망이 되었다. 레소 부인의 운명의 적 시험을 보던 중 그녀는 잠을 이기지 못해 꾸벅꾸벅 졸았고, 〈부하 길들이기〉 수업에서도 잠에서 헤어나지 못했다. 탤런트 연습 시간에는 난쟁이 비즐을 종탑에서 떨어뜨리는 바람에 목소리를 잃고 다시 한 번 하위권 성적에 머물러야 했다.

"실력이 좋아지고 있구나."

식스 교수는 아나딜이 자신의 쥐를 13센티미터나 더 커지게 만든 것을 보고 흐뭇한 표정으로 말했다. 그런 다음 그녀는 소피를 향해 고개를 돌렸다.

"네가 우리의 가장 큰 희망이 될 거라고 믿었는데……."

그 주가 끝나갈 무렵, 소피는 다시 악의 학교 '최악의 학생' 자리로 되돌아왔다.

"몸이 좀 안 좋아요."

아가사가 입을 가리고 기침을 하며 말했다.

더비 교수는 서류 더미가 잔뜩 쌓인 책상에 시선을 고정한 채 고개조차 들지 않았다.

"생강차에 그레이프프루트 두 조각을 띄워서 마셔 보렴. 두 시간에 한 잔씩 마시면 된다."

"해 봤어요."

아가사가 더 큰 소리로 기침을 하며 대답했다.

"지금 수업을 빠지는 건 좋은 생각이 아니야, 아가사."

더비 교수가 마침내 호박 모양의 종이누르개로 서류를 고정한 뒤 고개를 들어 아가사를 바라보았다.

"무도회가 한 달도 안 남았잖니. 난 우리 학교에서 네 번째로 성적이 좋은 학생이 자신의 젊은 시절 중 가장 중요한 날이 될 그 순간을 빈틈없이 잘 준비했으면 한단다. 같이 가려고 생각해 둔 남자아이는 있니?"

아가사가 갑자기 발작을 일으키듯 기침을 토해 냈고, 더비 교수는 휘둥그레진 두 눈으로 아가사를 바라보았다.

"제 생각에는…… 전염병 같아요."

아가사가 숨을 헐떡이며 말했다.

순간 더비 교수의 얼굴이 백지장처럼 하얗게 변했다.

아가사는 즉시 자신의 방에 격리되었다. 하지만 그 덕분에 하루 종일 자유를 누리게 된 바퀴벌레 아가사는 소피의 귀 뒤에 몸을 숨긴 채 모든 수업을 그녀와 함께하기 시작했다. 아가사는 운명의 적에 대한 꿈을 꿀 때에는 입에서 피 맛이 난다는 사실을 소피의 귀에 속삭여 주었고, 〈부하 길들이기〉 수업 중에는 서리 거인과의 협상을 성공적으로 이끌었으며, 유바의 숲 수업에서는 어느 허수아비가 선인이고 어느 허수아비가 악인인지 소피에게 알려 주었다. 둘째 날도 그녀는 소피와 함께했다. 〈추한 외모 만들기〉 수업에서는 소피의 이를 하나 뽑아 버렸고, 새더 교수의 괴물 알아맞히기 과제에서는 럭키가 아첨꾼, 하피는 아이를 잡아먹는 괴물이라는 사실을 소피의 귀에 속삭여 주었다. 유바의 수업에서는 똑같이 생긴 세 그루의 콩나무 줄기 중에서 독이 있는 것과 먹을 수 있는 것, 그리고 도트가 변신한 것을 구분해 냈다. 물론 아슬아슬한 순간도 있었다. 헤스터의 묵직한 신발에 밟힐 뻔하기도 하고, 그녀 주위를 맴돌던 박쥐를 피해 겨우 목숨을 구하기도 했다. 〈자신만의 특기 찾기〉 수업 중에는 벽장에 뛰어 들어가는 동시에 자신의 몸으로 되돌아와 겨우 위기를 모면하기도 했다.

셋째 날이 되자 아가사는 아예 선의 학교 숙제는 내팽개치고, 하루 종일 악의 주문을 공부하는 데에 매달렸다. 다른 학생들은 겨우 손가락 끝을 깜빡거리는 수준이었지만, 그녀는 이미 자유자재로 분노를 조절해 손끝에서 밝은 빛을 낼 수 있었다. 학교, 거울, 남자아이들 등 그녀를 화나게 하는 것들은 무한히 많았다. 손가락 빛을 조절할 수 있게 되면, 그다음은 정확한 주문을 외워야 했다. 아가사는 이것 역시 무난히 해냈고, 마침내 마법을 할 수 있게 되었다. 물이나 날씨를 조종하는 간단한 것들이었지만, 그것은 분명 진짜 마법이었다!

믿을 수 없는 일이었다. 불가능이라 믿었던 것들이 그녀의 두 눈 앞에서 버젓이 펼쳐지는 순간, 아가사는 온몸이 굳어 버리는 것 같았다. 하지만 이상하게도 그녀는 이 모든 것들이 너무나 자연스럽게 느껴졌다. 다른 학생들이 이슬비조차 내리지 못해 끙끙대고 있을 때 그녀는 강한 폭풍우를 방 안에 불러들여 거센 빗줄기와 번개로 꼴 보기 싫은 벽화를 엉망진창으로 망가뜨렸다. 쉬는 시간에도 그녀는 화장실에 숨어 새로 배운 괴롭히기 주문을 연습했다. 잠깐 동안 하늘을 어둡게 만드는 소등 주문과 거대한 파도를 불러일으키는 바다 부풀리기 주문 등이었다. 악의 주문을 연습하는 동안에는 시간이 쏜살같이 빠르게 흘러갔다. 그녀는 자신 안에서 엄청난 힘과 가능성이 폭발하는 것을 느꼈고, 그것은 아무리 해도 결코 질리지 않는 일이었다.

어느 날 밤, 아가사는 종이 위에 뭔가를 끼적거리며, 폴룩스가 선의 학교 숙제를 가져오기를 기다리고 있었다.

"그게 뭐냐?"

휘파람을 불며 낙서에 몰두하던 아가사가 깜짝 놀라 고개를 돌렸다. 토끼 몸에 머리를 얹은 폴룩스가 방문 앞에 서서 그녀의 그림을 바라보고 있었다.

"아, 뭐냐면요…… 제 결혼식이에요. 여기 이 사람이 제 왕자님……."

그녀는 허둥지둥 종이를 구겨 버리고, 기침을 해 댔다.

"오늘 숙제는 뭐예요?"

폴룩스는 그녀의 성적이 떨어진 것에 대해 먼저 질책을 하고, 모든 숙제를 세 번씩 설명했다. 그는 그녀가 기침할 때 입을 가리지 않는 것에 대해 또 한 번 잔소리를 한 뒤에야 뒤뚱뒤뚱 위태로운 걸음걸이로 그녀의 방을 떠났다. 아가사는 안도의 한숨을 내쉬며 구겨진 종잇조각을 바라보았다. 솟구치는 불길 사이를 자유롭게 날아다니는 자신의 모습이 그려져 있었다. 그녀는 그 그림이 무엇을 의미하는지 잘 알고 있었다.

영원한 불행의 세계, 악의 파라다이스였다.

"집에 돌아가야 해."

아가사가 나직이 중얼거렸다.

아가사와 함께한 한 주 내내 소피는 모든 수업에서 놀라운 성적을 이어 갔다. 유바의 대회 예행연습에서도 그녀는 역시 뛰어난 실력을 뽐냈다. 동화 경연 대회를 대비하기 위한 이 예행연습은 1대 1 결투 방식으로 진행되었다. 소피는 학교에서 허용하는 주문들만을 이용해 상대 학생들을 한 명 한 명 쓰러뜨렸다. 번개를 이용해 라반을 기절시키고, 베아트릭스가 동물들에게 도움을 요청하려고 하자 그녀의 입술을 얼려 버렸으며, 테드로스가 연습용 검을 휘두르려 하자 검을 물로 바꿔 버렸던 것이다.

"제대로 연습했네!"

테드로스가 두 눈을 휘둥그레 뜨고 중얼거리자, 소피의 옷깃에 숨어 있던 아가사는 뿌듯한 마음에 얼굴을 붉혔다.

"전에는 그냥 운이 좋았던 거였지만, 지금은 전혀 달라."

헤스터는 새까맣게 타 버린 소 혀 요리를 우걱우걱 씹으며 아나딜을 향해 투덜거렸다.

"대체 어떻게 한 거지?"

"공부에는 왕도가 없다! 그냥 열심히 하는 거지 다른 묘수는 없어."

소피가 두 사람 곁을 쌩 지나치며 말했다. 그녀는 반짝이는 화장을 하고 머리는 루비색으로 염색했으며, 가슴에 보석으로 "F는 포커스(focused, 집중—옮긴이)다!"라는 글귀가 쓰인 검은 기모노를 입고 있었다.

헤스터와 아나딜은 그녀의 말에 캑캑거리며 먹던 고기를 뱉어 냈다.

셋째 주가 끝나갈 무렵, 소피의 성적은 5등이 되었고, 그녀는 열화와 같은 학생들의 성원 속에 점심 강의를 다시 시작하게 되었다. 검은 교복을 리폼한 그녀의 패션은 더욱 대담하고 화려해졌다. 화려한 가리비 꼴 깃털 장식과 그물망 보디스(드레스의 상체 부분—옮긴이), 모조 원숭이 모피와 스팽글로 장식된 부르카(무슬림 여자들이 온몸을 휘감는 데 쓰는 천—옮긴이), 가죽 팬츠 수트와 반짝이 가루를 뿌린 가발, 심지어 가는 쇠사슬을 엮어 만든 뷔스티에(브래지어와 코르셋이 연결된 형태의 여성용 상의—옮긴이)까지 등장했다.

"분명 속임수를 쓰고 있어!"

베아트릭스는 틈만 나면 불평을 늘어놓았다.

"속이 배배 꼬인 못된 요정이 도와주고 있거나, 아니면 시간을 되돌리는 주문을 쓰는 건지도 모르지. 아니면 저 많은 일을 어떻게 혼자 다 하겠냐고!"

하지만 소피에게는 시간이 많았다. 그녀는 새틴 스웨터와 그에 어울리는 머리 가리개를 디자인했고, 조개 뚜껑처럼 주름지고 둥 그렇게 펼쳐지는 화려한 드레스를 만들었으며, 각각의 옷에 어울 리는 새 신발도 준비했다. 그녀는 '무도회 망치기' 과제에서 헤스터 를 눌렀고, '늑대 대 인간늑대'에 대한 훌륭한 리포트를 완성했으 며, '사악한 성공', '못생긴 것이 아름다운 것이다!', '악행을 위한 몸 만들기'에 대한 점심 강의를 성공적으로 준비했다. 소피는 이제 악 의 학교 최고의 패셔니스타이자 선동가이자 혁명가가 되었다. 그 리고 이 모든 활동을 성공적으로 수행하는 동시에, 아나딜을 제치 고 2등 자리를 차지했다.

테드로스의 마음은 점점 소피에게 빠져들고 있었고, 이번만큼은 베아트릭스도 그를 막을 수 없었다. 하지만 테드로스는 단호하게 자신의 마음을 다잡았다.

'쟤는 악인이야! 좀 예쁘다고 뭐가 바뀌나? 똑똑하고 창의적이고 친절하고 관대하고 또…….'

테드로스는 숨을 깊이 들이마셨다.

'선인은 절대 악인을 좋아할 수 없어. 넌 지금 혼란에 빠진 것뿐 이야.'

고군분투하던 테드로스에게 어느 날 다행스러운 일이 생겼다. 유바가 또다시 '선악 구분하기' 과제를 하겠다고 발표했던 것이다. 유바는 모든 여학생들을 파란색 호박으로 바꾸고, 그들을 파란 숲 호박 구역에 숨겼다.

'선인을 찾기만 하면 돼!'

테드로스는 스스로를 독려했다.

'선인 찾는 것에만 집중하고, 그 아이에 대한 생각은 잊어버리자.'

선과 악의 학교

"선인 한 명 찾았어요!"

호트가 소리치며 파란색 호박 뚜껑을 열었지만, 아무런 변화도 일어나지 않았다. 똑같이 생긴 호박들 사이에서 혼란을 겪은 것은 그뿐만이 아니었다. 갈피를 잡지 못한 남학생들은 한자리에 모여 호박들을 서로 비교하며 의논하기 시작했다.

"이건 그룹 과제가 아니다!"

유바가 우렁찬 목소리로 외쳤다.

바퀴벌레 아가사는 소피의 파란색 덩굴에 달라붙은 채 남학생들이 뿔뿔이 흩어지는 모습을 지켜보았다. 테드로스는 서쪽으로 걸음을 옮겨 청록색 덤불을 향해 가는가 싶더니, 어느 순간 방향을 바꿔 천천히 소피를 향해 다가오기 시작했다.

"온다, 와!"

아가사가 속삭였다.

"어떻게 알아?"

소피가 물었다.

"날 골랐을 때도 딱 저런 표정이었거든."

테드로스는 한 호박을 선택해 그 앞에 섰다.

"이거예요. 이게 선인이에요."

유바가 눈살을 찌푸렸다.

"좀 더 자세히 보는 것이……."

하지만 테드로스는 교수의 말을 무시하고, 파란색 호박을 쓰다듬었다. 순간 반짝이 가루가 흩날리며, 호박은 소피의 모습으로 바뀌었다. 왕자의 머리 위에는 뿌연 초록색 연기와 함께 '16'이라는 숫자가 떠올랐고, 소피의 머리 위에는 검은색 숫자 '1'이 나타났다.

"최고의 악만이 선으로 완벽하게 위장할 수 있지."

유바는 소피를 칭찬하며 지팡이를 휘둘렀다. 그러자 소피의 드레스에 새겨져 있던 빨간색 'F' 글자가 흔적도 없이 사라졌다.

"그리고 너! 아서왕의 아들답게 규칙 공부를 더 철저히 해라. 정말 중요한 순간에 이런 어처구니없는 실수를 저지르는 일은 없기를 바란다."

테드로스는 고분고분 반성하는 표정을 지어 보였다.

"도저히 못 찾겠어요!"

때마침 한 남학생의 목소리가 들려왔고, 유바는 테드로스에게서 눈을 돌려 다른 학생들을 바라보았다. 그들의 머리 위에는 이미 형편없는 등수가 둥둥 떠 있었다.

"무슨 표시라도 해 놨어야 했나……."

유바는 한숨을 내쉬더니 호박 구역을 향해 뒤뚱뒤뚱 걸어갔다. 그가 지팡이로 호박들을 쿡쿡 찌르자 '꺅' 하는 여학생들의 비명 소리가 곳곳에서 들려왔다.

유바가 자리를 뜨자 테드로스는 슬며시 미소를 지었다. 차마 교수 앞에서 하지 못했던 말이지만, 그는 규칙 따위 신경 쓰지 않았다. 그놈의 규칙을 따르느라, 그는 두 번씩이나 아가사를 선택하는 끔찍한 경험을 했던 것이다. 그는 이제야 처음으로 자신이 원하는 모든 것을 갖춘, 제대로 된 상대를 선택했다. 규칙을 무시한 덕분에 실수를 피할 수 있었다.

"아서왕의 아들께서는 이제 약속을 지켜야 할 때가 된 것 같네요."

소피가 미소 띤 얼굴로 장난스럽게 말을 건넸다. 테드로스는 그녀의 시선을 따라 악의 학교 학생들의 등수가 적힌 나무판을 바라보았다. 앨버마를이 소피의 이름을 제일 위에 쪼아 대고 있었다.

다음 날 그녀는 점심 들통에 담긴 쪽지 하나를 발견했다.

'늑대들은 여우라면 질색을 하지. 자정에 파란 숲 개울에서 봐. 테드로스.'

"무슨 말이지?"

소피가 손바닥 위에 올려놓은 바퀴벌레에게 조용히 물었다.

"무슨 말이긴! 우리가 오늘 밤 집에 돌아갈 수 있게 됐다는 뜻이지!"

너무 흥분한 나머지 더듬이를 정신없이 흔들어 대던 아가사는 결국 손바닥에서 굴러 떨어지고 말았다.

그날 밤, 바퀴벌레 아가사는 자정을 향해 째깍째깍 움직이는 시곗바늘을 바라보며, 흰 곰팡이가 잔뜩 핀 굵은 삼베로 뒤덮인 악의 탑 휴게실 바닥을 초조한 듯 거닐었다. 마침내 문이 열리고 소피가 나타났다. 그녀는 긴 검은 장갑에 몸에 딱 붙는 검은색 시스 드레스를 입고 있었다. 머리는 둥글게 말아 올렸고, 은은한 빛을 내는 진주 목걸이와 검은색 선글라스로 한껏 멋을 내고 있었다. 아가사는 너무 놀라 눈이 튀어나올 것만 같았다.

"시간 맞춰 오라고 했잖아! 옷은 또 이게 뭐야? 멋 내지 말라고 그렇게 말했……."

"이 선글라스 멋지지? 햇빛 쨍쨍할 때 쓰면 정말 좋아. 요즘 선의 학교 여자애들이 별의별 걸 다 갖다 준다! 진주며 보석이며 화장품까지 주는 바람에 살림이 엄청 늘었어. 처음에는 걔들이 그냥 선행을 하려고 그러나 보다 생각했는데, 그게 아니더라고. 걔들은 자기보다 훨씬 매력적이고 카리스마 있는 사람이 자기들 물건을 사용했으면 했던 거야. 그런데 물건들이 죄다 싸구려인 거 있지! 여기봐. 목걸이 했다가 빨갛게 올라왔어."

아가사는 졌다는 듯 더듬이를 둥글게 말았다.

"됐고, 문이나 잠가."

소피가 휴게실 문을 잠그는 사이, 등 뒤에서 '펑' 하는 소리가 들려왔다. 깜짝 놀라 뒤를 돌아본 소피는 얼굴이 새빨갛게 달아오른 인간 아가사와 두 눈이 마주쳤다. 그녀는 삼베 커튼 뒤에 몸을 숨기고 있었다.

"음…… 시간 계산을 잘못했나 봐."

아가사가 더듬거리며 말했다.

"바퀴벌레일 때가 더 나았던 것 같아."

소피는 굵은 삼베 사이로 비치는 아가사의 알몸을 위아래로 훑어보며 말했다.

"변신했다가 자기 몸으로 돌아올 때 입을 옷을 구할 방법을 미리 생각해 놔야겠어."

아가사가 커튼을 더욱 바싹 끌어당기며 투덜거렸다. 하지만 소피는 이미 다른 데에 정신이 팔려 있었다. 흐뭇한 표정으로 테드로스에게 받은 쪽지를 바라보고 있었던 것이다.

"잘 들어. 오늘 밤 테드로스를 만나면 제발 바보 같은 짓 하지 마. 빨리 키스나 받고……."

"나의 왕자님이 드디어 나를 만나자고 했어!"

소피는 들뜬 목소리로 흥얼거리더니, 쪽지를 코에 대고 숨을 깊이 들이마셨다.

"이제 테드로스는 영원히 내 거야! 다 네 덕분이야, 아가사."

소피는 사랑이 넘치는 두 눈으로 아가사를 바라보았지만, 이내 표정을 바꾸었다.

"왜 그래?"

"'영원히'라고 했어?"

"아, 아니, 오늘 밤이라는 뜻이었어. 오늘 밤만은 완전히 내 거라고."

둘 사이에 어색한 침묵이 흘렀다.

"가발돈에 돌아가면, 우린 영웅이 될 거야, 소피."

아가사가 낮은 목소리로 다시 입을 열었다.

"명예와 부는 물론이고, 원하는 남자는 누구든 차지할 수 있어. 테드로스가 보고 싶으면 동화책을 보면 돼. 평생 원할 때마다 볼 수 있을 거야. 걔가 한때 너의 왕자님이었다는 기억도 네 마음속에 영원히 남겠지."

소피가 씁쓸한 미소를 지었다.

"난 다시 묘지로 돌아가서 리퍼랑 살 테고."

아가사가 중얼거렸다.

"너도 사랑을 찾을 수 있을 거야, 아가사."

하지만 아가사는 고개를 저었다.

"교장 선생님이 말했잖아, 소피. 나 같은 악당은 절대 사랑을 찾을 수 없어."

"그 사람 말을 믿어? 우린 친구가 될 수 없다고도 했는걸!"

아가사는 소피의 맑고 아름다운 두 눈을 똑바로 바라보았다.

하지만 째깍거리는 시계 소리가 분위기에 찬물을 끼얹었다.

"옷 벗어, 소피!"

"뭐? 뭘 벗으라고?"

"어서, 빨리! 이러다 늦겠어!"

"하지만 옷을 입은 채로 꿰매서……."

"당장!"

몇 분 뒤, 소피가 벗어 놓은 드레스 옆에 앉아 있던 아가사가 괴로운 듯 두 손으로 머리를 감싸 쥐었다.

"확신을 가지고 해야지!"

"알몸으로 흉측한 소파 뒤에 숨어 있는데, 확신은 무슨 확신이야? 이런 상태에서 손가락을 반짝거리게 하고 쥐로 변신하는 게 어떻게 가능하겠냐고? 좀 예쁜 동물로 바꾸면 안 될까?"

"5분밖에 안 남았어. 이러다가 기회를 날려 버리겠어. 변신할 몸을 머릿속에 그려 봐."

"예쁜 모란앵무는 어떨까? 나랑 어울릴 것 같은데."

아가사는 아무 말 없이 소피의 선글라스를 집어 들어 바닥에 내팽개치고는, 묵직한 신발로 밟아 뭉갰다.

"진주 목걸이도 이렇게 해 줄까?"

펑!

"됐어?"

소피의 목소리가 들려왔다.

"소피, 어디 있어? 혹시 이 도롱뇽이 너니?"

아가사가 주변을 둘러보며 말했다.

"나 여기 있어!"

목소리가 들려오는 곳을 향해 시선을 돌린 아가사는 숨이 멎는 것만 같았다.

"하지만, 너…… 이건…….."

"어때? 잘 어울리지?"

반짝이는 털, 황홀한 초록색 두 눈, 도톰한 붉은 입술과 풍성한 자홍색 꼬리를 가진 눈부시게 아름다운 핑크색 여우 한 마리가 아가사를 바라보며 말했다. 여우가 된 소피는 진주 목걸이를 목에 두르고 조각 나 버린 선글라스 알에 자신의 모습을 비추어 보며 만족스러운 미소를 지었다.

"이 정도면 키스를 받을 수 있을까?"

아가사는 넋이 나간 듯 멍한 표정으로 소피를 바라보았다.

소피는 거울 앞으로 걸음을 옮겨 다시 자신의 모습을 꼼꼼히 들여다보았다.

"왜 아무 말이 없어? 긴장되잖아."

"늑대는 문제없이 피할 수 있을 거야."

아가사가 문을 열며 더듬더듬 입을 열었다.

"여우들이 병을 옮긴다고 생각하거든. 게다가 그놈들은 색맹이니까 핑크색도 문제되지 않을 거고. 백조 문장이 보이지 않게 가슴을 바닥에 바싹 대고 가기만 하면……."

"아가사!"

"왜? 늦겠다, 어서……."

"같이 가 줄래?"

아가사가 소피를 향해 고개를 돌렸다.

소피는 탱탱하고 탄력 있는 꼬리로 친구의 손을 부드럽게 휘감았다.

"우린 한 팀이잖아."

아가사는 눈물이 날 것 같았지만, 지금은 그럴 시간이 없었다.

여우 소피는 살금살금 파란 숲 안으로 들어갔다. 버드나무 가지에 숨어 잠든 요정들 때문에 나무는 은은한 불빛을 뿜어내고 있었다. 소피를 발견한 늑대 경비들은 마치 뱀이라도 본 듯 그녀를 슬금슬금 피했다. 소피는 사파이어 빛 고사리 구역과 청록 덤불 구역의 구불구불한 오크 나무를 지나, 마침내 다리 위에 도착했다. 그 아래로 흐르는 파란 숲 개울이 고요한 달빛을 받아 반짝이고 있었다.

"테드로스는 안 보이는데."

소피가 목 주변 핑크색 털 사이에 파묻힌 바퀴벌레 아가사에게 속삭였다.

"쪽지에 여기 있겠다고 했잖아."

"헤스터랑 아나딜이 혹시 장난친 건가……."

"누구랑 얘기해?"

다리 맞은편에서 두 개의 파란 눈이 번쩍이며 그녀를 향해 다가왔다.

소피는 돌처럼 그 자리에서 굳어 버렸다.

"말을 해야지!"

아가사가 그녀의 귀에 대고 속삭였다.

하지만 소피의 입술은 꼼짝도 하지 않았다.

"초조하면 혼잣말을 하는 버릇이 있거든."

아가사가 속삭였다.

"초조하면 혼잣말을 하는 버릇이 있거든."

소피가 재빨리 그녀의 말을 따라 했다.

감청색의 늠름한 여우 한 마리가 탄탄한 근육질 가슴에 백조 문장을 반짝이며 어둠 밖으로 걸어 나왔다.

"마음 약한 공주들이나 초조해 하는 줄 알았는데, 우리 학교 최고의 악당도 초조할 때가 있구나."

소피는 입을 헤벌린 채 여우를 바라보았다. 탄력 있는 근육이며 한쪽 입꼬리가 살짝 올라가는 매력적인 미소가 딱 테드로스의 모습 그대로였다.

"최고의 선만이 악으로 위장할 수 있지. 사랑을 위해 싸워야 할 때에는 그 능력을 더욱 발휘해야 하지 않겠어?"

넋을 잃은 소피를 대신해 아가사가 끼어들었다.

"최고의 선만이 악으로 위장할 수 있지. 사랑을 위해 싸워야 할 때에는 그 능력을 더욱 발휘해야 하지 않겠어?"

"실수로 학교가 바뀌었다는 말이 정말이란 거지?"

테드로스가 그녀의 주위를 천천히 맴돌며 물었다.

소피는 무슨 말을 해야 할지 몰라 우물거렸다.

"살아남기 위해서는 선과 악의 모습을 모두 보여 줘야만 했어."

아가사가 다시 한 번 구조에 나섰다.

"살아남기 위해서는 선과 악의 모습을 모두 보여 줘야만 했어."

소피의 말을 들은 테드로스가 걸음을 멈추었다.

"왕자의 규칙에 따라, 난 너에게 한 약속을 지켜야 해."

그의 털이 소피의 핑크색 털을 스쳤다.

"나한테 원하는 게 뭐지?"

소피는 심장이 너무 두근거려 입 밖으로 튀어나올 것만 같았다.

"이제 내가 진짜 어떤 사람인지 알겠니?"

아가사가 말했다.

"이제 내가 진짜 어떤 사람인지 알겠니?"

소피가 막혔던 숨을 내뿜으며 아가사의 말을 반복했다.

테드로스는 아무 말도 하지 않았다.

그는 온기가 느껴지는 앞발로 그녀의 턱을 살짝 들어 올렸다.

"이번 일로 양쪽 학교가 모두 뒤집어질 거야. 알고 있지?"

소피는 그의 파란 두 눈에 홀린 듯 멍한 표정으로 그를 바라보았다.

"그럼."

아가사가 속삭였다.

"그럼."

핑크색 여우가 말했다.

"아무도 너를 나의 공주님으로 인정하지 않을 거야. 그것도 알고 있겠지?"

테드로스가 다시 물었다.

"알아."

"알아."

"앞으로 평생 네가 악이 아니라 선이라는 사실을 증명하기 위해 투쟁해야 할 거야. 그래도 괜찮겠어?"

"그럼."

아가사가 말했다.

"그럼."

소피의 목소리가 메아리처럼 아가사의 말을 반복했다.

테드로스가 소피를 향해 한 걸음 더 다가서자, 두 여우의 가슴이 서로에게 맞닿았다.

"지금 너에게 키스할 거야. 그것도 괜찮겠지?"

두 소녀는 동시에 '헉' 숨을 들이마셨다.

개울에 반사된 무지개색 달빛이 파란 여우와 핑크 여우의 얼굴을 환하게 비추었다. 아가사는 두 눈을 감고 이 악몽 같은 세상에 작별을 고했다. 소피 역시 두 눈을 감고, 테드로스의 따뜻하고 달콤한 숨결이 점점 가까워 오는 것을 느꼈다.

"아니, 좀 더 기다리는 게 좋겠어!"

파란 여우의 부드러운 입술이 그녀의 입술을 스치는 순간, 소피가 갑자기 몸을 뒤로 빼며 소리쳤다.

아가사는 깜짝 놀라 두 눈을 번쩍 떴다.

"아, 그래. 그러는 게 좋겠지. 그래, 네 말이 맞다."

테드로스가 당황한 듯 더듬거렸다.

"난, 저기, 그러니까…… 내가 터널까지 바래다줄게."

두 여우는 아무 말 없이 터널을 향해 걷기 시작했다. 소피의 풍성한 핑크 꼬리가 테드로스의 꼬리를 부드럽게 감싸자, 그는 사랑이 가득 담긴 눈으로 그녀를 바라보며 미소 지었다. 아가사는 시뻘겋게 달아오른 얼굴로, 사랑에 빠진 두 남녀를 노려보았다. 마침내 파란 여우가 선의 학교 터널 안으로 사라지는 것을 확인한 아가사는 펄쩍 뛰어 소피의 콧등에 올라앉았다.

"대체 무슨 짓을 한 거야?"

소피는 아무런 대답도 하지 않았다.

"왜 키스하지 않았냐고?"

소피는 여전히 입을 꼭 다물었다.

아가사는 가느다란 집게발로 그녀의 코를 쿡쿡 찔렀다.

"아직 늦지 않았어. 당장 따라가! 가서 키스를 받으라고. 그래야 집에 갈 수……."

소피는 아가사를 얼굴에서 쓸어 내 버리고, 컴컴한 악의 학교 터널 속으로 뛰어 들어갔다.

낙엽 위에서 온몸을 비틀며 괴로움을 토하던 아가사는 마침내 깨달았다.

어차피 키스는 계획에 없었다. 계획에 없었기 때문에 하지 않았던 것이다.

소피는 집에 돌아갈 생각이 없었다.

이곳에서 영원히 살고 싶은 것이다.

19

이제 나에게는 왕자님이 있어

선과 악의 학교 교사들은 긴 세월 동안 별의별 희한한 일들을 다 보면서 살아왔다.

1학년 때만 해도 구제 불능이었던 학생이 왕보다 훌륭한 인물이 되어 학교를 떠나는 경우도 있었고, 캡틴이 될 정도로 두각을 나타냈던 학생이 3학년이 되면서 갑자기 빛을 잃고 비둘기나 말벌이 되어 영원의 숲에 들어가는 일도 있었다. 온갖 장난과 반항과 폭동도 겪었고, 열정적인 키스와 맹세, 그리고 즉흥적인 사랑의 세레나데도 수없이 목도했다.

하지만 선인과 악인이 손을 꼭 마주 잡고 점심을 기다리는 모습은 그들조차도 처음 보았다.

"문제가 생기면 어떡하지?"

소피는 발코니에 서서 그들을 노려보는 교수들의 눈빛을 의식하고 몸을 움츠리며 말했다.

"넌 나의 공주잖아. 선인 줄에 서서 점심 바구니를 받는 것은 당연한 일이야."

테드로스가 그녀의 손을

잡아끌며 대답했다.

"결국은 다른 사람들도 우릴 인정해 주겠지? 무도회에서 문제를 일으키고 싶지는 않아."

소피가 한숨을 쉬며 말했다.

테드로스는 대답 대신 소피의 손을 꼭 쥐었고, 소피는 쑥스러운 듯 양 볼을 붉혔다.

"있잖아, 어젯밤 우리 만나고 나서, 네가 날 무도회에 데려갈 거라고 생각했거든……."

"우리 학교 남학생들과 맹세를 했어. 탤런트 서커스 전에는 여자애들에게 고백하지 않기로 말이야."

테드로스가 옷깃을 세우며 말했다.

"에스파다 교수님께서 서커스 우승자가 결정되기 전까지 기다리는 게 전통이라고 말씀하셨거든. 무도회 바로 전날 밤까지 말이야."

"전날 밤이라고?"

소피가 목이 막힌 듯 캑캑거리며 물었다.

"그러면 옷은 어떻게 준비해? 입장 계획도 세워야 하고……."

"그래서 우리끼리 맹세를 했던 거야."

테드로스가 초록 머리 님프에게서 양고기 샌드위치와 사프란 쿠스쿠스(으깬 밀로 만든 북아프리카 음식—옮긴이), 그리고 아몬드 무스가 담긴 고리버들 바구니를 받아들었다.

"여기 숙녀분께도 하나 주세요."

하지만 님프는 소피에게 눈길도 주지 않고, 다음 선인 학생에게 바구니를 건넸다. 순간 테드로스가 바구니 손잡이를 붙잡았다.

"여기 숙녀분 차례라니까요."

님프는 손잡이를 쥔 손에 힘을 꼭 주고 버텼다.

"난 어차피 양고기 별로 안 좋아해. 질겨서 소화도 잘 안 되고……."

소피가 둘 사이의 힘겨루기를 조마조마한 눈빛으로 바라보며 중얼거렸다.

하지만 왕자가 끝까지 붙들고 늘어지자, 결국 님프는 낮은 목소리로 투덜거리며 그에게 바구니를 넘겨주고 말았다. 테드로스는 미소를 지으며 소피에게 바구니를 건넸다.

"네 말이 맞아. 다른 사람들도 결국은 우릴 인정하게 될 거야."

소피가 두 눈을 동그랗게 뜨고 테드로스를 바라보았다.

"무도회에…… 날 데려갈 거야?"

"넌 뭔가를 간절히 바랄 때 특히 더 예뻐."

소피가 테드로스에게 한 발자국 다가섰다.

"약속해 줘. 날 무도회에 데려가겠다고 말해 줘."

소피는 조마조마한 마음을 감추며 말했다.

테드로스는 자신의 셔츠 레이스를 꼭 붙잡은 그녀의 보드라운 손을 내려다보았다.

"좋아."

한참을 뜸들이던 그가 마침내 한숨을 내쉬며 대답했다.

"약속할게. 하지만 다른 사람들한테는 비밀이야. 다른 애들한테 말하면 코르사주에 뱀을 숨겨 넣을 거야."

소피는 '꺅' 소리를 지르며 테드로스의 두 팔에 쏙 안겼다. 마침내 꿈이 이루어졌다. 그녀는 드디어 무도회 드레스를 준비할 수 있게 된 것이다.

동화 속에서라면 혼신을 다해 맞서 싸워야 할 선의 학교 1등과 악의 학교 1등 학생은 손을 꼭 마주 잡고 커다란 오크나무 아래 자리를 잡았다. 다른 선인 학생들은 불타는 눈으로 테드로스를 노려보왔다. 테드로스는 그들의 시선에서 배신자를 향한 증오를 읽을 수 있었다. 악인 학생들 역시 마찬가지였다. 지난 몇 주 동안 악당으로서의 자존심을 지키라는 연설을 듣고 감동받았던 악의 학교 학생들은 배신감에 치를 떨며 소피를 쏘아보았다.

소피와 테드로스는 무거운 긴장감을 느끼며 샌드위치를 베어 물었다.

"그 마녀 말이야, 전염병은 다 나은 걸까? 오늘부터 다시 수업을 듣기 시작했대."

테드로스가 침묵을 깨며 입을 열었다.

주변을 둘러보던 소피는 금세 아가사를 찾아냈다. 그녀는 나무에 기대서서 소피를 똑바로 바라보고 있었다.

"글쎄, 요즘 얘기를 안 해 봐서 모르겠어."

"찰거머리 같은 놈이야. 네 아름다운 외모에 반해서 자꾸 가까이 있으려나 본데, 네 내면이 얼마나 훌륭한지에 대해서는 전혀 모르는 것 같아."

소피가 샌드위치를 꿀꺽 삼켰다.

"그러게 말이야."

"그래도 이제 한 가지는 확실해. 어떤 과제에서도 저 마녀를 선택하는 일은 없을 거야."

"그걸 어떻게 알아?"

"이제 나의 공주님을 찾았잖아. 다시는 놓치지 말아야지."

테드로스가 소피의 두 눈을 그윽하게 들여다보며 대답했다.

순간 소피의 표정이 갑자기 어두워졌다.

"평생 키스를 못한다고 해도 괜찮아?"

그녀가 혼잣말을 하듯 중얼거렸다.

"너를 위해서라면 평생이라도 기다릴 수 있어."

테드로스가 소피의 손을 잡으며 자신 있게 대답했다. 하지만 잠시 후 그는 고개를 갸우뚱거렸다.

"진심은 아니지?"

소피는 웃음을 터뜨리며 테드로스의 어깨에 얼굴을 묻었다. 하지만 그녀의 눈에서는 눈물이 흐르고 있었다. 언젠가는 그에게 사실을 고백하리라. 두 사람의 사랑이 견고해지면, 그때 모든 것을 사실대로 말해 줄 것이다.

두 학교의 발코니에 모여 선 교사들은 따스한 햇살 아래에서 사랑을 속삭이는 두 연인의 모습을 어두운 표정으로 바라보고 있었다. 그들은 서로 걱정스러운 시선을 교환한 뒤, 천천히 건물 안으로 들어갔다.

한편 서늘한 그늘 아래 앉아 두 사람을 지켜보던 아가사도 섣불리 그들 사이에 끼어들 생각은 없었다. 교사들과 마찬가지로, 그녀역시 이 둘의 로맨스는 결국 비극으로 끝날 것임을 알고 있었기 때문이다. 그들 사이에는 거대한 장애물이 있었다. 소피는 행복에 겨워 까맣게 잊고 있지만, 그 장애물은 둘의 사랑을 산산조각 낼 것이분명했다.

동화 경연 대회가 하루하루 다가오고 있었던 것이다.

"동화 경연 대회 우승은 선과 악의 학교에서 누릴 수 있는 최고의 명예이다."

거대한 개의 몸을 되찾아 카스토르와 나란히 머리를 얹은 폴룩스가 학생들을 향해 큰 소리로 말했다. 폴룩스의 뒤로는 열다섯 개숲 그룹의 지도 교수들이 나란히 줄을 서 있었다. 폴룩스는 아침 식

사 후 동화의 전당에 모여든 학생들을 진지한 표정으로 내려다보
며 계속해서 말을 이어 갔다.

"일 년에 단 한 번, 우리는 최고의 선인 학생과 악인 학생들을 파
란 숲 안에 들여보낸다. 그곳에서 하룻밤을 견디고 아침까지 살아
남을 수 있는지 보기 위해서다. 이 대회에서 우승하기 위해서는 교
장 선생님이 설치한 죽음의 덫과 더불어 상대편 학생들의 공격도
물리쳐야만 한다. 새벽까지 살아남은 선인 혹은 악인 학생이 전체
대회의 우승자가 되고, 그 학생은 다섯 개의 1등 지위를 추가로 부
여받게 된다."

잠시 말을 멈춘 폴룩스가 도도한 표정으로 턱을 치켜들었다.

"모두들 알다시피, 지난 200년 동안 선은 단 한 번도 우승 자리
를 놓친 적이 없고……."

순간 선의 학교 학생들 사이에서 함성이 터져 나왔다.

"선이 이긴다! 선이 최고다! 선은……."

"멍청하고 오만한 바보들이지!"

카스토르의 우레와 같은 고함 소리에 선인들은 순식간에 입을
닫았다.

"앞으로 일주일 후, 각 숲 그룹은 그룹 내 최고의 선인과 악인을
각각 한 명씩 대회에 출전시키게 된다."

폴룩스가 코를 킁킁거리며 다시 입을 열었다.

"하지만 출전자 명단을 발표하기 전에, 먼저 대회 규칙을 간단하
게 설명하겠다."

"어제 선행 수업에서 베아트릭스가 1등을 했다면서? 마녀랑 만
나더니 많이 물렁해졌다, 너!"

채딕이 테드로스를 향해 속삭였다.

"넌 비둘기 날개도 혼자 치료 못해서 나한테 도와달라고 하지 않았던가?"

테드로스가 날카로운 표정으로 쏘아붙였다. 하지만 그의 표정은 금세 누그러졌다.

"애들이 진짜로 날 싫어하는 것 같아?"

"악인이랑 얽히는 건 용납할 수가 없지. 아무리 예쁘고 똑똑하고 재능이 넘치는 아이라도 그건 아니야."

채딕의 회색 눈동자에는 단호함이 서려 있었다.

의심과 혼란이 순식간에 테드로스의 마음속을 파고들었다. 그는 쓰러지듯 자리에 주저앉았지만, 바로 벌떡 몸을 일으켰다.

"증거를 보여 주면 되잖아! 걔가 선하다는 증거 말이야! 내가 동화 경연 대회에서 우승해서 확실하게 보여 주겠어."

"너희 그룹에서는 베아트릭스나 아가사가 선발될지도 모르는데."

채딕이 말했다.

테드로스는 가슴이 답답했다. 그때 악의 학교 자리에 앉아 있던 소피가 그를 향해 환한 미소를 지어 보였다. 그들이 미래를 함께할 수 있느냐 없느냐 하는 것은 이제 그의 출전 여부에 달려 있었다. 저 아름다운 미소를 지키기 위해서라면, 무엇인들 못하겠는가?

"규칙에 따르면, 동화 경연 대회에서는 두 명 이상의 우승자가 탄생할 수도 있다."

폴룩스의 설명이 이어졌다.

"하지만 이렇게 될 경우, 새벽까지 살아남은 우승자들은 1등 지위를 공평하게 나눠 가져야 한다. 따라서 마지막 순간까지 경쟁자를 제거하고 혼자 우승을 차지하는 것이 가장 유리하다고 할 수 있겠다. 교장 선생님 역시 우승자는 한 명이 되기를 원하시기 때문에 가능한 한 많은 장애물을 설치하실 것이다. 이번 주에 이루어지는 모든 수업은 곧 파란 숲에서 하룻밤을 보내게 될 15명의 선인과 15명의 악인을 훈련시키는 데에 집중하게 될 것이다."

폴룩스의 말에 학생들이 수군거리기 시작했다. 누가 그들의 대표가 될지 의견이 분분했던 것이다.

"각 수업 내 과제는 오직 이 출전자들만 수행하도록 한다. 한 주 동안 수업 내 과제에서 가장 낮은 성적을 거둔 학생은 대회장에 제일 먼저 입장하게 될 것이다. 반대로 가장 우수한 성적을 거둔 학생은 가장 마지막에 파란 숲에 들어가게 된다. 이것은 굉장한 장점이 될 수 있다. 대회장에서 보내는 시간이 짧아질수록, 목숨을 부지할 확률은 높아지기 때문이다."

재잘거리던 학생들이 순식간에 입을 다물었다.

폴룩스는 그 이유를 깨닫고, 어색하게 껄껄 웃어 대며 다시 입을 열었다.

"은유적인 표현일 뿐이지, 누군가 진짜로 목숨을 잃게 될 거라는 뜻은 아니다! 대회에서 학생이 죽는다니, 터무니없는 생각들을 하는구나!"

그때 카스토르가 헛기침을 하면서 끼어들었다.

"하지만 예전에……."

"경기는 100퍼센트 안전하게 진행될 것이다."

폴룩스가 잽싸게 그의 말을 가로채며 학생들을 향해 미소를 지어 보였다.

"출전자들은 항복 깃발을 가지고 파란 숲에 입장하게 된다. 치명적인 위험을 마주하면, 그 깃발을 바닥에 떨어뜨리면 되는 것이다. 그러면 즉시 그 학생은 파란 숲에서 구출된다. 누구도 다칠 이유가 없는 것이다. 상세한 규칙은 앞으로 진행될 수업을 통해 배우게 될 것이다. 이제 내 얘기는 그만하고, 올해 대회에 출전할 학생 명단을 발표하겠다. 발표는 각 숲 그룹 지도 교수께서 직접 해 주시겠다."

에메랄드색 덩굴 드레스를 입은 자그마한 백합 님프가 한 발자국 앞으로 나섰다.

"9번 숲 그룹 대표는 선의 학교 리나와 악의 학교 벡스다."

리나는 한쪽 다리를 뒤로 빼고 무릎을 살짝 굽혀 인사했고, 악의 학교 학생들은 뾰족 귀 벡스를 바라보며 순전히 운이 좋았던 것이라며 투덜거렸다.

다음은 오거 교수가 7번 숲 그룹의 대표를 발표했다. 선의 학교 트리스탄과 외눈박이 아라크네였다. 4번 그룹의 대표는 까무잡잡한 피부의 니콜라스와 아나딜이었고, 12번 그룹의 대표는 키코와 초록색 피부의 모나였다. 6번 그룹은 지젤과 헤스터를 대표로 선정했다.

교수들이 차례로 출전 학생을 발표하는 동안에도 소피의 시선은 테드로스에게만 향해 있었다. 그녀는 이미 여왕이 된 자신의 모습을 그려 보고 있었다. 카멜롯 궁전에는 옷장이 많이 있을까? 거울과 오이는 충분할까? 잠시 후 유바가 목을 가다듬으며 앞으로 나섰다. 테드로스와 베아트릭스는 긴장한 표정으로 유바의 입술을 뚫어지게 바라보았다.

'설마 저 못된 계집애가 테드로스를 이기진 않겠지…….'

소피 역시 기도하듯 두 손을 모으고 유바의 발표를 기다렸다.

"3번 그룹에서는 선의 학교 테드로스를 대표로 선출했다."

유바의 말에 소피가 안도의 한숨을 내쉬었다.

"악의 학교 대표는 소피이다."

소피는 자신의 귀를 의심했다. 있을 수 없는 일이었다. 하지만 유바의 능글맞은 미소를 보는 순간, 소피는 현실을 받아들일 수밖에 없었다.

"악당하고 사귀려면 이 정도 위험은 감수해야지. 서로 꿀 떨어지는 눈으로 바라보고 비비적댈 줄만 알았지, 죽도록 싸워야 될 줄은 몰랐나 보네!"

채딕이 고소하다는 듯 속삭였다.

테드로스는 아무 말도 하지 않았다. 그의 머릿속은 소피가 선하다는 사실을 증명할 계획으로 가득 차 있었다. 아버지가 돌아가신 것이 차라리 다행이었다. 살아 계셨다면, 그의 계획을 듣는 순간 심장 마비를 일으키셨을 것이다. 테드로스의 얇은 셔츠는 점점 땀으로 얼룩져 갔다.

발표가 끝난 뒤 선인과 악인들은 각각 서쪽 문과 동쪽 문을 통해 학교로 돌아갔다. 하지만 소피는 넋이 나간 표정으로 검게 그을린 의자에 앉아 꼼짝하지 않았다. 그때 검은 그림자 하나가 그녀를 향해 다가왔다.

"내가 분명히 걸리적거리지 말라고 경고했건만……."

헤스터의 서늘한 입김이 소피의 목덜미를 파고들었다.

"악의 학교 1등 악당이라는 인간이 우리 전체를 웃음거리로 만들다니! 하지만 네가 간과한 게 있어. 악당의 이야기는 결코 해피엔딩이 아니지. 네 이야기가 어떻게 끝날지 내가 알려 줄게. 너, 그리고 너의 왕자님은 차례대로 죽음을 맞이하게 될 거야."

차가운 입술이 소피의 귓가에 와 닿았다.

"이건 은유적인 표현이 아니야. 문자 그대로 이해하면 돼."

소피가 홱 고개를 돌렸지만, 뒤에는 아무도 없었다. 그녀는 의자에서 벌떡 일어나 비명을 지르며 테드로스에게 달려가 그의 품에 안겼다.

"우리 둘 다 죽이겠대. 너 다음에 나, 아니 나 다음에 너였던 가…… 순서는 잘 모르겠고 어쨌든…… 넌 선인이고 난 악인이잖아. 숲에 들어가면 우린 서로 적이 돼서 싸워야 하는데……."

"아니, 우린 힘을 합쳐 함께 싸울 거야."

소피가 두 눈을 깜빡이며 테드로스를 바라보았다.

"함께?"

"내가 너를 보호하면 다들 네가 선하다는 사실을 알게 될 테니까. 진정한 공주만이 왕자의 보호를 이끌어 낼 수 있지."

축축하게 땀에 젖은 테드로스가 말했다.

"하지만…… 다들 널 공격할 거야! 내가 악하다고 생각할 테니까!"

"우리가 이기면 돼! 그렇게 되면 다들 너를 선인으로 인정할 수밖에 없을 거야."

테드로스가 싱긋 웃음을 지어 보였다.

소피는 고개를 저으며 다시 그의 품을 파고들었다.

"넌 나의 왕자님이야. 진정한 나의 왕자님……."

"앞으로 수업 과제를 할 때마다 1등을 해야 해. 우리 둘이 대회장에 제일 마지막 순서로 입장해야 하니까. 나보다 네가 먼저 들어가면 안 되잖아."

순간 소피의 얼굴이 백지장처럼 창백해졌다.

"하지만…… 그게……."

"그게 뭐? 지금도 넌 이미 1등이잖아. 하던 대로만 하면 되는데."

"그렇긴 한데……."

테드로스가 그녀의 턱을 살짝 들어 올렸고, 소피는 수정처럼 맑은 그의 파란 눈동자에 다시 한 번 넋을 잃고 말았다.

"모든 과제에서 1등 하기, 알았지?"

소피는 아무 말 없이 고개를 끄덕였다.

"우린 이제 한 팀이야."

테드로스가 보조개를 보이며 자신감 넘치는 목소리로 말했다. 그는 소피의 뺨을 부드럽게 쓰다듬고는 서쪽 문을 향해 걸음을 옮겼다.

잠시 후, 소피 역시 악의 학교를 향해 터덜터덜 걷기 시작했다. 하지만 어깨를 축 늘어뜨린 채 걸어가던 소피는 무엇인가를 발견하고 이내 걸음을 멈추었다. 그녀는 천천히 몸을 돌려, 혼자 핑크색 의자에 앉아 있는 아가사를 바라보았다.

"전부터 얘기했잖아. 난 가발돈에 어울리지 않아. 여기 있어야 할 사람이라고. 네가 내 말을 믿어 줬더라면……."

소피가 한숨을 내쉬었다.

"어쩌면 교장 선생님이 너만 집으로 돌려보내 줄 수도 있어."

소피가 다시 말했지만, 아가사는 꼼짝도 하지 않았다.

"이제 새로운 친구를 만나, 아가사. 나에게는 왕자님이 있어."

소피가 부드러운 미소를 지으며 말했다.

아가사는 여전히 입을 꼭 다문 채, 고개를 들어 소피의 두 눈을 똑바로 바라보았다.

순간 소피의 얼굴에서 미소가 사라졌다.

"나에겐 왕자님이 있다고!"

소피는 문을 쾅 닫고 쿵쾅거리며 사라졌다.

맨리 교수의 〈추한 외모 만들기〉 수업이 시작되었다. 동화 경연 대회에 참가할 15명의 악인 학생들에게 주어진 첫 번째 과제는 '첫 눈에' 적을 겁에 질리게 만들 수 있는 모습을 만드는 것이었다. 헤스터는 자신이 직접 만든 물약을 들이켜고, 자신의 온몸에 뾰족한 대못이 돋아나게 했다. 아나딜은 피부를 얇게 만들어, 몸속의 벌건 핏줄이 투명한 피부를 통해 모두 비쳐 보이는 기술을 선보였다. 한편 별다른 재주가 없었던 소피는 수업 시간에 배웠던 올챙이 죽을 만들었다. 얼굴에 우둘투둘한 뾰루지를 돋게 할 계획이었다. 하지만 웬일인지, 그녀가 두 눈을 꼭 감고 올챙이 죽을 들이켜자마자, 그녀의 몸에는 나선형 뿔과 반짝이는 말꼬리가 생겨났다.

"공주가 제일 무서워하는 동물이 유니콘이라고 생각하는 거냐?"

맨리 교수가 사납게 호통을 쳤다.

〈부하 길들이기〉 수업에 들어간 악인 출전 학생들은 불의 거인을 길들이라는 과제를 받았다. 그들은 밝은 오렌지색 피부에 머리카락은 활활 불타오르는, 3미터 가까이 되는 덩치 좋은 거인들이었다. 소피는 그들의 생각을 읽어 보려 했지만, 모두 거인 언어로 이루어져 있었다. 다행히 아가사에게 배운 거인 언어를 몇 마디 기억해 낸 소피는 더듬더듬 의사소통을 시도해 보았다.

불의 거인 : 내가 널 죽이면 안 되는 이유라도 있나?

소피 : 나는 이 말(馬)을 알고 있다.

불의 거인 : 무슨 말? 아무것도 없는데!

소피 : 그것은 너의 팬티만큼이나 널찍하다.

카스토르는 소피를 잡아 삼키려는 불의 거인으로부터 간신히 그녀를 구해 냈다.

레소 부인의 과제는 '주문을 건 사람이 직접 나서야만 풀 수 있는 주문'을 맞히는 것이었다.

선과 악의 학교

"답이 뭐지?"

악인 학생들은 추위에 덜덜 떨며, 작은 얼음 칠판에 답을 새겼다.

헤스터 : 돌이 되는 주문

아나딜 : 돌이 되는 주문

아라크네 : 돌이 되는 주문

소피 : 특별 주문

"사랑이 모든 문제를 해결해 줄 줄 알았지?"

레소 부인은 소피에게 세 번째 15등을 선사했다.

"대체 어떻게 된 거야?"

테드로스는 선인들의 점심 줄에서 그녀를 밀쳐 내며 말했다.

"앞으로 나아질……."

"소피! 나보다 먼저 숲에 들어가면 안 된다고 했잖아."

줄을 서 있던 선인 학생들이 얼굴을 잔뜩 찌푸린 채 두 사람을 바라보았다. 동화 경연 대회가 시작되면, 이들은 가슴속에만 묻어 두었던 증오를 거침없이 쏟아 낼 것이 분명했다.

"그냥 예전처럼만 해."

테드로스가 간청하듯 말했다.

소피는 이를 악물고 방으로 돌아갔다. 아가사도 선의 학교에서 좋은 성적을 거두었는데, 그녀라고 못 할 이유가 무엇이랴! 당장이라도 두꺼비 눈알을 뽑아 삶고, 거인 언어를 배우고, 필요하다면 어린아이를 통째로 구우리라! 직접 불에 던지는 게 힘들다면 지휘 감독이라도 할 것이다. 그 무엇도 '영원히 행복한' 결말을 향해 가는 그녀를 막을 수는 없었다. 그녀는 가슴을 활짝 펴고 방문을 열었다.

하지만 그 순간 그대로 돌처럼 굳어 버렸다.

침대는 사라져 버렸고, 거울은 산산조각이 나 있었다.

그리고 그녀의 머리 위에는 이곳저곳이 찢겨져 나간 옷들이 마치 머리 잘린 시체들처럼 덜렁덜렁 매달려 있었다.

침대에 누워 있던 아나딜이 《예쁜 여자 죽이기》라는 책을 손에 든 채 고개를 들었다. 헤스터의 손에는 《더 예쁜 여자 죽이기》라는 책이 들려 있었다.

소피는 꼭대기 층에 자리한 연구실로 쏜살같이 달려갔다.

"룸메이트들이 저를 죽이려고 해요!"

레소 부인은 화를 내기는커녕 만족스러운 미소를 지으며 그녀를 바라보았다.

"훌륭한 자세군!"

순간 방문이 저절로 스르륵 움직이더니, 소피의 눈앞에서 쾅 닫혀 버렸다.

소피는 어두운 복도에 쭈그리고 앉았다. 지난주까지만 해도 그녀는 학교에서 제일 잘나가는 학생이었건만, 지금은 돌아갈 방조차 없는 신세가 되었다.

그녀는 손등으로 눈물을 닦았다. 이런 게 무슨 문제이랴? 그녀는 곧 선의 학교로 갈 것이고, 이 지긋지긋한 악의 학교에 다시 발붙일 일은 없을 것이다. 그녀는 누구나 탐내는 남자를 손에 넣었다. 그녀를 지켜 줄 왕자님이 있는 것이다. 저따위 멍청한 마녀 두 명은 진정한 사랑의 적수가 될 수 없다!

그때 머리 위에서 익숙한 목소리가 들려왔다. 그녀는 재빨리 어둠 속으로 몸을 숨겼다.

"헤스터가 대회 중에 소피를 죽이는 애를 내년에 자기 부하 캡틴으로 삼겠대. 하지만 사고처럼 보여야 해. 일부러 그런 게 들통나면 당장 퇴학당할 테니까."

아라크네가 계단을 걸어 내려오며 말했다.

"아나딜보다 우리가 빨리 손을 써야 하는데! 대회가 시작되기도 전에 죽이면 어떡하지?"

모나가 초록색 피부를 번뜩이며 대답했다.

"헤스터가 대회 중에 해야 한다고 못 박았어. 벡스랑 브론 같은 애들도 다 알고 있다고. 너 걔들 계획이 뭔지 알아? 걔들 남아 있는 스팀프 알을 찾으려고 선의 호수까지 뒤졌대! 소피는 이제 죽은 목숨이야."

"우리가 그런 배신자의 강의를 들었다니! 정말 기가 막혀! 조금만 더 그대로 놔뒀으면, 우리더러 핑크색 드레스를 입고 선인하고 키스를 하라고 했을걸!"

모나가 이를 바득거리며 말했다.

"걔는 우리 모두의 수치야. 그 대가를 치르게 해야지. 우린 14명이고 걔는 혼자야. 승산 없는 게임이지."

아라크네가 두 눈을 가늘게 뜨고 말했다.

낄낄거리는 두 소녀의 웃음소리가 축축한 계단통을 따라 점차 멀어졌다.

소피는 어둠 속에서 꼼짝도 하지 않았다. 그녀의 룸메이트뿐 아니라 이 학교 학생 모두가 그녀의 목숨을 노리고 있었다. 더 이상 안전한 곳은 없었다.

'혹시 그 아이라면……'

퀴퀴한 냄새를 풍기는 어두운 복도에 노크 소리가 세 번 울려 퍼지고, 잠시 후 복도 끝에 위치한 34호실 문이 삐걱거리며 열렸다.

"멋쟁이, 안녕!"

의심으로 가득 찬 검은 두 눈동자를 향해 소피가 달콤한 인사를 건넸다.

"무슨 꿍꿍이인지 모르겠지만, 그만둬! 왕자라면 사족을 못 쓰는 배신자! 넌……."

소피는 호트의 입 냄새를 피하기 위해 한 손으로 코를 움켜쥔 채, 다른 한 손으로 그를 밖으로 끌어냈다. 그리고 방으로 쏙 들어가 문을 잠가 버렸다.

그 후 20분 동안 호트는 하릴없이 방문을 두드리며, 큰 소리로 화를 내기도 하고 간청을 하기도 하며 지루한 모노드라마를 연기했다. 지칠 줄 모르는 소란에 질려 버린 소피는 마침내 문을 열었다.

"통행금지 시간까지는 여기 있어도 돼. 나 공부하는 거나 좀 도와줘. 하지만 잠은 다른 데서 자."

그녀가 라벤더 액을 칙칙 뿌리며 말했다.

"여기는 내 방인데 그게 무슨 소리야!"

인상 쓴 초록 개구리 무늬가 들어간 검은 파자마를 입은 호트가 입을 삐죽거리며 바닥에 털썩 주저앉았다.

"내가 이 방을 쓸 거거든. 남학생이랑 여학생이랑 한 방을 쓸 수는 없으니까, 이제 여기는 네 방이 아니지."

소피는 여유로운 표정으로 침대에 누웠다.

"그럼 난 어디서 자?"

"악의의 탑 휴게실이 꽤 편안하다고 하더라."

소피는 징징거리는 호트를 못 본 척하며 베개에 머리를 파묻고, 초를 들어 그의 공책을 비추었다. 내일부터는 모든 과제에서 1등을

선과 악의 학교

해야 한다. 그녀가 대회에서 살아남을 수 있는 길은 테드로스와 함께 제일 마지막에 입장해서 든든한 그의 방패 뒤에 몸을 숨기는 것뿐이었다.

"적에게 수치심을 안기기 위해서는 상대를 닭으로 변신시켜라. 반타 파레오 디로스티?"

그녀가 눈을 가늘게 뜨고 공책을 들여다보며 물었다.

"이거 맞게 쓴 거야?"

"소피, 넌 네가 악당이 아니라는 걸 어떻게 확신하니?"

꺼멓게 그을린 바닥에 동그랗게 몸을 말고 누운 호트가 나른한 목소리로 물었다.

"거울을 보면 알지. 호트, 너 글씨가 왜 이러니? 완전히 악필이야."

"난 거울을 보면, 내가 악당이라는 느낌이 팍 오던데……."

"그야 네가 진짜 악당이니까 그렇지."

"우리 아빠 말씀이, 악당은 절대 사랑을 할 수 없대. 부자연스럽고 역겨운 일이라는 거야."

소피는 호트의 공책에 적힌 글씨를 읽느라 그의 말에 대꾸할 정신이 없었다.

"선인을 꽁꽁 얼리기 위해서는 먼저 자신의 영혼을……."

"그러니까 난 아마도 사랑을 할 수 없겠지."

호트는 개의치 않고 계속 말을 이어 갔다.

"상상할 수도 없을 정도로 차갑게 만든 뒤…… 다음과 같은 주문을 소리 내어 말하라……."

"하지만 내가 만약 사랑을 할 수 있다면, 난 널 사랑할 거야."

소피가 호트를 향해 고개를 돌렸다. 하지만 호트는 이미 쌔근쌔근 숨을 몰아쉬며 잠들어 있었다. 잔뜩 화가 난 초록 개구리들만이 축 늘어진 옷깃에서 희미한 빛을 발하고 있었다.

"호트, 여기서 자면 안 된다고 했잖아."

소피가 말했지만, 바닥에 누운 호트는 더욱 동그랗게 몸을 웅크렸다.

소피는 이불을 홱 걷어차고 쿵쾅거리며 호트를 향해 다가갔다.

"이거나 먹어라, 피터팬!"

호트가 낮은 목소리로 중얼거리며 잠꼬대를 해 댔다.

소피는 동그랗게 몸을 만 채 땀을 흘리는 그의 모습을 가만히 내려다보았다.

그녀는 잠시 후 퀴퀴한 이불 속으로 다시 들어가 공책을 들여다보기 시작했다. 그녀는 정신을 바짝 차리려고 애썼지만, 규칙적으로 들려오는 호트의 숨소리는 자장가처럼 그녀를 잠 속으로 이끌었다. 잠시 후, 소피가 눈을 떴을 때에는 이미 아침이었다.

둘째 날도 달라진 것은 없었다. 소피는 또다시 세 번 연속 꼴등을 차지했다. 마지막 〈부하 길들이기〉 수업에서도 그녀는 지독한 악취를 풍기는 트롤을 보자마자 손가락을 뻗었지만 불빛을 끌어낼 수는 없었다.

점심시간이 되자 테드로스는 어김없이 줄을 서 있던 소피를 홱 낚아채 구석진 곳으로 끌고 갔다. 코를 쥐어 잡은 그의 목에서 벌건 핏대가 솟아오르고 있었다.

"내가 일부러 과제를 망치기를 바라는 거야? 아니면 나보다 세 시간이나 먼저 대회를 시작할 셈이야?"

"나도 최선을 다하고 있는데……."

"내가 알던 소피는 최선을 다할 필요가 없는 사람이었어. 무조건 1등이었으니까."

두 사람은 무거운 침묵 속에서 점심을 먹기 시작했다.

"요정 할머니라도 숨겨 둔 줄 알았는데, 요즘은 왜 저러고 다닌대?"

등 뒤에서 베아트릭스가 까르르 웃어 대는 소리가 들려왔다.

공터 맞은편에서는 아가사가 키코와 마주 앉아 숙제를 하고 있었다. 등을 돌린 그녀는 단 한 번도 소피를 바라보지 않았다.

다음 날 첫 번째 수업과 두 번째 수업은 대회 유니폼을 맞추는 것으로 대체되었다. 유니폼은 부드러운 철망으로 만들어진 짙은 파란색 튜닉과, 빨간색 양단으로 가장자리를 장식한 파란색 모직 후드 망토였다. 똑같은 망토를 두른 서른 명의 학생을 보니, 선인과 악인을 구분하는 것은 고사하고, 파란 숲속에서 그들을 발견하는 것부터가 과연 가능할지 의심스러웠다. 옷이라면 늘 열일 제쳐 두고 달려가던 소피였지만, 그날만큼은 달랐다. 그녀는 모처럼 새 옷을 입고도, 호트의 공책에 얼굴을 파묻고 고개 한 번 들지 않았다. 잠시 후면 레소 부인의 수업이 시작될 것이고, 그녀는 반드시 이번 과제에서 1등을 해야만 했던 것이다.

"악당이 살인을 하는 목적은 단 하나다. 운명의 적을 제거하는 것! 그들은 너희가 약해질 때 더욱 강해진다. 운명의 적을 없앤 후에야, 너희는 진정한 자유를 맛보게 될 것이다."

레소 부인은 팽팽한 도자기 피부를 뽐내듯 또각또각 책상 사이를 걸어가며 말했다.

"물론 최고의 악당만 운명의 적을 꿈에서 만날 수 있다. 그러니 너희 중 대부분은 누구 하나 죽이는 일 없이 평생을 살게 되겠지. 행운으로 생각해라! 살인을 하기 위해서는 순수한 악이 되어야 한다. 너희 중 죽음을 자행할 수 있을 만큼 순수한 영혼은 아직 아무도 없다."

레소 부인의 심술궂은 목소리에는 불만과 한탄이 담겨 있었다.

"하지만 동화 경연 대회는 죽음과 전혀 무관한 안전한 경기다."

레소 부인이 갑자기 소피를 향해 돌아서서 미소를 지었다.

"그래서 특별히 내가 제일 좋아하는 과제를 준비했지……"

그녀는 마법을 부려 갈색 곱슬머리의 가짜 공주를 만들어 냈다. 발그스름한 양 볼에 보조개가 움푹 팬 공주의 미소는 순수한 아기의 웃음보다 더 감미로웠다.

"살인 연습이다! 공주를 가장 잔인한 방식으로 죽이는 학생이 1등을 차지한다."

"이제야 좀 쓸 만한 걸 배우는군."

헤스터가 소피를 흘끗 바라보며 말했다.

교실은 어느 때보다 싸늘했지만, 소피의 얼굴은 땀으로 번들거렸다.

공주는 단단히 잠긴 문 뒤에 있었고, 낯선 사람을 경계했기 때문에, 그녀를 죽이기 위해서 악인 학생들은 각기 창의적인 방법을 생각해 내야 했다. 모나는 행상인으로 변장해 공주에게 독이 든 립스틱을 선물했다. 레소 부인은 다시 한 번 마법을 사용해 새로운 공주를 만들어 냈고, 아나딜은 공주의 문을 노크한 뒤 그 앞에 동물을 잡아먹는 꽃을 심어 놓았다. 헤스터는 귀여운 다람쥐로 변신한 뒤 공주에게 반짝이는 풍선을 선물했다.

"어머나, 고마워!"

공주는 환한 웃음을 지으며 풍선을 받아 들었고, 그 순간 풍선과 함께 점점 위로 떠오르다가 결국 천장에 매달린 날카로운 얼음 조각에 찔리고 말았다.

소피는 다른 학생들이 과제를 수행하는 동안, 끔찍한 장면을 피하기 위해 두 눈을 꼭 감고 있었다.

"다음은 누구지?"

레소 부인이 또 다른 공주를 만들어 내며 물었다.

"아, 너구나!"

그녀가 긴 손톱으로 소피의 책상을 탁, 탁 두드리며 말했다.

소피는 속이 울렁거렸다.

'나보고 살인을 하라고?'

아무리 가짜라고는 하지만, 어떻게 사람을 죽일 수가……

순간, 소용돌이치는 물살 속에서 죽어 가던 비스트의 얼굴이 그녀의 머리를 스쳤고, 소피의 얼굴은 백지장처럼 하얗게 변해 버렸다. 그것은 분명 다른 경우였다! 그놈은 누가 봐도 나쁜 놈이 아니었던가! 어떤 왕자가 나섰어도 그녀와 똑같은 선택을 했을 것이다!

"이번에는 시도도 안 하고 꼴등을 하려나 보군."

레소 부인이 음흉한 웃음을 지으며 말했다.

그녀는 교수의 두 눈을 똑바로 바라보았다. 점점 그녀에게 믿음을 잃어 가는 테드로스의 얼굴이 어른거리는 것 같았다. 그녀를 제외한 나머지 14명의 악당들은 그들이 살인을 저지를 수 있을 정도로 순수한 악의 영혼을 지녔다고 굳게 믿고 있다. 그녀의 해피엔딩은 점점 더 멀어져 가고 있었다.

'내가 알던 소피는 최선을 다할 필요가 없는 사람이야.'

그녀는 이를 악물고 문을 향해 다가갔다. 그녀의 손끝은 핑크빛으로 반짝이고 있었고, 교수는 놀란 두 눈으로 가만히 그녀를 지켜보았다.

'선인을 꽁꽁 얼리기 위해서는……'

그녀는 어젯밤 읽은 공책의 내용을 떠올리며 문을 두드렸다.

'자신의 영혼을 차갑게 만들어라…….'

잠시 후 문이 열렸지만, 그녀의 손끝은 빛을 잃고 말았다.

문 뒤에서 나타난 것은 다름 아닌 그녀 자신의 얼굴이었다. 비스트를 만나기 전처럼 긴 금발을 찰랑거리고 있다는 점이 다를 뿐이었다. 이 과제를 수행하기 위해서 그녀는 자신을 죽여야만 할 상황에 처한 것이다.

소피는 조용히 음흉한 미소를 지으며 자신을 지켜보는 레소 부인을 바라보았다.

"무슨 일로 오셨어요?"

소피 공주가 물었다.

'이건 마법으로 만들어 낸 가짜야.'

소피는 마음을 다잡았고, 그녀의 손끝은 다시 밝은 불빛을 내기 시작했다.

"처음 뵙는 분이네요……."

공주가 양 볼을 살짝 붉히며 말했다.

'상상할 수도 없을 정도로 차갑게 만들어야 한다…….'

소피는 밝게 빛나는 손가락으로 공주를 가리켰다.

"어머니께서 낯선 사람과는 이야기하지 말라고 하셨어요."

공주는 조바심을 내며 뒷걸음질을 쳤다.

'어서 주문을 외워!'

소피가 주문을 기억해 내려고 애쓰는 사이, 그녀의 손끝이 불안하게 깜빡거리기 시작했다.

"들어가 봐야겠어요. 어머니께서 부르시네요."

'죽여! 어서 죽이라고!'

"안녕히 가세요."

공주가 잔뜩 겁먹은 표정으로 문을 닫으려는 순간, 마침내 소피의 머릿속에 주문이 떠올랐다.

"반타 파레오 디로스티!"

'펑' 하는 소리와 함께 공주는 닭으로 변했다. 소피는 한 손으로 닭을 안아 올린 뒤, 가까이 있는 의자를 집어 던져 얼음 창문을 산산조각 내었다. 그런 다음, 활짝 열린 하늘을 향해 닭을 힘껏 집어 던졌다.

"날아라, 소피! 자유롭게 날아!"

공중에 붕 뜬 닭은 최선을 다해 날개를 퍼덕였지만, 하늘을 날 수는 없었다. 닭은 곧 바닥을 향해 곤두박질쳤고, 그대로 죽음을 맞이하고 말았다.

"동물이 이렇게 딱해 보이기는 처음이군."

레소 부인이 한심하다는 표정으로 말했다.

소피는 이번에도 15등에서 벗어나지 못했다.

모든 것이 마음에 들지 않는 악의 학교였지만, 몰래 숨어서 울 수 있는 음침한 장소가 곳곳에 널려 있다는 점만큼은 좋았다. 소피는 다 쓰러져 가는 아치 뒤에 몸을 숨기고 눈물을 쏟아 냈다. 테드로스를 볼 낯이 없었다.

"소피 학생을 대회 출전 명단에서 빼야 합니다."

어디에선가 걸걸한 목소리가 들려왔다. 맨리 교수였다. 소피는 아치 뒤에서 걸어 나와, 악취로 가득한 맨리 교수의 교실을 열쇠 구멍으로 들여다보았다. 늘 악당 학생들이 차지하고 있던 녹슨 의자에는 양쪽 학교 교수들이 빼곡히 들어앉아 있었고, 더비 교수는 호박 종이누르개로 환하게 불을 밝힌 용 두개골 모양의 연설대에 서서 회의를 주재하고 있었다.

"악의 학교 학생들이 그 아이를 죽이려고 하고 있어요, 더비 교수님."

대머리에 여드름투성이인 맨리 교수가 다시 말했다.

"맨리 교수님, 학교에서는 학생들이 죽음을 당하는 일이 없도록 만반의 대비를 해 놓고 있습니다."

"그럼에도 불구하고 4년 전에 문제가 터지지 않았습니까?"

맨리 교수가 날카롭게 쏘아붙였다.

"개릭의 죽음은 사고였어요. 모두 동의하실 겁니다."

더비 교수가 발끈하는 목소리로 대답했다.

방 안에는 무거운 침묵이 흘렀다. 복도에서 이 모습을 지켜보던 소피는 가슴이 두근거리며 숨이 가빠 오는 것을 느꼈다.

개릭은 베인과 함께 사라진 가발돈의 소년이었다.

베인은 낙제를 했고, 개릭은 이곳에서 죽음을 맞이했다.

그녀의 심장이 가슴 밖으로 튀어나올 듯 요동치기 시작했다.

'살아서 집에 돌아가는 게 우리가 찾아야 할 해피엔딩이었어.'

소피는 아가사의 말이 옳았다는 사실을 깨달았다.

"소피를 대회에 출전시키지 말아야 할 이유가 또 있습니다."

카스토르가 침착한 목소리로 입을 뗐다.

"요정들 말에 따르면, 그 아이가 선의 학교 남학생 한 명과 한 팀으로 행동할 계획이라는군요."

"팀이라고요?"

더비 교수가 두 눈을 동그랗게 뜨고 말했다.

"선인과 악인이 한 팀이 돼요?"

"그 아이들이 우승이라도 한다고 생각해 보세요! 그리고 그 소문이 숲까지 퍼진다고 생각해 보시라고요!"

식스 교수의 목소리는 비명에 가까웠다.

"결국 그 아이가 대회에 출전하면, 죽거나 이 학교를 파멸로 이끌거나 둘 중 하납니다."

맨리 교수가 불만 섞인 목소리로 말하고, 바닥에 침을 탁 뱉었다.

"더비 교수님, 어려운 결정도 아니잖아요."

레소 부인이 말했다.

"하지만 이미 대회 출전 자격이 주어진 학생을 중간에 뺀다는 건 전례가 없는 일이에요."

더비 교수는 여전히 완강했다.

"'자격'이라고 하시니 제가 한 말씀 드리죠. 그 아이는 이번 주 수업 과제에서 내내 꼴등을 도맡아 했어요. 그 아이는 선인 남학생 말에 넘어가서 자기가 선인인 줄 알고 있다고요!"

맨리 교수가 목에 핏대를 세우며 말했다.

"대회를 앞두고 부담을 느껴서 그런 건지도 모르죠."

우마 공주가 어깨에 앉은 메추라기에게 먹이를 주며 조곤조곤 입을 열었다.

"아니면 그동안 우리 모두를 속인 건지도 모르죠. 우린 다들 그 아이가 악의 최대 희망이 될 거라고 믿었잖아요. 애초에 그 아이한테 대회 참가 자격을 주지 말았어야 했어요."

식스 교수가 말했다.

"그렇다면 어쩌다가 그 애가 선발된 거죠?"

아네모네 교수가 물었다.

"낙제시키려고 할 때마다 희한하게도 다른 학생이 꼴등을 하더군요. 마치 누군가 그 아이가 낙제하는 것을 일부러 막는 것처럼 말이에요!"

맨리 교수가 대답했다.

악의 학교 교수들은 목청을 높여 그의 말에 동의를 표시했다.

"정말 명쾌한 설명이네요!"

더비 교수가 큰 목소리로 다른 교수들의 아우성을 진압하며 입을 열었다.

"누군가 남의 일에 참견하기 좋아하고 눈에 보이지도 않는 어떤 사람이 학교 안을 마음대로 돌아다니면서 학생들의 성적을 조작한다는 말씀이시죠?"

"정확해요! 교장 선생님의 행동을 잘 설명하셨네요, 더비 교수님."

레소 부인이 날 선 목소리로 말했다.

"말도 안 되는 소리 하지 말아요, 레소 부인. 교장 선생님께서 왜 학생들 성적에 관여를 하시겠어요?"

"왜냐고요? 교장 선생님은 악의 학교 '최고'의 학생이 선의 학교 학생의 보호를 받으면서 대회에서 우승하는 것을 누구보다 원하실 테니까요."

레소 부인이 자주색 눈동자를 번뜩이며 사나운 목소리로 말을 이어 갔다.

"나 역시 바보처럼 그 아이가 우리 학교의 희망이라고 믿었어요. 하지만 만에 하나라도 소피가 그 한심한 선인 남학생과 힘을 합쳐 우승을 거머쥔다면, 절대 가만히 있지 않겠습니다! 내 평생을 바친 이곳이 교장 선생님이나 당신, 혹은 당신의 그 거만한 학생들 때문에 무너지는 것은 절대 용납할 수 없어요. 잘 들어 보세요. 소피가 대회에 참가하게 되면, 그 아이의 목숨만 위태로워지는 게 아니에요. 우리 모두 전쟁의 위험을 떠안게 된다는 말이에요."

교실 전체가 무거운 침묵에 휩싸였다.

잠시 후 더비 교수가 헛기침을 하며 다시 입을 열었다.

"그렇다면 그 아이는 내년에 출전시키는 쪽으로……."

소피는 안도감에 풀썩 주저앉고 말았다.

"악에 굴복하시는 겁니까?"

에스파다 교수가 그녀의 말을 자르고 큰 소리로 외쳤다.

"학생의 목숨이 달린 문제이다 보니……."

더비 교수는 자신이 없는 듯 말꼬리를 흐렸다.

"남학생은 어쩌죠? 여전히 그 아이를 사랑할 텐데요."

아네모네 교수가 걱정스러운 표정으로 말했다.

"파멸의 방에 일주일만 가둬 두면 정신 차릴 거예요."

레소 부인이 대답했다.

"아직 비스트를 못 찾았어요."

"다른 놈을 구하면 되죠!"

식스 교수의 말에 레소 부인이 사납게 쏘아붙였다.

"투표로 결정하는 건 어때요?"

"투표는 여자애들이나 하는 겁니다!"

카스토르의 말에 교수들은 저마다 목소리를 높여 불평을 쏟아 내기 시작했다. 그때 우마 공주의 어깨에 앉아 있던 메추라기가 공중으로 날아오르더니 교수들에게 똥 세례를 퍼부어 댔다. 카스토르는 새를 잡아먹으려고 이쪽저쪽으로 고개를 흔들어 댔고, 덕분에 폴룩스는 흔들거리는 몸을 따라다니느라 중심을 잃고 휘청거렸다. 교실 전체가 혼란에 빠져 있을 때, 어디에선가 날카로운 휘파람 소리가 들려왔고, 교수들은 모두 고개를 돌렸다. 검게 타 버린 교실 한쪽 구석에 한 남자가 서 있었다.

"이 학교가 지켜야 할 사명은 오직 하나뿐입니다."

새더 교수가 입을 열었다.

"선과 악의 균형을 보호하는 것이지요. 소피가 대회에 출전함으로써 이 균형에 위협을 가한다면, 그 아이는 즉시 출전 명단에서 제외되어야 마땅합니다. 다행히 우리는 이 균형의 증거를 언제든 우리 눈으로 직접 확인할 수 있지요."

교수들의 시선이 움직이기 시작했다. 소피는 그들이 무엇을 바라보는지 찾기 위해 정신을 집중했지만, 교수들의 눈동자는 이상하게도 제각기 다른 방향을 향하고 있었다.

"선과 악의 균형에는 아무런 이상이 없습니다. 다들 동의하시겠지요?"

새더 교수가 다시 말했다.

이의를 제기하는 사람은 아무도 없었다.

"그렇다면 소피는 동화 경연 대회에 출전해도 되겠군요. 그 문제에 대해서는 더 이상 논의할 이유가 없습니다."

소피는 비명이 터져 나오려는 것을 꾹 참았다.

"늘 합리적인 판단을 내리시는군요, 새더 교수님."

레소 부인이 자리에서 일어서며 입을 열었다.

"고맙게도 그 학생은 지금 알아서 꼴등을 도맡아 해 주고 있답니다. 대회에 참가하는 대부분의 시간을 자신을 보호해 줄 선인 남학생 없이 혼자 보내게 되겠지요. 그 아이가 비참하고 끔찍한 죽음을 맞이하기를 빌죠. 그래야 다시는 이런 실수를 반복하지 않을 테니까요! 죽음이야말로 그 아이의 동화에 어울리는 결말입니다. 아, 그림의 소재로도 안성맞춤이겠네요!"

말을 마친 레소 부인은 드레스 자락으로 바닥을 휩쓸며 교실 밖으로 나갔고, 다른 악의 학교 교수들도 그녀의 뒤를 따랐다.

잠시 후 선의 학교 교수들도 낮은 목소리로 대화를 나누며 교실을 빠져나갔고, 어두침침한 교실에는 더비 교수와 새더 교수 두 사람만 남게 되었다. 두 사람은 말없이 걸음을 옮기기 시작했다. 더비교수의 연노랑 드레스가 새더 교수의 토끼풀색 양복을 스치며 바스락거리는 소리가 들려왔다.

"진짜로 그 아이가 죽기라도 하면 어떡하죠?"

더비 교수가 물었다.

"살 수도 있죠."

새더의 대답에 더비 교수가 걸음을 멈추었다.

"그것 말이에요, 지금도 믿으세요?"

"그렇습니다. 이야기꾼이 그 아이의 동화를 쓰기 시작했다는 말도 저는 믿습니다."

"하지만 그건 불가능하잖아요. 그건…… 있을 수 없어요……. 그건……."

순간 더비 교수의 얼굴이 공포에 질리며 붉게 달아올랐다.

"그것 때문이었군요! 그것 때문에 직접 개입하셨던 거예요?"

"아니요, 그렇지 않아요. 저는 절대 개입하지 않았습니다."

새더 교수가 대답했다.

"교사로서 우리 역할은 동화가 스스로 쓰이도록……."

"맙소사, 새더 교수님! 대체 무슨 짓을……."

더비 교수는 손으로 입을 막았다.

"그것 때문에 그 어린아이를 죽음의 위협 속으로 내모시는 거죠? 교수님이 믿는다는 그 그럴싸한 예언 때문에?"

"위험에 처한 것은 그 아이의 목숨뿐만이 아니에요, 더비 교수님. 훨씬 더 많은 것이 걸린 문제입니다."

"그 아이는 아직 아무것도 모르는 어린 학생일 뿐이라고요!"

더비 교수는 눈물이 글썽한 눈으로 숨을 헐떡이기 시작했다.

"그 아이가 죽는다면 교수님은 책임을 면할 수 없을 거예요!"

말을 마친 더비 교수는 코를 훌쩍이며 어두운 계단을 향해 빠르게 걸어갔다. 혼자 남겨진 새더 교수의 적갈색 눈동자는 의심으로 흔들리고 있었다.

생각에 잠긴 새더 교수의 바로 옆에 소피가 있었다. 그녀는 몸을 떨지 않기 위해 온몸에 잔뜩 힘을 주고 웅크린 채 교수가 사라지기만을 기다렸다.

쭈글쭈글한 낙엽이 가득 쌓인 공터 한구석에 키코가 앉아 있었다. 그녀는 싸늘한 바람에 숄을 꼭 여미며, 양념한 옥수숫대를 날름 핥아먹었다.

"그래서 다른 여자애들한테 물어봤지. 트리스탄이 무도회 같이 가자고 하면 승낙할 거냐고. 그랬더니 다들 아니라고 하는 거야! 그러니까 트리스탄은 결국 나한테 올 수밖에 없는 거지. 물론 혼자 갈 수도 있지만, 남자애가 무도회에 혼자 가면 등수가 두 배로 밀려나는데, 트리스탄은 꾸밈방 없이는 못 살거든. 그러니까 자기 등수를 유지하기 위해서라도 분명히 나한테 물어볼 거야. 음, 어쩌면 너한테 물어볼 수도 있겠다. 하지만 네가 걔한테 테드로스가 그렇게 좋으면 결혼이라도 하라면서 놀렸잖아. 그래서 아마 널 싫어하는 것 같아. 말이 나왔으니 말인데, 너 어쩜 그런 말을 할 수 있니? 왕자들끼리 결혼이라니, 그게 무슨 말이야? 그럼 우린 다 어떡하라고!"

아가사는 키코의 목소리를 안 들으려는 듯 더욱 큰 소리로 쩝쩝

거리며 옥수숫대를 먹었다. 공터 맞은편에서는 소피와 테드로스가 터널 입구에 서서 격렬한 논쟁을 벌이고 있었다. 멀리서 보기에는 소피가 무엇인가에 대해 사과를 하는 것 같았다. 그녀는 테드로스를 껴안고 입을 맞추려고 했지만, 테드로스는 거칠게 그녀를 밀쳐 버렸다.

"내 말 듣고 있니?"

아가사가 다시 키코를 향해 고개를 돌렸다.

"그러니까 여자애들은 무도회 초청을 못 받으면 그대로 낙제하는 데다 죽음보다 더 끔찍한 벌을 받아야 하는데, 남자애들이 무도회에 안 가면 원래 등수의 두 배로 밀려난다는 말이야? 그런 불공평한 규칙이 어디 있어!"

"여기 규칙이 그래. 남자애들은 자신이 원하면 혼자 지낼 수도 있지만 여자애들은 짝을 찾지 못하면…… 죽은 거나 다름없어."

키코가 대답했다.

아가사는 마른 침을 꿀꺽 삼켰다.

"진짜 말도 안 되는……."

그때 그녀의 바구니에 무엇인가 툭 떨어졌다.

아가사는 고개를 들었다. 테드로스의 손에 이끌려 선의 학교 학생들의 점심 줄로 향하던 소피가 그녀를 바라보고 있었다.

키코가 계속해서 수다를 늘어놓는 사이, 아가사는 바구니에 손을 넣어 활짝 핀 핑크색 장미꽃을 꺼냈다. 자세히 보니 그것은 진짜 꽃이 아니라 종이로 만든 것이었다. 아가사는 조심스럽게 꽃잎을 펼쳐 드레스 자락 위에 펼쳐놓았다.

꽃잎 위에는 짧은 두 단어가 적혀 있을 뿐이었다.

'네가 필요해.'

20
비밀과 거짓말

바퀴벌레 아가사는 재빨리 66호실 문틈을 통과해 방 안에 들어섰다. 하지만 방 안 풍경을 보는 순간 너무 놀라 심장이 튀어나올 것만 같았다. 바닥에는 깨진 유리 조각이 널려 있었고, 천장에는 갈기갈기 찢긴 옷들이 교수형 당한 듯 매달려 있었다. 침대는 세 개뿐이었으며, 그 위에서는 세 명의 마녀들이 깊은 잠에 빠져 있었다. 바퀴벌레는 혹여 들킬새라 얼른 방을 빠져나왔다.

하지만 세 마녀가 모두 잠든 것은 아니었다. 그들 중 한 명이 실눈을 뜨고 바퀴벌레를 보았던 것이다. 그녀는 통통한 배에서 반짝이는 백조 문장을 놓치지 않았다.

아가사는 더듬이를 좌우로 휘저으며 소피의 짙은 향수 향을 따라 다리를 움직였다. 소피의 흔적은 구불구불한 계단을 지나 축축한 복도로 이어지고 있었다. 가는 길에 발 빠른 수놈 바퀴벌레를 만나 봉변을 당할 뻔했지만, 아가사는 무사히 위기를 넘기고 휴게실에 도착했다. 짙은 향기는 바로 그곳에서 시작되고 있었다. 안으로 들어서자마자 아가사의 눈에 들어온 것은 바지만 입은 호트였다. 그는 마치 화장실 변기에 앉은 꼬마 아이처럼 벌겋게 달아오른 얼굴에 잔뜩 힘을 주고 있었다. 잠시 후 '끙' 하는 소리와 함께 두 눈을 뜬 호트는 맨살이 드러난 가슴을 내려다보았다. 새 털 두 가닥이 솟아나 있었다.

"좋아! 내 재능이 최고지, 아무렴!"

바로 옆 소파에는 소피가 앉아 있었다. 그녀는 호트의 환호성에도 꿈쩍 않고 《바보들을 위한 주문 연습》이라는 책 속에 얼굴을 파묻고 있었다.

타닥타닥거리는 벌레 소리를 눈치챈 소피가 갑자기 고개를 쳐들었다. 호트는 가슴을 내밀며 소피를 향해 윙크를 해 보였다. 소피는 공포에 질린 표정으로 고개를 돌렸고, 순간 소파 뒤 바닥에 립스틱으로 휘갈겨 쓴 글귀를 발견했다.

"화장실로. 옷도 가져올 것."

소피는 악의 학교 화장실을 끔찍이도 싫어했다. 하지만 비밀스러운 만남을 갖기에 그보다 안전한 곳은 없을 것 같았다. 악의 학교 학생들은 무슨 이유에서인지 화장실 공포증을 가지고 있어, 결코 화장실에 발을 들여놓는 일이 없었던 것이다. 소피는 그들이 대체 어디에서 볼일을 해결하는지 궁금했지만, 너무 깊이 생각하지는 않기로 했다. 그녀는 삐걱거리는 문을 살며시 열고, 강철 벽으로 둘러싸인 어두침침한 공간 안으로 들어갔다. 녹슨 벽에는 두 개의 횃불이 펄럭이고 있었고, 바닥에는 칸막이 화장실 그림자가 길게 드리워져 있었다. 마지막 칸을 향해 조심조심 걸음을 옮기는 소피의 눈앞에 갑자기 허여멀건 피부가 쑥 나타났다.

"옷은?"

아가사가 철문 틈 사이로 빼꼼히 밖을 내다보며 물었다.

소피는 문 아래로 옷을 밀어 넣었다.

잠시 후 문이 열리고 호트의 개구리 파자마를 입은 아가사가 팔짱을 낀 채 터덜터덜 걸어 나왔다.

"그것밖에 없었어. 다른 옷들은 룸메이트들이 다 교수형에 처해 버렸다고!"

소피가 훌쩍이며 말했다.

"하긴, 애들이 다 널 미워하니까. 이유는 말 안 해도 알겠지?"

아가사는 밝은 빛을 내뿜는 손끝을 옷 속으로 숨기며 차갑게 쏘아붙였다.

"그래, 미안해, 미안하다고! 하지만 그대로 집에 갈 수는 없었어! 드디어 왕자님의 마음을 얻었는데…….."

"왕자님의 마음을 얻었다고? 네가?"

"음, 솔직히 말해서 내 공이 컸지…….."

"소피, 넌 분명히 집에 가고 싶다고 말했어. 우리는 한 팀이라고 했고. 그래서 널 도와줬던 거야!"

"우리 한 팀 맞아, 아가사! 원래 동화에서는 공주 옆에 항상 들러리가 있잖아!"

"들러리? 들러리라고!"

아가사의 목소리가 점점 높아졌다.

"좋아, 잘난 공주님께서 들러리 없이 혼자 얼마나 잘 사는지 한 번 보자고!"

아가사가 화장실 문을 벌컥 열고 나가려는 순간, 소피가 다급하게 그녀의 팔을 붙잡았다.

"나도 키스하려고 했어! 진짜야! 그런데 이제 그 애가 날 의심해."

"이거 놔……."

"네가 좀 도와줘."

"싫어! 넌 거짓말쟁이에 겁쟁이에 사기꾼이야."

아가사가 팔꿈치로 소피를 밀치며 단호한 목소리로 쏘아붙였다.

"그럼 여기까지 왜 왔어?"

소피의 두 눈에 눈물이 차올랐다.

"조심해. 그렇게 아무 때나 울다가는 주름투성이가 될 테니까. 공주님 얼굴에 주름이라니 말이 되겠니?"

아가사가 문 앞에 서서 소피를 조롱하듯 말했다.

"제발! 뭐든 다 할게!"

소피가 엉엉 울음을 터뜨렸다.

아가사는 걸음을 멈추고 뒤를 돌아보았다.

"맹세해! 기회가 생기는 순간 바로 키스하겠다고 말이야. 네 목숨을 걸고 맹세하라고!"

"알았어, 맹세할게! 나도 집에 가고 싶어. 다른 애들 손에 죽고 싶지는 않다고!"

아가사가 순간 멍해진 표정으로 소피를 바라보았다.

"어? 그게 무슨 말이야?"

소피는 잔뜩 흥분한 상태로 말과 손동작을 총동원해 설명을 시작했다. 그녀는 몰래 숨어서 지켜본 교수 회의와 매번 꼴등을 차지했던 수업 과제들, 그리고 테드로스와의 다툼까지 울음을 섞어 가

비밀과 거짓말

며 아가사에게 털어놓았다.

"결말에 가까워지고 있는 거야, 소피. 동화의 결말 부분에서는 늘 누군가 죽잖아."

아가사가 유령처럼 창백해진 얼굴로 말했다.

"그럼 우린 어떻게 해야 하지?"

소피가 잠긴 목소리로 말했다.

"일단 대회에서 우승을 하고, 바로 테드로스에게 키스를 해야지!"

"하지만 어떻게…… 난 테드로스보다 세 시간이나 먼저 입장해야 하는데, 걔가 들어올 때까지 어떻게 살아남아?"

"다른 사람의 도움을 받으면 살아남을 수 있어."

아가사가 마뜩지 않지만 어쩔 수 없다는 표정으로 말했다.

"다른 사람?"

"그래, 요정은 아니지만 너를 도와줄 바퀴벌레가 네 옷깃에 숨어서 널 도와줄 거야. 하지만 명심해! 기회가 왔는데도 키스를 안 하면, 그땐 내가 아는 모든 사악한 주문을 동원해서 널 저주할 거야!"

소피는 두 팔로 아가사를 감싸 안았다.

"아, 아가사! 내가 진짜 못된 친구였던 거 알아. 하지만 그동안 잘못했던 거 지금부터 다 보상할게."

그때 복도에서 발자국 소리가 들렸다.

"어서 가! 난 다시 바퀴벌레로 변신해야겠어."

아가사가 속삭였다.

소피는 다시 한 번 아가사를 꼭 껴안은 뒤, 모든 근심을 털어 버린 밝은 표정으로 화장실을 빠져나가 호트에게 돌아갔다. 잠시 후에는 바퀴벌레 한 마리가 화장실을 나와 계단을 향해 쏜살같이 질주했다.

하지만 두 사람은 짙은 어둠 속에서 자신들을 지켜보는 빨간 문신이 있다는 사실은 전혀 눈치채지 못했다.

전통에 따라 동화 경연 대회 전날 수업은 모두 취소되었다. 대회에 출전할 15명의 선인 학생과 15명의 악인 학생들은 수업 대신 파란 숲을 답사할 수 있는 기회를 얻었고, 나머지 학생들은 각자 탤런트 서커스를 준비하며 시간을 보내게 되었다. 소피는 테드로스를 따라 파란 숲 출입문을 통과했다. 둘 사이에는 얼음장보다 차가운 긴장감이 흐르고 있었다. 바깥은 이미 가을을 맞이해 서서히 죽음의 기운이 드리우고 있었지만, 파란 숲은 여전히 무성한 잎을 자랑하며 한낮의 태양 아래에서 반짝이고 있었다. 한 주 내내 학생들은 숲 안에 어떤 장애물들이 숨겨져 있을지 알아내기 위해 교수들을 졸라 댔지만, 대답은 늘 한결같았다. 그들은 모른다는 것이었다. 대회장을 설계하는 것은 교장의 몫이었고, 교수들은 그저 대회가 진행될 장소의 경계를 안전하게 지키는 역할을 담당할 뿐이었다. 그들은 경기가 진행되는 것을 볼 수조차 없었다. 그날 밤이 되면 교장이 파란 숲 전체에 주문을 걸어 장막을 씌우기 때문이었다.

"교장 선생님은 교사들이 경기에 개입하는 것을 금지하신단다."

더비 교수가 학생들을 향해 중얼거리듯 말했다. 그녀의 표정은 그날따라 유난히 심란해 보였다.

"이번 경기를 통해서 학생들이 전혀 이치에 맞지도 않고 책임자도 존재하지 않는 실제 숲의 위험함을 경험해 보기를 원하시는 거지."

하지만 소피와 테드로스의 뒤를 이어 차례로 파란 숲에 들어선 경기 참가자들은 겨우 하루 뒤면 이 아름다운 숲이 지옥 같은 시련의 장이 될 것이라고는 상상할 수 없었다. 양치식물 구역의 긴 이파리들은 햇빛을 받아 반짝였고, 주머니쥐들은 소나무 협곡에서 평화롭게 간식을 즐기고 있었으며, 파란 개울에는 송어들이 여유롭게 헤엄치고 있었다. 서로 뒤섞여 이동하며 반짝이는 풍경을 감상하던 선인과 악인 학생들은 어느 순간 자신들이 한 팀이 아니라 적이라는 사실을 깨닫고, 끼리끼리 무리를 짓기 시작했다.

"잠깐 나 좀 봐."

그때 테드로스가 소피를 밀치고 지나가며 속삭였다.

"경기는 나 혼자 감당할게. 난 네 보호를 받을 자격이 없어."

소피가 낮은 목소리로 말했다.

테드로스가 고개를 돌려 그녀를 바라보았다.

"베아트릭스 말이, 네가 1등 하려고 속임수를 썼다고 하던데, 사실이야?"

"아니! 그럴 리가!"

"그럼 이번 주 과제에서 왜 계속 꼴등만 했지?"

소피의 두 눈에 진주같이 맑은 눈물방울이 맺혔다.

"너 없이도 살아남을 수 있다는 걸 증명하고 싶었어. 그러면 너도 자랑스러워할 것 같아서……."

테드로스는 갑자기 뒤통수라도 한 대 얻어맞은 것처럼 멍한 표정으로 소피를 바라보았다.

"너…… 일부러 꼴등을 했단 말이야?"

소피가 고개를 끄덕였다.

"정신이 나갔구나! 악의 학교 애들이 널 죽이겠다고 벼르고 있단 말이야!"

테드로스가 버럭 소리를 질렀다.

"넌 내가 선하다는 걸 증명하기 위해서 목숨을 걸려고 하고 있잖아. 나도 널 위해 싸울 거야."

소피가 코를 홀쩍이며 말했다.

테드로스는 당장이라도 주먹을 날릴 것 같은 무서운 표정으로 그녀를 바라보았다. 하지만 잠시 후, 그는 두 팔을 벌려 소피를 꼭 껴안았다. 그의 양 볼에 따스한 온기가 퍼지고 있었다.

"내가 저 출입문을 통과할 때까지 살아 있겠다고 약속해."

"그럴게. 널 위해서라면 할 수 있어."

소피가 흐느끼며 대답했다.

테드로스가 그녀의 두 눈을 지그시 바라보았다. 소피는 반짝이는 도톰한 입술을 살짝 오므리고 고개를 들었다.

"네 말이 맞아. 네 힘으로 이겨 내는 게 중요하지."

하지만 왕자는 몸을 뒤로 빼며 말을 돌렸다.

"나 없이도 이곳에서 자신감 있게 맞서야 해. 안 그래도 내내 꼴등을 했는데 이곳에서 명예를 회복해야지."

"하지만……."

"악인 애들 조심해. 알았지?"

테드로스는 그녀의 손을 꼭 잡아 준 뒤, 호박 구역에 있는 선의 학교 남학생들을 향해 달려갔다. 채덕의 날카로운 목소리가 소피를 향해 메아리쳐 들려왔다.

"쟤가 악당이라는 거 잊지 마. 우리가 쟤를 봐줄 거라는 생각은 하지도 마……."

안타깝게도 테드로스의 대답은 들리지 않았다. 소피는 고요한 협곡에 홀로 선 채 파란 겨우살이 나무를 바라보았다.

"이번에도 실패야."

소피가 투덜거렸다.

"내가 불러 준 말을 네가 제대로만 소화했다면 결과가 달라졌을걸!"

소피의 옷깃에 숨어 있던 바퀴벌레가 차갑게 대꾸했다.

"세 시간 정도면 어떻게든 버틸 수 있을지도 몰라."

소피가 한숨을 내쉬며 말했다.

"악인 애들도 학교에서 허락하지 않은 주문은 쓸 수 없거든. 기 껏해야 폭풍우를 일으키거나 나무늘보로 변신하는 것밖에 할 수 없는데, 그런 주문을 가지고 나한테 무슨 짓을 할 수 있겠어?"

그때 무엇인가 그녀의 머리를 스쳐 지나갔고, 소피는 깜짝 놀라 뒤를 돌아보았다. 오크 나무줄기 한 곳이 상처가 난 듯 움푹 팬 것이 보였다. 그녀가 조금 전까지 서 있던 바로 그 자리였다. 소피는 부스럭거리는 소리에 고개를 들고 위를 바라보았다. 꼬마 도깨비 같은 벡스가 날카로운 막대기를 손에 쥔 채 나뭇가지에 올라서서 그녀를 내려다보고 있었다.

"네 키가 얼마나 되는지 알아보려고."

벡스가 말했다.

또 다른 오크 나무 뒤에서 밀가루 반죽같이 생긴 대머리 브론이 뒤뚱뒤뚱 걸어 나오더니, 나무에 난 상처 자국을 확인했다.

"그래, 이 정도면 맞겠다."

소피는 어리둥절한 표정으로 두 아이를 바라보았다.

"말했잖아. 네 키가 궁금했다고."

벡스가 뾰족한 귀를 흔들며 말했다.

"난 내일 죽게 될 거야."

소피가 파란 숲을 뛰쳐나가며 울음을 터뜨렸다.

"내가 지켜 줄게."

아가사가 집게발에 힘을 꼭 주며 그녀의 귀에 속삭였다.

"수업 시간에도 내가 쟤들 다 이겼잖아. 내일도 물리칠 수 있어. 넌 키스하는 거에나 신경……."

그때 무엇인가 그녀의 머리를 후려쳤다.

"뭐야, 이거……."

당황해서 이리저리 고개를 돌리던 아가사는 풀밭에 떨어진 바퀴벌레 시체를 발견했다. 잠시 후 네 마리가 더 바닥에 떨어졌다.

소피와 아가사는 천천히 고개를 들어 핑크색 안개 속에 높이 솟아 있는 악의 탑을 올려다보았다. 발코니에서 죽은 곤충들이 비 오듯 쏟아져 내리고 있었다.

"대체 무슨 일이야?"

"몰살이라고 하지!"

소피는 소리 나는 쪽을 향해 몸을 돌렸다.

헤스터가 팔짱을 낀 채 파란 숲 출입문에 기대서서 그녀를 바라보고 있었다.

"저놈들이 밤만 되면 우리 학교 구석구석을 빨빨거리며 돌아다니고 있더라고. 전염병이라도 퍼지면 큰일이잖아! 네 친구도 전염병 때문에 고생했으니 잘 알겠지."

헤스터는 어깨에 떨어진 벌레 한 마리를 손끝으로 집어 들었고, 벌레는 도망치려고 다리를 정신없이 버둥거렸다.

"자신에게 어울리지도 않는 곳에 자꾸 가려고 하다가는 어떤 꼴이 되는지 보여 주기에도 효과적인 것 같고. 어떻게 생각해?"

그녀는 벌레를 날름 집어삼킨 뒤 숲속으로 들어갔다. 낙엽이 그녀의 발에 밟혀 버스럭버스럭 소리를 냈다.

"네가 바퀴벌레로 변신한 걸 알아차린 걸까?"

소피가 숨을 헐떡이며 물었다.

"당연하지, 바보야!"

그때 숲에서 악인 학생들이 다가오는 소리가 들렸다.

"어서 가! 이제 이렇게 만나는 건 안 되겠어!"

아가사가 소피의 다리를 기어 내려가며 소리쳤다.

"잠깐만! 그럼 대회에서 나 혼자 어떻게……."

하지만 아가사는 이미 선의 학교 터널 속으로 사라져 버렸다. 이제 소피를 보호해 줄 사람은 아무도 없었다.

통행금지 시간이 되자, 요정들은 1층부터 차례로 점호를 돌기 시작했다. 아가사는 요정들에게 얼굴을 비치자마자, 재빨리 방을 빠져나왔다. 그녀에게는 시간이 많지 않았다. 그녀는 빠른 걸음으로 브리즈웨이를 통과해 용맹의 탑으로 건너갔다. 다른 교사들과 마찬가지로, 새더 교수의 침실도 그의 연구실 바로 옆에 붙어 있었다. 연구실 문만 통과할 수 있다면, 침대에 누워 있는 새더 교수를 덮칠 수 있을 것이다. 그 괴짜 교수가 이번에도 대답을 피한다면 침대에 묶어서라도 입을 열게 하리라!

아가사는 자신의 계획이 엉성하다는 것을 알고 있었지만, 더 이상 다른 선택의 여지가 없었다. 이제 바퀴벌레로 변해 대회에 몰래 참가할 수도 없게 되었고, 소피 혼자서 세 시간을 버틴다는 것은 어림없는 일이었다. 새더 교수는 그들의 마지막 희망이었다.

계단이 끝나자, 용맹의 탑 6층에 단 하나뿐인 문이 나타났다. 새더 교수의 연구실이었다. 대리석으로 만들어진 문 위에는 볼록한 파란색 점들이 오돌토돌 줄을 지어 이어지고 있었다. 아가사는 손끝으로 점들을 쓰다듬었다.

"이 층에는 학생 출입이 금지되어 있다. 즉시 네 방으로 돌아가라."

새더 교수의 목소리가 울려 퍼졌다.

아가사는 손잡이를 잡고, 강한 불빛을 뿜어내는 손가락 끝을 잠금 장치에 가져대 댔다.

잠시 후 연구실 문이 삐걱거리며 열렸다.

새더 교수는 안에 없었지만, 조금 전까지 그가 머물렀던 흔적을 찾을 수 있었다. 침대 시트는 헝클어져 있었고, 책상 위의 차는 아직 따뜻했다. 아가사는 조심스럽게 몸을 숨기며 연구실 곳곳을 둘러보았다. 선반과 의자, 바닥 모두 책으로 뒤덮여 있었다. 책상 위에도 거의 1미터 가까이 책이 쌓여 있었는데, 그중 제일 위에 놓인 몇 권은 펼쳐진 상태였다. 책 안에는 다양한 색깔의 점들이 줄을 맞춰 배열되어 있었는데, 그중에는 가장자리가 까칠까칠한 은색 별로 강조된 부분들도 있었다. 아가사는 은색 별로 표시된 부분 중 하나를 골라 손을 가져다 댔다. 책 위로 뿌옇게 안개 낀 장면이 떠오르더니 날카로운 여자의 목소리가 울려 퍼지기 시작했다.

"혼령은 자신의 목적을 완수할 때까지 평화롭게 잠들 수 없다. 이를 위해 혼령은 앞날을 볼 수 있는 인간의 육체를 이용한다."

아가사의 눈앞에 앙상하게 말라빠진 혼령이 나타났다. 그는 턱수염을 길게 기른 한 노인의 몸속으로 들어갔고, 바로 그 순간 안개가 소용돌이치며 책 속으로 사라져 버렸다. 아가사는 재빨리 다음 페이지를 펼쳐 은색 별로 표시된 부분에 손을 가져다 댔다.

"혼령이 예언자의 몸에 들어가 버틸 수 있는 시간은 기껏해야 몇 초에 지나지 않는다. 이 시간이 지나고 나면, 예언자와 혼령은 모두 파멸에 이른다."

뿌연 안개 속에서 두 형상이 만나더니 곧 먼지처럼 바스러져 내렸다.

아가사는 또 다른 별 표시를 찾아 빠른 속도로 책을 읽어 갔다.

"가장 강한 예언자만이 혼령을 받아들일 수 있다……."

"예언자 대부분은 혼령이 몸에 들어오기도 전에 죽음을 맞이한다……."

아가사는 콧등을 찌푸렸다. 새더 교수는 대체 왜 예언자와 관련된 부분에 강조 표시를…….

순간 그녀의 심장이 쿵 내려앉았다.

'예언!'

교수들의 대화를 엿들었던 것이 떠올랐다.

'새더 교수가 미래를 볼 수 있다는 말인가? 우리가 집에 갈 수 있을지도 알고 있을까?'

"아가사!"

더비 교수가 깜짝 놀란 표정으로 아가사를 바라보고 있었다.

"새더 교수님 방에서 경보음이 들리기에, 바퀴벌레라도 들어온 줄 알았더니 너였구나! 통행금지 시간이 지났는데 대체 여기에서 뭘 하는 거지?"

아가사는 연구실 문 앞에 서 있는 더비 교수를 지나쳐 허둥지둥 계단을 향해 달렸다.

"2주 동안 화장실 청소다!"

교수의 날카로운 목소리가 그녀의 등 뒤에서 울려 퍼졌다.

계단을 내려가려던 아가사는 살짝 고개를 돌려 새더 교수의 연구실을 바라보았다. 더비 교수가 걱정스러운 표정으로 새더 교수의 책을 손끝으로 더듬고 있었다. 하지만 이내 아가사의 시선을 느

선과 악의 학교

긴 더비 교수는 마법으로 연구실 문을 닫아 버렸다.

그날 밤, 두 소녀는 모두 집으로 돌아가는 꿈을 꾸었다.

소피의 꿈은 핑크색 안개를 뚫고 헤스터를 피해 달아나는 장면에서 시작되었다. 그녀는 아가사의 이름을 외치려고 했지만, 입을 벌리는 순간 목소리 대신 바퀴벌레 한 마리가 기어 나왔다. 그녀는 마침내 돌로 만든 우물을 발견하고 그 안으로 뛰어들어 바닥까지 헤엄쳐 들어갔다. 그리고 잠시 후, 그녀가 도착한 곳은 바로 가발돈이었다. 갑자기 강철같이 딱딱한 두 팔이 그녀를 감싸 안았다. 그녀의 아버지였다. 두 사람은 고기와 우유 냄새로 가득한 집으로 들어갔다. 그녀는 화장실에 가고 싶었지만 아버지는 그녀를 부엌으로 데리고 갔다. 부엌에는 번쩍이는 갈고리에 돼지 한 마리가 통째로 걸려 있었고, 한 여자가 빨간색 손톱으로 조리대를 탁, 탁 두드리고 있었다.

"엄마!"

소피가 소리쳤다. 하지만 여자는 끝내 뒤돌아보지 않았고, 다시 아버지가 그녀를 향해 다가와 이마에 가볍게 입을 맞춘 뒤 오븐을 열고, 그녀를 그 안에 밀쳐 넣었다.

소피는 몸부림을 치다 잠에서 깨어났다. 하지만 몸을 너무 거칠게 움직이는 바람에 벽에 머리를 부딪쳤고, 그대로 기절해 버리고 말았다.

한편 아가사는 꿈속에서 불길에 휩싸인 가발돈을 보았다. 그녀는 불타고 있는 검은 드레스들이 쭉 이어져 있는 것을 발견하고 드레스를 따라 그레이브스힐까지 걸어 올라갔다. 꼭대기에 이르자 그녀가 살던 집 대신 낯선 무덤이 하나 보였다. 무덤 속에서는 정체를 알 수 없는 소리가 들려왔다. 그녀는 무덤을 파기 시작했다. 무덤 속에서 들리는 것은 사람 목소리였다. 흙을 퍼낼수록 소리는 점점 더 가까워졌다. 마침내 그녀가 소리의 정체를 확인하려는 순간, 그녀는 잠에서 깨어났다. 옆방에서 익숙한 목소리가 들려오고 있었다.

"네 입으로 말했잖아. 그게 중요하다고!"

테드로스가 소리쳤다.

"악의 학교 애들이 그러는데, 그거 소피가 아가사랑 짜고서 속임수를 쓴 거래."

베아트릭스가 대답했다.

"소피는 아가사랑 친구 사이가 아니야! 아가사는 마녀고……."

"걔네 둘 다 마녀야. 아가사가 바퀴벌레로 변해서 소피한테 답을 알려 준 거라니까!"

"바퀴벌레라고? 너 질투심 많고 옹졸한 줄은 알고 있었는데, 이제 보니 완전히 정신이 나갔구나."

"걔들 둘 다 악당이야, 테드로스. 둘이서 짜고 널 이용하고 있는 거야."

"넌 악인들 말을 그렇게 쉽게 믿어? 소피가 왜 최근 과제에서 줄줄이 낙제했는지 알아? 나를 안전하게 보호하려고 그랬던 거야. 그런 애가 악당이면, 넌 대체……."

그때 바람이 불어 커튼을 흔들었고, 아가사는 더 이상 두 사람의 대화를 들을 수 없었다. 하지만 잠시 후, 문이 쾅 닫히고 테드로스가 터벅터벅 걸어가는 소리가 들려왔다. 아가사는 다시 잠을 청했지만, 쉽게 잠들 수 없었다. 그녀는 멍한 기분으로 대리석 협탁 위에서 희미하게 빛나는 핑크색 종이꽃을 물끄러미 바라보았다. 종

　　　　선과 악의 학교

이 꽃은 마치 무덤 위에 외롭게 핀 장미 같았다.

순간 그녀의 머릿속에 무엇인가 떠올랐다. 그녀는 자기도 모르게 비명을 지르고 말았다.

모두가 잠든 깜깜한 밤이었지만, 하루 앞으로 다가온 결전을 준비해야 하는 선인 학생들의 방에는 환하게 불이 밝혀져 있었다. 아가사는 레이스 실내복에 맨발 차림으로 방을 나섰다. 그녀는 혹시나 요정이나 교수를 마주치지는 않을까 조바심을 내며, 핑크색 유리 계단을 살금살금 걸어 올라갔다. 그녀의 시선은 오직 위쪽에만 고정되어 있었다.

하지만 다섯 층 아래에서는 테드로스가 나선형 계단 사이로 고개를 삐죽이 내밀고, 아가사의 모습을 지켜보고 있었다. 그의 머릿속은 조금 전 들은 말로 혼란스러웠다. 베아트릭스의 말은 과연 사실일까?

테드로스는 계단 아래에 부츠를 벗어 둔 채 아가사의 뒤를 밟기 시작했다. 잠시 후 두 사람은 브리즈웨이를 지나 명예의 탑 4층에 도착했다. 선행의 도서관이 위치한 층이었다. 테드로스는 무릎까지 올라오는 검은색 양말 차림으로 한쪽 구석에 쭈그려 앉은 채 아가사를 지켜보았다. 아가사는 건물 2층 정도의 높이로 책이 쌓여 있는 거대한 황금 도서관 안으로 들어갔다. 이 엄청난 양의 책들을 한 치의 오차 없이 정리하고 보존하는 거북 사서는 거대한 도서관 일지를 앞에 두고 한 손에는 깃펜을 든 채 잠이 들어 있었다. 원하는 책을 발견한 아가사는 조심스러운 걸음으로 거북 사서와 왕자를 지나 도서관을 빠져나갔다. 테드로스는 두 눈을 가늘게 뜨고 그녀가 손에 든 책의 제목을 보려 했지만 실패했고, 그사이 아가사는 파란색 브리즈웨이를 향해 사라져 버렸다.

테드로스는 이를 악물었다. 저 마녀가 또 무슨 계획을 세우고 있는 거지? 소피도 한패일까? 정말 그를 배신할 생각을 하는 것일까? 이 두 악당은 아직도 친구 사이인가? 머릿속이 혼란스러웠던 왕자는 휘청거리며 자리에서 일어섰다. 심장이 방망이질 치듯 쿵쾅거리고 있었다. 바로 그때 어디에선가 무엇을 긁는 소리가 들려왔다.

고개를 돌려 보니, 사서 손에 들려 있던 깃펜이 도서관 일지 위에서 춤을 추듯 움직이며 스스로 글을 쓰고는, 다시 코를 골며 곯아떨어진 거북의 손으로 되돌아가고 있었다. 테드로스는 두 눈을 가늘게 뜨고 살금살금 다가가 일지를 들여다보았다.

꽃의 힘: 더 행복한 세상을 위한 마법 가꾸기
(아가사, 순수의 탑 51호)

테드로스는 코웃음을 쳤다. 그는 잠시나마 공주를 의심했던 자신을 질책하며 부츠를 놓아둔 곳으로 걸음을 옮겼다.

동화 경연 대회의 규칙은 몇 가지밖에 되지 않았지만, 매우 구체적이었다. 해가 지는 순간, 두 명의 첫 출전자가 파란 숲에 입장한다. 그 후로 15분마다 대회 전주 과제의 등수에 따라, 또 다른 두 명의 출전자가 차례로 대회장에 입장한다. 이런 식으로, 대회 시작 세 시간 후면 모든 출전자가 대회에 참여하게 되는 것이다. 일단 숲 안에 들어가면 악인들은 자신이 가진 탤런트와 학교에서 배운 모든 주문을 동원해 선인을 공격할 수 있다. 반면 선인들은 학교에서 용인한 무기와 반격 주문을 사용해서 자신을 방어해야 한다. 교장의 마법이 만들어 낸 장치들은 악인과 선인 학생 양쪽을 모두 공격한다. 이외의 다른 규칙은 없었다. 치명적인 위험에 처했을 때 포기를 선언하는 것은 도전자 자신의 몫이었다. 포기를 표현하는 방법은 입장 전 몸에 지니고 있던 마법의 손수건을 바닥에 떨어뜨리는 것이다. 손수건이 바닥에 닿는 순간, 해당 도전자는 안전하게 대회장에서 구출될 수 있다. 밤이 지나고 해가 떠오르면, 늑대들은 대회 종결을 선언하고, 이때 파란 숲 출입문을 통해 걸어 나오는 학생이 바로 우승자가 되는 것이다. 우승자가 두 명 이상인 경우는 단 한 번도 없었고, 오히려 우승자가 한 명도 없을 때가 많았다.

야속하게도 선과 악의 학교에는 때마침 겨울이 찾아왔다. 도전자들이 공터에 들어서자 얼음장처럼 차가운 돌풍이 그들을 맞아 주었다. 선의 학교 남학생들은 감청색 망토와 잘 어울리는 연 모양의 파란색 방패를 들고, 다른 한 손에는 무기를 하나씩 들었다. 대부분이 활과 화살을 선택했는데, 에스파다 교수는 화살이 상대에게 치명적인 부상을 입히지 않도록 그 끝을 뭉툭하게 갈아 놓았다. 반면 채딕과 테드로스는 묵직한 연습용 검을 무기로 선택했다. 선의 학교 여학생들은 차분하게 동물 언어를 연습하기도 하고, 최대한 처량해 보일 수 있도록 마지막으로 외모와 표정을 점검하기도 했다. 남자아이들의 보호를 받기 위해서는 반드시 필요한 기술이었다.

공터 맞은편에 모인 악의 학교 출전자들은 파란색 망토를 입은 채 나무에 기대어 앉아 다른 학생들이 터널을 통해 쏟아져 나오는 모습을 바라보고 있었다. 대회에 출전하지 않는 선인 학생들은 마치 잠옷 파티를 즐기러 온 아이들 같았다. 베개, 담요에 간식거리가 가득 담긴 바구니까지 챙겨서 들고 온 것이다. 바구니 안에는 시금치 무슬린 소스, 크림 치킨 크레이프, 피망 꼬치, 딱총나무꽃 커스터드, 그리고 체리 석류즙이 담긴 항아리까지 없는 것이 없었다. 반면, 비출전 악인 학생들은 슬리퍼와 취침용 모자 차림으로 터널 입구 근처를 어슬렁거릴 뿐이었다. 그들은 악의 팀이 굴욕적인 패배를 당하기 시작하는 바로 그 순간 방으로 도망칠 생각이었다.

늑대들은 출전자들에게 마법의 실크 손수건을 나누어 주기 시작했다. 선의 학교 학생들은 흰 손수건을 받았고, 악의 학교 학생들은 빨간색을 받았다. 그동안 카스토르와 폴룩스는 입장 순서에 따라 학생들을 줄 세웠다. 대회 전 수업 과제에서 가장 나쁜 성적을 받아 줄 제일 앞에 선 소피와 키코는 해가 지는 바로 그 순간 숲에 입장해야 했다. 15분 후 브론과 트리스탄이 입장하고, 다시 15분이 지나면 벡스와 리나의 차례가 된다. 이렇게 15분마다 2명의 새로운 학생이 숲으로 들어가고, 헤스터와 테드로스가 가장 마지막을 장식할 것이다.

늑대가 줄 제일 끝에 서 있는 테드로스에게 하얀색 손수건을 건넸다.

"쓰지도 않을 텐데……."

그는 중얼거리며 손수건을 부츠 안에 깊이 쑤셔 넣었다.

첫 입장 선수인 소피는 빨간색 손수건을 꼭 쥐고 있었다. 숲에 들어서자마자 떨어뜨릴 계획이었다. 사실 대회 자체보다 더 걱정인 것은 바로 그녀의 유니폼이었다. 대회 유니폼을 맞출 때 좀 더 신경을 썼어야 했는데, 그러지 못한 것이 그녀는 후회되었다. 그녀의 파란색 튜닉은 가슴 부분이 너무 헐렁했고, 망토는 바닥에 끌릴 정도였으며, 망토에 달린 모자는 너무 깊어서 얼굴을 다 가릴 정도로 길게 내려왔다.

'잠깐! 지금 내가 옷 걱정을 하고 있을 때가 아니지!'

그녀는 아가사를 찾기 위해 고개를 두리번거렸다. 하지만 그녀의 친구는 어디에도 보이지 않았다.

"비출전 학생이 대회에 몰래 참여하려고 한다는 소문을 들었다."

카스토르와 한 몸에 붙어 있는 폴룩스의 머리가 큰 소리로 외쳤다. 시들해진 햇빛이 두 머리와 한 몸의 그림자를 바닥에 길게 드리우고 있었다.

"그래서 올해는 특별한 예방 조치를 취했다."

소피는 폴룩스가 말한 예방 조치라는 것이 파란 숲 출입문 근처에 빽빽하게 줄지어 경계를 서고 있는 늑대들이라고 생각했다. 하지만 카스토르가 햇불을 켜는 순간, 소피는 자신의 생각이 잘못되었다는 사실을 깨달았다. 금으로 만들어져 있던 파란 숲 출입문이 검은색과 붉은색으로 바뀌어 있었다. 거대한 거미들이 날카로운 독침을 바짝 세운 채 이리저리 뒤얽혀 문을 이루고 있었던 것이다.

그녀는 가슴이 철렁 내려앉았다. 아가사가 온다고 해도 그 문을 통과하는 것은 불가능한 일이었다.

"속임수를 쓰는 사람은 죽어 마땅하지."

그녀는 익숙한 목소리에 뒤를 돌아보았다.

"하긴 악당들은 원래 속임수에 능하니, 그런 일이 생겨도 놀랍지는 않을 거야."

추위에 볼이 발갛게 물든 테드로스였다. 그는 빨간색 손수건을 꼭 쥔 그녀의 손을 붙잡았다.

"소피, 안 돼. 손수건을 떨어뜨리는 건 절대 안 돼."

할 말을 일일이 알려 주던 아가사가 없이는 소피는 한 마디도 할 수 없었다. 그녀는 입술을 꼭 다문 채 고개를 끄덕였다.

"우리 둘이 한 팀이 되면 다들 우리 둘 중 하나를 내보내려고 기를 쓸 거야. 선인, 악인은 물론이고 교장 선생님까지도 말이야. 우린 서로를 지켜 줘야 해. 나는 널 보호하고, 넌 날 보호해 줘야 한다고."

소피가 다시 고개를 끄덕였다.

"하고 싶은 말 없어?"

"행운을 비는 키스 어때?"

소피가 가느다란 소리로 말했다.

"다들 지켜보는 데서 키스를?"

테드로스가 한쪽 입꼬리를 들어 올리며 미소를 지었다.

"그거 꽤 괜찮은 생각인데."

소피의 표정이 순식간에 밝아졌다. 그녀는 한결 가벼워진 마음으로 입술을 쭉 내밀었다.

"길게 해 줘. 행운이 많이 따르게!"

소피가 한숨을 내쉬며 말했다.

"그럼! 아주 길게 해야지!"

테드로스가 환하게 웃음을 지었다.

"우리가 우승한 다음에 말이야. 내가 널 선의 탑으로 데리고 들어가기 전, 모든 사람들이 지켜보는 앞에서 승리의 키스를 나누기로 하자."

"하지만…… 하지만…… 혹시라도 우리가……."

소피는 목이 메여 말을 잇지 못했다.

테드로스는 바들바들 떨리는 그녀의 손가락 사이에서 부드럽게 빨간 실크 손수건을 잡아 빼냈다.

"걱정하지 마, 소피. 선은 항상 승리하니까."

테드로스는 손수건을 소피의 가슴 주머니 깊이 밀어 넣었다.

소피는 그의 맑고 파란 눈동자를 바라보았다. 그 안에는 죽음의 신처럼 모자를 깊이 눌러쓴 헤스터의 모습이 비치고 있었다.

그때 갑자기 늑대들이 다가와 소피와 키코를 각각 북문 양쪽 끝에 세웠다. 털이 북슬북슬 난 거미들은 그녀의 코앞에서 쉭, 쉭 위협적인 소리를 냈고, 소피는 긴장한 채 숨을 헐떡거렸다. 그녀는 공포에 질린 눈으로, 숲 전체를 내려다보고 있는 교장의 은빛 탑을 바라보았다. 마지막 남은 한 줄기 햇빛에 창가에 선 교장의 실루엣이 드러났다. 소피는 다급해진 마음으로 주변을 둘러보았지만, 그녀를 구해 줄 아가사의 모습은 어디에도 보이지 않았다. 그사이 해는 완전히 사라지고, 어둠이 숲을 뒤덮기 시작했다. 교장의 탑에서 은색 빛줄기가 폭발하듯 뿜어져 나오더니, 숲 전체를 흐릿한 안개로 감싸 안았다.

"첫 출전자들 준비!"

카스토르의 우렁찬 목소리가 울려 퍼졌다.

"안 돼요. 잠깐만……."

하지만 소피의 등 뒤에서 거친 손길이 그녀를 움켜잡더니 그대로 거미들을 향해 내던졌다. 짧은 털로 뒤덮인 수백 개의 가느다란 다리가 그녀의 피부를 더듬었고, 소피는 비명을 질렀다. 잠시 후 거미들은 탐색을 모두 마쳤는지 양쪽으로 갈라지며, 횃불이 밝혀진 숲의 입구로 그녀를 들여보냈다. 늑대들은 긴 울음소리로 대회의 시작을 알렸고, 양쪽으로 갈라졌던 거미들은 다시 제자리로 돌아갔다.

드디어 대회가 시작되었다.

21

동화 경연 대회

소피는 잔뜩 겁에 질린 표정으로 키코를 향해 돌아섰다. 그녀는 키코와 함께 붙어 있어야 살아남을 수 있을 것이라는 생각을 하고 있었다.

하지만 키코는 동쪽을 향해 몸을 돌리더니, 블루베리 구역을 향해 잽싸게 뛰기 시작했다. 소피가 따라오지 않는지 흘끔 뒤를 돌아보는 것으로 보아, 그녀는 소피와 함께할 생각이 전혀 없어 보였다.

소피는 재빨리 서쪽으로 몸을 돌리고 파란 개울을 향해 달리기 시작했다. 다리 밑에 몸을 숨길 계획이었다. 그녀는 파란 숲이 칠흑 같은 어둠에 휩싸여 있을 것이라고 생각했기에, 아침 식사 시간에 호트에게 불을 만드는 주문을 배웠다. 하지만 그날 밤 파란 숲의 나무들은 연한 청색 빛을 머금고 숲 전체를 은은하게 밝히고 있었다. 파란 숲은 마치 북극이 된 듯 차가운 빛으로 가득 차 있었다. 푸르스름한 불빛이 불길한 기운을 내뿜고 있기는 했지만, 소피는 안심이 되었다. 깜깜한 가운데 햇불을 만들어 밝혔더라면, 금세 다른 학생들의 표적이 되었을 것이다.

양치식물 구역에 들어선 소피는 밝은 금속성의 푸른 빛을 발하는 길쭉한 잎들을 헤치며 앞으로 나아갔다. 조금씩 긴장이 풀리고 있었다. 그녀는 숲에 들어서는 순간부터 숨 쉴 틈도 없이 공격이 이어질 것이라고 생각했지만, 파란 숲은 오히려 평소보다 훨씬 더 고요하기만 했다. 수풀 속에 숨어 두 눈을 번쩍이는 짐승들도 없었고, 으스스한 울음소리도 들리지 않았다. 영묘한 빛을 반짝이는 초원과 마치 하프 줄을 튕기듯 기다란 풀잎을 스치고 지나가는 바람이 있을 뿐이었다.

소피는 그녀의 키 높이까지 자란 양치식물 이파리를 헤치며 아가사를 생각했다. 그녀의 계획을 교수님들이 알아챈 것일까? 아니면 헤스터가 그녀를 방해해서 오지 못한 것일까?

작은 땀방울들이 그녀의 피부 위를 흘러내리고 있었다.

'혹시 아가사가 겁을 먹고 안 나타난 건가?'

소피가 테드로스와 함께 승자가 되면, 그 누구도 그녀가 선의 학교에 들어가는 것을 막을 수 없을 것이다. 그녀는 모두의 존경을 받는 캡틴이 되어 선의 세계를 다스릴 것이고, 영원한 행복을 약속하는 그녀만의 왕자님을 차지해 왕비가 될 수도 있을 것이다. 소피는 이를 악물었다. 집에 돌아가자는 약속 같은 건 하지 말았어야 했다! 만약 그녀 혼자 힘으로 이 대회에서 우승을 차지한다면, 그녀는 그 약속을 지킬 필요가 없을 것이다.

소피가 갑자기 걸음을 멈추었다.

'그래! 불가능할 게 뭐 있어? 봐! 지금도 나 혼자 잘 하고 있⋯⋯.'

그때 멀리서 비명 소리가 들렸고, 하얀 불빛이 하늘을 수놓았다.

키코가 시합을 포기한 것이다.

소피는 다리에 힘이 풀렸다. 키코를 공격한 놈이 곧 그녀를 향해 다가올 것이다.

'내가 대체 무슨 생각을 한 거지? 나 혼자 힘으로 살아남는 건 불가능해!'

그녀는 주머니에 손을 넣어 빨간 손수건을 잡아 뺐다.

툭! 공중에서 무엇인가가 그녀의 발밑에 떨어졌다. 돌돌 말린 종이 쪽지였다.

쪽지를 묶고 있는 얇은 천 조각에는 화가 난 듯 얼굴을 잔뜩 찌푸린 초록색 개구리들이 반짝이고 있었다.

소피는 위를 올려다보았다. 나무 위 저 높은 곳에서 하얀색 비둘기 한 마리가 날고 있었다. 소피와 눈이 마주친 비둘기는 그녀를 향해 다가오려는 듯 아래쪽으로 머리를 향했다.

치직! 그 순간 파란 숲을 감싸고 있던 화염 장막이 타오르며 하늘을 붉게 물들였다. 비둘기는 나무 근처에도 오지 못하고 그대로 멈춰 서야만 했다. 만전을 기한 교수진들의 신중한 대비책이었다.

소피는 서둘러 바닥에 떨어진 종이를 주워 펼쳐 보았다.

튤립 정원으로 가.
손가락 끝에 불이 들어오면
튤립 꽃봉오리를 혀 아래 넣고
'플로라도라 플렌리아나'라고 외쳐야 해.
그러면 작은 튤립으로 변하게 될 거야.
길은 내가 안내할게. 서둘러.
아가사로부터

소피의 마음에 안도감이 차올랐다. 튤립으로 변신하면 누구도 그녀를 찾아내지 못할 것이다. 이런 멋진 생각을 해 낸 아가사를 의심했다니! 다정하고 충직한 아가사! 소피는 죄책감을 느끼며 빨간 손수건을 다시 주머니에 넣고, 비둘기를 바라보며 걸음을 옮기기 시작했다.

좁은 길을 따라 튤립 정원으로 가기 위해서는, 청록색 잡목 숲과 호박 구역, 그리고 잠자는 버드나무 수풀을 통과해야 했다. 소피는 아가사의 안내에 따라, 양치식물 구역을 벗어나 빽빽한 잡목 숲에 들어섰다. 은은한 푸른빛을 띤 잎들 덕분에 길은 파르스름한 겨울색으로 밝혀져 있었다. 소피는 나무 기둥에 난 상처 자국들을 바라보았다. 벡스가 날카로운 막대기로 그녀의 머리 위를 스치며 만들어 낸 깊은 자국도 그대로 남아 있었다.

그때 갑자기 바람이 불어와 반짝이는 나뭇잎들을 흔들어 댔다. 소피는 나무 위를 날고 있는 아가사의 모습을 더 이상 볼 수 없었다. 대신 낮은 신음 소리가 바람에 실려 다가왔다. 사람인가? 아니면 짐승? 하지만 그녀는 굳이 걸음을 멈추고 소리의 정체를 밝힐 생각은 전혀 없었다. 그녀의 머릿속에서는 키코의 날카로운 비명이 다시 울려 퍼지고 있었다. 소피는 길을 따라 달리기 시작했다. 질질 끌리는 망토가 그녀의 다리를 휘감았다. 그녀는 작은 관목과 그루터기에 발이 걸려 휘청거렸고, 파란 나뭇잎 사이에서 그녀를 찌를 듯 불쑥불쑥 고개를 들이미는 날카로운 잔가지들을 피해 허리를 숙였다. 마침내 호박 구역이 눈에 들어온 순간, 소피는 다시 하늘을 향해 고개를 들었다. 밝게 빛나는 두 개의 나무 기둥 사이로, 조바심이 난 듯 날개를 퍼덕이는 비둘기의 모습이 보였다.

그때 나무 사이에서 낯선 형체가 나타났다. 빨간 망토에 모자를 뒤집어쓴 어린 소녀였다.

"좀 비켜 줄래? 여길 지나가야 하거든."

소피가 떨리는 목소리로 말했다.

빨간 모자를 쓴 소녀가 천천히 고개를 들었다. 가만히 보니 그녀는 어린아이가 아니었다. 파란색 두 눈은 구름이 낀 듯 뿌옇게 흐렸고, 쭈글쭈글 주름지고 잡티가 가득한 볼은 붉게 달아올랐으며, 소녀처럼 양 갈래로 땋아 내린 굵은 머리카락은 푸석한 회색을 띠고 있었다.

소피는 자기도 모르게 얼굴을 찌푸렸다. 그녀는 늙은 여자라면 쳐다보는 것도 싫었다.

"지나가야 되니까 좀 비켜 달라고요."

소피가 다시 한 번 말했지만, 여자는 꼼짝도 하지 않았다.

소피는 여자를 향해 한 걸음 다가갔다.

"안 들리세요?"

짜증 섞인 소피의 목소리에 노파는 빨간 망토를 벗어던지고 불룩 부풀어 오른 매의 몸뚱이를 드러냈다. 소피는 움찔하며 뒤로 물러섰다. 순간 그녀의 등 뒤에서 귀청을 찢을 것 같은 날카로운 울음소리와 함께 새의 몸을 한 두 명의 노파가 더 나타나더니, 천천히 소피를 향해 다가왔다.

'하피다!'

아가사가 하피에 대해 얘기해 준 적이 있었다.

'달콤한 말로 사람을 꾄다고 했던가? 아니야, 장님이라고 했지, 아마?'

소피는 혼란스러운 눈빛으로 그들을 바라보았다. 굵게 마디진 발톱이 날카로운 칼날처럼 바닥을 탁탁 두드리는 것이 눈에 띄었다.

'맞아! 아이들을 잡아먹는다고 했어!'

그들은 끔찍한 괴성과 함께 그녀를 향해 달려들었다. 소피는 허리를 숙여, 거칠게 퍼덕이는 괴물들의 날개를 피했다. 흉측한 그들의 얼굴은 분노로 일그러졌다. 소피는 수풀 속에 몸을 숨겼지만, 수풀은 파란 불빛으로 곳곳이 환하게 밝혀져 있었다. 하피들은 그녀의 목덜미를 잡아챘고, 그녀는 허둥지둥 주머니에 손을 넣어 실크 손수건을 찾았다. 순간 긴 망토가 다시 한 번 그녀의 다리를 휘감았고, 그녀는 나무 뿌리 위를 뒤덮은 나뭇잎 더미 위로 풀썩 쓰러지고 말았다. 날카로운 발톱은 때를 놓치지 않고 그녀의 옆구리를 파고 들었고, 곧 그녀의 몸은 공중으로 붕 떠올랐다. 소피는 손수건을 꺼내기 위해 팔을 휘저었지만, 하피들은 그녀의 얼굴을 향해 커다란 입을 쩍 벌렸다.

바로 그때 수풀을 밝히고 있던 파란 불빛이 사라졌다.

어둠 속에서 날카로운 비명이 울려 퍼졌고, 소피의 몸통을 쥐고 있던 발톱에 힘이 풀렸다. 그녀는 공중을 날아 바닥에 툭 떨어졌다. 날카로운 잔가지 사이에서 허우적거리던 그녀는 마침내 단단한 나무기둥을 찾아내고 그 뒤로 숨어들었다. 날카로운 발톱이 어둠 속에서 바닥을 긁어 대는 소리가 들렸고, 사나운 울음소리가 점점 더 가까워지고 있었다. 소피는 도망치기 위해 자리에서 벌떡 일어났지만 커다란 바위에 부딪쳐 비명을 지르고 말았다. 그녀의 위치를 눈치챈 괴물들은 즉시 발톱을 세운 채 그녀를 향해 달려왔다.

순간 잡목 수풀에 다시 불이 들어왔다.

하피들은 부리를 쳐들고 위를 올려다보았다. 비둘기 아가사가 날개 끝을 오렌지색으로 밝힌 채 머리 위를 맴돌고 있는 것이 보였다. 아가사가 날개를 한 번 흔들자 수풀은 다시 어둠에 휩싸였고, 날갯짓을 한 번 더 하자 수풀에 환하게 불이 밝혀졌다. 아가사는 계속해서 날개를 흔들었고, 잡목 수풀은 어두워졌다 밝아지기를 몇 번이고 반복했다. 마침내 상황을 이해한 하피들 중 둘이 무시무시한 울음소리를 내뱉으며 하늘을 향해 날아올랐다.

"도망가!"

소피가 소리쳤지만, 아가사는 마치 나는 방법을 잊어버리기라도 한 듯 그 자리에서 날개를 퍼덕이며 허우적거리기만 했다. 두 괴물은 무기력하게 발버둥 치는 비둘기에게 시선을 고정한 채 바람을 가르며 점점 더 높이 날아올랐고, 마침내 발만 뻗으면 비둘기를 낚아챌 수 있을 정도로 가까워졌다.

바로 그때 하늘을 뒤덮은 투명 장막이 굉음을 내며 불꽃을 내뿜었고, 두 마리 하피들은 깃털과 살이 까맣게 타 버린 채 바닥을 향해 곤두박질쳤다.

마지막 남은 하피는 연기를 피우며 추락한 동료들을 얼빠진 표정으로 바라보았다. 그리고 천천히 고개를 들었다. 아가사는 미소를 지으며 오렌지색 불빛을 머금은 날개를 다시 한 번 휘저었다. 잡목 수풀은 어둠에 잠겼고, 괴물은 당황한 채 휙 몸을 돌렸다.

순간 소피가 커다란 돌로 하피의 머리를 내리쳤다.

파란 숲은 다시 정적에 휩싸였고, 소피는 텅 빈 숲에 홀로 남아 피를 흘리며 숨을 헐떡였다. 그녀의 가느다란 두 다리가 망토 아래에서 후들후들 떨리고 있었다.

소피는 고개를 들어 하늘을 바라보았다.

"다른 곳으로 가야겠어!"

하지만 비둘기는 이미 호박 구역을 향해 날아가고 있었다. 소피는 몸과 마음 모두 이미 지칠 대로 지친 상태였지만, 선택의 여지는 없었다. 그녀는 주머니 속 손수건을 꼭 쥔 채 다시 다리를 움직여 비둘기를 쫓기 시작했다.

고요한 호박 구역에서는 수없이 많은 호박들이 각기 다른 수천 가지 푸른빛을 발하고 있었다. 소피는 환하게 밝혀진 둥근 호박 구역 안으로 구불구불 이어진 흙길에 들어섰다. 그녀는 두려움을 떨치기 위해 끊임없이 입을 중얼거렸다.

'이건 호박일 뿐이야. 그냥 호박이라고. 아무리 교장 선생님이라고 해도 호박으로 괴물을 만들 수는 없어.'

그녀는 아가사를 따라잡기 위해 부지런히 걸음을 옮겼다.

그때 흙길 위로 검은 그림자가 나타나더니, 곧 두 사람이 그녀의 앞을 가로막았다.

"누구시죠?"

소피가 물었다.

그들은 꼼짝도 하지 않았다.

소피는 두근거리는 가슴을 붙잡고, 한 걸음 더 다가섰다. 그림자는 두 사람이 아니었다. 적어도 열 명은 돼 보였다.

"왜 이러는 거예요?"

소피가 소리쳤다.

하지만 그림자들은 여전히 아무 대답도 하지 않았다.

소피는 그림자를 향해 조금 더 다가섰다. 2미터가 넘는 키에 막대기같이 가느다란 몸매, 해골 같은 얼굴과 구부러진 손이 보였다.

그때 그들의 손끝에 삐죽삐죽 튀어나온 지푸라기가 그녀의 시선을 붙잡았다.

'허수아비잖아.'

소피는 안도의 한숨을 내쉬었다.

흙길 양옆으로 십자 나무 막대에 걸린 허수아비 수십 개가 줄지어 서 있었다. 그들은 양팔을 쫙 벌린 채 호박들을 지키고 있었다. 허수아비 뒤에서 푸른빛을 내뿜는 호박들 덕분에 허수아비의 형체가 검은 그림자로 나타났던 것이다. 소피는 갈기갈기 찢어진 갈색 셔츠와 올 굵은 삼베로 만든 대머리, 그리고 검은색 마녀 모자를 천천히 훑어보며 허수아비 사이를 걸어갔다. 하지만 삼베를 잡아 뜯어 구멍을 낸 텅 빈 눈구멍과 삐죽삐죽한 들창코, 실로 엉성하게 꿰맨 음침한 미소를 보는 순간, 그녀의 걸음은 자기도 모르게 빨라졌다. 그녀는 그들의 무시무시한 얼굴에서 시선을 떼고 오직 흙길만 바라보며 걸음을 옮겼다.

"살려 줘……."

소피가 걸음을 멈췄다. 그녀 바로 옆에 선 허수아비가 그녀에게 말을 걸고 있었다. 분명 익숙한 목소리였다.

'그럴 리가 없어.'

소피는 고개를 저으며 다시 걸음을 옮겼다.

"살려줘, 소피……."

다시 한 번 목소리가 들려왔다. 분명 그녀가 아는 목소리였다.

소피는 마음을 다잡으며 계속해서 앞으로 나아갔다.

'엄마는 돌아가셨어.'

"난 이 안에 있어……."

고통에 가득 찬 거친 목소리가 그녀의 귓전을 울렸다.

소피의 두 눈에는 눈물이 차올랐다.

'엄마는 이 세상에 없어.'

"허수아비 속에 갇혔단다……."

선과 악의 학교

결국 소피는 뒤를 돌아보았다.

허수아비는 어느새 전혀 다른 모습으로 바뀌어 있었다.

늘 보아오던 익숙한 얼굴이 십자 나무 막대 위에서 그녀를 바라보고 있었다. 검은 모자 아래로 눈동자가 없이 흐리멍덩한 회색 눈이 반짝였고, 손이 있어야 할 곳에는 날카로운 금속 갈고리가 달려 있었다.

소피의 얼굴이 창백해졌다.

"아빠……?"

그는 목을 우두둑 비틀더니 나무 막대에서 몸을 떼어 냈다.

소피는 뒷걸음질을 쳐 다른 허수아비의 품에 몸을 기댔다. 하지만 그것 역시 아빠의 모습을 한 채 나무 십자가에서 몸을 비틀어 떼고 있었다. 소피는 제자리에서 빙그르르 돌며 사방을 둘러보았다. 수십 개의 허수아비가 모두 아빠의 얼굴을 하고서, 나무에서 내려와 그녀를 향해 다가오고 있었다. 그들의 팔 끝에 달린 날카로운 갈고리는 푸른빛을 받아 차갑게 반짝이고 있었다.

"아빠, 저예요……."

그들은 점점 더 그녀를 향해 다가왔고, 소피는 텅 빈 나무 십자가에 등을 기대선 채 사방을 두리번거렸다.

"저라고요, 소피예요……."

그때, 저 멀리 앞서가고 있던 비둘기가 몸을 잔뜩 웅크린 채 비명을 지르는 소피를 발견했다. 허수아비는 길 양쪽에 늘어서서 꼼짝하지 않는데, 소피는 무엇을 보았는지 잔뜩 겁에 질려 있었다. 아가사는 소피를 향해 힘껏 소리를 질렀다.

공포에 휩싸여 허둥대던 소피는 호박에 걸려 바닥에 쓰러졌다. 그녀가 고개를 들자 수십 개의 똑같은 얼굴들이 냉정하고 무자비한 표정으로 그녀를 내려다보고 있었다.

"아빠, 제발요!"

허수아비들은 망설임 없이 갈고리를 치켜들었다. 소피는 숨이 멎을 것만 같았다. 그녀는 자신을 향해 내리꽂히는 날카로운 금속 끝을 보고 두 눈을 질끈 감아 버렸다.

물이다!

시원하고 깨끗한 물이 피부에 느껴졌다.

그녀는 눈꺼풀을 파르르 떨며 두 눈을 떴다. 폭풍우가 쏟아지고 있었다.

사람은 아무도 보이지 않았다. 길 양옆에 늘어선 허수아비들이 굵은 빗줄기에 너덜너덜 떨어져 나가고 있을 뿐이었다.

쏟아지는 빗줄기 속에서 하늘을 날고 있던 비둘기 아가사는 반짝이는 날개를 휘저어 비를 멈추었다.

소피는 축축하게 젖어 버린 흙길 위에 털썩 주저앉았다.

"못하겠어…… 도저히 버틸 수가 없어……."

그때 멀리서 늑대 울음소리가 들려왔다. 소피는 두 눈을 동그랗게 떴다.

다음 두 명의 출전자가 숲에 입장한 것이다.

긴장한 비둘기는 소피를 향해 날카로운 울음을 내뱉고, 다시 버드나무 숲을 향해 날아가기 시작했다.

빗물에 쫄딱 젖은 소피는 비틀비틀 자리에서 일어서 비둘기가 날아간 방향으로 걸음을 옮겼다. 이토록 겁에 질린 심장이 계속 뛰고 있다는 사실이 신기할 따름이었다.

잠자는 버드나무 숲을 통과하는 길고 좁은 길은 아래쪽을 향해 경사져 있었다. 소피는 그 길 끝에 자리 잡은 튤립 정원을 내려다보왔다. 정원은 도깨비불 같은 푸르스름한 빛을 내뿜고 있었다. 조금만 더 힘을 내서 걸어가면 그녀는 저 꽃들 속에 안전하게 몸을 숨길 수 있을 것이다. 그때 그녀의 머릿속에 의문점이 하나 떠올랐다. 파란 숲 출입문 근처의 나무나 풀로 변신하면 훨씬 쉬웠을 텐데, 아가사는 왜 굳이 소피를 이 먼 곳으로 끌고 온 것일까? 하지만 그녀의 의문은 곧바로 해소되었다. 유바의 수업 시간에 배운 내용이 기억났던 것이다. 유바는 학생들에게 마법에 걸린 나무를 구분하는 방법을 가르쳐 주었고, 풀로 변신할 경우 밤새 다른 학생들의 발에 짓밟혀 뭉개질 것이라는 사실도 미리 말해 주었던 것이다. 아가사의 선택은 현명했다. 수천 송이 튤립 중 하나가 되어 그 속에 숨어 있으면, 그녀는 무사히 새벽을 맞이할 수 있을 것이다.

소피는 조심스럽게 버드나무 숲에 들어섰다. 언제 나타날지 모르는 위험을 대비해 사방을 두리번거렸지만, 좁은 길을 따라 보초병처럼 길게 늘어선 사파이어색 버드나무들은 샹들리에같이 반짝이는 나뭇가지를 길게 드리운 채 꼼짝도 하지 않았다. 그녀가 살금살금 걸음을 옮길 때마다 반짝이는 이파리들이 아름다운 곡선을 그리며 천천히 떨어져 내렸다. 그 모습은 마치 팔찌에서 미끄러져 나온 반짝이는 구슬들처럼 화려하고 아름다웠다.

'뭔가 있어. 속지 말자!'

그때 출입문 쪽에서 다시 한 번 늑대 울음소리가 울려 퍼졌다. 소피는 가슴이 철렁 내려앉았다.

이제 숲에는 그녀 외에도 최소한 네 명의 학생이 더 있다. 브론과 트리스탄…… 그다음은 누구였지? 이럴 줄 알았으면 입장 순서를 기억해 두는 건데! 다른 아이들에게 발각되기 전에 튤립 정원에 가야 한다! 소피는 앞장서서 날아가는 비둘기를 바라보며 달리기 시작했다. 그녀의 걸음이 빨라질수록 하늘하늘 떨어지는 나뭇잎의 속도로 빨라지고 있었다. 별같이 반짝이는 이파리들은 마치 혜성처럼 그녀를 향해 쏟아지기 시작했다.

순간 소피는 머리가 멍해지는 것을 느꼈다. 다리에도 힘이 빠지고 있었다.

'안 돼…….'

반짝이는 이파리들의 공격에 그녀의 걸음은 점점 더 느려졌다. 어느새 비틀거리며 겨우겨우 걸음을 떼던 그녀의 머릿속에 한 가지 생각이 떠올랐다.

'잠자는 버드나무 숲…….'

하늘을 날고 있던 아가사가 아래를 내려다보고 다급하게 소리를 질렀다.

소피는 힘겹게 한 걸음 한 걸음 앞으로 향했다. 튤립의 향기가 그녀의 코끝에 와 닿았다.

'몇 걸음만 더 가면…….'

결국 튤립 정원을 3미터 앞두고, 소피는 바닥에 쓰러지고 말았다.

아가사는 날개를 흔들어 번쩍이는 천둥 번개를 만들어 냈지만, 소피는 전혀 움직이지 않았다. 비를 내리고 눈을 쏟아부어 보았지만, 역시 아무 소용없었다. 다급해진 아가사는 소피가 가장 좋아하는 노래를 부르기 시작했다. 왕자와 결혼식을 찬양하는 끔찍하기 그지없는 노래가 아가사의 부리에서 흘러나오자, 소피는 감겨 있던 두 눈을 가늘게 떴다.

흥분한 비둘기는 더욱 열심히 노래를 지저귀었다. 들뜬 탓에 음정은 하나도 맞지 않았지만, 효과만 있다면 상관없었다.

선과 악의 학교

그때 갑자기 아가사의 노랫소리가 멈췄다.

파란색 두건이 나타났던 것이다.

잡목 수풀에 두 명, 호박 구역에 두 명, 그리고 출입문 근처에 두 명이 보였다. 아가사는 그들이 누구인지 알 수 없었지만, 그들은 모두 제자리에 꼼짝 않고 선 채 정체를 알 수 없는 노랫소리에 귀를 기울이고 있었다. 노래가 들려오는 장소를 찾아내기 위해서였다.

잠시 후 파란 두건들이 튤립 정원을 향해 달리기 시작했다.

아가사는 소피를 향해 시선을 돌렸다. 그녀는 여전히 흙바닥에 팔다리를 벌린 채 쓰러져 있었고, 파란 두건들은 그녀를 죽이기 위해 빠른 속도로 다가오고 있었다.

바닥에 쓰러져 있던 소피는 손톱으로 바닥을 찍고 몸을 조금씩 앞으로 끌어당겼다.

하지만 제물이 도망치는 것을 눈치챈 버드나무들은 더욱 빠른 속도로 이파리 공격을 퍼부었고, 그녀의 근육은 완전히 마비되고 말았다. 아가사는 어찌할 바를 몰라 공중에서 날개를 퍼덕이며, 바닥에 쓰러진 소피와 그녀를 향해 다가오는 적들을 번갈아 바라보았다.

희미해져 가는 정신을 붙잡으며 소피는 계속해서 조금씩 전진했다. 신음 소리와 헐떡이는 숨소리가 연신 울려 퍼졌다. 마침내 버드나무 수풀을 벗어나는 순간, 소피는 바닥에 깔린 흙이 부드러운 꽃잎으로 바뀌는 것을 느낄 수 있었다. 그녀는 기쁨에 겨워 커다란 파란 꽃송이 속에 머리를 파묻고 꽃향기를 깊이 들이마셨다. 몸과 정신이 다시 깨어나고 있었다. 그녀는 재빨리 꽃봉오리 하나를 따서 입에 넣고, 아가사에게 받은 쪽지를 주머니에서 꺼낸 뒤 손가락 끝에 핑크빛 불을 밝혔다.

"플로라도라 플……."

주문을 외우던 그녀가 갑자기 돌처럼 굳어 버렸다.

튤립 정원 맞은편에서 브론과 벡스가 그녀를 바라보며 음흉한 미소를 짓고 있었던 것이다. 그들의 손에서는 작은 두 마리 흰색 물고기가 온몸을 비틀며 요동을 치고 있었다.

"그걸로 날 죽이겠다고? 물고기를 가지고?"

소피가 비웃듯 말했다.

"그냥 물고기가 아니라 소원을 들어주는 물고기야."

브론의 말이 끝나자마자 그들의 손에 들려 있는 물고기들이 검은색으로 바뀌었다.

"우리 소원은 헤스터의 부하 캡틴이 되는 거지."

벡스가 비열한 웃음을 지으며 말했다.

두 사람이 검게 변한 물고기들을 획 던지자, 물고기는 소피의 몸만큼이나 커다랗게 부풀어 오르더니 피라냐 같은 날카로운 이빨을 드러내며 그녀를 향해 달려들었다.

공포에 질린 소피는 두 눈을 질끈 감았다. 핑크빛으로 빛나는 손가락 끝에 화르르 열이 오르는 것이 느껴졌다.

펑! 핑크색 여우가 된 소피는 잽싸게 땅을 박차고 달리기 시작했고, 뚱뚱하게 부풀어 오른 물고기들은 공처럼 바닥을 치고 튕겨 올라 다시 소피를 쫓기 시작했다. 소피는 죽을힘을 다해 뛰었지만, 발이 자꾸만 튤립 꽃잎에 미끄러져 좀처럼 속도를 낼 수가 없었다.

'더 빨리! 더 빨리 뛰어야 해!'

그녀의 손끝은 다시 한 번 강한 불빛을 발했다.

'치타나 사자, 아니면 호랑이!'

펑! 그녀는 핑크색 멧돼지가 되어 방귀를 뀌며 뒤뚱뒤뚱 달리고 있었다. 소피는 겁에 질려 큰 소리로 꿀꿀 울부짖었다. 통통거리며 그녀를 뒤쫓던 물고기들이 나무에 몸을 부딪친 뒤 핑크색 멧돼지를 향해 날아왔다. 소피는 정신을 집중하고, 물고기를 향해 반짝이는 앞발을 찌르듯 내밀었다.

펑! 핑크색 가젤이 된 소피가 날렵한 몸놀림으로 두 물고기 사이를 빠져나갔다. 등 뒤에서는 뚱뚱한 물고기가 서로 부딪치는 소리가 들려왔다.

한참을 달려 공터에 도착한 소피는 그제야 속도를 늦추고, 숨을 가쁘게 들이마셨다. 하지만 멀리 출입문 쪽에서 희미한 늑대 울음소리가 들려오는 순간, 그녀는 온몸의 털이 바짝 곤두서는 것을 느낄 수 있었다. 적이 두 명 더 늘어났다.

소피는 커다란 초록색 눈을 들어 어두운 하늘을 바라보았지만 반짝이는 별들이 보일 뿐, 아가사의 모습은 찾을 수 없었다.

실망한 표정으로 고개를 내리던 소피는 예상치 못한 풍경에 펄쩍 뛰어오르고 말았다. 공터 건너편에서 트리스탄과 채딕이 은은한 달빛을 받으며 그녀를 바라보고 있었던 것이다. 트리스탄은 얼음처럼 차가운 표정으로 활에 화살을 끼웠고, 채딕은 칼집에서 칼을 뽑아 들었다.

소피는 다시 달릴 태세를 하고 뒤를 돌았다.

하지만 이번에는 리나가 그녀의 앞길을 가로막았다. 캐러멜 피부를 가진 아라비아 공주가 휘파람을 불자, 어둠 속에서 황금색 늑대개 두 마리가 어슬렁거리며 나타나 칼처럼 날카로운 이를 드러내며 그녀의 뒤에 버티고 섰다.

소피는 도망칠 곳을 찾아 다시 몸을 돌렸지만, 나무 뒤에 숨어 있던 아라크네가 손가락 끝에 환하게 불을 밝힌 채 모습을 나타냈다.

또 다른 두 명의 선인 남학생들도 활에 화살을 끼워 당기고 있었다.

핑크색 가젤의 다리는 주체할 수 없을 정도로 후들거렸다. 사방이 적이었다. 그녀는 하얀 비둘기가 나타나 자신을 구해 주기만을 간절히 바라고 있었다.

"지금이야!"

채덕이 소리쳤다.

남학생들은 팽팽하게 당겨진 활시위를 놓았고, 아라크네는 밝은 불빛을 내뿜는 손가락을 힘껏 내밀었으며, 두 마리의 늑대개는 바닥을 치고 공중으로 뛰어올랐다. 소피는 두 눈을 질끈 감은 채 바들바들 떨리는 핑크빛 앞발을 쭉 내밀었다.

순간 날카로운 화살과 마법의 주문들이 비늘로 뒤덮인 방울뱀의 머리 위로 미끄러지듯 스쳐 지나갔다. 소피는 안도의 한숨을 내쉬며, 안전해 보이는 나무를 향해 스르륵 기어갔다. 바로 그때 커다란 그림자가 그녀의 가느다란 몸 위에 드리웠다.

리나의 늑대개 한 마리가 방울뱀 소피를 덮치더니 그녀의 몸을 덥석 물었다.

질겁한 방울뱀은 순간 딸랑거리는 꼬리가 핑크색으로 타오르는 것을 느꼈다.

눈 깜짝할 사이 늑대개의 머리는 커다란 코끼리 엉덩이에 깔리는 신세가 되고 말았다. 소피는 기다란 코로 겁에 질린 울음소리를 길게 내뱉으며 쿵쾅쿵쾅 공터를 빠져나갔다. 하지만 선인 남학생들은 육중한 핑크 코끼리의 몸통을 향해 잽싸게 화살을 날렸고, 코끼리는 괴로움에 찬 비명을 지르며 풀밭에 쓰러졌다. 두건을 덮어쓴 열 명의 암살자들과 피라냐를 닮은 뚱뚱한 물고기들은 기회를 놓치지 않고 그녀를 향해 달려들었다. 궁지에 몰린 소피는 긴 핑크색 코를 치켜들고 다시 한 번 불빛을 뿜어냈다.

마법의 주문과 화살들, 날카로운 칼과 물고기들이 모란앵무의 깃털을 아슬아슬하게 스치고 지나갔다. 핑크색 새가 된 소피는 날개를 퍼덕이며 하늘을 향해 날아올랐다.

그녀는 승리의 함성을 지르며 날갯짓을 계속했고, 마침내 화살이 닿지 못할 높이에 이르렀다. 하지만 바로 그 순간 투명 장막이 그녀의 앞을 가로막았다. 소피가 움찔하며 허둥거리는 사이, 무엇인가가 그녀의 날개를 움켜잡았다. 어디에선가 갑자기 나타난 물줄기가 소피의 날개를 감싸고는 파란 개울에 서 있는 두건 쓴 형체를 향해 천천히 그녀를 잡아당기고 있었다.

소피는 비명을 지르며 도움을 청했지만, 여러 갈래가 된 물줄기는 그녀를 더욱 강하게 휘감고는 어지럽게 뒤얽힌 가지 사이를 통과해 계속해서 아래로 향했다. 개울에 선 정체 모를 형체는 손끝에서 초록색 불빛을 내뿜으며 물줄기를 자유자재로 조종하고 있었다. 결국 소피는 물줄기에 끌려 잿빛 손 위에 떨어졌고, 검은 그림자의 주인공은 마침내 두건을 벗고 정체를 드러냈다.

"네가 살아남는다면 위대한 마녀가 될 수도 있었을 텐데!"

아나딜이 모란앵무의 부리를 톡톡 두드리며 말했다.

"나보다 훨씬 훌륭한 마녀가 됐을 거야."

앵무새가 애원하는 눈빛으로 아나딜을 바라보았다.

하지만 아나딜은 가녀린 앵무새의 목을 쥐어 잡은 손가락에 힘을 주기 시작했다. 새는 숨이 막혀 캑캑거렸고, 아나딜은 더욱 힘껏 그녀의 목을 졸랐다. 소피의 눈앞이 캄캄한 어둠으로 뒤덮이고 있을 때, 하늘에서 장엄한 불꽃 하나가 번쩍였다. 불타는 별이 소피의 목을 부러뜨리려는 아나딜을 향해 떨어지고 있었다.

불이 붙어 활활 타오르는 비둘기는 눈 깜짝할 사이 아나딜의 손에서 소피를 낚아채고는, 다시 불타는 날개를 퍼덕이며 싸늘한 하늘을 향해 날아올랐다.

여러 개의 화살이 나뭇가지와 나뭇잎 사이를 뚫고 날아들었지만, 아가사는 불빛이 반짝이는 날개를 들어 화살을 모두 데이지 꽃으로 바꾸었다. 온몸에 불이 붙은 비둘기 아가사는 앵무새를 두 발로 감싸 안은 채 온 힘을 다해 날고 또 날았다. 그리고 마침내 어두운 소나무 협곡이 보이는 순간 땅을 향해 곤두박질치기 시작했다. 비둘기와 앵무새는 곧 바닥에 추락했고, 흙바닥을 뒹구는 동안 몸에 남아 있던 불길은 저절로 꺼졌다.

아가사는 끙끙거리며, 새까맣게 타 버린 날개 끝에 다시 불빛을 내보려 했지만, 불빛은 들어올 듯 들어올 듯 깜빡거리기만 할 뿐이었다. 아가사와 소피는 결국 원래의 모습으로 되돌아오고 말았다. 고통에 신음하며 꼼짝 않고 누워 있던 소피가 아가사를 바라보았다. 맨살이 그대로 드러난 그녀의 팔은 화상으로 인해 물집이 잡혀 있었다. 그때 아가사의 두 눈이 휘둥그레졌다. 소피 역시 상황을 파악하고 비명을 지르려고 했지만, 아가사의 움직임이 한 발 빨랐다. 그녀는 마침내 오렌지색 불빛을 되찾은 손가락 끝을 두 사람 주변으로 둥그렇게 휘두르며 주문을 외웠다.

"플로라도라 핀스코리아!"

두 사람은 비쩍 마른 파란 소나무 관목으로 변했다.

잠시 후 아나딜과 아라크네가 소나무 협곡에 들이닥쳤다. 하지만 두 사람의 눈앞에 펼쳐진 것은 아무도 없이 고요한 소나무 수풀뿐이었다.

"거봐! 내가 호박 구역에 있을 거라고 했잖아."

아라크네가 말했다.

"그래, 그쪽으로 가 보자."

아나딜이 대답했다.

"그런데 우리 중에 누가 걔를 죽이지?"

아라크네가 아나딜을 돌아보며 물었다.

순간 아나딜은 번개를 만들어 아라크네를 깜짝 놀라게 하고는, 그녀의 주머니에 손을 넣어 빨간 손수건을 낚아채 바닥에 내던져 버렸다. 손수건은 즉시 빨간 불꽃을 일으키며 타올랐고, 아라크네는 흔적도 없이 사라졌다.

"당연히 나지."

아나딜이 허공을 향해 말했다.

그녀는 붉은 두 눈을 가늘게 뜨고 다시 한 번 주변을 꼼꼼하게 둘러보았다.

"이쪽으로 오늘 걸 봤다니까, 닉!"

근처에서 채딕의 목소리가 들려왔다.

아나딜은 심술궂은 미소를 지으며, 채딕의 목소리가 들려오는 쪽으로 걸음을 옮겼다.

어두운 소나무 협곡에는 다시 고요함이 찾아들었다. 키 작은 두 소나무는 나란히 선 채 추위와 두려움과 고통에 온몸을 바들바들 떨고 있었다.

하지만 경기는 이제 막 시작되었을 뿐이었다.

출입문 밖에서 경기 결과를 지켜보는 선인과 악인 학생들은 점수판에서 소피의 이름이 지워지기만을 기다리고 있었다. 키코와 아라크네의 이름은 이미 사라졌고, 시간이 흐르자 더 많은 학생들의 이름이 지워져 갔다. 니콜라스, 모나, 트리스탄, 벡스, 타르퀸, 리나, 지젤, 브론, 채딕, 그리고 아나딜마저 탈락했지만, 소피만은 끈질기게 남아 경기를 이어 가고 있었다.

정말로 소피와 테드로스가 한 편이 된 것일까? 두 사람이 우승을 하면 어떤 일이 벌어질까? 왕자와 마녀의 결합이란 과연 어떤 의미가 있는 것일까?

공터 양쪽에 각각 모여 있는 선인과 악인 학생들의 표정은 시간이 흐를수록 점점 서로를 닮아 가고 있었다. 그들은 예상치 못했던 경기 진행에 겁먹은 표정을 지었지만, 잠시 후 새로운 미래에 대한 호기심이 그 자리를 차지했다. 다시 시간이 흐르자 그들의 얼굴에는 희망이 찾아들었다. 학생들은 어느새 넓디넓었던 공간을 가로질러 서로에게 이끌리고 있었다. 그들은 담요를 나눠 쓰고, 크레이프를 나눠 먹고, 체리 석류즙을 함께 마셨다. 악의 학교 학생들은 자신들이 선인 학생들을 악으로 물들였다고 믿었고, 선의 학교 학생들은 반대로 자신들이 악인 학생들을 선의 세계로 안내했다고 생각했지만, 그런 차이는 중요하지 않았다.

두 학교 학생들은 곧 하나가 되었고, 왕자와 마녀의 결합으로 탄생한 새로운 혁명을 위해 다 함께 응원의 함성을 질렀다.

소나무 협곡의 작은 소나무 두 그루는 차가운 밤공기에 휩싸인 채 시간이 흐르기를 기다렸다.

어둠과 침묵 속에서 간간이 비명 소리가 들려왔고, 출전자들이 서로 싸우고 배신하는 소리도 들렸지만, 그들은 숨을 죽이고 기다렸다. 파란 개울에서는 분노에 찬 물줄기가 학생들을 낚아챘고, 침을 질질 흘리는 트롤들이 피로 얼룩진 거대한 망치를 휘두르며 쿵쾅쿵쾅 그들 곁을 지나쳤지만, 두 소나무는 여전히 꼼짝도 하지 않았다. 빨간 불꽃과 하얀 불꽃이 번갈아 가며 하늘을 물들였고, 그렇게 시간이 흐르는 사이 마침내 숲에는 네 명의 경쟁자만 남게 되었다.

한동안 길고 긴 침묵이 파란 숲을 지배했다.

뱃속은 이미 오래전 텅 비어 버렸고, 잎들은 추위에 허옇게 서리가 끼었으며, 졸음이 몰려와 모든 감각을 마비시켰지만, 두 소나무는 꿋꿋하게 뿌리를 내린 채 버텼다. 그리고 마침내 하늘에 푸르스름한 새벽의 기운이 감돌기 시작했다. 소피는 동쪽 하늘을 바라보며 첫 햇살이 비추기를 기다렸다.

바로 그때 테드로스가 절뚝거리며 협곡에 들어섰다.

그는 망토도 걸치지 않았고, 칼도 들고 있지 않았다. 이곳저곳이 움푹 팬 방패 하나를 들고 있을 뿐이었다. 옷은 갈기갈기 찢어졌고, 반짝이는 백조 문양의 불빛 아래 드러난 그의 가슴은 피와 멍으로 얼룩져 있었다. 테드로스는 천천히 밝아 오는 하늘을 잠깐 바라보더니 앙상한 소나무에 등을 기대고 무너지듯 그 자리에 주저앉았다. 그리고 숨죽여 흐느끼기 시작했다.

"코르파도라 볼베라! 마법을 푸는 주문이야. 어서 테드로스한테 가!"

아가사가 속삭였다.

"해가 뜨면 갈게."

소피가 낮은 목소리로 대답했다.

"네가 무사하다는 걸 쟤한테도 알려 줘야지."

"몇 분만 기다리면 다 끝날 거야. 그때 나타나면 돼."

순간 테드로스가 벌떡 자리에서 일어섰다.

"누구야?"

혼란에 빠진 듯한 그의 시선이 소나무로 변한 아가사와 소피 사이를 바쁘게 움직였다. 그때 두 소나무의 그림자 속에서 누군가 천천히 걸어 나왔다.

테드로스는 기운이 빠진 듯 나무에 등을 기댔다.

"너랑 한편 먹은 마녀는 어딨지?"

먼지 하나 묻지 않은 말끔한 망토를 걸친 헤스터가 날카로운 목소리로 물었다.

"어딘가에 안전하게 있어."

테드로스가 지친 목소리로 대답했다.

"아, 그렇군. 한 팀이라더니 별것 없네."

헤스터가 비웃듯 대꾸했다.

테드로스의 얼굴에 긴장한 기색이 역력했다.

"소피는 나도 무사한 줄로 알아. 그렇지 않았다면 여기 와서 나와 함께 싸웠을 테지."

"정말 그렇게 생각해?"

헤스터가 검은 눈동자를 빛내며 말했다.

"바로 그런 점 때문에 우리가 선한 거야, 헤스터. 우리는 서로를 믿고, 보호하고 사랑하거든. 너희 무기는 뭐지?"

헤스터가 기다렸다는 듯 미소를 지었다.

"미끼를 쓰는 거지."

그녀가 붉은색으로 반짝이는 손끝을 앞으로 쭉 내밀자, 그녀의 목덜미에 붙어 있던 문신이 피부에서 떨어져 나와 부풀어 올랐다. 테드로스는 납작하던 악마 문신의 몸에 피가 차올라 터질 듯 부풀어 오르는 것을 보고는 깜짝 놀라 뒷걸음질을 쳤다. 헤스터는 주저

선과 악의 학교

하지 않고 날 선 목소리로 주문을 외웠다. 순간 그녀의 눈동자는 멀건 회색으로 변했고, 그녀의 피부는 피가 모조리 빠져나간 듯 창백해졌다. 그녀는 마치 자신의 영혼을 떼어 내기라도 하는 듯, 괴로움에 몸부림치며 분노에 가득 찬 울음을 토해 냈다. 그녀가 바닥에 털썩 무릎을 꿇는 순간, 피가 가득 들어찬 악마의 몸이 분리되기 시작했다.

하나의 머리와 두 팔, 그리고 두 다리는 조각조각 났지만, 살아 있는 하나의 생명체처럼 기운이 넘쳐 보였다.

테드로스의 얼굴이 백지장처럼 하얗게 질렸다.

다섯 조각 난 악마의 몸뚱이는 불화살 대신 단검을 휘두르며 테드로스를 향해 돌진했다. 그는 흠집이 잔뜩 난 방패로 머리와 두 다리를 막아 냈지만, 팔 하나가 그의 허벅지 깊숙이 단검을 찔러 넣었다. 테드로스는 괴성과 함께 팔을 쳐 내고 다리에 박힌 칼을 뽑아 냈다. 그리고 가장 가까운 나무를 타고 기어 올라갔다.

"어서 도와줘!"

아가사가 다급한 목소리로 소피에게 속삭였다.

"그러다가 나까지 산산조각 나라고?"

소피가 날카롭게 받아쳤다.

"네 도움이 필요하잖아!"

"내가 무사하게 살아 있는 게 젤 도와주는 거야."

두 사람이 말싸움을 벌이는 사이, 악마의 다리 하나가 왕자의 머리를 향해 칼을 던졌다. 왕자는 재빨리 더 높은 가지를 향해 뛰어 올라 칼을 피했지만, 이번에는 네 개의 팔다리가 단검을 쥐고 한꺼번에 그를 향해 달려들었다.

궁지에 몰린 그는 나무 아래 헤스터를 내려다보았다. 그녀는 불빛을 내뿜는 손끝으로 다섯 조각 난 악마의 몸뚱이를 조종하느라 온 힘을 다 쓰고 있었다. 순간 테드로스가 두 눈을 커다랗게 떴다. 나뭇잎 사이에서 무엇인가 그의 시선을 사로잡았던 것이다.

빨간색 손수건이 그녀의 부츠에 꽂혀 있었다.

그때 날카로운 다섯 개의 단검이 그의 몸을 향해 날아왔다. 테드로스는 날카로운 칼끝이 땀과 피로 물든 그의 셔츠를 스치는 순간 나무에서 뛰어내렸다. 부상당한 허벅지를 대신해 손목으로 땅을 짚은 그의 귀에 뼈가 부러지는 소리가 들려왔다.

헤스터는 몸을 홱 돌려, 자신을 향해 다가오는 테드로스를 바라보았다. 그녀는 다섯 조각 난 악마의 몸뚱이에 새 칼을 들려 주고 뿔뿔이 흩어진 그들을 불러 모으기 위해 다급하게 손가락을 휘저었다. 테드로스가 그녀의 손끝에서 뿜어져 나오는 불빛을 가로막았지만 그녀는 비열한 웃음을 지으며 손을 더 높이 치켜들었다. 악마의 몸뚱이들은 새로운 무기를 쥔 채 다시 그를 향해 다가오기 시작했다. 테드로스는 더 이상 도망칠 곳이 없었다. 헤스터는 괴성을 지르며 테드로스를 향해 칼을 조준했고, 왕자는 그녀의 부츠만을 바라보며 땅을 박차고 뛰었다.

잠시 후, 헤스터는 공포에 질린 얼굴로 입을 쩍 벌린 채 아래를 내려다보았다. 테드로스가 그녀의 빨간 손수건을 바닥에 떨어뜨렸던 것이다. 날카로운 단검들은 쨍그랑 소리를 내며 힘없이 바닥에 떨어졌고, 무시무시한 기세로 달려들던 악마의 몸뚱이들도 더 이상 보이지 않았다. 헤스터 역시 충격에 휩싸인 표정 그대로 테드로스의 눈앞에서 사라졌다.

테드로스는 벌렁 뒤로 누워 가쁜 숨을 몰아쉬었다. 그는 두 눈을 가늘게 뜨고 붉게 물들어 가는 하늘을 바라보았다. 해가 떠오르고 있었다.

"소피⋯⋯."

그가 숨을 헐떡이며 중얼거렸다.

"소피!"

숨을 한 번 깊이 들이쉰 테드로스가 온 힘을 다해 소리쳤다.

아가사의 이파리들이 안도의 한숨을 내쉬듯 아래로 축 늘어졌다. 하지만 이내 정신을 차린 그녀는 소피를 향해 홱 고개를 돌렸다.

"대체 뭐 하는 거야! 어서 테드로스한테 가!"

소피는 잎을 잘라 내느라 정신이 없었다.

"아가사, 나 옷이 없단 말이야."

"그럼 소리라도 내. 그래야 쟤도 네가 여기 있다는 걸 알⋯⋯."

다급하게 속삭이던 아가사가 갑자기 말을 멈추었다.

완전히 사라지지 않은 악마의 팔 하나가 위태롭게 깜빡거리며 땅바닥에서 꿈틀거리고 있었던 것이다.

이 끈질긴 악마는 슬금슬금 풀밭 위로 기어오더니 바닥에 떨어진 칼을 주워들었다.

"소피, 소피, 어서⋯⋯."

"곧 해가 뜰 거야⋯⋯."

"소피, 어서 가서 도와줘!"

소피는 아가사의 다급한 목소리에 고개를 돌렸다. 악마의 팔이 테드로스의 어깨를 겨냥하며 날카로운 칼을 들어 올리고 있었다. 그녀는 헉 소리와 함께 두 눈을 질끈 감았다.

테드로스도 칼을 발견했지만, 너무 늦었다. 날카로운 칼끝은 이미 그의 심장을 향해 내리꽂히고 있었다.

그때 갑자기 어디에선가 나타난 방패가 악마의 팔을 쳐 냈다. 팔은 소름 끼치는 비명과 함께 쪼그라들더니 깨끗이 사라져 버렸다.

테드로스는 얼빠진 표정으로 가슴에 난 상처를 내려다보았다. 얕게 패인 그의 가슴 근육 위에 피 묻은 단검이 놓여 있었다. 그가 멍한 눈으로 고개를 들자, 아가사는 재빨리 방패로 몸을 가렸다.

"변신했다가 돌아올 때 옷을 어떻게 해야 할지 아직 방법을 못 찾아서……."

그녀가 가쁜 숨을 몰아쉬며 중얼거렸다.

테드로스는 깜짝 놀라 자리에서 벌떡 일어섰다.

"넌 출전자도 아닌데…… 대체 어떻게 여기……."

더듬더듬 말을 잇던 그가 아가사의 등 뒤에서 바들바들 떨고 있는 관목을 발견했다. 테드로스는 나무를 향해 빛나는 손끝을 들어 올렸다.

"코르파도라 볼베라!"

소피가 고꾸라지듯 앞으로 쓰러지더니, 재빨리 나무 뒤로 몸을 숨겼다.

"아가사, 옷 좀 줘! 테드로스, 잠깐 뒤로 돌아 줄래?"

테드로스는 고개를 내저었다.

"이게 대체…… 도서관에서 빌렸던 그 책은…… 너 속임수를 썼구나!"

"테드로스, 어쩔 수 없었어…… 아가사, 옷 좀 달라니까!"

아가사는 까맣게 그을린 손끝에 불빛을 밝히고 소피를 향해 손을 들어 올렸다. 그녀의 몸을 덩굴로 감싸 주기 위해서였다. 하지만 테드로스가 그녀의 손을 막아섰다.

"너 분명 나와 함께 싸우겠다고 했잖아! 내가 위험할 때 날 지켜 주겠다고 약속했잖아!"

그는 나무 뒤에 숨은 소피를 똑바로 바라보며 소리쳤다.

"다 잘될 줄 알았지. 아가사, 나 좀……."

"이 거짓말쟁이!"

흥분한 그의 목소리가 갈라지고 있었다.

"네가 한 말은 다 거짓말이었어. 넌 날 이용했던 거야!"

"그런 게 아니야, 테드로스! 자기 목숨을 내놓고 싸우는 공주가 어딨니? 아무리 사랑하는 사람이 위험에 처했다고 해도……."

테드로스의 얼굴이 붉게 달아올랐다.

"그럼 얘는 뭐야?"

소피는 왕자의 시선을 따라 고개를 돌렸다. 그는 온몸에 화상을 입은 채 숨을 헐떡이며 서 있는 아가사를 바라보고 있었다.

순간 소피의 두 눈이 휘둥그레졌다. 마치 누군가 그녀의 등에 칼을 꽂기라도 한 것처럼 그녀는 충격에 빠진 표정을 짓고 있었다.

소피의 생각을 읽은 아가사는 재빨리 자신을 변명하려 했지만, 바로 그때 소나무 협곡에 첫 햇살이 파고들며 그녀의 온몸을 황금색으로 물들였다.

출입문에서 늑대의 울음소리가 울려 퍼졌고, 학생들이 우르르 파란 숲 안으로 몰려드는 소리가 들려왔다.

"해냈어!"

"두 사람이 우승이야!"

"소피랑 테드로스가 결국 승리했어!"

아이들은 순식간에 소나무 협곡으로 밀려들었다. 당황한 아가사는 재빨리 손가락 끝에 불빛을 밝히고 비둘기로 변신해 날아가 버렸고, 학생들은 마침내 두 사람만이 덩그러니 남은 싸움터에 도착했다.

"선인과 악인!"

누군가 큰 소리로 외쳤다.

"소피와 테드로스가……."

순간 파란 숲이 침묵에 휩싸였다.

아가사는 가까운 나무에 앉아 이들을 내려다보고 있었다. 대회에 참가하지 않은 선인과 악인 학생들, 치열한 싸움에서 부상을 입었지만 그새 마법의 힘으로 깨끗하게 치유된 탈락자들이 환호성을 지르며 밀물처럼 밀려들다가, 예상치 못했던 장면을 마주하고는 마치 돌이 된 듯 굳어 버렸다.

소피는 벌거벗은 채 나무 뒤에 몸을 웅크리고 있었고, 테드로스는 분노에 가득 찬 눈빛으로 그녀를 노려보고 있었던 것이다.

순간 학생들은 선과 악 사이의 동맹은 절대 이루어질 수 없다는 사실을 깨달았다.

그들은 다시 영원한 적이 되어 끼리끼리 뭉쳤다.

하지만 그 순간 은빛 탑 위에서 이 모든 것을 내려다보며 웃음 짓는 교장이 있다는 사실은 그 누구도 알지 못했다.

선과 악의 학교

$$22$$

운명의 적

"**내** 파자마 못 봤어?"

호트가 소피의 방문 앞에서 훌쩍이며 말했다.

"개구리 무늬 들어간 거 있잖아."

소피는 낡아 빠진 침대 시트로 몸을 꽁꽁 감싼 채, 검은 담요로 단단히 막아 버린 창문을 물끄러미 바라보고 있었다.

"그거 우리 아빠가 만들어 주신 거야. 나 그거 없으면 잠도 못 자."

호트가 계속해서 콧물을 들이켜며 사정을 했지만, 소피는 햇빛 한 줄기 들지 않는 어두운 창문에 자신만 볼 수 있는 중요한 것이라도 있는 듯, 멍한 눈으로 창문을 응시할 뿐이었다.

저녁 식사 시간이 되자, 호트는 식당에서 보리죽과 삶은 달걀, 그리고 구운 채소를 가지고 다시 소피의 방을 찾아왔지만, 소피는 이번에도 역시 아무런 대답을 하지 않았다. 며칠이 지나도록 그녀는 시체처럼 꼼짝하지 않고 왕자님이 찾아오기만을 기다렸다. 눈빛은 흐려졌고, 며칠이 지났는지도 알 수 없었다. 밤인지 낮인지도 구분할 수 없었고, 깨어 있는지 잠이 들었는지도 분명하지 않았다.

이렇게 흐리멍덩해진 정신으로 몇 날 며칠을 보내는 사이, 첫 번째 꿈이 그녀를 찾아왔다.

흑백의 줄무늬가 그녀의 눈앞에 나타나는가 싶더니, 혀끝에 피맛이 느껴졌다. 그녀는 고개를 들어 펄펄 끓는 붉은 비가 쏟아지는 것을 바라보았다. 그녀는 빗물을 피하려고 했지만, 하얀색 돌 테이블에 자주색 가시덩굴로 꽁꽁 몸이 묶여 움직일 수가 없었다. 그녀의 몸에는 낯익은 글자들이 문신으로 새겨져 있었지만, 어디에서 본 것인지는 기억나지 않았다. 그때 세 명의 노파가 그녀의 곁에 나타나더니, 노래를 부르며 구부러진 손가락으로 그녀의 피부 위에 새겨진 글자 문신을 더듬어 가기 시작했다. 노파들의 노랫소리는 점점 빨라졌고, 어느 순간 소피의 몸 위로 길고 늘씬한 뜨개질바늘처럼 생긴 강철 칼 한 자루가 나타났다. 소피는 가시덩굴을 풀어 보려 몸부림을 쳤지만, 때는 이미 늦었다. 날카로운 칼끝이 맹렬한 기세로 그녀를 향했던 것이다. 그녀의 온몸에는 고통이 퍼져 나갔고, 그녀의 몸속에 있던 무엇인가가 세상에 태어났다. 처음엔 작고 하얀 씨앗이었던 것이 우윳빛 덩어리가 되더니 점점 더 커졌다. 그리고 어느새 사람의 얼굴 모양을 갖추기 시작했다. 그것은 분명 얼굴이었지만, 형체가 너무 흐릿해 알아볼 수 없었다.

"날 죽여 줘, 지금 당장."

목소리가 들리는 순간, 소피는 화들짝 놀라 잠에서 깨어났다.

선과 악의 학교

그녀의 침대 끄트머리에 호트의 얼룩진 침대 시트로 둘둘 몸을 감싼 아가사가 걸터앉아 있었다.

"어쩜 이렇게 더러울 수가 있지? 뭐가 묻었는지 물어보기가 겁나네."

아가사가 시트를 보며 가벼운 농담을 건넸지만, 소피는 고개도 돌리지 않았다.

"소피, 나 좀 봐. 유바 교수님 수업 때 내 코마개 빌려줄게."

찢어진 검은 담요 사이를 비집고 들어온 가녀린 햇빛이 자리에서 일어선 아가사의 모습을 어렴풋이 비춰 주었다.

"〈똥으로 동물 구분하기〉 수업 사흘째야."

또다시 불편한 침묵이 흘렀다.

아가사는 다시 침대에 털썩 주저앉았다.

"그 상황에서 내가 어떻게 하길 바랐던 거야? 테드로스가 눈앞에서 죽도록 내버려 둬?"

"잘못됐어."

소피가 혼잣말을 하듯 낮은 목소리로 중얼거렸다.

"너랑 나…… 우린 맞지 않아."

아가사는 마침내 입을 연 소피를 향해 성큼 다가앉았다.

"난 네가 잘되기만 바라……."

"아니!"

소피의 차가운 대꾸에 아가사는 움찔하며 몸을 뒤로 뺐다.

"내가 바라는 건 너랑 같이 집에 돌아가는 것뿐이야."

"우린 집에 못 가. 너도 알잖아."

"내가 일부러 이런 상황을 만들었다는 거야?"

아가사가 잔뜩 흥분한 목소리로 말했다.

"여긴 왜 왔어?"

"너 걱정돼서 왔지. 며칠씩 방에만 틀어박혀 있다기에!"

"아니, 그런 뜻이 아니야. 네가 대체 왜 여기, 이곳에 온 거냐고."

소피는 여전히 창문을 향해 시선을 고정한 채 말을 이어 갔다.

"여긴 내 학교고, 내 동화인데 말이야."

"널 구하려고 따라왔잖아, 소피! 저주로부터 널 구하려고 말이야!"

"그럼 왜 자꾸 나와 내 왕자님에게 저주를 거는 거지?"

아가사의 표정이 일그러졌다.

"그건 내 잘못이 아니야."

"글쎄, 내 생각을 말해 볼까? 넌 사실 내가 진정한 사랑을 찾기를 원하지 않아, 아가사."

소피가 차분한 목소리로 말했다.

"뭐라고? 그게 무슨……."

"넌 너 자신을 위해서 날 이용하고 있어."

아가사는 온몸이 뻣뻣하게 굳어 버린 듯 꼼짝하지 않았다.

"그런……."

그녀는 마른침을 꿀꺽 삼켰다.

"그런 바보 같은 소리가 어디 있어!"

"교장 선생님 말씀이 맞았어. 공주와 마녀는 친구가 될 수 없어."

소피는 여전히 아가사를 외면한 채 말했다.

"하지만 우린 친구잖아! 나한테 친구는 너 하나뿐이란 말이야."

아가사가 흥분한 듯 씩씩거리며 대꾸했다.

"너 공주랑 마녀가 왜 친구가 될 수 없는지 아니?"

마침내 소피가 천천히 아가사를 향해 고개를 돌렸다.

선과 악의 학교

"마녀에게는 자신만의 동화가 없기 때문이야. 마녀는 동화를 망쳐야 행복해질 수 있거든."

"하지만 난…… 난 마녀가 아니야……."

아가사가 눈물을 참으며 간신히 입을 열었다.

"그럼 내 옆에 붙어서 귀찮게 하지 말고, 네 갈 길이나 가!"

소피가 비명을 지르듯 날카롭게 외쳤다.

그녀는 창문을 가린 검은 담요 틈 사이로, 비둘기가 도망치듯 날아가는 모습을 확인하고는 다시 침대 시트 속에 몸을 파묻었다. 그리고 해가 질 때까지 꼼짝하지 않았다.

그날 밤, 소피는 또다시 꿈을 꾸었다. 그녀는 숲속을 달리고 있었다. 지금껏 한 번도 느껴 보지 못한 지독한 굶주림이 그녀의 뱃속을 날카롭게 긁어 댔다. 그러던 중 그녀는 인간의 얼굴을 가진 사슴 한 마리를 발견했는데, 그 얼굴은 전날 꿈에서 보았던 것처럼 흐릿하고 희뿌연 상태였다. 그녀는 누구인지 알아보기 위해 사슴에게 가까이 다가가 보았지만, 이미 사슴의 얼굴은 거울로 바뀐 뒤였다. 그녀는 거울 속에서 반사된 자신의 모습을 발견했지만, 그녀의 얼굴은 순식간에 다른 모습으로 바뀌었다.

그것은 파멸의 방을 지키던 비스트의 얼굴이었다.

소피는 식은땀으로 범벅이 된 채 잠에서 깨어났다. 혈관을 흐르는 피가 부글부글 끓어오르는 것만 같았다.

한편 34호 방 밖에서는 속옷만 걸친 호트가 촛불을 들고 쪼그려 앉아《외로움이라는 선물》을 읽고 있었다.

그때 등 뒤에서 슬며시 문이 열렸다.

"다들 내 얘기 많이 하지?"

호트는 마치 귀신이라도 본 듯 뻣뻣하게 굳은 몸으로 천천히 고개를 돌렸다.

"궁금해서……."

소피가 나직한 목소리로 말했다.

그녀는 호트를 찾아 어두운 복도로 걸어 나왔다. 온몸의 관절이 삐걱거렸다. 마지막으로 땅을 딛고 걸은 것이 언제인지 기억도 나지 않을 정도였다.

"너무 어두워서 아무것도 안 보이잖아."

소피는 호트의 가슴에 새겨진 백조 문장의 희미한 빛을 찾으려 두리번거리며 말했다.

"어디 있어?"

"여기야."

햇불이 화르르 타오르며 어둠 속에 잠겨 있던 호트의 모습을 드러냈다. 순간 소피는 비틀비틀 뒷걸음질을 쳤다.

호트의 등 뒤로 펼쳐진 검은 벽이 온갖 종류의 포스터와 플래카드, 그리고 낙서로 가득 차 있었던 것이다.

"축하해, 캡틴!"

"동화 경연 대회의 승리자!"

"구원자가 된 독자!"

그 가운데에는 고통스럽게 죽어 가는 선인들의 모습을 그린 만화도 섞여 있었다. 벽 아래 바닥에는 초록색 식충 식물 꽃다발이 어지럽게 널려 있었고, 꽃잎 사이로 드러난 날카로운 이빨에는 정성스럽게 손으로 쓴 쪽지들이 꽂혀 있었다.

선과 악의 학교

나도 너처럼 행동할 수 있으면
넌 최고의 도둑이야! 내 마음을   좋을 텐데!-라반
몽땅 훔쳐 버렸어!-모나

테드로스는 당해도 싸!
-너의 친구 아라크네

소피는 멍한 표정으로 쪽지에 적힌 글들을 읽어 나갔다.

"이게 대체 어떻게 된⋯⋯."

"테드로스가 다 말해 줬어. 네가 대회에서 이기려고 자기를 이용했다고 말이야!"

호트가 말했다.

"레소 교수님이 '소피의 덫'이라는 멋진 이름도 지어 줬어! 자기도 깜빡 속았다면서 말이야. 교수님들이 하나같이 입을 모아서, 네가 악의 학교 최고의 캡틴이 될 거래! 이것 봐!"

소피는 호트의 손이 가리키는 곳으로 시선을 돌렸다. 꽃다발 사이에 빨간 리본으로 묶인 초록색 장어 상자가 줄지어 있었다.

소피는 첫 번째 상자를 열고 카드를 꺼냈다.

"사용법을 기억하고 있기를 바란다. 맨리 교수가."

카드 아래에는 뱀가죽 망토가 들어 있었다.

소피는 다른 상자들도 차례로 열어 보았다. 카스토르의 선물은 죽은 메추라기였고, 레소 부인은 얼음으로 조각한 꽃을 넣어 두었다. 새더 교수의 선물 상자에는 그녀가 대회에서 입었던 망토와 함께, 그것을 악의 학교 전시관에 기부해 주면 안 되겠느냐는 카드가

들어 있었다.

"정말 대단한 속임수였어!"

호트가 망토를 걸치며 소피를 한껏 추켜올렸다.

"나무로 변신해서 테드로스와 헤스터만 남을 때까지 기다렸다가, 테드로스가 부상당한 사이에 헤스터를 해치우다니! 그런데 테드로스는 왜 그냥 뒀어? 다들 궁금해했는데, 테드로스가 말을 안 하더라고. 그래서 내가 마침 해가 떠올라서 기회를 놓친 거라고 설명해 줬지."

신이 나서 떠들던 호트가 소피의 얼굴을 한 번 흘끗 보더니 입을 다물었다.

"그거 다 네 계획이었잖아. 그렇지?"

소피의 두 눈 가득 눈물이 차올랐다. 그녀는 세차게 고개를 내저었다.

그때 벽에 걸려 있던 또 다른 물건 하나가 그녀의 시선을 잡아끌었다.

가시 사이사이에 글자가 적힌 검은 장미 한 송이가 잉크를 뚝뚝 떨어뜨리고 있었다.

소피는 장미를 벽에서 떼어 내 손바닥 위에 올렸다.

사기꾼. 거짓말쟁이. 교활한 뱀.
넌 악의 학교에 있는 게 맞아.
위대한 마녀에게 박수를!

"소피? 누가 쓴 거야?"

소피는 두근거리는 가슴을 진정시키며, 검은 가시들이 풍기는 희미한 향기를 가슴 깊이 들이마셨다. 그녀에게 너무나 익숙한 바로 그 향기였다.

그녀의 사랑에 대한 대가가 겨우 이런 것이라니!

소피는 검은 장미를 두 손으로 짓이겼다. 테드로스의 글이 그녀의 피와 함께 바닥으로 후두두 떨어져 내렸다.

"이거 먹으면 좀 기운이 날 거야."

66호 방에서는 아나딜이 가마솥에 끓인 걸쭉한 노란색 죽을 떠서 그릇에 옮겨 담고 있었다. 국자에 묻은 죽 몇 방울이 바닥에 떨어지자, 어느새 20센티미터 가까이 자라난 쥐들이 쏜살같이 주변에 몰려들어, 서로를 물고 할퀴며 죽을 핥아 먹기 위해 혀를 날름거렸다.

"네 텔런트는 잘 커 가고 있구나."

헤스터가 쉰 목소리로 말했다.

아나딜은 죽을 담은 그릇을 들고 헤스터의 침대 끄트머리에 걸터앉았다.

"몇 입만 먹어 봐."

헤스터는 힘겹게 한 숟가락을 받아 삼켰지만, 곧바로 다시 자리에 눕고 말았다.

"덤비지 말았어야 했어."

그녀가 숨을 쌕쌕 몰아쉬며 말했다.

"걔는 너무 뛰어나. 나보다 두 배는 더……."

"쉿! 무리하지 마."

"하지만 걘 사랑에 빠졌잖아."

침대에 몸을 웅크리고 누워 있던 도트가 말했다.

"사랑에 빠졌다고 착각하는 거지. 누구나 한 번쯤 겪는 일이야."

헤스터의 말에 도트의 두 눈이 튀어나올 듯 커졌다.

"순진한 표정 짓지 마, 도트. 악인 중에 한 번쯤 사랑 놀음 안 해 본 사람이 있는 줄 아니?"

"헤스터, 그만해."

아나딜이 헤스터를 말리며 말했다.

"아냐, 솔직히 얘기해 보자고."

헤스터가 끙끙대며 몸을 일으켜 앉았다.

"우리 모두 부끄럽지만 마음이 흔들리는 경험을 했을 거야. 자신이 한없이 약해지는 느낌을 받았겠지."

"하지만 그런 감정은 모두 가짜잖아. 아무리 강하게 느껴진다고 해도 말이야."

아나딜이 말했다.

"그래서 걔가 특별하다는 거야. 우린 그게 진짜라고 믿었잖아. 걔가 우리 모두를 속인 거라고."

헤스터가 얼굴을 잔뜩 찡그린 채 차가운 목소리로 말했다.

방 안에 무거운 침묵이 깔렸다.

"걔는 이제 어떻게 될까?"

도트가 침묵을 깨고 물었다.

헤스터는 한숨을 내쉬었다.

"우리가 겪었던 일을 똑같이 겪게 되겠지."

또다시 침묵이 이어졌지만, 이번에는 방 바깥에서 들려오는 소리가 방 안의 침묵을 깨뜨렸다. 딸깍, 딸깍! 멀리에서 천천히 불길한 소리가 들려오고 있었다. 소리는 잽싸게 허공을 가르며 떨어지는 긴 채찍처럼 깔끔하면서도 서늘한 기운을 풍기며 그들을 향해 다가왔고, 세 소녀는 고개를 길게 뺀 채 방문을 바라보았다. 점점 더 커지고 날카로워진 소리는 복도를 울리며 가까워지더니 방문 앞을 그대로 지나쳐 버렸고, 66호실에는 다시 무거운 침묵이 찾아왔다.

도트는 마음이 놓였는지 방귀를 내뿜었다.

바로 그때 방문이 벌컥 열렸고, 세 소녀는 동시에 비명을 질렀다. 도트는 너무 놀란 나머지 바닥에 철퍽 떨어지고 말았다.

갑자기 바람이 확 불어닥치자 공중에 걸려 있던 옷들은 횃불을 지나 문 위로 날아갔고, 펄럭이는 횃불은 그림자만 가득한 얼굴 위로 한 줄기 빛을 비추어 주었다.

어른어른 빛나는 검은 머리카락은 뾰족뾰족 날이 섰고, 움푹 팬 눈과 입술은 머리카락만큼이나 짙은 검은색을 띠고 있었다. 유령처럼 하얀 피부는 검은 매니큐어와 검은 망토, 그리고 검은색 가죽 옷과 대조를 이루며 한층 더 하얗게 빛났다.

소피가 굽 높은 부츠로 바닥을 딸깍딸깍 울리며 천천히 방 안으로 들어왔다.

헤스터는 그녀를 향해 싱긋 미소를 지어 보였다.

"돌아왔구나. 환영한다."

바닥에 배를 깔고 누운 채 초조한 표정으로 두 사람을 번갈아 바라보던 도트가 조심스럽게 입을 열었다.

"침대가 세 개뿐인데 어떡하지?"

도트를 제외한 세 명의 소녀는 약속이라도 한 듯 텅 빈 그녀의 침대를 바라보았다.

도트는 간식거리를 챙길 사이도 없이 눅눅하고 어두운 복도로 쫓겨났다. 그녀는 주먹 쥔 손으로 강철 문을 두드려 보았지만, 방

안은 복도만큼이나 고요하기만 했고 누구도 그녀의 외침에 답하지
않았다.

다시 결합한 세 마녀는 자신들만의 집회를 만들었고, 도트는 선
택의 여지도 없이 그곳에서 추방되었다.

테드로스가 마침내 캡틴 배지를 달았지만, 선의 학교 학생들은
전혀 기뻐하지 않았다. 소피가 테드로스를 속여 이용하고 조롱한
것을 알면서, 어떻게 기뻐할 수 있었겠는가?

"악이 부활했다."

악의 학교 학생들은 결과에 흡족해하며 보란 듯 기쁨을 표현
했다.

"악의 여왕이 탄생했다!"

그렇게 의기소침하던 선인들에게 한 줄기 희망의 빛이 찾아들었
다. 악인들은 절대 가질 수 없는 선인들만의 무기가 생각났던 것이
다. 그것은 선인이 악인보다 우위에 있음을 보여 주는 부정할 수 없
는 증거이기도 했다.

바로 무도회였다.

아무리 강력한 악의 여왕이라고 해도, 선인들만의 무도회에 참
석할 수는 없었다.

첫눈이 내렸다. 보송보송한 작은 얼음덩어리들은 순식간에 공터
를 뒤덮었고, 땡, 땡 요란한 소리를 내며 악인들의 점심 들통에 부
딪쳤다. 악의 학교 학생들은 꽁꽁 언 손가락으로 곰팡이 긴 치즈를
들어 입에 넣으며, 허둥지둥 분주하게 움직이는 선의 학교 여학생
들을 날카롭게 노려보았다. 그들에게는 날씨 따위를 걱정할 여유
가 없었다. 무도회가 2주밖에 남지 않았기 때문이다. 남자아이들이

선과 악의 학교

탤런트 서커스 전까지는 파트너에게 프러포즈를 하지 않기로 약속했기 때문에, 여학생들은 예상 가능한 모든 상황을 계산하고 대비해야 했다. 리나는 채딕이 자신에게 프러포즈를 할 것이라고 생각하고 있었기 때문에, 엄마가 입었던 드레스를 그의 회색 눈동자 색깔에 맞춰 염색했다. 하지만 채딕이 황홀경에 빠진 눈빛으로 백설 공주 초상화를 한없이 바라보던 모습에 비추어 생각해 보면, 그는 피부가 하얀 여자를 더 좋아할 수도 있다. 만약 그런 이유에서 채딕이 아바에게 손을 내민다면, 니콜라스가 그의 빈자리를 파고들어 리나에게 프러포즈를 할 것이다. 그럴 경우에 리나는 지젤의 하얀색 드레스와 자신의 회색 드레스를 교환하기로 약속했다. 니콜라스의 가무잡잡한 피부와 균형을 이룰 수 있는 색깔이 필요하기 때문이었다. 혹시 니콜라스도 그녀에게 프러포즈를 하지 않는다면…….

"엄마가 그랬는데, 선한 사람은 주변 사람들을 끌어당긴대. 자기가 좋아하지 않는 사람들까지도 자신을 좋아하게 된다는 거지."

리나가 한숨을 푹 내쉬며 말했지만, 베아트릭스는 그녀의 고민에 전혀 관심이 없어 보였다. 소피의 무도회 불참이 확실해진 이상, 테드로스의 파트너가 될 사람은 이제 그녀뿐이었다. 물론 테드로스는 이런 이야기를 단 한 번도 하지 않았다. 경연 대회 이후 그는 악의 학교 학생처럼 침울한 표정으로 다른 학생들의 시선을 외면하고 있었던 것이다. 그의 음침한 기운은 베아트릭스에게도 전염된 듯했다. 그녀는 시무룩한 표정으로, 테드로스가 소피와 나란히 앉아 점심을 먹던 나무를 향해 화살을 쏘아 대는 모습을 바라보았다.

나무 이곳저곳에 깊은 상처가 났지만, 테드로스는 그 정도로 만족할 수 없다는 듯 쉬지 않고 활시위를 당겨 댔다. 처음 며칠 동안은 짓궂게 그를 놀려 대던 친구들도 시간이 지나자 그를 위로하기 시작했다. 악인 여학생과 공동 우승이면 어떠하랴! 그 아이가 그를 속이고 조종한 것이면 또 어떠한가! 누가 뭐라 해도 그는 잔혹한 대회에서 살아남았고 결국 우승을 차지했다. 하지만 친구들의 말도 그에게는 위로가 되지 않았다. 오히려 수치심을 더할 뿐이었다. 그는 아버지와 하나도 다를 게 없었다. 마음이 저지른 실수의 노예가 되어 버린 것이다.

이렇듯 마음이 복잡함에도 불구하고, 테드로스는 아가사의 비밀을 꿋꿋하게 지키고 있었다. 아가사도 예상치 못했던 일이었다. 수업 시간에 테드로스가 입만 달싹거려도 아가사는 그를 향해 눈을 찡긋거렸다. 그가 그녀의 비밀을 언제 털어놓을지 모른다는 불안감 때문이었다. 물론 일주일 전이었다면, 그는 아가사가 규칙을 어겼다는 사실을 모두에게 알리고 그녀가 벌을 받는 모습을 기쁜 마음으로 지켜보았을 것이다. 하지만 지금은 달랐다. 그는 혼란에 빠져 있었다. 아가사는 왜 자신의 목숨을 걸고서 그를 구해 주었을까? 그녀가 괴물 석상에 대해 했던 말은 사실이었을까? 저 마녀가 사실은…… 선한 사람이라는 것인가?

그는 툭 불거진 눈으로 사방을 경계하며 복도를 터덜터덜 걸어가던 아가사의 모습을 떠올렸다.

'바퀴벌레!'

베아트릭스는 그렇게 말했다.

그렇다면 지금까지 소피가 한 행동은 모두 아가사의 머리에서 나온 것이었단 말인가? 그녀가 악의 학교에서 1등을 한 것까지 모두? 바퀴벌레로 변한 아가사는 소피의 옷이나 머리카락 속에 숨어 정답을 말해 주고 주문을 가르쳐 주었을 것이다. 하지만 호박 구분하기 과제에서 그가 소피를 선택한 것은 어떻게 설명할 수 있을까? 대체 아가사가 무슨 수를 써서 그의 마음을 조종했단 말인가?

테드로스는 속이 울렁거렸다.

두 도깨비 중 그가 선택했던 사람…… 그가 선택한 관을 박차고 나와 그를 바닥에 나뒹굴게 했던 공주…… 호박에 숨어 있던 바퀴벌레…….

그는 소피를 선택한 것이 아니었다.

그의 선택은 늘 아가사였던 것이다.

테드로스는 공포에 질린 표정으로 고개를 돌려 아가사를 찾았다. 하지만 공터 어디에도 그녀의 모습은 보이지 않았다. 이제부터라도 그는 그녀를 멀리해야 한다. 그녀에게도 분명하게 말할 것이다. 다시는 근처에 얼쩡거리지 말라고!

더 이상 이런 말도 안 되는 일이 벌어져서는 안 된다.

그때 커다란 진눈깨비 하나가 그의 뺨 위로 툭 떨어졌다. 물기 때문에 흐릿해진 그의 눈앞에 어른어른한 형체들이 나타났다. 테드로스는 손등으로 눈을 닦아 내고 다시 앞을 바라보았다. 그리고 그 순간 자기도 모르게 손에 쥐고 있던 활을 툭 떨어뜨리고 말았다.

검은 머리에 검은색 화장을 한 소피와 아나딜, 그리고 헤스터가 두 눈에 검은 기운을 가득 품은 채 걸음걸이를 맞춰 그를 향해 다가오고 있었던 것이다. 그들이 야유하는 듯 쉬익 소리를 내자 선의 학교 여학생들은 뒤도 돌아보지 않고 도망을 쳤다. 결국 공터에는 테드로스와 겁에 질린 채 그의 뒤를 둘러선 선인 남학생들만 남게 되었다. 아나딜과 헤스터는 소피를 앞으로 내세운 채 걸음을 멈추었고, 주인공이 된 소피는 자신의 왕자를 향해 천천히 마지막 걸음을 옮겼다.

우중충한 하늘이 두 사람 사이에 삐죽삐죽한 은색 얼음 조각들을 흩뿌리고 있었다.

"내가 속임수를 썼다고 생각한다지?"

소피가 살기 가득한 초록색 눈으로 그를 바라보며 말했다.

"내가 널 진심으로 사랑한 적도 없다고 생각하겠지."

테드로스는 두근거리는 가슴을 진정시키려 애썼지만, 어찌된 일인지 소피는 그 어느 때보다 아름다워 보였다.

"진정한 사랑은 속임수로 만들어 낼 수 없는 거야, 소피. 내 마음은 단 한 번도 널 원한 적이 없어."

테드로스가 말했다.

"아, 그렇지. 네 마음이 선택한 사람이 누구인지 나도 똑똑히 봤어."

음흉스러운 미소를 짓던 소피가 갑자기 입을 헤벌리고 멍한 표정을 짓더니 다시 얼굴을 잔뜩 찌푸려 보였다. 아가사가 늘 짓는 표정들이었다.

테드로스의 얼굴이 붉게 달아올랐다.

"그건 어떻게 된 거냐면……."

"내가 맞혀 볼까? 네 마음은 사람을 볼 줄 모르기 때문이야."

"아니, 누구를 선택하든 너보다는 낫기 때문이었어!"

소피가 다시 싱긋 웃더니, 눈 깜짝할 사이 테드로스의 코앞까지 다가왔다. 테드로스는 물론이고 그의 뒤에 병풍처럼 서 있던 선인 남학생들 모두가 칼을 빼 들었다.

소피는 다시 옅은 미소를 지으며 입을 열었다.

"이게 뭐야, 테드로스? 널 진심으로 사랑하는 사람을 겁내는 거니?"

선과 악의 학교

"네 자리로 돌아가!"

왕자가 소리쳤다.

"난 널 기다렸어. 네가 날 찾아올 거라고 믿었지."

소피가 갈라지는 목소리로 말했다.

"뭐라고? 대체 왜 내가 널 보러 가야 하지?"

소피는 흔들림 없는 시선으로 테드로스를 응시했다.

"나에게 약속을 했으니까."

그녀가 한숨을 내쉬며 말했다.

테드로스는 분한 듯 그녀를 노려보았다.

"난 너한테 약속 같은 거 한 적 없어."

깜짝 놀란 표정으로 잠시 그를 응시하던 소피가 고개를 숙였다.

"알겠어."

그녀는 다시 천천히 고개를 들며 으르렁거리듯 낮은 목소리로 입을 열었다.

"네가 그렇게 나온다면, 원하는 대로 해 주지! 네가 원하는 모습이 되어 줄게!"

소피가 번쩍이는 손가락을 치켜올리자, 남학생들이 들고 있던 칼들이 모두 뱀으로 바뀌었다. 남학생들은 걸음아 날 살려라 도망을 쳤고, 테드로스는 똬리를 튼 채 위협적으로 쉭, 쉭 소리를 내는 뱀을 피해 제자리를 펄쩍펄쩍 뛰었다. 그가 정신을 차리고 고개를 돌렸을 때, 소피는 눈물을 닦으며 망토를 걸치고는 악의 학교 쪽으로 빠르게 멀어져 가고 있었다.

헤스터가 재빨리 그녀의 뒤를 쫓았다.

"기분 좀 나아졌어?"

"쟤한테 기회를 준 거야."

소피가 걸음을 재촉하며 대답했다.

"이제 공평해졌네. 다 끝난 거야."

헤스터가 소피를 달래듯 말했다.

"아니! 쟤가 약속을 지키기 전에는 끝난 게 아니야."

"약속? 무슨 약속을 했……."

하지만 소피는 더욱 속도를 높여 이내 터널 속으로 사라져 버렸다. 얽히고설킨 나뭇가지를 헤치며 달려가던 소피는 어느 순간 누군가 자신을 바라보고 있다는 느낌을 받았다. 그녀는 눈물이 어른거리는 눈으로 나무 사이를 유심히 바라보았다. 발코니 위에 사람이 있었다. 하지만 그의 얼굴은 뿌옇게 흐려져 보이지 않았다. 그녀는 가슴이 철렁 내려앉았다. 그녀는 나뭇잎으로 가려지지 않은 부분을 찾아 다시 눈을 동그랗게 떴다.

하지만 발코니에는 이미 아무도 없었다. 뿌연 얼굴은 마치 꿈처럼 그렇게 사라져 버렸다.

다음 날 아침, 잠에서 깨어난 선의 학교 학생들은 학교 바닥이 온통 돼지비계로 미끄럽게 칠해져 있는 것을 발견했다. 다음 날 아침에는 코트를 입던 선인 남학생들에게 사건이 벌어졌다. 코트 안쪽에 온통 발진 가루가 묻어 있어 여기저기에서 비명 소리가 터져 나왔던 것이다. 세 번째 아침, 교수들은 더 기가 막힌 일들을 목격했다. 전설의 오벨리스크에 걸려 있던 미녀 초상화 액자 안에는 속옷이 들어가 있었고, 동화의 전당은 선과 악의 자리가 뒤바뀌어 있었으며, 헨젤의 안식처는 불쾌하게 끈적거리는 초록색 물질로 도배가 되어 있었다.

요정들은 이런 일을 저지른 범인을 찾으려 했지만 실패를 거듭

했고, 결국 테드로스와 그의 친구들이 나서게 되었다. 그들은 야간 경비대를 조직해, 해 질 녘부터 다음 날 새벽까지 학교 전체를 순찰하기로 했다. 하지만 범인은 여전히 그물망을 교묘히 피해 범행을 계속했다. 그 주 주말, 선의 학교 꾸밈방 수영장은 독 가시가 달린 노랑가오리로 가득 차게 되었고, 복도에 걸린 거울들은 앞에 선 사람을 비웃듯 잔뜩 뒤틀렸으며, 만찬실은 뚱뚱한 비둘기들로 엉망진창이 되었고, 화장실은 학생들이 엉덩이를 대는 순간 폭발해 버렸다.

화가 머리끝까지 난 더비 교수는 당장 소피를 불러 벌을 줘야 한다고 주장했지만, 레소 부인의 태도는 미온적이었다. 학생 한 명이 학교 전체를 이토록 혼란에 빠뜨리는 것은 불가능하며, 분명 공범이 있을 것이라는 이유에서였다.

그녀의 의심은 옳았다.

"이제 재미가 없어."

저녁 식사 후 66호 방에 돌아온 아나딜이 투덜거렸다.

"헤스터랑 나는 이쯤에서 그만했으면 해."

"복수는 할 만큼 했잖아. 이제 그런 놈은 그만 잊어."

헤스터도 같은 생각이었다.

"너희 둘은 악당 아니었던가?"

소피는 침대에 앉아 《악몽 물리치기》라는 책에 시선을 고정한 채 태연한 목소리로 대꾸했다.

"악당이라면 목적이 있어야지! 우리가 지금 하는 짓은 아무 이유 없는 폭력 행위일 뿐이라고."

헤스터가 발끈하며 말했다.

"오늘 밤에는 남자애들 바지에 매독을 넣을 거야. 필요한 주문은 알아서 찾아 놔."

소피가 책장을 넘기며 말했다.

"소피, 대체 원하는 게 뭐야? 우리가 뭘 위해서 이런 짓을 해야
하는 거냐고?"

헤스터가 애원하듯 다시 말했다.

마침내 소피가 고개를 들고 그녀를 바라보았다.

"도와주기 싫으면, 다 같이 교수님한테 가서 우리 짓이었다고 말
할까?"

얼마 지나지 않아 선의 학교 남학생 60명 모두가 야간 경비대에
참여해 더욱 꼼꼼하게 순찰을 돌았지만, 소피의 공격은 날이 갈수
록 악랄해졌다. 첫날 밤, 소피는 헤스터와 아나딜이 만든 물약을 이
용해 맑디맑은 선의 호수를 오물 가득한 악의 도랑못으로 바꾸어
버렸다. 마법으로 물결을 일으켜 더러운 물을 하수도로 흘려보냈
던 것이다. 물약을 만드느라 불 옆을 떠날 수 없었던 헤스터와 아
나딜의 손은 벌겋게 화상을 입었지만, 소피는 새벽녘 그들을 다시
선의 학교로 보내 학생들의 시트에 머릿니를 풀어놓게 했다. 공격
의 빈도는 점점 더 높아졌다. 선의 학교 학생들의 펀치 음료에서는
거머리가 나왔고, 우마 교수의 수업은 메뚜기 떼의 습격을 받았으
며, 검술 수업을 받던 학생들은 돌진하는 황소를 피해 혼비백산 달
아나야 했고, 선의 학교 계단은 밟을 때마다 끔찍한 비명을 질러 댔
다. 선의 학교 교수들 중 반은 수업을 취소했고, 선인 학생들은 어
디를 가든 여럿이 뭉쳐 다니는 것이 습관이 되었다.

"그 학생을 낙제시키세요!"

레소 부인의 연구실 문을 벌컥 열고 들이닥친 더비 교수가 격앙
된 목소리로 외쳤다.

"우리 학생이 교수님 학교에 몰래 침입하는 건 불가능해요. 혼자 밤낮으로 학교 전체를 공격하는 건 더더욱 말이 안 되고요. 분명 말썽쟁이 선인 학생들이 꾸민 일일 겁니다."

레소 부인이 태평스러운 표정으로 대꾸했다.

"선인 학생이라고요? 우리 학생들은 지난 200년 동안 모든 선악 경쟁에서 승리를 거둔 모범생들이에요!"

"지금까지는 그랬죠. 어찌됐든, 저는 아무런 증거도 없이 우리 학교 최고의 학생을 내쫓을 생각이 전혀 없습니다."

레소 부인이 미소를 지으며 말했다.

그 후 더비 교수는 여러 차례 교장에게 편지를 썼지만, 단 한 번도 답장을 받지 못했다. 한편, 레소 부인은 소피가 다른 학생들과 점점 격차를 벌려 가는 모습을 흐뭇한 마음으로 지켜보고 있었다. 그녀는 더 이상 얼음 방에서도 추위를 느끼지 않았고, 책 표지마다 적어 놓았던 테드로스의 이름 위에 책이 찢어질 정도로 거칠게 낙서를 해 댔다.

"소피, 요즘 어떠니?"

수업이 끝난 뒤, 레소 부인이 얼음 교실 문을 막아서며 말했다.

"그럭저럭 괜찮아요. 저 가 봐야 하는데……."

소피가 불편한 듯 자리를 뜨려 했지만 레소 부인은 비켜서지 않았다.

"우리 학교 캡틴 역할 하랴, 새 옷 만들어 입으랴, 게다가 밤에도 꽤 바쁘게 돌아다니는 것 같은데…… 힘들지 않니?"

"무슨 말씀이신지 모르겠네요."

대답을 마친 소피는 빠른 걸음으로 레소 부인을 지나쳐 문으로 향했다.

"너 혹시 이상한 꿈 꾸지 않았니?"

순간 소피의 걸음이 멈췄다.

"이상한 꿈이라니 어떤 걸 말씀하시는 거예요?"

"분노로 가득한 꿈 말이다. 매번 조금씩 더 지독해지는 악몽!"

레소 부인이 소피의 뒷모습을 바라보며 말을 이어 갔다.

"너의 영혼 안에서 무엇인가가 이 세상에 태어나는 것 같은 느낌을 받게 될 거야. 어떤 얼굴 말이다."

소피는 가슴이 죄어 오는 것 같았다. 레소 부인의 말대로 그녀의 악몽은 매일 밤 계속되고 있었고, 희부연 얼굴을 자세히 보려는 순간 끝이 나고 말았던 것이다. 지난 며칠 동안은 마치 피로 윤곽을 그린 듯, 뿌연 얼굴의 가장자리에 빨간 줄이 나타났다. 하지만 그녀는 여전히 얼굴의 주인공을 볼 수 없었다. 분명한 것은 꿈에서 깨어났을 때 그녀는 분노로 가득 차 있었고, 그 강도는 매일 심해지고 있다는 점이었다.

잠시 머뭇거리던 소피가 몸을 돌려 레소 부인을 바라보았다.

"음, 그런 꿈을 꾼다는 건 무슨 의미가 있죠?"

"그 꿈은 네가 특별한 사람이라는 걸 알려 주지."

레소 부인이 달콤한 목소리로 대답했다.

"우리 모두가 자랑스럽게 여길 사람 말이야."

"아…… 뭐, 한두 번 꾼 것 같기도 하고……."

"그건 운명의 적에 대한 꿈이란다. 넌 꿈속에서 운명의 적을 본 거야."

레소 부인의 자주색 눈동자가 번쩍 빛을 발했다.

소피가 물끄러미 교수를 바라보았다.

"하지만……."

"걱정할 것 없다, 소피. 증상이 나타나기 전까지는 큰일 없을 테니까."

"증상이요? 어떤 증상 말씀이세요? 증상이 나타나면 무슨 일이 일어나는데요?"

"마침내 네 운명의 적의 얼굴을 볼 수 있게 되지. 네가 약해질 때 더 강한 힘을 얻는 자의 얼굴을 알게 되는 거야. 네가 살기 위해서 반드시 처치해야 할 인물이란다."

레소 부인이 차분한 목소리로 대답했다.

소피의 얼굴이 창백해졌다.

"하지만…… 그건 불가능해요!"

"과연 그럴까? 네 운명의 적의 정체는 이미 분명해진 것 같은데."

"뭐라고요? 운명의 적이라니, 저한테는 그런 거 없어요……."

소피가 숨을 헐떡이며 대답했다.

"테드로스를 말씀하시는 거예요? 전 그 아이를 사랑한다고요! 제가 그런 행동을 한 것도 모두 사랑 때문이었어요. 걔 마음을 되찾으려고……."

레소 부인은 말없이 미소를 지었다.

"전 화가 났을 뿐이에요. 누굴 다치게 하려고 그런 건 아닌데…… 사랑하는 사람을 어떻게 해칠 수 있겠어요! 다른 학생들도 그렇고요. 전 악당이 아니라고요!"

소피가 울음을 터뜨리며 말했다.

"소피, 우리가 누구인지는 중요하지 않단다."

레소 부인은 소피를 향해 허리를 숙이고 더욱 낮은 목소리로 속삭였다.

"무엇을 하느냐가 중요하지."

그녀의 자주색 눈동자가 다시 한 번 소피를 향해 번쩍 빛을 뿜었다.

"아직 증상이 나타나지 않았다니, 안타깝구나."

그녀는 미끄러지듯 뒤로 물러나 책상 의자에 앉았다.

"문 잘 닫고 가라, 소피."

하지만 소피는 이미 교실을 나간 뒤였다.

그날 밤, 소피는 선의 학교를 공격하지 않았다.

'보내 주자.'

그녀는 베개를 머리 위에 뒤집어쓴 채 마음을 다잡고 있었다.

'이제 그만 테드로스를 잊어야 해.'

그녀는 똑같은 생각을 끊임없이 반복하며 머릿속에 있는 모든 생각들을 지워 버렸다. 레소 부인과의 알쏭달쏭하고 불길한 만남의 순간도 어느 순간 그녀의 기억에서 사라졌다. 조금씩 마음이 가라앉으며, 마침내 졸음이 찾아왔다. 그녀는 예전 자신의 모습이 꿈틀거리며 살아나는 것을 느낄 수 있었다. 내일부터 그녀는 다시 사랑 가득하고 관대한 사람이 될 것이다. 그녀는 다시 선한 소피로 돌아갈 것이다.

하지만 잠이 든 그녀는 또 다른 꿈을 꾸게 되었다.

그녀는 수없이 많은 거울 사이를 달리고 있었다. 거울은 풍성한 핑크색 드레스를 입고 긴 금발을 찰랑거리며 미소 짓는 그녀의 얼굴을 비치고 있었다. 마지막 거울 앞에 이른 그녀는 활짝 열려 있는 문을 발견했는데, 그 문 뒤에는 파란색 무도회 복장을 갖춰 입은 테드로스가 카멜롯의 첨탑 아래에서 위엄이 넘치는 모습으로 소피를 기다리고 있었다. 소피는 그를 향해 달리고 또 달렸지만, 어찌된 일

선과 악의 학교

인지 그에게 다가갈 수 없었다. 그때 활짝 핀 자주색 꽃을 주렁주렁 달고 있는 날카로운 들장미 덩굴이 그녀의 왕자님을 향해 뱀처럼 구불구불 나아가기 시작했다. 소피는 왕자님을 살리기 위해 더욱 맹렬히 달렸다. 유리 구두가 벗겨지면서 마침내 그의 두 팔에 안기려는 순간, 왕자는 마치 온몸이 녹아내리는 것처럼 뿌연 빨간색 덩어리로 변했다. 그리고 자신을 향해 달려온 소피를 들장미 덩굴에 내던져 버렸다.

소피는 분노에 가득 찬 상태로 잠에서 깨어났다. 이제 그만 테드로스는 잊자던 다짐은 눈 녹듯 사라지고 없었다.

"한밤중에 대체 왜 이래! 이제 다 끝났다며!"

아나딜이 소피의 뒤를 따라 터널을 걸으며 신경질을 냈다.

"분명한 이유도 없이 이런 일을 계속할 수는 없어."

헤스터의 목소리에도 불만이 가득했다.

"이유가 있어."

소피가 뒤를 돌아 두 사람을 바라보았다.

"됐지? 분명하고 확실한 이유가 있다고!"

다음 날 점심을 먹기 위해 공터에 나온 선의 학교 학생들은 처음 보는 풍경에 할 말을 잃고 말았다. 선의 학교 쪽 나무들이 모두 잘려 나가 버렸던 것이다. 소피와 테드로스가 나란히 앉아 둘만의 달콤한 시간을 즐겼던 나무만은 무사했지만, 그 기둥에는 하나의 단어가 수없이 여러 번 새겨져 있었다.

'거짓말쟁이'

깜짝 놀란 늑대와 님프들은 교사들에게 즉시 이 사실을 알린 뒤, 선의 구역과 악의 구역 사이에 줄을 지어 서서 양쪽 학생들을 분리했다. 하지만 테드로스는 경계를 지어 선 늑대들을 향해 쿵쾅거리며 걸어갔다.

"이제 그만해!"

모두의 시선이 소피에게 향했지만, 그녀는 악인 구역의 눈 덮인 나무에 등을 기대어 앉은 채 차분한 표정으로 그를 바라보았다.

"싫다면? 날 잡아 보려고?"

그녀가 어처구니없다는 듯 실소를 터뜨리며 물었다.

"이제 말하는 것도 진짜 악당 같구나."

테드로스가 비웃으며 대꾸했다.

"말조심해, 테드로스. 우린 곧 무도회에서 같이 춤을 추게 될 사이인데 그렇게 말하면 남들이 뭐라고 하겠어?"

"그건 또 무슨 소리……."

"넌 왕자야, 그렇지?"

소피가 천천히 그를 향해 다가가며 입을 열었다.

"바로 이 자리에서 넌 날 무도회에 데려가겠다고 약속을 했지. 왕자는 자신이 한 약속을 반드시 지켜야 하잖아."

공터 양쪽에서 탄식이 터져 나왔고, 테드로스는 마치 배를 걷어차인 것처럼 충격에 휩싸인 표정을 지었다.

"약속을 지키지 않는 왕자는 결국 악당과 다를 바 없지 않니?"

소피가 늑대 두 마리를 사이에 두고 그를 똑바로 바라보았다.

테드로스는 얼굴이 붉게 달아오른 채 아무 말도 하지 못했다.

"하지만 넌 악당이 아니야. 나도 마찬가지고."

소피가 측은한 표정을 지어 보이며 말을 이어 갔다.

"그러니까 네가 한 약속을 지켜. 그럼 우린 다시 예전으로 돌아가는 거야. 테드로스와 소피, 왕자와 공주로 말이야."

말을 마친 소피는 잠시 머뭇거리는 듯하더니, 미소를 지으며 늑

선과 악의 학교

대들 사이로 손을 내밀었다.

"영원한 행복을 위해서!"

모두가 숨을 죽이고 두 사람을 바라보았다.

"너랑 무도회에 가는 일은 절대 없어. 절대!"

테드로스가 단호한 표정으로 말했다.

소피는 아무런 표정의 변화 없이, 내밀었던 손을 거둬들였다.

"그래? 너희 학교 학생들이 누구 때문에 계속 공격을 당하는지 이제 확실해졌네."

소피가 낮은 목소리로 말했다.

선인 학생들의 원망 섞인 시선이 일제히 테드로스를 향했다. 수치심에 얼굴이 일그러진 테드로스는 그대로 등을 돌리고 공터를 빠져나갔다. 소피는 입을 꼭 다문 채 그의 뒷모습을 바라보았지만, 그녀의 심장은 미친 듯 떨리고 있었다. 그녀는 테드로스를 다시 불러 붙잡고 싶은 마음을 힘겹게 억누르고 있었던 것이다.

"이게 다 무도회 때문이었어?"

날카로운 목소리에 소피가 고개를 돌렸다. 헤스터와 아나딜이 불타오르는 눈빛으로 그녀를 노려보고 있었다.

"이건 옳고 그름의 문제야."

소피가 대답했지만, 두 사람의 표정은 변하지 않았다.

"난 빠지겠어."

헤스터가 으르렁거리듯 말하고 등을 돌리자, 아나딜 역시 그녀의 뒤를 따랐다.

소피는 넋이 나간 표정으로 그녀를 빤히 바라보는 학생들과 교사들, 그리고 늑대와 요정들에 둘러싸인 채 가만히 서 있었다. 그녀의 귀에 들리는 소리라고는 자신의 얕은 숨소리뿐이었다. 그녀는 천천히 고개를 들었다.

이미 유리 성 안에 들어간 테드로스가 창을 통해 그녀를 내려다보고 있었다. 뉘엿뉘엿 지고 있는 붉은 태양이 그를 비추자 뿌연 그의 얼굴이 붉은빛으로 물들었다.

소피는 그의 눈을 똑바로 바라보며, 결심을 굳혔다.

그는 다시 그녀를 사랑하게 될 것이다. 그렇게 되어야만 한다.

그가 다른 사람에게 마음을 준다면, 그녀는 그를 철저하게 파괴할 것이다.

23

거울 속 마법

아가사는 레이스로 만든 베개에 얼굴을 깊이 파묻었지만, 소피의 목소리가 계속해서 귓가에 메아리치는 것을 막을 수는 없었다.

"귀찮게 하지 말고, 네 갈 길이나 가!"

네 갈 길이라니? 소피를 만나기 전 그녀의 삶에는 어둠과 고통뿐이었다. 소피 덕분에 그녀는 마침내 보통 사람이 된 것 같은 기분을 느꼈고, 누군가에게 필요한 사람이 될 수 있었다. 소피가 없으면, 그녀는 다시 아무도 거들떠보지 않는 괴짜가 될 것이다.

순간 아가사의 가슴이 철렁 내려앉았다.

"마녀에게는 자신만의 동화가 없어."

소피가 없는 아가사는 그저 마녀일 뿐이었다.

그 후 엿새 동안, 아가사는 방에 틀어박힌 채 꼼짝하지 않았다. 바깥에서는 새로운 공격에 당한 선인 학생들의 비명 소리가 끊임없이 이어졌다. 선과 악의 학교 합동 수업은 모두 무기한 취소되었고, 공터에서의 점심과 숲 그룹 활동 역시 잠정 중단되었다. 이게 다 그녀 때문인 것일까? 원래 마녀는 동화를 엉망진창으로 만드는 존재가 아니던가? 공포에 질린 비명 소리가 점점 더 커질수록, 그녀의 마음은 죄책감으로 조여 왔다.

그러던 어느 날 갑자기 모든 공격이 멈췄다.

휴게실에 모인 선의 학교 학생들은 숨을 죽인 채 경계를 늦추지 않았지만, 토요일, 그리고 또 일요일도 아무 일 없이 흘러갔다. 아가사는 마침내 폭풍이 지나갔음을 확신했다. 잠시 후면 소피가 나타나 그녀에게 사과의 말을 건넬 것이다. 그녀는 장밋빛으로 물든 달을 바라보며 베개를 꼭 끌어안고 기도했다. 두 사람의 우정은 이 정도 시련으로 무너지지 않을 것이다.

그때 문밖에서 요정들이 짤랑거리는 소리가 들렸다. 아가사가 고개를 돌리자, 문 밑 틈으로 작은 종이 한 장이 미끄러지듯 들어왔다. 그녀는 쿵쾅거리는 가슴을 진정시키며 침대에서 벌떡 일어나, 땀에 흠뻑 젖은 손으로 쪽지를 집어 들었다.

친애하는 학생들에게

엿새 후면 겨울 무도회가 열립니다. 따라서 이번 주 수업 과제는 여러분이 무도회를 잘 준비하고 있는지를 확인하는 데에 중점을 둘 예정입니다. 최근 불미스러운 일들이 벌어졌지만, 더 이상 예정되어 있던 일정을 취소하는 일은 없을 것입니다. 우리 선의 전통이야말로 악과 구분되는 가장 자랑스러운 요소 중 하나이기 때문입니다.

아무리 어려운 시기일지라도, 여러분은 무도회를 통해 해피엔딩에

이르는 길을 찾을 수 있을 것입니다.

더비 교수

아가사는 신음 소리와 함께 다시 핑크색 시트 속에 몸을 파묻었다. 하지만 막 잠에 빠지려는 순간, 그녀의 머릿속에 몇 가지 단어들이 반짝이며 맴돌기 시작했다.

'무도회, 목적, 해피엔딩……'

단어들은 어둠에 휩싸인 그녀의 머릿속을 이리저리 굴러다니며 점점 더 깊이 메아리치더니, 어느새 그녀의 영혼 깊은 곳에 마법의 씨앗처럼 뿌리내렸다.

라반은 66호실을 향해 살금살금 걸음을 옮겼다. 여섯 명의 악인 학생들이 어둠 속에서 백조 문장을 희미하게 반짝이며 그의 뒤를 따르고 있었다.

"공격이 멈춘 걸 보면 죽었는지도 몰라."

벡스가 속삭였다.

"일요일이라 악당 짓을 쉬는 건지도 모르지."

브론이 대답했다.

"아니면 그 한심한 왕자라는 작자를 잊기로 한 걸 수도 있어."

라반이 홱 뒤를 돌아보며 말했다.

"사랑을 그렇게 쉽게 포기할 수 있는 사람은 없어. 방을 뺏어 가고 파자마를 훔쳐 가더라도, 사랑은 변하지 않는 거야."

발목까지 내려오는 후줄근한 내복 차림의 호트가 기운 없는 목

소리로 말했다.

"애초에 사랑에 빠진 것부터가 잘못이라고!"

라반이 더욱 날카롭게 대꾸했다.

"내가 아빠한테 좋아하는 여자애가 생겼다고 말했을 때 무슨 일이 생겼는지 알아? 우리 아빠는 내 온몸에 꿀을 발라서 곰들이 우글거리는 굴에 처넣어 버렸다고. 그 후론 누굴 좋아해 본 적이 없어."

"나도 엄마한테 좋아하는 애가 생겼다고 말했다가, 한 시간 동안 오븐에 갇혔어. 나도 그 후로 남자애들은 거들떠도 안 보게 됐지."

모나는 그때 기억이 떠오르는지 창백해진 초록색 얼굴을 끄덕이며 말했다.

"나도 좋아했던 남자애가 있었는데, 우리 아빠가 죽였어."

아이들이 일제히 걸음을 멈추고 아라크네를 바라보았다.

"아마도 소피는 부모님한테 그런 교육을 못 받았나봐."

아라크네가 당황해하며 말했다.

학생들은 그녀의 말에 진지하게 고개를 끄덕이고는 다시 66호실을 향해 살금살금 움직이기 시작했다. 방문 앞에 이른 아이들은 각자 자리를 잡고 숨을 죽인 채, 문에 귀를 바싹 가져다 댔다.

방 안에서는 아무 소리도 들리지 않았다.

"셋 세고 들어가는 거야."

라반이 목소리를 낮추고 입술을 달싹여 말했다. 악인 학생들은 한 걸음씩 물러나 방으로 뛰어들 준비를 갖추었다.

"하나, 둘⋯⋯."

"이거 마셔."

그때 방 안에서 아나딜의 목소리가 들려왔다. 학생들은 다시 잽싸게 문에 귀를 붙이고 숨을 죽였다.

"죽을 것 같아."

소피가 숨을 헐떡이며 기운 없는 목소리로 말했다.

그리고 잠시 후 토하는 소리가 이어졌다.

"열이 너무 높은데, 헤스터."

"레소 교수님 말씀이, 운명의 적을 꿈에서 보면……."

"그런 거 신경 쓰지 마, 소피. 잠이나 좀 자."

헤스터가 말했다.

"무도회에 가야 하는데, 그때까지는 다 나을까? 테드로스가 약속……."

"자, 그만하고 눈 감아."

"하지만 잠들면 또 꿈을 꿀 텐데……."

소피의 숨소리가 점점 더 거칠어지고 있었다.

"쉬, 우리가 옆에 있을게."

헤스터가 소피를 진정시켰다.

방 안에서는 더 이상 아무 소리도 들리지 않았다. 하지만 라반과 다른 여섯 아이들은 문 앞에 모여 선 채 꼼짝도 하지 않았다. 그때 다시 방문 가까운 쪽에서 목소리가 들리기 시작했다.

"꿈에서 뿌연 얼굴을 보고, 높은 열이 나고…… 집착 증상까지…… 레소 교수님 말씀이 맞았어! 테드로스가 소피의 운명의 적인 거야!"

아나딜이 속삭였다.

"그럼 교장을 만났다는 말도 사실인가? 정말 소피의 동화가 진행되고 있단 말이야?"

헤스터가 낮은 목소리로 대꾸했다.

"이게 다 사실이라면, 선과 악의 학교 모두 위험에 처해 있다는 건데. 동화가 시작되었다면 곧 전쟁이 일어난다는 뜻이잖아."

"아나딜, 소피와 테드로스를 다시 이어 줘야 해! 증상이 나타나기 전에 해결해야 한다고."

"어떻게?"

"네 탤런트를 이용하자. 하지만 다른 사람한테는 절대 비밀이야! 밖으로 새어 나가면 우리 목숨이 위태……."

진지하게 속삭이던 헤스터의 목소리가 갑자기 뚝 끊겼다.

라반은 다급한 표정으로 다른 학생들을 돌아보았다.

잠시 후 문이 벌컥 열리며, 날카로운 두 눈을 가늘게 뜬 헤스터의 얼굴이 문틈으로 나타났다. 하지만 복도에는 어둠만 가득할 뿐이었다.

월요일 아침, 잠에서 깨어난 아가사에게 이상한 변화가 일어났다. 수업에 들어가고 싶은 마음이 마구 샘솟았던 것이다.

그녀는 방 안을 정신없이 돌아다니며 구깃구깃해진 피나포어 드레스를 입고 기름진 머리카락 사이에서 보푸라기를 떼어 냈다. 얼마나 더 기다리란 말인가? 소피는 사과하지 않을 것이다. 더 이상그녀와 친구가 되기를 원하지도 않는다. 그녀는 소피에게 받은 종이 장미를 구겨서 창밖으로 내던져 버렸다.

'그래, 내 갈 길을 가는 거야!'

그녀는 또 던질 것이 없나 찾던 중, 발밑에 떨어져 있는 쭈글쭈글한 종이를 발견했다.

"무도회를 통해 해피엔딩에 이르는 길을 찾을 수 있을 것입니다."

아가사는 종이를 손에 쥐고, 더비 교수의 편지를 다시 한 번 읽어 내렸다.

'그래, 이거야! 무도회가 새로운 길을 열어 줄 거야.'

그녀의 두 눈에 불꽃이 타올랐다.

이제 그녀에게 필요한 것은 그녀를 무도회에 데려가 줄 남학생이었다. 남자라면 모두 불쾌하고 거만한 인간이라고 치부했던 그녀였지만, 이번만큼은 그들의 도움이 필요했다. 그렇게만 된다면, 소피도 자신의 잘못을 인정할 수밖에 없을 것이다.

그녀는 굳은살 박힌 발을 뭉툭한 신발 안에 쑥 밀어 넣고, 온 학교에 울려 퍼질 정도로 쿵쾅쿵쾅 요란한 소리를 내며 계단을 내려갔다.

겨울 무도회 전까지 파트너를 찾을 수 있는 시간은 겨우 닷새였다.

무도회가 예정된 그 주의 첫 수업은 다소 당황스러운 장면으로 시작되었다. 수업 시작 시간이 10분쯤 지났을 때, 아네모네 교수가 엉덩이를 봉긋 부풀리고 민망할 정도로 길이가 짧은 하얀색 백조 깃털 드레스에 자주색 팬티스타킹과 반짝이는 가터벨트를 착용하고 자랑스럽게 교실에 입장했던 것이다. 그녀의 머리에는 샹들리에를 거꾸로 뒤집어 놓은 것 같은 왕관이 씌워져 있었다.

"자, 보아라! 이것이 무도회에 걸맞은 참된 우아함이다!"

그녀가 엉덩이에 붙은 백조 깃털을 쓰다듬으며 과장된 몸짓과 함께 입을 열었다.

"내가 남학생들의 파트너가 될 수 없다는 사실에 감사해라. 그렇지 않았다면 너희는 모조리 낙제했을 거야."

그녀는 휘둥그런 눈으로 자신을 바라보는 학생들의 시선을 만끽하는 듯했다.

"그래, 나도 알아! 아주 근사하지. 바이실라 여황제께서는 푸씨의 모든 분노를 모아 놓은 것 같다고 표현하시더구나."

"푸씨? 그게 어디야?"

키코가 속삭였다.

"깃털을 뺏겨서 잔뜩 화가 난 백조들이 모여 사는 곳이겠지."

베아트릭스가 대답했다.

아가사는 웃음을 참기 위해 펜으로 허벅지를 콕콕 찔렀다.

"남학생들이 탤런트 서커스 전까지는 프러포즈를 하지 않기로 약속했다고 들었다. 그러니 이번 주 과제에는 특히 더 신경 쓰는 게 좋을 거야."

아네모네 교수는 터져 나오려는 웃음을 참고 있는 아이들의 표정이 못마땅했는지 씩씩거리며 말을 이었다.

"아주 훌륭한 성적을 거두거나 반대로 형편없는 실력을 보이면 남학생들의 마음이 바뀔 수도 있을 테니 말이다!"

"테드로스가 무도회에 소피를 데려가기로 약속했다던데? 왕자는 약속을 어기면 안 되잖아. 그럼 끔찍한 일이 생긴다고!"

리나가 베아트릭스에게 속삭였다.

"약속이라고 다 똑같은 약속인가? 지키지 말아야 할 약속도 있는 거야. 누구든 테드로스와 나 사이를 방해하면, 그날 밤 살아서 무도회장을 나가지 못하게 해 줄 거야."

베아트릭스가 차가운 말투로 대꾸했다.

"물론 이번 겨울 무도회에 참석하지 못하는 학생도 생길 거다."

아네모네 교수가 갑자기 엄숙한 표정을 지으며 말했다.

"매년 꼭 한 명씩은 불쌍한 낙제생이 생기지. 모든 남학생들이 그 아이와 무도회에 가느니 차라리 반쪽짜리 등수를 받겠다고 생각한 거야. 이렇게 유리한 상황에서도 무도회에 같이 갈 남자 애 하나 찾지 못하는 여학생은…… 글쎄, 마녀라고 할 수밖에 없지 않을까?"

아가사는 모든 학생들이 자기를 바라보는 것을 느꼈다. 남자아 이가 무도회에 초대하지 않으면 낙제라고?

무도회 파트너를 찾는 일은 이제 아가사에게도 사활이 걸린 중 요한 문제가 되었다.

"오늘의 과제는 무도회에 함께 갈 파트너를 너희의 눈으로 직접 보는 것이다."

교수가 우렁찬 목소리로 말했다.

"파트너가 될 남학생의 얼굴이 머릿속에 분명하게 나타나야, 그 아이도 너희를 파트너로 점찍고 있다고 확신할 수 있다. 옆자리에 앉은 사람과 짝이 되어 진행하도록 하지. 차례로 상대방에게 프러 포즈를 해라. 프러포즈를 받은 사람은 두 눈을 감고 정신을 집중한 상태로 누구의 얼굴이 떠오르는지 보는 거다."

아가사는 옆자리에 앉은 밀리센트를 향해 몸을 돌렸다. 그녀는 금방이라도 토할 것 같은 표정을 짓고 있었다.

"사랑스러운 아가사…… 나와 무도회에 함께 가 줄래?"

숨도 쉬지 않고 단숨에 프러포즈를 끝낸 밀리센트가 갑자기 큰 소리로 구역질을 해 댔다. 아가사는 깜짝 놀라 하마터면 뒤로 넘어 질 뻔했다.

그랬다. 그것이 현실이었다. 대체 무슨 생각을 하고 있었단 말인 가? 그녀는 자신의 가느다란 팔다리와 창백한 피부, 그리고 이로 잘근잘근 물어뜯은 손톱을 내려다보았다. 대체 어떤 남자애가 그 녀를 무도회에 데려가겠다고 나서겠는가? 조금 전까지만 해도 그녀의 가슴속을 가득 채우고 있던 희망이 순식간에 몸 밖으로 빠져 나가고 있었다. 아가사는 주변을 둘러보았다. 다른 학생들은 행복에 젖은 표정으로 두 눈을 꼭 감고 자신의 왕자님이 될 남자아이의 얼굴을 떠올리고 있었다.

"대답을 해야지."

밀리센트가 투덜댔다.

아가사는 한숨을 내쉬며 두 눈을 감고, 왕자의 얼굴을 떠올리기 위해 정신을 집중했다. 하지만 그녀의 귀에는 서로 그녀와 파트너가 되지 않겠다고 다투는 남학생들의 아우성이 들려올 뿐이었다.

"너와 함께 가겠다는 아이는 아무도 없단다, 아가사."

"하지만 남자애들도 모두 무도회에 가야 하잖아요, 더비 교수님."

"그게 말이다…… 마지막 남은 남학생이 자살을 했단다. 너랑 무도회에 가느니 그게 낫다는 유서를 남겼다."

날카로운 비웃음 소리가 그녀의 귓가에 울려 퍼졌다. 아가사는 이를 악물었다.

'난 마녀가 아니야!'

다투는 남학생들의 목소리가 조금 누그러지는 듯했다.

'난 마녀가 아니야!'

남자아이들의 목소리는 이내 어둠 속으로 사라졌다.

하지만 목소리가 사라진 그녀의 머릿속에는 아무것도 남아 있지 않았다. 어떤 얼굴도 떠오르지 않았다.

'난 마녀가 아니야! 아니라고!'

역시 아무 일도 일어나지 않았다.

하지만 잠시 후, 어둠 속에서 무엇인가 어른거리기 시작했다.

형체도 뚜렷하지 않은 뿌연 얼굴이 서서히 떠오르기 시작했던

선과 악의 학교

것이다.

그는 아가사 앞에 한쪽 무릎을 꿇고 앉아 그녀의 손을 잡았다.

"너…… 괜찮니?"

아가사는 심상치 않은 목소리에 눈을 떴다. 아네모네 교수가 그녀를 똑바로 바라보고 있었다. 다른 학생들의 시선 역시 그녀를 향해 있었다.

"음, 그런 것 같은데요. 왜요?"

"그게 말이다…… 너 방금…… 미소를 지었어. 자연스러운 진짜 미소 말이다!"

아가사는 꿀꺽 침을 삼켰다.

"제가요?"

"너 혹시 사악한 마법에 걸린 거 아니냐? 악인 애들이 다시 공격을 시작한 거……."

"아니에요. 그런 게 아니라…… 그냥 어쩌다 보니 그렇게 됐어요……."

"하지만, 맙소사! 정말 아름다운 미소였어!"

아가사는 너무 놀라 의자에서 떨어질 뻔했다. 그녀는 마녀가 아니었다! 괴짜도 아니었다! 그녀는 자연스럽게 미소를 짓고 있는 자신을 발견했다. 조금 전보다 더 크고 더 밝은 미소였다.

"다른 것도 이만큼만 하면 좋으련만."

아네모네 교수가 한숨을 쉬며 말했다.

아가사의 얼굴을 화려하게 수놓고 있던 미소가 사라지고, 평상시 찡그린 얼굴이 되돌아왔다.

풀이 죽은 아가사는 다음 두 수업 과제를 형편없이 망쳐 버리고 말았다. 폴룩스는 그녀의 태도가 '비도덕적'이라고 비난했고, 우마는 나무늘보도 그녀보다는 매력적일 것이라며 탄식을 내뱉었다.

역사 수업을 앞두고 의기소침한 표정으로 의자에 앉아 있던 아가사는 문득 궁금한 점이 생겼다. 새더 교수는 정말로 그녀의 미래를 볼 수 있을까? 만약 그렇다면 그는 수많은 질문에 대답을 해 줄수 있을 것이다. 과연 아가사가 무도회에 함께 갈 파트너를 찾을 수있을지, 아니면 그녀가 마녀라고 했던 소피의 말이 맞는 것인지, 그녀는 결국 낙제하고 이곳에서 혼자 외롭게 죽음을 맞이할 것인지, 아가사는 묻고 싶은 것이 너무나 많았다.

하지만 진짜 문제는 새더 교수가 미래를 볼 수 있느냐 없느냐가아니라, 그에게 질문을 던질 기회가 없다는 것이었다. 게다가 교수에게 이런 질문을 하기 위해서는, 그녀가 몰래 그의 연구실에 들어갔다는 사실을 털어놓을 수밖에 없었다. 그렇게 되면 일단 새더 교수의 신뢰를 얻는 것은 물 건너가게 될 것이다.

아가사는 이런저런 고민을 하며 수업이 시작되기를 기다렸지만, 새더 교수는 끝내 나타나지 않았다. 무도회 준비에 온 신경을 쏟고 있는 선의 학교에서는 역사 수업이 진행될 수 없을 것이라고 판단하고, 그 주에는 악의 학교에서만 수업을 하기로 결정했기 때문이다. 새더 교수를 대신해 교단에 오른 사람은 퀴퀴한 냄새를 풍기는 드레스에 헝클어진 차림으로 나타난 중년의 자매들이었다. 〈춤추는 열두 공주〉라는 유명한 동화의 주인공인 그들은 궁정 무도회에서 왕자와의 사랑을 이룬 경험을 토대로, '무도회의 전통과 관습'에 대해 강의를 할 예정이었다. 하지만 그들은 왕자의 마음을 사로잡은 비법을 풀어놓기도 전에, 자기들끼리 말다툼을 벌이기 시작했다. 각자 기억하는 이야기가 달라, 서로 자기 말이 옳다며 목청을 높여 험한 말을 주고받았던 것이다.

선과 악의 학교

아가사는 그들의 목소리에 귀를 닫고 두 눈을 감았다. 아네모네 교수가 뭐라고 했든, 그녀는 분명 누군가의 얼굴을 보았다. 뿌옇고 흐렸지만, 그것은 확실히 사람의 얼굴이었다. 누군가 그녀와 무도회에 같이 가기를 원하고 있는 것이다.

그녀는 이를 악물었다.

'난 마녀가 아니야.'

어둠 속에서 서서히 실루엣이 나타나기 시작했다. 전보다 조금 더 가깝고 선명했다. 그는 그녀 앞에 한쪽 무릎을 꿇고 앉더니 천천히 고개를 들었다.

그때 날카로운 비명 소리가 울려 퍼졌고, 그녀는 깜짝 놀라 눈을 떴다.

연단에 선 열두 자매들이 마치 고릴라 무리처럼 우렁찬 목소리로 고함을 지르며 서로를 들이받고 있었다.

"저런 사람들이 공주라니 말도 안 돼!"

베아트릭스가 소리쳤다.

"결혼하면 다 저렇게 되는 거야. 우리 엄마는 다리털도 안 밀던걸."

지젤이 대답했다.

"우리 엄마는 결혼 전에 입던 드레스가 하나도 안 맞을 정도로 살이 쪘지."

밀리센트가 거들었다.

"우리 엄마는 화장도 안 해."

아바가 말했다.

"우리 엄마는 치즈를 드시더라고."

리나가 한숨을 쉬며 말했고, 베아트릭스는 기절할 것 같은 표정으로 그녀를 바라보았다.

"나중에 내 부인이 그렇게 되면, 난 아무리 결혼한 사이라고 해도 가차 없이 그 여자를 마녀들한데 보내 버릴 거야. 행복한 결말을 묘사하는 그림들을 봐! 못생긴 공주는 하나도 없다고!"

칠면조 다리를 뜯고 있던 채딕이 끼어들었다.

툴툴거리며 말을 내뱉은 그는 문득 그의 옆자리에 뻣뻣하게 굳은 몸으로 앉아 있는 아가사를 의식한 듯, 쭈뼛거리며 다시 입을 열었다.

"미안, 너 들으라고 한 말은 아니야."

점심시간이 되자, 아가사의 머릿속에는 무도회 파트너를 찾는 일 따위는 이미 사라지고 없었다. 그녀는 소피를 찾아가 그녀의 마음을 달래주고 싶은 생각뿐이었다. 하지만 소피와 헤스터, 아나딜의 모습은 보이지 않았다. 도트마저도 공터에 나타나지 않았고, 악인 학생들은 기가 죽은 모습으로 악의 학교 쪽에 모여 앉아 조용히 점심을 먹고 있었다. 한편 선의 학교 쪽에서는 키득거리는 소녀들의 웃음소리가 들려왔다. 채딕이 "너 들으라고 한 말은 아니야"라고 했다는 이야기가 입에서 입으로 전해지고 있었던 것이다. 설상가상으로 테드로스는 말굽 던지기를 하면서 계속 이상한 눈빛으로 아가사를 바라보았다. 그녀가 사탕무 스튜 그릇을 무릎에 엎질렀을 때에는 특히나 더 기분 나쁜 시선을 던졌다.

그때 키코가 나타나 그녀 옆에 풀썩 주저앉았다.

"너무 기분 나쁘게 생각하지 마. 설마 진짜 그러기야 하겠어!"

"무슨 말이야?"

"남자애 둘이 낫겠다는 말."

"그게 뭔데?"

"너랑 무도회에 가느니 차라리 남학생 둘이 파트너가 되겠다고 자기들끼리 맹세를 했다잖아."

아가사는 멍한 표정으로 그녀를 바라보았다.

"어머! 너 몰랐구나……."

키코는 발그레해진 얼굴로 서둘러 자리를 피했다.

선행 수업 시간이 되자, 더비 교수는 학생들에게 시험지를 나누어 주었다. 무도회에서 도덕적 선택의 기로에 섰을 때를 대비한 시험이었다. 문제들은 이런 식이었다.

1. 당신은 원하지 않는 상대와 무도회에 가게 되었다. 그런데 당신이 사랑하고 무도회에 함께 가기를 원했던 바로 그 사람이 무도회에서 당신에게 춤을 권한다. 당신은 어떻게 할 것인가?
   1) 같이 춤을 출 생각이 있었다면 애초에 무도회에 같이 가자고 청했어야 했다고 친절한 말투로 대답한다.
   2) 빠른 속도의 춤곡이 나올 때 그 사람과 춤을 춘다.
   3) 파트너를 버리고 그 사람과 춤을 춘다.
   4) 파트너에게 어떻게 하는 것이 좋을지 물어본다.

아가사는 4번을 선택한 뒤 그 아래에 보충 설명을 덧붙였다.

"춤 신청은 고사하고 무도회에 같이 가자는 사람조차 없는 학생에게는 이런 질문이 무의미합니다."

2. 무도회장에 들어선 당신은 친구에게서 마늘과 생선 비린내가 뒤섞인 지독한 입 냄새가 나는 것을 발견했다. 하지만 그 친구는 당신이 무도회에 함께 가기를 원했던 사람과 파트너가 되어 있다.

당신은 어떻게 할 것인가?

1) 즉시 친구에게 입 냄새가 난다고 알려 준다.

2) 입 냄새를 관리하지 못한 것은 친구의 잘못이므로 아무 말도 하지 않고 그냥 둔다.

3) 아무 말도 하지 않고, 친구가 당황하는 표정을 즐거운 마음으로 지켜본다.

4) 입 냄새 이야기는 하지 않고, 대신 달콤한 감초 한 조각을 친구에게 권한다.

아가사는 1번을 선택했고, 이번에도 문제 아래에 설명을 달았다.

"입 냄새는 일시적인 문제입니다. 하지만 못생긴 외모는 어떻게 해도 바꿀 수 없습니다."

3. 날개가 부러진 아기 비둘기가 무도회장에 들어와 플로어에 추락했다. 당신은 마지막 왈츠 곡에 맞춰 춤을 추는 중인데, 아기 비둘기가 학생들의 발에 짓밟힐 위험에 처해 있는 것을 발견했다. 당신은 어떻게 할 것인가?

1) 비명을 지르고 춤을 멈춘다.

2) 일단 곡이 끝날 때까지 춤을 추고, 그 후 비둘기를 보살펴 준다.

3) 춤을 추면서 비둘기가 발에 밟히지 않도록 걷어차 내고, 곡이 끝난 뒤 보살펴 준다.

4) 파트너가 당황하더라도 당장 춤을 멈추고 비둘기를 구출한다.

아가사는 4번을 선택했다.

"저는 분명 상상의 파트너와 춤을 추고 있을 테니, 파트너가 당황하더라도 별문제 없을 것입니다."

아가사는 27개의 문제를 모두 이런 식으로 풀었다.

더비 교수는 알사탕으로 만든 책상에 앉아 학생들의 시험지를 하나하나 채점하고, 반짝이는 호박 종이누르개 아래에 끼워 넣었다. 그녀의 표정은 점점 더 어두워지고 있었다.

"걱정하던 대로구나."

그녀가 학생들에게 시험지를 되돌려 주며, 화가 난 목소리로 말했다.

"너희가 고른 답은 모조리 허황되고 멍청하다! 지독하게 악랄한 답을 선택한 학생들도 있어! 이러니 그 소피라는 아이가 너희를 마음대로 조롱하고 있는 거다."

"공격은 이제 끝났잖아요."

테드로스가 중얼거렸다.

"그렇지 않아! 다 네 덕분이지!"

더비 교수가 빨간 줄이 죽죽 그어진 시험지를 테드로스에게 내밀며 날카롭게 대꾸했다.

"악인 학생이 동화 경연 대회에서 우승을 차지하더니, 이제 우리 학교를 엉망진창으로 만들고 있는데, 선인 학생 누구도 그 아이를 잡지 못하고 있다니! 선의 학교 학생 중에는 그 제멋대로인 아이를 제압할 수 있는 사람이 아무도 없단 말이니?"

그녀는 화를 주체하지 못하고 시험지를 책상 위에 힘껏 내던졌다.

"나흘 후면 서커스가 열릴 거다. 다들 알고 있겠지? 서커스 우승자는 동화의 전당을 자기 학교로 가져갈 수 있어. 동화의 전당이 악의 학교로 넘어가면 좋겠니? 앞으로 일 년 동안, 동화의 전당에 갈 때마다 서커스 우승을 빼앗겼다는 수치심을 느끼면서 악의 학교로 걸어가고 싶은 거니?"

누구도 고개를 들지 못했다.

"선한 자가 되기 위해서는 스스로 자신의 선함을 증명해야 한다."

더비 교수가 진지한 목소리로 말했다.

"방어하고, 용서하고, 도와주고, 베풀고, 사랑하는 것, 그것이 우리의 규칙이야. 규칙을 따르느냐 따르지 않느냐는 언제나 너희의 선택이지."

아가사는 자신의 시험지를 찾기 위해 교수가 내던진 종이 더미를 뒤적였다. 그녀는 자신의 이름을 발견하자마자, 틀린 답에 대한 어마어마한 혹평이 가득할 것이라는 생각에 바로 가방에 구겨 넣으려고 했지만, 그 순간 전혀 예상하지 못한 글자가 그녀의 시선을 사로잡았다.

100점
수업 끝나고 따로 좀 보자.

요정들이 딸랑딸랑 방울 소리를 울리고 수업이 끝나자, 더비 교수는 학생들을 모두 교실 밖으로 내보내고 호박사탕 문을 닫은 뒤 잠가 버렸다. 그리고 뒤를 돌아서서, 알사탕으로 만든 교수의 책상 앞에서 사탕을 뜯어 먹고 있는 아가사를 바라보았다.

"그러니까 저도 규칙을 지키기만 하면 마녀가 아니라는 뜻인가요?"

아가사가 으드득 요란스럽게 사탕을 깨물며 말했다.

더비 교수는 구멍이 뻥 뚫린 책상을 바라보았다.

"진짜로 선한 자만이 진심을 다해 그 규칙들을 지킬 수 있단다.

그러니까 네 질문에 대한 대답은 '그렇다'겠지."

"하지만 얼굴이 악하게 생긴 사람은요?"

아가사가 다시 물었다.

"아가사, 그런 바보 같은 질문을……."

"얼굴이 이미 악하게 생긴 사람도 있잖아요!"

아가사의 진지함에 교수는 움찔하며 대답을 망설였다.

"저는 집을 떠나 낯선 곳에 와 있어요. 유일한 친구도 잃었고, 사람들은 모두 저를 싫어해요. 저도 해피엔딩에 이르는 방법을 찾고 싶다고요."

아가사의 얼굴이 붉게 달아올랐다.

"하지만 아무도 제게 진실을 말해 주지 않아요. 교수님조차도요! 제가 아무리 착한 일을 하고 착한 마음을 가지고 있어도 제 이야기의 결말은 변하지 않아요. 결국 제 이야기를 결정짓는 것은 못생긴 외모였어요."

아가사는 마음속에 쌓인 울분을 토해 내듯 빠르게 말을 이어 갔다.

"저한테는 기회조차도 없었다고요."

한참 동안 아무 말 없이 호박사탕 문만 바라보던 더비 교수는 마침내 아가사 옆에 앉아 알사탕 한 조각을 뜯어내 으드득 깨물었다.

"베아트릭스를 처음 봤을 때 어떤 생각이 들었니?"

아가사는 교수의 손에 들린 사탕 조각을 바라볼 뿐 아무 말도 하지 않았다.

"아가사?"

"잘 모르겠어요. 예쁘다고 생각했겠죠."

아가사는 방귀 사건을 떠올리며 웅얼거렸다.

"지금은 어떻지?"

"꼴도 보기 싫은 애예요."

"왜 그럴까? 얼굴이 변했니?"

"아니요, 그런 건 아닌데……."

"베아트릭스가 아름답다고 생각하니?"

"그럼요. 얼굴만 봤을 때는……."

"결국 외적인 아름다움은 얼마 못 간다는 뜻이니?"

"마음도 착하다면 달랐겠지만……."

"그러니까 중요한 건 마음이라는 거지? 조금 전에는 네 입으로 외모가 제일 중요하다고 하지 않았니?"

아가사는 입을 벙긋거렸지만, 아무 말도 할 수 없었다.

"진실과 그토록 오랫동안 맞서 겨룰 수 있는 것은 아름다움뿐이 란다. 그런 면에서 너와 베아트릭스는 생각보다 공통점이 많아."

"잘됐네요. 걔는 공주가 되고 저는 베아트릭스의 동물 부하가 되 면 될 테니까요."

아가사가 알사탕을 아작 깨물며 말했다.

더비 교수는 무엇인가 결심한 듯 자리에서 일어섰다.

"아가사, 거울을 바라보면 무엇이 보이지?"

"전 거울 안 봐요."

"왜?"

"말이나 쭈그렁 할머니가 거울을 바라보며 자기 모습에 황홀해 하는 거 보셨어요?"

"무엇이 두려운 거니?"

더비 교수가 호박사탕 문 쪽으로 몸을 기울이며 물었다.

"두려운 거 없어요."

아가사가 코웃음을 치며 대답했다.

"그럼 여기를 한번 보렴."

그녀가 고개를 들자, 호박사탕 문은 이미 매끈하고 반짝이는 거울이 되어 있었다.

아가사는 깜짝 놀라 고개를 돌렸다.

"재미있는 장난이네요. 교과서에도 나와 있는 거예요?"

"거울을 바라보렴, 아가사."

더비 교수가 차분한 목소리로 말했다.

"바보 같은 짓이에요."

아가사는 벌떡 일어나더니, 거울을 보지 않기 위해 고개를 푹 숙인 채 교수를 지나 문 쪽으로 향했다. 하지만 문에는 손잡이가 없었다.

"보내 주세요!"

아가사는 거울 속 자신과 눈이 마주칠 때마다 두 눈을 질끈 감으며 손끝으로 거울 곳곳을 더듬었다.

"거울을 똑바로 쳐다보면, 나갈 수 있게 해 주마."

아가사는 정신을 집중하고 손가락 끝에 불빛을 켰다.

"지금 당장 나가겠어요!"

"어서 거울을 봐!"

"나가게 해 주세요! 그렇지 않으면……."

"한 번만 바라보렴."

아가사는 딱딱한 신발로 거울을 힘껏 걷어찼다. 거울은 부르르 떨리며 산산조각 나 버렸고, 아가사는 반짝이는 거울 조각을 피해 몸을 웅크렸다. 잠시 후 소란이 가라앉자, 그녀는 천천히 고개를 들었다.

새것처럼 깨끗한 거울이 다시 그녀의 앞을 가로막고 있었다.

"없어지게 해 주세요."

그녀는 고개를 숙인 채 애원하듯 말했다.

"한 번만 노력해 보렴, 아가사."

"전 못해요."

"왜?"

"전 못생겼으니까요!"

"그게 사실이 아니라면?"

"절 좀 보세요!"

아가사가 괴로움에 가득 찬 목소리로 말했다.

"아름답다고 생각해 보렴."

"하지만……."

"아가사, 너도 네가 늘 읽던 동화책 주인공처럼 생겼다고 생각
해 봐."

"전 그런 쓰레기 안 읽어요."

아가사가 톡 쏘듯 대꾸했다.

"정말 그랬다면 넌 여기 오지도 않았을 거다."

아가사의 표정이 굳어졌다.

"네 친구처럼 너도 동화책을 읽었던 거야."

더비 교수가 부드러운 목소리로 말했다.

"왜일까? 너는 왜 동화책에 빠졌을까?"

아가사는 한참 동안 아무 말도 하지 못했다.

"제가 만약 예쁜 아이였다면……."

그녀가 조심스럽게 입을 뗐다.

"그래, 그렇다면?"

아가사는 눈물이 가득 고인 눈으로 고개를 들었다.

"정말 행복했을 거예요."

"그것 참 희한하구나."

교수는 손바닥으로 책상을 쓸며 말했다.

"메이든베일에서 온 엘라도 너와 똑같은 말을 했거든."

"누군지 몰라도 참 살기 힘들었겠네요."

아가사가 부루퉁한 표정으로 대답했다.

"그 아이도 너처럼 무도회에 가고 싶어 했지만, 방법을 찾을 수 없었어. 그래서 내가 그 아이를 직접 찾아갔지. 그 아이에게 필요한 것은 예쁜 얼굴과 새 구두였단다."

"그 아이가 저랑 무슨 관계가 있는지 모르겠……."

순간 아가사의 두 눈이 휘둥그레졌다.

"엘라…… 신데렐라 말씀이세요?"

"이야기가 유명해진 건 사실이지만, 솔직히 최선의 방법은 아니었단다."

교수는 호박 종이누르개를 쓰다듬고 있었다.

"메이든빌에서 이걸 팔더구나. 엘라를 궁전으로 데려갈 마차로는 그다지 어울리지 않는 모양이었지."

아가사는 눈을 동그랗게 뜨고 비틀비틀 뒷걸음질을 쳤다.

"그럼…… 그렇다면 교수님이 바로……."

"영원의 숲에서 누구나 가장 만나고 싶어 하는 요정 할머니가 바로 나다. 내가 널 도와주마."

아가사는 머리가 핑 도는 것을 느끼고 문에 살며시 기대어 섰다.

"네가 괴물 석상을 구했을 때 이미 너에게 얘기하지 않았니? 너는 강력한 재능을 타고났어. 어떤 악도 제압할 수 있는 선의 힘이

네게 있단다. 그 선한 힘이 너에게 해피엔딩을 가져다줄 거야. 지금은 잠시 길을 잃고 헤매고 있지만, 너에게 필요한 것은 이미 모두 네 안에 있어, 아가사. 그리고 지금 우리는 네가 그 힘을 밖으로 끄집어내기를 간절히 바라고 있단다. 헌데 아름다운 외모라는 것이 그 길을 가로막고 있으니……."

교수가 한숨을 내쉬었다.

"우선 그 문제를 해결해 줘야겠지! 어려운 일은 아니란다."

교수는 연초록 드레스 속에 손을 집어넣어 가느다란 체리나무 지팡이를 꺼냈다.

"자, 눈을 감고 소원을 빌어 봐라."

아가사는 두 눈을 깜빡이며 자신이 꿈을 꾸는 것은 아닐까 생각했다. 동화에서 그녀와 같은 여자아이는 늘 벌을 받았다. 못생긴 여자아이의 소원이 이루어지는 동화는 단 한 번도 본 적이 없었다.

"뭐든 다 이루어 주시는 거예요?"

그녀가 떨리는 목소리로 물었다.

"그럼."

요정 할머니가 대답했다.

"소리 내서 말해야 하나요?"

"난 네 마음을 읽는 재주는 없단다."

아가사는 눈물이 가득 고인 얼굴로 교수를 바라보았다.

"하지만…… 지금껏 누구한테도 말해 본 적 없는데……."

"이제 기회가 생겼잖니? 말해 보렴."

아가사는 바들바들 떨며 요정 할머니의 손에 들린 지팡이를 한 번 바라본 뒤 두 눈을 꼭 감았다. 이것이 정말 꿈은 아니겠지?

"제 소원은……."

아가사는 숨이 막혀 왔다.

"그러니까…… 말씀드리자면……."

"네 마음속에 확신이 있어야만 마법이 이루어진단다."

더비 교수가 말했다.

아가사는 숨을 한 번 크게 들이마셨다.

그녀의 머릿속은 소피 생각으로 가득 차 있었다. 소피는 마치 개를 쳐다보듯 그녀를 똑바로 바라보며 이렇게 말했다.

'귀찮게 하지 말고, 네 갈 길이나 가!'

그녀의 심장이 갑자기 분노로 불타올랐다. 그녀는 이를 악물고 두 주먹을 불끈 쥐며 고개를 들었다.

"아름다운 외모를 가지고 싶어요!"

그녀가 마치 절규하듯 소리쳤다.

요정 할머니는 지팡이를 휘둘렀고, 순간 날카로운 굉음이 울려 퍼졌다.

아가사는 두 눈을 떴다.

더비 교수가 잔뜩 인상 쓴 얼굴로 부러진 지팡이를 바라보고 있었다.

"너무 과한 소원이었던가 보구나. 옛날 방식으로 하는 수밖에 없겠어."

그녀가 귀청을 찢을 듯 날카로운 휘파람 소리를 내자, 핑크색 피부에 일곱 개의 발이 달린 님프 여섯 명이 무지개 빛깔 머리카락을 휘날리며 줄지어 창문을 통해 교실로 들어왔다.

아가사는 거울로 변해 버린 문에 등을 바짝 대고 그들을 바라보았다.

"잠깐만요…… 이게 무슨……."

"걱정 마라. 최대한 아프지 않게 해 줄 거다."

아가사는 자신을 향해 다가오는 님프들을 향해 비명을 질렀지만, 그들은 마치 곰처럼 단숨에 그녀를 둘러싸고 작업에 착수했다.

더비 교수는 끔찍한 장면을 피하려는 듯 눈을 돌렸다.

"저 님프들 정말 크긴 크네."

아가사는 눈꺼풀을 파르르 떨며 어둠 속에서 두 눈을 떴다. 며칠 동안 잠만 자다 깬 것처럼 온몸이 아프고 뻐근했다. 그녀는 상황을 파악하기 위해 흐릿한 두 눈을 깜빡여 보았다. 그녀는 드레스를 갖춰 입은 채 초록색 의자에 쓰러지듯 앉아 있었고, 그녀를 묶고 있던 끈들은 모두 풀어지고 없었다.

그곳은 꾸밈방이었고, 님프들은 보이지 않았다.

아가사는 의자에서 일어났다. 아로마 욕조에는 거품이 풍성한 물이 흘러넘치고 있었고, 그녀의 바로 앞 빨간 장미 화장 코너에는 왁스와 크림, 염색제, 마사지 팩 등 수백 개의 병들이 뚜껑이 열린 채 줄지어 놓여 있었다. 세면대를 보니 조금 전 사용한 것 같은 면도칼과 줄, 작은 칼과 족집게가 흐트러져 있었고, 바닥에는 잘려 나간 머리카락이 수북하게 쌓여 있었다.

아가사는 허리를 숙여 머리카락을 집어 들었다.

금발이었다.

'거울!'

그녀는 거울을 찾기 위해 이리저리 고개를 돌렸지만, 거울이 붙어 있는 화장대는 다 어디로 사라졌는지 보이지 않았다. 그녀는 떨리는 손으로 자신의 머리와 피부를 더듬었다. 모든 것이 너무나 부드럽고 매끈했다. 그녀는 입술과 코, 턱도 만져 보았다. 앙증맞고 귀여운 모양이 손끝에 느껴졌다.

"그 아이에게 필요한 것은 예쁜 얼굴이었단다."

아가사는 다시 의자에 털썩 주저앉았다.

'그들이 해냈어!'

불가능한 일이 이루어졌다. 그녀를 평범한 사람으로 만들어 준 것이다! 평범한 정도가 아니었다. 그녀는 예쁜 여자아이가 되었다. 사랑스럽고……

'아름다운 여자아이가 됐어!'

마침내 그녀에게도 기회가 왔다! 그녀는 이제 행복해질 수 있게 되었다!

문 위 둥지에서 낮잠을 자고 있던 앨버마를은 문이 열리는 것도 개의치 않고 큰 소리로 코를 골아 댔다.

"잘 자요, 앨버마를!"

그제야 잠에서 깬 앨버마를은 안경 낀 눈을 둥지 밖으로 비죽 내밀었다.

"잘 가라, 아가사……. 오, 이럴 수가!"

꾸밈방을 나와 계단을 오르는 동안 아가사의 얼굴에는 더욱 밝고 환한 미소가 번졌다.

그녀는 만찬실 근처에 있는 금박 장식 거울을 찾아가는 길이었다. 거울을 마주치지 않기 위해 그녀는 학교 안에 있는 모든 거울의 위치를 외우고 있었던 것이다. 아가사는 흥분된 마음을 좀처럼 가라앉힐 수 없었다. 그녀는 거울 속 자신의 모습을 알아볼 수나 있을까?

그때 위에서 거칠게 숨을 삼키는 소리가 들렸다. 리나와 밀리센트가 나선형 계단의 빈 공간을 통해 휘둥그레진 눈으로 그녀를 내려다보고 있었다.

"안녕, 리나! 안녕, 밀리센트!"

아가사가 그들을 향해 밝게 웃으며 인사를 건넸다.

하지만 얼빠진 표정을 짓고 있는 두 소녀는 입을 쩍 벌린 채 아무 말도 하지 못했다. 가벼운 걸음으로 계단방을 향해 가는 아가사의 얼굴에 점점 더 환한 미소가 번져 갔다.

한편, 채딕과 니콜라스는 전설의 오벨리스크를 기어오르며, 졸업한 선인 소녀들의 초상화를 품평하듯 하나하나 뜯어보고 있었다.

"라푼젤은 잘 봐 줘도 4등이야. 여기 마르틴은 확실히 9등이네."

채딕이 클라이밍을 하는 것처럼 벽돌에 매달려 말했다.

"말이 돼 버리다니, 안됐어."

니콜라스가 말했다.

"아가사 초상화가 여기 걸리면 어떨까? 걔는 말이 아니라……."

"뭐? 난 뭐가 될 것 같은데?"

고개를 돌린 채딕은 아가사를 발견하자마자 넋이 나간 듯 입을 벌리고 아무 말도 하지 못했다.

"고양이?"

아가사가 싱긋 웃으며 말했다.

"갑자기 꿀 먹은 벙어리가 돼 버렸네."

"어, 어……."

니콜라스가 말을 잇지 못한 채 우물거리자, 채딕은 그를 발로 차 오벨리스크에서 떨어뜨려 버렸다.

너무 오랫동안 미소를 지은 탓에 양쪽 입가가 아파 올 정도였지만, 아가사는 여전히 밝은 표정으로 용맹의 계단을 올랐다. 감청색 아치를 지나자 저 멀리 만찬실로 통하는 황금 여닫이문이 나타났

선과 악의 학교

다. 문만 열면 거울이 나타날 것이고, 그녀는 마침내 소피가 평생 거울을 바라보며 느꼈던 감정을 직접 경험할 수 있게 될 것이다. 하지만 그녀가 문 앞에 선 순간, 누군가 반대쪽에서 문을 활짝 열어젖혔다.

"미안, 누가 있는지 모르고……."

아가사는 고개를 숙인 채 상대방의 목소리를 들었다. 그리고 천천히 고개를 드는 순간, 그녀의 가슴이 방망이질 치기 시작했다.

테드로스가 너무나 혼란스러운 표정으로 그녀를 물끄러미 바라보고 있었던 것이다. 아가사는 순간 자신이 악의 주문으로 그를 공포에 질리게 한 것이 아닌가 하는 착각에 빠졌다.

잠시 후 그가 목을 가다듬으려는 듯 헛기침을 했다.

"음, 안녕?"

"안녕?"

아가사가 바보스러운 미소를 지으며 대답했다.

다시 침묵이 흘렀다.

"저녁 메뉴는 뭐야?"

그녀의 미소만큼이나 멍청한 질문이었다.

"오리 새끼 고기래."

테드로스가 갈라지는 목소리로 대답하고는 다시 헛기침을 했다.

"아, 미안. 그게 말이야…… 네가 너무…… 네가 오늘따라 좀……."

아가사는 갑자기 이상한 기분이 들었다. 두려움과 비슷한 감정이었다.

"알아…… 좀 달라졌지……."

가까스로 한마디를 내뱉은 아가사는 재빨리 걸음을 옮겨 모퉁이를 돌았다.

그녀는 좁은 복도를 달려, 한 초상화 액자 아래에 웅크리고 앉았다.

'대체 나한테 무슨 짓을 한 거야!'

아름다운 외모를 달라고 했더니 그녀의 영혼까지 바꿔 버린 것일까? 몸치장을 하면서 그녀의 심장까지 새것으로 바꿔 넣은 것일까? 왜 손에 이렇게 땀이 나는 거지? 가슴은 또 왜 이렇게 뛰는 것일까? 입만 열면 테드로스에 대한 모욕적인 말들을 쏟아 냈는데 그것들은 다 어디로 간 것일까? 대체 어쩌다가 그녀가 남자아이를 보고 미소를 짓게 되었단 말인가! 그녀는 남자라면 질색을 했다. 태어난 순간부터 늘 그랬다. 남자아이를 향해 미소를 짓는다는 것은 절대 있을 수 없는 일이었는데…….

순간 아가사는 자신이 어디에 있는지 깨달았다.

그녀가 초상화라고 생각했던 것은 사실 초상화가 아니었다.

그녀는 긴장된 마음에 식은땀을 흘리며 천천히 일어서서, 거대한 거울을 향해 몸을 돌렸다. 드디어 낯선 얼굴을 마주하는 순간이었다.

거울에 시선이 닿자 그녀는 깜짝 놀라 두 눈을 꼭 감아 버리고 말았다.

그리고 천천히 다시 눈을 떴다.

'하지만 아로마 욕조랑 화장품 병들, 그리고 바닥에 떨어진 금발을 내 눈으로 봤는데…….'

당황한 그녀는 쓰러지듯 벽에 등을 기댔다.

'내 소원…… 소원을 이뤄 주는 지팡이…….'

하지만 그 모든 것들은 요정 할머니의 책략이었다.

님프들은 아가사에게 아무것도 하지 않았던 것이다.

그녀는 자신의 기름진 검은 머리와 툭 불거져 나온 두 눈을 보고, 공포에 사로잡혀 그대로 바닥에 주저앉고 말았다.

'난 여전히 못생겼어! 난 지금도 마녀야!'

하지만…….

'앨버마를의 반응은 뭐였지? 리나와 채딕은 또 어떻고? 테드로스는 또 왜 그랬던 거야?'

그들은 그녀를 비춰 주는 또 하나의 거울이었다. 그녀가 더 이상 못생긴 아이가 아니라는 사실을 보여 주는, 무엇보다 확실한 거울이었던 것이다.

아가사는 천천히 자리에서 일어나 거울을 향해 다가갔다. 그리고 난생처음, 거울을 피하지 않고 똑바로 바라보았다.

'진실과 그토록 오랫동안 맞서 겨룰 수 있는 것은 아름다움뿐이란다, 아가사.'

지금껏 그녀는 자신의 외모가 진정한 자신의 모습이라고 믿으며 살아왔다. 그녀는 늘 음침하고 불쾌한 마녀였다.

하지만 조금 전 복도에서 몇몇 사람을 마주치면서, 그녀는 자신이 다른 사람이 되었다고 생각했다. 잠시였지만, 그녀는 그동안 어둠 속에 가둬 두었던 마음을 활짝 열고 그 안으로 밝은 빛을 받아들였던 것이다.

아가사는 손을 들어 거울 속에 비친 자신의 얼굴을 살며시 만져 보았다. 내면에서 밝은 빛이 뿜어져 나오고 있었다.

행복으로 가득 찬 그녀의 얼굴은 누구도 알아보지 못할 정도로 아름답게 변해 있었다.

이제 그녀는 과거로 돌아가지 않을 것이다. 집으로 돌아가기 위해 길 위에 뿌려 놓은 빵 가루는 사라지고 없었다. 그녀는 진실을 따라 앞으로 나아갈 것이다. 어떠한 마법보다 위대한 진실이 그녀에게 새로운 길을 열어 줄 것이다.

'난 항상 아름다웠던 거야.'

아가사는 가슴 깊은 곳에서 솟구쳐 올라오는 눈물로 마음속을 깨끗이 씻어 냈다. 하지만 그녀의 얼굴에서만큼은 미소가 사라지지 않았다.

행복에 겨운 그녀의 귀에는 들리지 않았지만, 바로 그 시각 또 다른 곳에서는 끔찍한 악몽 때문에 잠에서 깨어난 한 소녀의 날카로운 비명이 울려 퍼지고 있었다.

24

화장실에서 찾은 희망

선과 악의 학교 학생들에게 마법이란 곧 주문이었다. 하지만 아가사는 미소 속에서 그보다 더 강력한 것을 발견해 냈다.

그녀가 어디를 가든 사람들은 입을 딱 벌린 채 멍하니 그녀를 바라보고, 당황한 듯 자기들끼리 귓속말을 주고받았다. 학생과 교사들 모두 그녀가 지금껏 단 한 번도 본 적 없는 위대한 마법을 펼쳐 보이는 것 같은 반응을 나타냈던 것이다. 그러던 어느 날, 아침 수업을 들어가던 아가사는 진짜로 마법에 걸린 것 같은 경험을 하게 되었다. 처음으로 수업 시간을 기다리고 있는 자신의 모습을 발견했던 것이다.

이보다 미묘하기는 하지만 다른 변화들도 연달아 일어났다. 그녀는 교복에서 나는 향기에 더 이상 구역질을 일으키지 않았고, 세수하는 시간이 두렵지 않았으며, 잠시 짬을 내 머리를 빗는 것도 귀찮지 않았다. 무도회 리허설을 할 때에는 너무나 열중한 나머지, 늑대 울음소리가 수업 끝을 알리는 순간, 자기도 모르게 펄쩍 뛰기도 했다. 한때 그녀에게 조롱의 대상일 뿐이었던 학교 숙제는 이제 동경의 대상이 되었다. 그녀는 교수가 지정한 페이지들을 읽고 또 읽으면서 무시무시한 마녀를 지혜로 물리치고 부모를 죽인 자에게 복수하고 또 진정한 사랑을 위해 자신의 몸과 자유, 심지어 목숨까지 희생하는 여자 주인공들의 이야기에 흠뻑 빠져들었다.

교과서를 덮은 아가사는 요정들이 무도회를 대비해 파란 숲을 별 모양 랜턴으로 장식하고 있는 모습을 바라보았다. 정말 아름다운 광경이었다. 그야말로 선만이 할 수 있는 일이었다. 몇 주 전이었다면 그녀는 결코 이런 생각을 하지 않았을 것이다. 하지만 이제 랜턴 불빛이 환희 비추는 침대에 누운 그녀는 가발돈을 떠올려도 그곳에서 어떤 향이 났는지조차 기억나지 않았다. 리퍼의 눈 색깔도 생각나지 않았고, 엄마의 목소리도 가물가물했다.

무도회 이틀 전이 되었다. 다음 날 밤에는 탤런트 서커스가 열릴 예정이었다. 비쩍 마른 거북이 등딱지에 머리를 얹은 폴룩스는 교실을 돌아다니며 서커스의 규칙을 발표했다.

"모두 귀를 기울여 들어라! 선에 대한 이해와 선한 마법을 위한 학교, 그리고 악한 의식의 고양과 죄의 보급을 위한 학교의 교장께서 선포하신 규칙을……."

"적당히 해요!"

아네모네 교수가 날카로운 목소리로 말했다.

폴룩스는 부루퉁해진 표정으로 서커스의 규칙을 단조롭게 발표하기 시작했다. 탤런트 서커스는 선의 학교와 악의 학교 사이의 대결로써, 악인 학생과 선인 학생 중 각각 상위 10등까지의 학생들이 차례로 자신의 탤런트를 선보이는 방식으로 진행된다. 경쟁이 끝난 뒤 우승자는 서커스 왕관을 받고, 동화의 전당은 마법의 힘으로 우승자가 속한 학교로 이동하게 된다.

"물론 지난 200년 동안 동화의 전당은 단 한 번도 이동하지 않았지. 지금쯤은 아예 그 자리에 뿌리를 내리지 않았을까 싶다."

폴룩스가 코를 킁킁대며 말했다.

"심판은 누구예요?"

베아트릭스가 물었다.

"교장 선생님이지. 물론 너희 눈으로 볼 수는 없다."

폴룩스가 당연하다는 듯 내뱉었다.

"복장에 대해 설명하겠다. 가능한 얌전하고 소박한 옷을 입고……."

그때 아네모네 교수가 폴룩스의 머리를 발로 뻥 걷어차 문 밖으로 내보내 버리고 입을 열었다.

"서커스 규칙은 그 정도면 됐어! 내일 밤이면 남학생들이 무도회 프러포즈를 할 거다. 지금 너희가 생각해야 할 것은 바로 왕자님의 얼굴이야!"

아네모네 교수가 교실 안을 이리저리 거니는 동안, 여학생들은 콧등에 주름을 잡고 두 눈을 꼭 감은 채 집중했다. 교실 밖에서는 폴룩스가 끙끙거리는 소리가 들려왔다.

아가사는 가슴이 철렁 내려앉았다.

그녀의 등수라면 그녀는 서커스에 선인 학생 대표로 참여하게 될 것이 분명했다. 하지만 탤런트를 선보여야 하다니! 그녀에게는 내세울 만한 탤런트가 하나도 없었다. 모든 학생과 교사들이 지켜보는 앞에서 창피를 당할 것은 불 보듯 뻔한데, 어떻게 무도회 프러포즈를 받을 수 있겠는가? 프러포즈를 받지 못하면 그녀는 결국…….

"넌 마녀가 되고 낙제하는 거지."

그녀가 왕자의 얼굴을 떠올리지 못하고 있을 때 밀리센트가 해 준 말이었다.

아가사는 우마 공주의 수업 중에도 눈을 감고 오직 왕자의 얼굴을 떠올리는 데에만 집중했지만, 보이는 것이라고는 뿌연 실루엣 뿐이었다. 게다가 그 아른거리는 형체는 그녀가 손을 뻗는 순간 부서지듯 무너져 내리고 말았다. 낙심한 채 무거운 발걸음으로 기숙사로 돌아가던 아가사는 몇몇 학생들이 계단방에 모여 소란을 피우는 것을 발견했다. 그녀는 키코에게 다가갔다.

"무슨 일……."

아가사는 미처 말을 끝마치지 못하고 숨을 들이마셨다. 천사 그림으로 장식되어 있던 벽 위에 빨간색 줄들이 어지럽게 그어져 있었던 것이다.

오늘 밤

"무슨 뜻이지?"

"소피가 다시 공격을 감행하겠다는 뜻이겠지."

누군가 그녀의 질문에 대답했다.

아가사는 고개를 돌려 테드로스를 바라보았다. 그는 검술 수업을 마치고 온 듯 소매가 없는 파란색 셔츠를 입고 땀에 흠뻑 젖어 있었다.

"음, 미안…… 샤워를 해야 하는데……."

그는 아가사의 시선에 갑자기 민망해진 듯, 슬며시 고개를 숙이고 중얼거렸다.

아가사 역시 안절부절못하는 표정으로 시선을 돌리고, 다시 벽을 바라보았다.

"이제 공격은 다 끝난 줄 알았는데."

"이번엔 꼭 잡고 말겠어. 아주 위험한 아이야."

테드로스가 이글거리는 눈으로 벽을 바라보며 말했다.

"속상해서 그러는 거야, 테드로스. 소피는 네가 자신에게 약속을 했다고 믿는단 말이야."

"거짓말에 속아서 한 약속은 약속이라고 할 수 없지. 걔는 동화 경연 대회에서 우승하기 위해서 날 이용했어. 너도 이용당한 거야."

"넌 소피가 어떤 아이인지 전혀 몰라! 걔는 널 사랑해. 그리고 내 친구이기도 하고."

아가사가 말했다.

"맙소사! 대체 뭘 보고 그런 말을 하는지 모르겠다. 어쩌면 넌 나보다 훨씬 관대하고 착한 사람이라 그런 생각을 하는지도 모르겠지만, 내 의견은 달라. 내 눈에 보이는 소피는 교활한 마녀일 뿐이야!"

"좀 더 자세히 봐."

테드로스가 아가사를 향해 고개를 돌렸다.

"아니, 난 다른 사람을 보고 싶은데."

아가사의 가슴이 다시 울렁거리기 시작했다.

"늦었다. 가 봐야겠어."

그녀가 허둥지둥 계단을 향해 걸음을 옮기며 말했다.

"역사 수업은 저쪽인데!"

"화장실……."

아가사는 당황한 표정으로 우물거리며 대답했다.

"하지만 그쪽은 남학생 기숙사 방향이야."

"난 남자 화장실이…… 더 편해."

아가사는 재빨리 걸음을 옮겨 근육질의 상체를 드러낸 남자 인어상 뒤에 몸을 숨기고, 심호흡을 했다.

'내가 대체 왜 이러지?'

왜 테드로스만 보면 숨을 제대로 쉴 수 없을까? 테드로스가 그녀를 바라볼 때마다 왜 이렇게 속이 울렁거리는 것일까? 테드로스는 왜 그녀를 그런 식으로 바라보는 것일까? 마치 여자를 바라보는 것처럼……. 아가사는 비명을 지르고 싶은 것을 꾹 참았다.

그녀는 소피의 공격을 막아야 했다.

소피가 그동안의 잘못을 인정하고 테드로스에게 용서를 구한다면, 아직은 그가 그녀를 다시 받아 줄 가능성이 있었다. 그것이 이 동화의 해피엔딩이다! 그렇게만 된다면 테드로스는 더 이상 그녀를 묘한 눈빛으로 바라보지도 않을 것이고, 그녀의 심장이 시도 때도 없이 두근거리는 일도 없을 것이다. 그녀가 자신의 마음을 자기 뜻대로 조절하지 못할까 봐 두려워해야 하는 일도 더 이상 일어나지 않을 것이다.

벌건 글씨가 쓰인 벽 앞으로 더 많은 학생들과 교사들이 몰려들었지만, 아가사는 그들을 뒤로한 채 멀린의 정원을 향해 뛰어갔다. 화재 사건으로 모두 무너져 내렸던 토피어리 정원은 예전의 웅장한 모습을 되찾아 아름답게 빛나고 있었다. 아가사는 연못 한가운데에서 근육질 팔로 돌에 박힌 검을 뽑아내는 젊은 아서왕 토피어리를 향해 달려갔다. 하지만 그녀의 눈에 보이는 것은 아서왕이 아니라 그의 아들이었다. 테드로스가 그녀를 향해 윙크를 보내는 환상에 얼굴이 확 달아오른 아가사는 겁에 질린 얼굴로 얼음처럼 차가운 물에 풍덩 뛰어들었다.

"어서 비켜!"

아가사는 다리 한가운데에 버티고 서 있을 투명 벽 속 자신을 향해 성큼성큼 다가가며 소리쳤다.

"소피를 막아야 한단 말이야. 안 그러면……."

그녀의 두 눈이 휘둥그레졌다.

"잠깐만! 이건 내가 아닌데……."

머리를 위로 올린 아름다운 공주가 섬세한 금박 장식이 달린 암청색 드레스를 입고 서서 그녀를 향해 환한 미소를 짓고 있었다. 그녀는 반짝이는 루비 목걸이를 걸고, 머리 위에는 파란 난초 모양 티아라를 쓰고 있었다.

순간 그녀의 가슴에 날카로운 통증이 느껴졌다. 죄책감이었다. 그녀는 너무나도 익숙한 그 밝은 미소를 슬픈 눈으로 바라보았다.

"소피?"

"선한 것은 선한 것끼리, 악한 것은 악한 것끼리! 네가 속한 곳으로 돌아가. 그러지 않으면 재앙이 닥칠 테니."

"내가 자신 있게 말하는데, 난 지금 아주 악한 상태거든! 그러니까 잔말 말고 비켜!"

아가사가 말했다.

"왜 그렇게 말하지? 머리 모양이 엉망이라서?"

공주가 물었다.

"지금 내가 무슨 생각하는지 알아? 네 왕자님을 생각하고 있다고!"

"그럴 때도 됐지."

"내 말이! 그러니까 어서…… 뭐라고?"

아가사는 이해할 수 없다는 듯 눈을 찡그렸다.

"하지만 그건 나쁜 거잖아. 소피, 테드로스는 네가 사랑하는 사람이야!"

공주는 미소를 지었다.

"내가 지난번에 경고했잖아."

"뭐? 누가 무슨 경고를……."

순간 아가사의 머릿속에 지난번 다리 위에서 있었던 일들이 스쳐갔다.

'테드로스의 진정한 사랑은 너야.'

아가사의 두 눈이 튀어나올 듯 휘둥그레졌다.

"하지만 그건…… 그렇다면 넌……."

"역시 넌 선한 쪽이 분명해! 그럼 이만 가 보자고. 무도회 준비해야 하잖아."

그 말을 마지막으로, 아가사 공주는 투명 벽에서 사라져 버렸다.

"벌써 여섯 조각째야."

키코가 체리 파이 조각을 집어 드는 아가사를 바라보며 걱정스러운 표정으로 말했다.

하지만 아가사는 그녀의 말을 무시한 채 파이를 입안에 밀어 넣고, 죄책감과 함께 꿀꺽 삼켰다. 소피에게 말해야 한다. 그렇다! 소피에게 모든 것을 털어놓으리라! 소피는 미친 듯이 웃으며 그녀를 원래 위치에 되돌려 놓아 줄 것이다. 네가 공주라고? 테드로스가 너의 진정한 사랑이라고?

"그거 먹을 거니?"

아가사가 입안 가득 파이를 우물우물 씹으며 물었다.

"네가 좀 달라진 줄 알았는데, 내 착각이었어."

키코는 한숨을 푹 내쉬고, 자신의 접시에 남아 있는 파이를 그녀에게 건넸다.

아가사는 키코의 체리 파이를 먹으며, 악의 학교에 숨어 들어갈 방법을 생각했다. 첫 공격이 발생했을 때, 교사들은 선의 학교 건물 전체에 변신 억제 마법을 걸어 놓았다. 소피가 나방이나 개구리, 혹은 수련 잎으로 변신해서 숨어들어 온 것이라고 믿었기 때문이다. 하지만 그런 조치를 취한 후에도 소피는 여전히 선의 학교에 침입하는 데에 성공했다.

'분명 다른 길이 있는 거야.'

더 생각할 필요가 없었다. 그녀는 곧장 만찬실을 나와, 해답이 필요할 때면 늘 찾는 바로 그 장소를 향해 걸음을 재촉했다.

선의 학교 갤러리에 도착한 아가사는 새로운 물건이 전시되어 있는 것을 발견했다. 동화 경연 대회에서 테드로스가 입었던 피 묻은 튜닉 유니폼이 유리 상자에 담겨 있었고, 그 아래에는 '세기의 대회'라는 제목과 함께 불행한 결말을 맞이한 테드로스와 소피의 동맹에 대한 간략한 설명이 붙어 있었다. 유리 상자에는 수많은 지문이 묻어 있었다. 여학생들이 넋을 잃고 바라본 흔적이 분명했다. 다시 속이 울렁이기 시작한 아가사는 재빨리 선의 학교 역사 전시관으로 향했다. 그곳에는 지난 세월 새롭게 추가된 부속 건물과 그 연결 통로를 보여 주는 수십 개의 지도가 있었던 것이다. 그녀는 비밀 통로를 찾기 위해 지도를 열심히 들여다보았지만, 얼마 지나지 않아 그녀의 관심은 다른 곳으로 쏠리고 말았다. 늘 그녀의 시선을 사로잡았던 구석진 곳의 그림들이 다시 한 번 그녀를 끌어당기고 있었다.

그녀는 책 읽는 아이들 그림들을 지나, 호수가 반사하는 햇빛을 받으며 나란히 앉아 있는 소피와 자기 자신의 그림 앞에 이르렀다. 그림을 보자 그녀의 두 눈에 눈물이 맺혔다. 두 사람이 둘도 없는 친구였던 시절이 너무나 먼 옛날처럼 느껴졌다. 교장이 있는 높은 탑에서는 곧 이야기꾼이 두 사람이 등장하는 동화의 결말을 써내려 갈 것이다. 햇살이 가득한 저 호숫가에서 그들은 얼마나 멀리 떨어져 있는 것일까?

그녀는 다음 그림으로 시선을 옮겼다. 마지막 그림이었다. 아이들은 커다란 모닥불에 동화책을 던져 넣었고, 높이 치솟은 불길과 검은 연기가 마을을 둘러싼 숲을 집어삼키고 있었다.

'독자에 대한 예언.'

레소 부인은 그렇게 표현했다.

'이것이 가발돈의 미래일까?'

이런저런 고민을 하다 보니, 그녀의 양쪽 관자놀이가 지끈거리기 시작했다. 아이들이 책을 좀 태운들 그게 무슨 대수란 말인가? 새더 교수와 교장에게 가발돈이 왜 그렇게 중요한 것일까? 다른 마을들도 있을 텐데, 가발돈이 특별한 이유가 무엇일까?

"다른 마을이라니, 그런 게 과연 있을까?"

교장이 했던 말이다. 그녀는 그 의미를 이해하지 못한 채 그의 말을 기억 깊숙한 곳에 묻어 버리고 있었다. 세상에는 수많은 마을들이 존재한다. 가발돈을 둘러싼 숲 너머에는 분명 다른 마을들이 있을 것이다. 하지만 이 갤러리에는 왜 다른 마을의 그림은 없을까? 왜 이곳에는 다른 마을에서 온 아이들이 하나도 없는 것일까?

선과 악의 학교

오싹한 기운이 느껴지는 가운데, 그녀는 그림 속 아이들을 향해 다가오는 검은 구름에 시선을 집중했다. 자세히 보니 그것은 구름이 아니었다.

그것은 그림자들이었다.

거대한 검은 그림자는 불타는 숲에서 슬금슬금 기어 나와 마을을 향하고 있었다.

그 형체는 아무리 봐도 사람이 아니었다.

그때 벽에 비친 그녀의 그림자가 갑자기 으르렁대며 커지기 시작했다. 아가사는 겁에 질려 뒤를 돌아보았다.

"새더 교수님!"

그녀가 안도의 한숨을 내쉬었다.

"난 그다지 훌륭한 화가는 못 된단다, 아가사."

토끼풀색 양복을 입은 교수가 같은 색의 여행 가방을 손에 쥔 채 그녀를 향해 다가오고 있었다.

"내 마지막 그림에 대한 반응이 영 좋지 않더구나."

"이 검은 그림자들은 뭐죠?"

"그건 나도 좀 더 확인해 봐야 한단다. 하지만 지금은 악의 학교 전시관에서 사라진 가시나무들부터 찾아봐야 하지. 악당들은 때로는 예상에서 한 치도 벗어나지 않는 짓을 저지르더구나."

교수는 한숨을 내쉬더니 문을 향해 걸음을 돌렸다.

"잠깐만요! 이게 왜 마지막 그림이에요?"

아가사가 다급하게 말을 이었다.

"소피와 저의 동화는 이렇게 끝이 난다는 뜻인가요?"

새더 교수가 걸음을 멈추고 다시 아가사를 향해 돌아섰다.

"아가사, 예언자라고 해서 모든 질문에 답을 해 줄 수 있는 것은 아니란다. 내가 만약 지금 네 질문에 대답을 한다면, 난 그 벌로 10년은 늙어 버리게 될 거야. 대부분의 예언자들이 믿을 수 없을 정도로 노쇠한 모습을 하게 된 이유가 바로 그거란다. 그렇게 몇 번 실수를 거듭하다 보면 대답을 피하는 방법을 스스로 깨우치게 되지. 다행히 나는 그런 실수를 딱 한 번밖에 하지 않았단다."

그는 미소를 짓고 다시 걸음을 옮기기 시작했다.

"하지만 꼭 알고 싶은 게 있어요. 테드로스가 정말 소피의 짝이 맞나요? 두 사람이 진정한 사랑의 키스를 하게 되면 무슨 일이 일어나죠?"

아가사가 울부짖듯 물었다.

"내 작품들을 그렇게 열심히 보고도 아직 모르겠니, 아가사?"

새더 교수가 고개를 돌리고 말했다.

"교수님이 학생들을 박제하시는 걸 좋아한다는 건 알겠는데……."

아가사는 주변을 가득 채운 박제 동물들을 돌아보며 대답했다.

새더 교수는 미소 띤 얼굴로 다시 입을 열었다.

"영웅이라고 해서 모두 영광스러운 결말에 이르지는 못한단다. 하지만 그런 결말에 이른 영웅들에게는 공통점이 있지."

새더 교수는 아가사가 스스로 답을 찾아내기를 바라는 듯, 입을 다물었다.

"악당을 죽인다는 거요?"

그녀가 말했다.

"질문에는 대답할 수 없다고 하지 않았니."

"악당을 죽인다는 거요!"

"더 깊이 생각해 보렴, 아가사. 가장 위대한 영웅들의 공통점은 과연 무엇일까?"

그녀는 교수의 시선이 향하는 곳으로 눈을 돌렸다. 천장에 매달린 감청색 플래카드에 상징적인 영웅의 모습이 하나씩 그려져 있었다. 유리관에 누운 백설공주, 유리 구두에 발을 집어넣는 신데렐라, 거대한 거인을 쓰러뜨리는 잭, 그리고 오븐 안에 마녀를 밀어넣는 그레텔의 모습도 보였다.

"그들은 모두 행복한 결말을 맞이했어요."

아가사가 자신 없는 목소리로 말했다.

"아, 이런! 난 좋아하는 박제나 하러 가 봐야겠다."

"잠깐만요!"

아가사는 다시 플래카드를 바라보며 마음을 진정시키고, 정신을 집중했다.

'좀 더 깊이 생각해야 해.'

겉모습이 아니라 그들의 내면을 보아야 한다. 그들이 가진 공통점은 무엇일까? 그들은 모두 아름답고 친절했으며 결국 승리했다. 하지만 이 모든 것의 출발점은 무엇일까? 백설공주는 새어머니의 그늘 속에서 살아야 했고, 신데렐라는 새 언니들의 시중을 들어야 했다. 잭의 어머니는 그를 멍청하다고 꾸짖었고, 그레텔의 부모는 그녀를 숲에 내다 버렸다.

그들의 공통점은 결말에 있는 것이 아니었다.

출발점에서 찾아야 했던 것이다.

"저 사람들 모두 자신의 적을 믿었어요."

아가사가 침착한 목소리로 교수에게 말했다.

"그렇지. 저들의 동화는 하나같이 전혀 예상하지 못한 지점에서 시작됐어."

새더 교수의 은색 백조 문장이 양복 주머니에서 밝은 빛을 발했다.

"학교를 졸업한 뒤, 저들은 괴물이나 사악한 마법사와 엄청난 전투를 벌일 거라고 기대하면서 영원의 숲에 들어갔다. 하지만 그들의 동화는 집 안에서 시작되었지. 저들은 가장 가까운 사람이 자신의 적이라는 사실을 전혀 눈치채지 못했던 거야. 해피엔딩에 이르기 위해서는 자신의 주변을 먼저 살펴야 한다는 사실을 몰랐던 거지."

"그렇다면 소피도 가까운 사람부터 살펴봐야 한다는 거네요."

아가사가 다시 걸음을 옮기려는 새더 교수를 향해 다급한 목소리로 말했다.

"그런 말씀이신 거죠?"

"소피 얘기가 아니다."

아가사는 할 말을 잃고 멍한 눈으로 그를 바라보았다.

"이제 저들도 더 이상 걱정할 필요가 없겠구나. 그들을 대신할 인물이 나타났으니 말이다."

새더 교수는 말을 마치자 곧장 문 밖으로 나갔다.

"잠깐만요!"

아가사는 급히 달려가 문을 활짝 열었다.

"어디 가시는……."

하지만 새더 교수의 모습은 보이지 않았다. 그녀는 텅 빈 복도를 지나 계단방으로 달려갔지만, 그곳에서도 새더 교수를 찾을 수는 없었다. 교수는 말 그대로 눈 깜짝할 사이 사라져 버린 것이다.

네 개의 계단통 가운데 홀로 남겨진 아가사는 가슴이 무너져 내리는 것 같았다. 그녀가 뭔가를 놓치고 있는 것이 분명했다. 그녀는 처음부터 이야기를 잘못 이해하고 있었던 것이다. 그녀의 머릿속에서는 하나의 문장이 마치 자신을 바라보라고 외치기라도 하는 듯 끈질기게 맴돌고 있었다.

'가장 가까운 사람 중에 적이 있다.'

그때 무엇인가 그녀의 시선을 끌어당겼다.

초콜릿 부스러기가 명예의 계단 위로 길게 줄지어 떨어져 있었던 것이다.

초콜릿 알갱이는 파란 유리 계단을 세 층이나 올라가 조개껍데기 모자이크로 장식된 기숙사 바닥을 따라 이어진 뒤, 남학생 화장실 앞에서 뚝 끊겨 버렸다.

아가사는 진주로 뒤덮인 문에 귀를 바짝 가져다 댔다. 그때 맞은편 기숙사 방에서 두 명의 선인 남학생이 벌컥 문을 열고 나왔다. 아가사는 깜짝 놀라 뒷걸음질을 치며 휘청거렸다.

"미안…… 난 그냥……."

그녀가 당황한 듯 더듬거렸다.

"쟤야, 쟤. 남자 화장실이 더 좋다고 했던 애 말이야."

남학생들은 아가사보다 더 당황한 표정으로 수군거리며 서둘러 자리를 피했다.

아가사는 한숨을 내쉬고 화장실 문을 살며시 밀었다.

명예의 탑 화장실은 화장실이라기보다 거대한 왕릉 같은 분위기였다. 바닥에는 대리석이 깔려 있었고 벽에는 남자 인어가 거대한 바다뱀과 전투를 벌이는 장면이 띠 장식으로 둘러져 있었다. 소변기에는 상쾌한 감청색 물이 흘렀고, 커다란 아이보리색 화장실 칸에는 사파이어 변기와 욕조가 하나씩 마련되어 있었다. 여학생 화장실에서는 향수 냄새가 진동을 했지만, 남학생 화장실은 약간의 땀 냄새가 섞인 깨끗한 살갗 냄새를 풍기고 있었다. 물에 젖은 욕조와 화장실 칸들을 하나씩 들여다보던 아가사에게 문득 테드로스는 이 중 어떤 것을 썼을까 하는 엉뚱한 생각이 떠올랐다. 그녀의 얼굴은 홍당무처럼 빨갛게 달아올랐다.

'대체 왜 이래! 언제부터 남자애들 생각을 그렇게 했다고! 남자애가 쓴 욕조가 무슨 대수라고 그런 생각을 하는 거야! 진짜 정신이 나갔어…….'

그때 훌쩍이는 소리가 들렸다. 마지막 화장실 칸에서 들리는 소리였다.

"누구 있어요?"

아가사가 물었지만, 아무 대답이 없었다.

그녀는 마지막 칸 앞에 서서 가볍게 노크를 했다.

"사람 있습니다."

두꺼운 목소리가 대답을 했다. 억지로 지어낸 목소리가 틀림없었다.

"도트, 문 열어."

한동안 침묵이 흐르더니, 잠금 장치가 풀리는 소리가 들리고 문이 스르르 열렸다. 도트의 옷과 머리카락, 그리고 화장실 칸 곳곳에 초콜릿 조각이 흩뿌려져 있는 것이 보였다. 도트는 화장지를 초콜릿으로 만들어 그것으로 식사를 대신하려 했던 것이 분명했다. 하지만 결과는 실패였다.

"소피를 친구라고 생각했는데……."

그녀가 흐느껴 울며 입을 열었다.

"그런데 걔가 내 방과 친구들을 빼앗아 버렸어. 난 이제 갈 곳이 없다고!"

"그렇다고 남학생 화장실에서 살 셈이었어?"

"악인 애들한테는 방에서 쫓겨났다고 말할 수 없단 말이야! 안 그래도 만날 놀림만 당하는데, 그 말을 했다가는 더 심해질 게 빤하잖아."

도트는 울분을 토해 내듯 소리치고, 소매로 콧물을 훔쳤다.

"아무리 그래도 화장실은 좀……."

"원래 너희 학교 만찬실에 숨으려고 했는데, 요정한테 들켜서 잔뜩 물렸어."

아가사는 인상을 찡그렸다. 어떤 요정의 짓인지 짐작이 갔다.

"도트, 여기 있다가 들키면 학교에서 쫓겨날지도 몰라."

"방도 없고 친구도 없는 악당이 되느니, 차라리 낙제생이 되는 게 낫지."

도트가 두 손으로 얼굴을 감싸고 엉엉 울음을 터뜨렸다.

"소피가 이런 일을 당했으면 기분이 어떻겠어! 네가 걔 왕자님을 빼앗아 가면 걔는 어떤 기분이 들겠냐고! 세상에 그렇게 악한 애는 또 없을 거야!"

아가사는 마음을 들키기라도 한 듯 긴장한 표정으로 침을 꿀꺽 삼켰다.

"내가 직접 만나서 얘기를 해야겠어."

그녀가 초조한 표정으로 말했다.

"소피가 테드로스를 되찾을 수 있게 내가 도와줄게. 다 괜찮아질 거야, 도트. 약속할게."

도트가 훌쩍이며 울음을 멈췄다.

"진정한 친구라면 아무리 안 좋은 상황도 바로잡을 수 있는 거야."

아가사가 다짐하듯 말했다.

"헤스터랑 아나딜 같은 마녀도 바뀔 수 있을까?"

도트가 훌쩍거리며 물었다.

"그럼!"

아가사가 부드럽게 그녀의 어깨를 쓰다듬자, 도트는 천천히 고개를 들었다.

"소피는 네가 마녀라고 했는데, 지금 보니 넌 우리 학교와는 전혀 어울리지 않아."

아가사는 다시 속이 울렁거리는 기분을 느꼈다.

"그건 그렇고, 너 어떻게 여기까지 온 거야? 두 학교 사이를 오가는 길은 이제 다 막혔는데 말이야."

그녀가 도트의 머리카락에서 초콜릿 조각을 떼어 내며 물었다.

"다 방법이 있지. 소피가 그동안 어떻게 선의 학교를 공격했겠어?"

아가사는 깜짝 놀라 도트의 머리채를 확 잡아당기고 말았다.

25

증상이 나타나기 시작하다

무시무시한 괴성을 질러 대는 물이 선의 학교와 악의 학교를 연결하는 긴 터널을 따라 흐르고 있었다. 선의 학교 쪽 호수에서 흘러든 맑은 물과 악의 학교 쪽 도랑못의 흙탕물이 만나는 바로 그 지점에는 파멸의 방이 자리 잡고 있었고, 그곳을 지키던 짐승 비스트는 사라져 버린 지 오래였다. 지난 2주 동안 소피는 무방비 상태의 하수도 터널을 마음대로 드나들었고, 이미 경고한 대로 그날 밤 또다시 그 길을 지날 예정이었다. 아가사는 그녀가 선의 학교로 건너가기 전에 그녀를 막아야만 했다.

아가사는 하수도 벽을 끌어안다시피 하며 파멸의 방을 향해 조심조심 걸음을 옮겼다. 가슴이 조여 오고 있었다. 소피는 파멸의 방에서 어떤 일이 있었는지 단 한 번도 말해 주지 않았다. 비스트가 그녀에게 보이지 않는 상처를 남긴 것일까? 아무도 모르게 그녀의 내면을 해친 것은 아닐까?

"애들이 테드로스를 죽이려고 달려드는 순간까지 기다려야 해."

아가사는 소리가 나는 하수도 안쪽을 향해 고개를 홱 돌렸다.

"그래야 테드로스가 널 생명의 은인으로 생각할 테니까."

아나딜의 목소리가 메아리쳐 들려왔다.

아가사는 땀으로 흠뻑 젖은 드레스를 질질 끌며 하수도 벽을 따라 조심스럽게 걸음을 옮겼다. 조금 더 나아가자, 지하 감옥의 녹슨 쇠창살 앞에 쭈그려 앉은 세 개의 그림자가 보였다.

"선의 학교 애들은 다 아나딜이 공격한 줄 알 거야. 너라고는 생각 못 할걸. 테드로스는 네가 목숨을 걸고 자기를 구했다고 생각할 거야."

헤스터의 목소리가 으르렁대는 물결 소리를 뚫고 울려 퍼졌다.

"그럼 다시 나를 사랑해 줄까?"

세 번째 그림자가 말했다.

아가사는 깜짝 놀라 걸음을 멈췄다.

그때 헤스터가 홱 뒤를 돌아보았다.

"거기 누구야?"

아가사가 어둠 속에서 모습을 나타내자, 헤스터와 아나딜은 자리에서 벌떡 일어섰다. 그리고 세 번째 그림자의 주인공이 천천히 고개를 돌렸다.

어슴푸레한 빛 속에 창백하고 퀭한 소피의 얼굴이 드러났다. 예전보다 훨씬 마른 모습이었다.

"이런, 내 친구 아가사구나!"

아가사는 입이 바싹 말랐다.

"무슨 일을 꾸미는 거야?"

그녀가 쉰 목소리로 물었다.

"우린 왕자가 약속을 지키도록 도와주려는 거야."

"거짓 공격을 꾸며 내서?"

"내가 걔를 얼마나 사랑하는지를 보여 주기 위한 거지."

소피가 대답했다.

그때 파멸의 방에서 요란한 아우성이 들려왔다. 무엇인가 날카로운 소리로 거칠게 울부짖고 있었다. 아가사는 다시 휘청거리며 뒷걸음질을 쳤다.

"저건 뭐야?"

소피가 미소를 지었다.

"아나딜이 텔런트 서커스를 열심히 준비했거든."

아가사는 파멸의 방을 향해 달려가 그 안을 들여다보려 했지만, 헤스터가 재빨리 그녀 앞을 가로막았다. 그녀의 어깨 너머로, 거대한 검은 주둥이가 세 개가 보였다. 칼처럼 날카로운 이를 내보인 길쭉한 주둥이들은 녹슨 쇠창살 사이로 고개를 내밀기 위해 서로를 밀치고 있었다. 그것들은 쇠창살 바로 앞에 있는 무엇인가의 냄새를 맡기 위해 연신 코를 킁킁거렸다.

아가사의 시선은 바닥으로 향했다. T자가 수놓인 선인 남학생의 타이였다.

"불쌍한 것들! 시력이 별로 안 좋아서, 냄새로 목표물을 찾아낸단다."

소피가 한숨을 내쉬며 말했다.

아가사는 하얗게 질린 얼굴로 더듬더듬 입을 열었다.

"하지만…… 그거…… 테드로스 거잖아."

"저놈들이 테드로스를 해치기 전에 내가 나설 테니 걱정하지 마. 그냥 겁만 좀 주는 거야."

"그래도…… 혹시라도 저것들이 다른 학생들을 공격하면 어쩌려고?"

"이건 네가 바라던 거 아니니? 나보고 진정한 사랑을 찾으라고 했잖아. 안타깝지만, 지금 상황에서는 이게 가장 안전한 방법이야."

소피가 두 눈을 똑바로 뜨고 말했다.

아가사는 아무 말도 할 수 없었다.

"아가사, 보고 싶었어. 정말이야."

소피가 다정한 목소리로 말을 이었다.

"하지만 참 이상하지. 내가 아는 아가사라면 분명 죽은 왕자들로 가득한 로비를 볼 생각에 엄청 즐거워했을 텐데……."

소피가 고개를 갸우뚱하며 말했다.

파멸의 방 안에서 다시 사나운 울음소리가 들려왔다. 아가사는 문을 향해 냅다 뛰었지만, 이번에는 아나딜이 그녀를 붙잡아 벽으로 밀어붙였다.

"소피, 이러면 안 돼!"

아가사가 아나딜을 밀쳐 내려 애쓰며 소리쳤다.

"테드로스한테 잘못했다고 말해! 진심으로 사과하라고. 그렇게 해야만 모든 걸 바로잡을 수 있어."

순간 소피의 두 눈이 휘둥그레졌다. 잠시 후 그녀는 무엇인가를 자세히 보려는 듯 두 눈을 가늘게 뜨고 입을 열었다.

　　　　선과 악의 학교

"이리 가까이 와 봐, 아가사."

아가사는 아나딜의 손을 쳐 내고 파멸의 방에서 흘러나오는 햇불의 불빛 속으로 걸음을 옮겼다.

"소피, 제발 내 말 좀⋯⋯."

"너⋯⋯ 뭔가 달라 보인다."

"선의 학교 저녁 식사 시간이 거의 다 끝나가, 소피!"

아나딜이 다급한 목소리로 말하자, 검은 주둥이들이 이에 호응하듯 요란스럽게 쿵쿵 소리를 내기 시작했다.

"소피, 서커스에서 테드로스를 만나면 미안하다고 해."

아가사가 목청을 높여 말했다.

"네 차례가 돼서 무대에 오르면, 그때 사과하라고. 그러면 다른 애들도 모두 네가 얼마나 착한 아이인지 알게 될 거야."

"난 예전 아가사가 더 마음에 드는데!"

소피가 아가사의 얼굴 구석구석을 자세히 들여다보며 말했다.

"소피, 네가 우리 학교를 공격할 걸 알면서 가만히 있을 수는 없⋯⋯."

"우리 학교라고!"

소피가 날카로운 소리로 비명을 지르듯이 외쳤고, 아가사는 자기도 모르게 몸을 움츠렸다.

"이제 대놓고 '우리 학교'라고 하는 거야? 그럼 저게 내 학교란 말이니?"

소피가 손을 뻗어, 악의 학교로 흘러가는 검은 구정물을 가리켰다.

"아니, 그런 뜻이 아니라⋯⋯."

아가사는 당황한 듯 더듬거렸다.

"테드로스는 네가 어디에 속해 있든 네 내면을 알아볼 거야. 걔는 자신이 믿을 수 있는 사람을 찾고 있다고!"

"네가 내 왕자님에 대해 그렇게 잘 알아?"

"네가 걔 마음을 되찾을 수 있도록 도우려는 거야."

"아가사, 넌 이런 모습 어울리지 않아."

소피가 아가사를 향해 다가오기 시작했다.

"소피, 난 네 편이야……."

아가사가 뒷걸음질 치며 말했다.

"아니, 아니야. 이런 모습은 너한테 전혀 안 어울린다고!"

순간 아가사가 휘청하며 바닥에 미끄러져 쓰러졌다. 그녀의 코 앞에서 검은 구정물이 소용돌이치고 있었다. 바닥을 기어 그곳을 벗어나려고 꿈틀거리던 아가사는 갑자기 공포에 질린 표정으로 굳어 버리고 말았다. 아나딜과 헤스터 역시 마찬가지였다.

비스트가 그들을 똑바로 바라보고 있었던 것이다. 거대한 검은 몸뚱이는 오물에 갇혀 벽에 붙어 있었고, 영혼이 사라진 죽은 두 눈에는 핏빛 반점이 가득했다.

아가사는 천천히 고개를 들어 소피를 바라보았다. 소피는 눈 하나 깜빡하지 않고 비스트를 똑바로 노려보고 있었다.

"선은 누구도 해치지 않아, 아가사. 하지만 사랑을 방해하는 악당이 있다면 기꺼이 그에게 벌을 내리지."

머리 위에서 늑대 울음소리가 울려 퍼졌다.

"저녁 식사 끝났어."

아나딜이 숨을 헐떡이며 말했다.

헤스터도 정신을 차렸는지, 비스트에게서 시선을 떼고 아나딜을 바라보았다.

"지금이야! 풀어 줘!"

아나딜은 긴장한 표정으로, 녹슨 쇠창살문을 열기 위해 반짝이는 손가락을 앞으로 쭉 뻗었다.

"가서 알려 줘야 해!"

아가사는 가쁜 숨을 몰아쉬며 자리에서 일어나려 했지만, 누군가 그녀를 바닥에 밀치고 내리눌렀다.

그녀는 얼빠진 표정으로 고개를 들었다. 헤스터가 그녀의 가슴 위에 앉아 무서운 표정으로 그녀를 내려다보고 있었다.

"상황 파악이 그렇게 안 돼?"

헤스터가 속삭이듯 그녀의 귀에 대고 말했다.

"테드로스는 소피의 운명의 적이라고! 소피한테 증상이 나타나기 시작하면, 소피는 분명히 테드로스를 죽이고 말 거야! 그땐 누구도 막을 수 없는 거라고. 우리는 그 자식 목숨을 구하려고 이러는 거야."

"안 돼! 이건 나쁜 짓이야. 아무리 그래도 이건 나쁜 짓이란 말이야!"

아가사가 씩씩거리며 대답했다.

소피가 천천히 다가와, 맑은 호수 물과 검은 구정물이 만나는 지점에 쓰러져 있는 아가사를 노려보았다.

"살살해, 헤스터. 애가 가야 할 학교로 곱게 보내 주자고."

그때 자물쇠가 덜컹거리는 소리가 들렸다. 거대한 짐승의 그림자들이 쇠창살문을 밀치며 꽥꽥 소리를 질러 대는 것이 보였다.

"제발, 소피! 이러지 마……."

아가사를 노려보던 소피가 갑자기 다정한 표정을 지으며 입을 열었다.

"걱정하지 마, 아가사. 이번에는 내가 반드시 해피엔딩을 차지하고 말 테니까."

그녀의 표정은 다시 싸늘하게 변했다.

"너만 없으면 날 방해할 사람은 아무도 없어!"

소피의 말이 끝나자, 헤스터가 아가사를 질척거리는 구정물 속으로 밀어 넣었다. 아가사는 검은 소용돌이에 붙잡혀 물에 잠겼다 떠오르기를 반복하며 악의 학교 쪽으로 끌려갔다. 눈을 떠 보려 했지만, 더러운 물 때문에 눈이 따가워 도저히 앞을 볼 수 없었다. 도랑못의 거친 물줄기가 그녀를 낚아채려는 순간, 그녀는 마지막 힘을 다해 손을 뻗었고 그녀의 손끝은 차가운 피부에 닿았다. 그녀는 그대로 소피를 물속으로 끌어당겼다.

두 소녀는 검은 소용돌이 속으로 가라앉았다. 겁에 질린 아가사는 소피를 밀쳐 내고 바닥을 박차고 올라, 다시 중간 지점에 이르렀다. 손만 뻗으면 맑은 물에 닿을 수 있을 것 같았다. 하지만 그녀는 뒤를 돌아보았고, 검은 물 속에서 허우적거리며 점점 깊이 가라앉는 익숙한 실루엣을 발견했다. 소피는 수영을 할 줄 몰랐다. 숨이 차올랐지만, 아가사는 결정을 내리지 못한 채, 발버둥치는 소피와 맑은 물을 번갈아 바라보았다. 결국 아가사는 마지막 남은 숨을 머금고 다시 검은 물 속으로 돌진했다. 그녀는 소피의 허리를 붙잡아 그녀를 수면 위로 끌어 올렸고, 두 소녀는 마침내 더러운 구정물 밖으로 머리를 내민 채 가쁜 숨을 몰아쉬었다. 두 사람은 중간 지점에서 악의 학교 쪽으로 한참이나 밀려나 있었다.

"살려 줘!"

소피가 물이 가득 담긴 입으로 소리쳤다.

"날 꽉 잡아."

아가사가 거칠게 밀려오는 검은 물을 거스르며 소리쳤다. 목구멍에 물이 쏟아져 들어와 숨이 막혔지만, 아가사는 온 힘을 다해 팔다리를 저었다. 하지만 소피를 끌고서 벽까지 가는 것은 불가능했다. 소피를 포기하든지 아니면 목숨을 건 모험을 하든지, 둘 중 하나를 선택해야만 했다.

"날 두고 가지 마."

소피가 애원했다.

아가사는 소피를 붙잡은 손에 더욱 힘을 주고, 벽을 향해 나아갔다. 그녀는 팔을 뻗어 벽을 붙잡으려 했지만, 검은 물살이 거세게 몰려와 두 사람을 떼어 놓고 말았다. 물속 깊이 처박힌 아가사는 두 팔을 휘저으며 소피를 찾았지만, 그녀의 손에 잡힌 것은 유리 구두 한 짝뿐이었다. 소피는 이미 어두운 물속 깊은 곳으로 끌려들어가고 있었던 것이다.

바로 그때, 번쩍이는 빛과 함께 은빛 갈고리가 두 사람을 끌어올렸다.

깜짝 놀란 두 소녀는 고개를 들었다. 반짝이는 파도가 두 사람을 검은 물에서 맑은 물 쪽으로 몰고 가고 있었다. 빛나는 파도에 몸을 실은 두 사람은 다시 숨을 쉴 수 있게 되었다는 사실을 깨닫고, 양쪽 볼 가득 담아 두었던 공기를 후 내뿜었다. 아가사와 소피는 서로를 바라보았다. 소피는 마치 끔찍한 악몽에서 깨어난 사람처럼 두려움과 슬픔이 뒤섞인 표정을 짓고 있었다. 하지만 마법의 파도는 머지않아 두 사람을 갈라놓았다. 서로 떨어진 기슭을 향해 그들을 각각 이끌어 갔던 것이다. 은빛 파도가 마침내 두 사람을 각자의 학교에 내던지려는 순간, 아가사의 두 눈에 불꽃이 번쩍 타올랐다.

등이 굽은 익숙한 검은 그림자가 그들을 향해 다가오는 것을 발견했던 것이다. 아가사는 비명을 지르려고 했지만, 검은 그림자는 재빨리 은빛 파도에 올라타 두 소녀를 그 손아귀에서 빼냈다. 그림자는 막대기 같은 가느다란 손가락으로 두 소녀를 움켜쥐고 학교에서 멀리 떨어진 호수 외곽으로 끌고 갔다. 아가사는 소피가 온몸을 비틀며 그림자에 저항하는 모습을 보고, 곧장 그 싸움에 동참했다. 역습을 당한 그림자는 두 소녀를 놓쳐 버렸지만, 소피가 아가사를 향해 손을 뻗는 순간 다시 소피의 허리를 붙잡아 그녀를 물 밖으로 내던져 버렸다. 도저히 저항할 수 없는 엄청난 힘이었다. 공포에 질린 아가사는 재빨리 팔다리를 움직여 헤엄을 치기 시작했지만, 그림자는 쏜살같이 그녀를 덮치고 앞으로 끌고 나갔다. 물속에 잠겨 있던 날카로운 암초들이 자신을 향해 다가오는 것을 발견한 아가사는 두 눈을 질끈 감고 고통 없이 죽을 수 있기만을 기도했다. 하지만 바로 그 순간 교장의 손가락이 그녀를 힘껏 움켜쥐더니 호수 밖으로 내던졌다. 그녀는 곧 차가운 밤공기 속에 내동댕이쳐졌다.

아가사는 그대로 바닥에 떨어졌다. 엄청난 고통 속에 정신을 잃을 것만 같았다.

하지만 놀랍게도 그녀의 정신은 이 끔찍한 경험을 견뎌 냈다. 그녀는 곧 두 눈을 뜨고 주변을 둘러보았다. 자주색 가시로 둘러싸인 거대한 나무들이 보였다. 어디인지 확실하지는 않았지만, 선의 학교 쪽에 와 있는 것만은 분명했다. 아가사는 몸을 일으켜 앉으려고 했지만 날카로운 고통이 몰려왔다. 그녀는 축축하게 젖은 땅 위에 다시 풀썩 쓰러지고 말았다. 교장은 왜 은빛 파도를 공격했던 것일까? 어떻게 설명 한마디 없이 그녀를 이곳에 내던져 버릴 수 있었을까? 그녀의 머리는 분노와 혼란으로 지끈거렸다. 그녀는 학교로

선과 악의 학교

돌아가는 즉시 더비 교수님께 이 일을 알릴 것이다. 누구에게든 설명을 들어야만 했다.

하지만 당장 시급한 문제는 학교로 돌아가는 것이었다.

아가사는 고개를 길게 빼고 다시 한 번 주변을 천천히 둘러보았다. 역시나 보이는 것이라고는 거대한 나무들과 그 주변을 둘러싼 자주색 들장미 덩굴들뿐이었다. 첫날 다른 선인 소녀들과 함께 도착했던 그 꽃밭쯤인 것 같았다. 그렇다면 호수는 어느 쪽이지? 그녀는 뒤를 돌아보았고, 가지 사이에서 희미한 빛이 반짝이는 것을 발견했다. 안도감이 밀려들었다. 그녀는 천천히 빛을 향해 움직이기 시작했다. 몸을 움직일 때마다 날카로운 고통 때문에 인상을 찡그리지 않을 수 없었다. 마침내 빛의 정체를 파악할 수 있는 거리에 이른 그녀는 너무 놀라 입이 쩍 벌어졌다.

그것은 호수가 아니라, 뾰족한 못이 박힌 금빛 출입문이었다. 문 위에는 "**무단출입 시 사살함**"이라는 간판이 붙어 있었다. 출입문 너머 저 멀리 선의 학교가 보였다. 뾰족한 첨탑들이 파란색과 핑크색 불빛으로 밝혀져 있었다.

아가사가 있는 곳은 선의 학교 어디쯤이 아니었다.

그녀는 영원의 숲에 들어와 있었던 것이다.

"아가사!"

가까운 곳에서 소피의 목소리가 들려왔다.

아가사의 얼굴이 창백해졌다.

교장이 결국 두 사람을 풀어 준 것이다.

그렇게 생각하자 아가사의 마음은 순식간에 편안해졌다. 하지만 곧 공포가 밀려왔다. 지금껏 그녀는 소피와 함께 집에 돌아가기만을 바랐다. 하지만 조금 전 하수도에서 있었던 끔찍한 일들이 그녀의 머릿속을 어지럽히고 있었다.

"아가사! 어디 있어?"

아가사는 아무 소리도 내지 않았다. 소피를 찾아야 할까? 아니면 이대로 혼자 집으로 도망쳐야 하나?

심장이 더욱 빠르게 두근거리기 시작했다. 하지만 어떻게 이곳을 떠날 수 있단 말인가? 이제야 겨우 이곳이 좋아지기 시작했는데 말이다.

"아가사, 나야!"

고통으로 가득 찬 소피의 목소리가 아가사의 머릿속을 가득 채운 생각들을 순식간에 밀어내 버렸다.

'내가 대체 무슨 생각을 하고 있는 거지?'

소피의 말이 맞았다. 아가사는 이곳이 자신에게 어울리는 학교이며 자기 자신의 동화라고 믿고 있었던 것이다. 그녀는 매일 마주치는 그 사람이 어쩌면 자신의 짝일지 모른다는 얼토당토않은 희망마저 품고 있었다.

'세상에 그렇게 악한 애는 또 없을 거야!'

도트의 목소리가 그녀의 머릿속에 울려 퍼졌다.

아가사는 죄책감에 얼굴이 붉게 달아올랐다.

"소피, 잠깐만 기다려!"

아가사가 소리쳤다.

아무런 대답이 없자 갑자기 초조해진 아가사는 소피의 목소리가 들려왔던 방향을 향해 걸음을 옮기기 시작했다. 짙은 어둠 속에서 그녀의 가슴에 박힌 백조 문장이 희미하게 반짝거렸다. 그때 무엇인가 그녀의 다리를 건드리는 것이 느껴졌다.

그녀는 아래를 내려다보았다. 보라색 가시덩굴이 그녀의 다리를 슬금슬금 기어오르려고 하고 있었다. 아가사는 얼른 다리를 옮겼지만, 곧 덩굴 두 줄기가 그녀의 팔을 묶고 또 다른 두 줄기가 그녀의 다리를 감싸 안았다. 들장미 덩굴은 점점 늘어나 결국 그녀의 온몸을 돌돌 감싸 안고 말았다. 아가사는 몸을 비틀었지만, 가시덩굴은 마치 곧 목을 벨 새끼 양을 붙잡듯 그녀를 꼭 쥐고 놓아주지 않았다. 잠시 후 검붉은 굵은 줄기 하나가 불길한 기운을 내뿜으며 그녀의 가슴을 향해 기어올랐다. 그것은 그녀의 얼굴 바로 밑에서 동작을 멈추고, 뾰족한 자주색 줄기 끄트머리를 마치 눈처럼 들어 그녀를 바라보았다. 그리고 다시 몸을 동그랗게 움츠리더니, 가슴의 백조 문장을 향해 덤벼들었다.

그때 갑자기 나타난 날카로운 칼이 가시덩굴을 끊어 냈고, 곧 따뜻한 구릿빛 팔이 아가사를 끌어당겼다.

"날 꼭 붙잡아."

테드로스의 목소리였다. 그는 연습용 검으로 장미 덩굴을 공격하고 있었다.

아가사는 넋이 나간 듯 멍한 표정으로 그의 가슴에 매달렸고, 그는 고통스러운 신음을 내뱉으며 채찍처럼 달려드는 가시덩굴에 맞서 싸웠다. 잠시 후 승기를 잡은 테드로스는 아가사를 끌고 숲 밖으로 나와 못이 박힌 금 출입문으로 향했다. 두 사람이 다가가자 문은 그들을 승인한다는 듯 번쩍 빛을 발하며 양쪽으로 갈라졌고, 그사이로 좁은 길이 나타났다. 두 사람이 문을 통과하자 금 출입문은 스스로 다시 닫혀 버렸다. 이제야 정신을 차린 아가사가 절뚝거리는 테드로스를 바라보았다. 피맺힌 상처가 그의 온몸을 뒤덮었고, 파란색 셔츠는 갈기갈기 찢겨져 있었다.

"소피가 숲을 통해 들어올 거란 생각이 들더라고."

테드로스가 헐떡이며 입을 열었다. 그는 상처 난 팔로 그녀를 더욱 가까이 끌어당겼고, 아가사는 저항하지 않고 그의 손길에 몸을 맡겼다.

"그래서 더비 교수님께 허락을 받아, 요정 몇몇을 데리고 출입문 바깥에서 잠복하고 있었어. 너도 소피를 직접 잡고 싶어 했으니, 여기 올 거라는 생각을 했어야 했는데…….."

아가사는 아무 말 없이 그를 바라봤다.

"하지만 공주 혼자서 마녀들을 상대하겠다는 건 바보 같은 생각이야."

테드로스의 굵은 땀방울이 그녀의 핑크 드레스 위에 뚝 떨어졌다.

"소피는 어디 있어? 다치지는 않았어?"

아가사가 갈라지는 목소리로 말했다.

"마녀를 걱정하는 것도 그다지 공주답지 않은 행동인데."

테드로스가 그녀의 허리를 감싸 안으며 말했다. 아가사는 가슴이 두근거려 터질 것만 같았다.

"그만 놔줘."

그녀가 더듬거리며 말했다.

"자꾸 바보 같은 말만 하네."

"놓으라고."

테드로스는 팔에 힘을 풀었고, 아가사는 마침내 그의 품에서 벗어났다.

"난 공주가 아니야!"

아가사가 옷매무새를 가다듬며 톡 쏘듯 말했다.

"네 생각이 그렇다면 뭐…….."

왕자가 시선을 아래로 향한 채 우물우물 대답했다.

선과 악의 학교

아가사는 그가 자신의 다리를 바라보고 있다는 사실을 깨닫고 아래를 내려다보았다. 그녀의 다리에 난 상처에서 반짝이는 피가 흘러나오고 있었다. 그녀는 갑자기 눈앞이 흐릿해지는 것을 느꼈다.

테드로스는 변화를 감지했는지 미소를 지었다.

"하나…… 둘…… 셋……."

그녀는 테드로스의 팔에 풀썩 쓰러지고 말았다.

"공주 맞는데, 뭘!"

테드로스가 말했다.

그는 아가사를 팔로 감싸 안고, 여섯 요정들이 잠복하고 있는 호수를 향해 걷기 시작했다. 하지만 얼마 지나지 않아 그는 걸음을 멈추었다. 피로 물든 검은 드레스를 입은 소피가 죽은 풀밭 위에 무릎을 꿇고 앉아 그를 바라보고 있었던 것이다.

"아가사?"

"너!"

테드로스가 사납게 소리쳤다.

소피는 벌떡 일어나 양팔을 쭉 펼치고, 테드로스를 가로막았다.

"걔 나한테 넘겨. 내가 데려가겠어."

"이건 다 네 잘못이야!"

테드로스가 아가사를 더욱 꼭 끌어안으며 버럭 소리쳤다.

"걔가 내 목숨을 살렸어. 아가사는 내 친구야."

소피가 부드러운 목소리로 말했다.

"공주는 마녀와 친구가 될 수 없어."

순간 소피의 눈에 불꽃이 일더니, 그녀의 손가락 끝에서 핑크색 빛이 반짝이기 시작했다. 상황을 이해한 테드로스는 즉시 자신의 손끝에 금색 불빛을 밝히고 손을 들어 올렸다.

하지만 분노로 가득했던 소피의 얼굴은 금세 누그러졌고, 핑크색 불빛도 희미해졌다.

"내가 대체 왜 이러는지 모르겠어."

그녀는 눈물이 가득 고인 두 눈으로 테드로스를 바라보며 훌쩍였다.

"속임수 쓸 생각 하지 마."

테드로스는 여전히 경계를 늦추지 않고 말했다.

"학교 때문인가 봐. 학교가 날 다른 사람으로 바꿔 놨어."

소피는 흐느끼며 말을 이어 갔다.

"어서 비키기나 해!"

"제발, 한 번만 더 기회를 줘!"

"비켜!"

"내가 착한 사람이란 걸 보여 줄게."

"경고했다!"

테드로스는 당장이라도 그녀를 밀치고 나갈 기세였다.

"테드로스, 내가 잘못했어. 미안해!"

소피는 울음을 터뜨렸다. 하지만 테드로스는 굳은 표정으로 그녀를 한쪽으로 밀치고는 그대로 앞으로 나아갔다.

"선한 자는 용서하는 거야."

들릴 듯 말 듯한 낮은 목소리가 속삭였다.

테드로스는 걸음을 멈추고, 기운 없는 표정으로 자신의 가슴에 얼굴을 파묻은 아가사를 내려다보았다.

"소피한테 약속했잖아, 테드로스."

아가사가 다시 힘없는 목소리로 말했다.

그는 멍한 표정으로 그녀의 얼굴을 바라보았다.

"뭐? 그게 무슨 소리……."

"소피를 선의 학교로 데리고 가. 쟤가 네 무도회 파트너라는 것을 다른 사람들에게 보여 줘."

"하지만 쟤는…… 쟤는……."

"쟤는 내 친구야."

아가사는 충격을 받은 채 멍한 표정을 짓고 있는 소피를 바라보았다.

테드로스는 혼란에 빠진 듯 두 사람을 번갈아 바라보더니, 마침내 단호한 표정을 지었다.

"안 돼! 아가사, 내 말 들어 봐……."

"약속을 지켜야지, 테드로스. 그건 왕자의 의무야."

아가사가 그의 말을 가로막았다.

"그럴 수 없어……."

그가 애원하듯 말했다.

"소피를 용서해 줘. 날 위해서라도."

테드로스는 목이 잠겨 아무 말도 할 수 없었지만, 그의 표정에서는 이미 분노가 사그라지고 있었다.

"소피한테 가 봐."

아가사가 그의 팔에서 몸을 빼내며 말했다.

"난 요정들하고 같이 가면 돼."

테드로스는 참담한 표정으로 파란 셔츠를 벗어, 바들바들 떨고 있는 아가사의 어깨에 둘러 주었다. 그가 무엇인가 말하기 위해 다시 입을 열었지만, 아가사는 그에게 기회를 주지 않았다.

"어서 가 봐."

테드로스는 더 이상 그녀를 바라보지 못하고, 고개를 돌렸다. 그때 피를 쏟아 내던 그의 상처 난 다리가 휘청거렸다. 소피는 재빨리 그에게 달려가, 그의 팔 아래에 어깨를 밀어 넣고 두 팔로 그의 가슴을 받쳐 잡았다. 테드로스는 갑작스러운 소피의 접근에 몸을 움츠렸다.

"그러지 마, 테드로스."

소피가 반성의 눈물을 흘리며 속삭였다.

"나 변할 수 있어. 약속할게."

테드로스는 소피를 밀어내고 혼자 힘으로 서 보려 했다. 하지만 소피 뒤에 서서 그를 바라보는 아가사와 두 눈이 마주치는 순간, 그는 자신이 했던 약속을 떠올릴 수밖에 없었다.

테드로스는 부정하고 싶었다. 약속은 깨질 수도 있는 것이 아니던가! 하지만 그의 마음은 진실을 알고 있었다. 그는 절뚝거리는 걸음으로 소피에게 다가가 순순히 몸을 기댔다.

소피는 잠시 놀란 듯했지만, 아무 말 없이 그를 부축하고 걸음을 옮기기 시작했다. 테드로스는 뒤를 돌아 아가사를 바라보았다. 혼자 남은 그녀는 위태롭게 비틀거리면서도, 안도한 표정으로 두 사람을 바라보고 있었다. 왕자는 체념한 듯 한숨을 내쉬고, 소피의 팔에 의지해 절뚝거리며 앞으로 나아갔다.

소피는 콧물을 훌쩍이면서도 온 힘을 다해 테드로스를 부축했다. 두 사람은 숨을 헐떡이며 함께 호수 쪽으로 향했고, 소피는 테드로스가 조금씩 그녀의 손길에 의지하고 있음을 느낄 수 있었다. 그녀는 쑥스러운 듯 슬쩍 테드로스를 한 번 쳐다보고는 살며시 미소를 지었다. 그는 그녀의 얼굴에서 그동안의 잘못을 반성하는 듯한 표정을 읽을 수 있었다. 마침내 왕자의 얼굴에도 미소가 떠올랐다. 썩 내키지 않는 듯 굳어 있기는 했지만 그것은 분명한 변화였다.

구름 뒤에 숨어 있던 반달이 미끄러지듯 얼굴을 내밀고, 과거의 죄를 모두 씻어 줄 것 같은 맑은 달빛을 두 사람에게 환히 비추어 주었다. 호수에 도착할 즈음, 두 사람은 마치 한 몸이 된 듯 서로에게 꼭 달라붙어 있었다. 테드로스는 발을 맞추어 걷는 두 사람의 그림자를 내려다보았다. 그의 부츠와 소피의 유리 구두가 나란히 걸음을 옮기고 있었다. 반짝이는 호수에 비친 그는 피로 얼룩덜룩했고, 그 옆에는…… 못생긴 노파가 그를 부축하고 있는 것이 아닌가!

테드로스는 공포에 질려 옆으로 고개를 돌렸다. 하지만 그의 곁에는 아름다운 소피가 있을 뿐이었다. 그녀는 다소곳한 표정으로 다정하게 그를 부축하고 있었다. 그는 다시 호수를 바라보았지만, 구름이 달빛을 가려 호수 전체가 흐릿해져 있었다. 그는 온몸에 소름이 끼치는 것을 느꼈다.

"안 되겠어……."

테드로스가 몸을 비틀어 빼며 갈라지는 목소리로 말했다.

"테드로스?"

소피가 깜짝 놀란 듯 그를 바라보았다.

테드로스는 비틀거리며 뒤로 물러서더니, 두 사람 뒤에서 혼자 힘겹게 걸음을 옮기고 있던 아가사에게 다가가 그녀의 어깨를 감싸 안았다. 아가사 역시 놀라기는 마찬가지였다.

"테드로스, 대체 왜……."

소피가 창백해진 얼굴로 물었다.

"저리 가!"

그는 아가사를 더욱 가까이 끌어안으며 소피를 향해 소리쳤다.

"우리 가까이 오지 말라고!"

"우리라고?"

소피가 비명을 지르듯 날카로운 소리로 외쳤다.

"테드로스, 잠깐만…… 이게 무슨……."

아가사가 애원하듯 그를 말렸다.

"쟤는 알아서 악의 학교로 가라고 해."

단호한 표정으로 말을 마친 왕자는 요정들을 부르기 위해 반짝이는 손가락을 들어 올렸다.

소피는 충격에 빠진 듯 한동안 꼼짝하지 않고 그 자리에 서 있었다. 아가사는 테드로스의 품에 안긴 채 고개를 돌려 소피를 바라보았다. 그녀의 얼굴에는 미안함이 가득했다. 하지만 소피의 얼굴에는 용서의 기미 같은 것은 전혀 보이지 않았다. 그녀는 끝을 알 수 없는 분노와 증오심으로 불타오르고 있었다.

"쟤를 좀 봐!"

날카로운 목소리가 호수 전체에 메아리쳐 울렸다.

아가사는 창백해진 얼굴로 소피를 바라보았다.

"쟤는 마녀라고!"

소피가 다시 외쳤다.

테드로스도 천천히 뒤를 돌아, 그녀를 꿰뚫을 것 같이 날카로운 눈빛으로 바라보았다.

"네가 잘못 봤어."

소피는 더 이상 아무 말도 하지 못한 채, 요정들이 두 사람을 둘러싸는 모습을 지켜보았다. 그녀의 얼굴에는 공포가 가득했다. 테드로스의 팔에 안긴 아가사의 표정도 다르지 않았다.

소피는 여태 그들이 잘못된 학교에 배정되었다고 믿었다. 하지만 바로 그 순간, 그녀는 자신의 생각이 잘못되었다는 사실을 깨달았다.

소피는 뜨거운 입김을 헐떡헐떡 내뱉으며, 아가사와 그녀의 왕자님이 요정에 둘러싸여 하늘을 날아가는 모습을 지켜보았다. 어두운 호숫가에 홀로 남겨진 그녀는 얼어붙은 듯 꿈쩍하지 않았다. 하지만 잠시 후, 그녀의 온몸 구석구석 근육에는 힘이 차올랐고, 손가락은 으드득 소리를 내며 주먹을 쥐었으며, 그녀의 피는 불이 붙을 것처럼 점점 더 뜨거워졌다. 부글부글 끓어오르는 피가 마침내 폭발하려는 순간, 그녀의 턱에 날카로운 고통이 느껴졌다. 소피는 손을 올려 턱을 쓰다듬었다.

무엇인가 만져졌다.

그녀는 손끝으로 계속해서 그것을 더듬어 보았지만, 도무지 무슨 일인지 이해할 수 없었다. 그때 그녀의 팔 위로 차가운 물방울이 튀었다. 그녀는 깜짝 놀라 뒷걸음질 쳤지만, 거대한 파도는 점점 더 높이 솟아올라 순식간에 그녀를 어둠으로 휘감았다.

거친 물결은 오물로 뒤덮인 소피를 66호실 창문 안으로 사정없이 내던졌다.

헤스터와 아나딜이 침대에서 벌떡 일어나 소피를 바라보았다.

"너 찾느라 사방팔방을 다 뒤졌는데…… 대체 어디 있었던……."

소피는 손으로 얼굴을 가린 채 벽에 걸려 있는 마지막 거울 조각을 향해 걸음을 옮겼다. 그리고 거울을 마주하는 순간, 그녀는 돌처럼 굳어 버렸다.

그녀의 턱에는 두툼한 검은색 무사마귀가 떡하니 자리 잡고 있었다.

소피는 미친 듯 그것을 할퀴고 잡아 뜯었다. 거울에 비친 그녀의 룸메이트들은 백지장처럼 하얗게 질린 얼굴로 그녀를 바라보고 있을 뿐이었다.

"증상이 나타났어."

두 사람은 귀신에 홀린 듯 멍한 표정으로 동시에 중얼거렸다.

소피는 물에 흠뻑 젖은 몸을 바들바들 떨면서 계단을 뛰어 올라 갔고, 꼭대기 층 연구실에 이르자 반짝이는 손끝으로 잠긴 문을 활 짝 열어젖혔다. 그 순간 연구실과 연결된 침실에서 나이트가운 차 림의 레소 부인이 등장했다. 그녀가 반짝이는 손가락을 앞으로 쭉 뻗자, 소피의 몸은 공중으로 붕 떠올랐고 그녀는 목이 졸려 숨을 쉴 수 없었다.

하지만 레소 부인은 곧 손을 내리고 그녀를 천천히 바닥에 내려 놓았다. 교수는 두 눈이 휘둥그레진 채 바닥에 쓰러진 소피를 향해 달려가, 기다란 빨간색 손톱으로 떨고 있는 소피의 얼굴을 쓰다듬 었다.

"서커스 날짜에 딱 맞춰 나타났구나."

그녀는 잔뜩 부풀어 오른 무사마귀를 손끝으로 매만지고 있었다.

"선인들이 모두 혼비백산할 거다."

소피는 무엇인가 말하려는 듯 입을 벙긋거렸다.

"때로는 우리 자신보다 부하가 우리를 더 잘 아는 경우도 있지."

레소 부인은 감탄하는 표정을 지으며 말을 이어 갔다.

소피는 무슨 말인지 이해할 수 없다는 듯 고개를 가로저었다.

교수는 그녀의 입술을 소피의 귀에 가까이 가져다 댔다.

"그 아이는 지금도 널 기다리고 있단다."

학교 건물을 밝히던 횃불들이 꺼지고 어둠이 찾아왔다. 가녀린 검은 그림자는 볼록한 달이 내뿜는 희미한 달빛을 받으며 파란 숲 을 헤치고 나아가고 있었다. 검은 뱀가죽 망토를 뒤집어쓴 소피는 온몸을 부들부들 떨면서, 양치식물들과 오크나무를 밀치고 계속 앞으로 나아갔다. 거대한 돌우물에 이른 그녀는 입구를 막고 있는 커다란 바위에 몇 번이고 몸을 부딪쳤고, 바위는 마침내 움직이기 시작했다. 그녀는 양동이를 끌어 올려 그 안에 타고는 깊은 어둠 속으로 들어갔다. 희미한 달빛 한 줄기만이 그녀의 앞길을 밝혀 주고 있었다.

그림은 부옇고 미끌미끌한 벽에 기대어 앉아 그녀를 기다리고 있었다. 양 볼과 날개에는 검은 때가 잔뜩 묻어 있었다. 그를 둘러싼 벽에는 똑같은 얼굴 그림이 수천 개 그려져 있었다. 핏빛 립스틱으로 그린 그 얼굴은, 소피가 꿈속에서 그토록 보려고 했지만 결국 보지 못했던 바로 그 얼굴이었다. 모두가 잠든 깊은 밤, 이 어두컴컴한 곳에서, 소피는 마침내 그녀의 운명의 적을 똑바로 볼 수 있게 되었다.

얼굴의 주인공은 테드로스가 아니었다.

26

탤런트 서커스

"**더**비 교수님 연구실로 가죠."

테드로스가 요정들에게 말했다. 그와 아가사는 요정들에게 둘러싸인 채, 하늘에 핏방울을 흩뿌리며 날아가고 있는 중이었다.

"저는 방으로 가요."

아가사가 자신을 붙잡고 있는 요정에게 말했다.

"그렇게 다쳤는데 방으로 바로 가겠다고?"

테드로스가 몸을 덜덜 떨며 아가사를 바라보았다.

"우리가 겪은 일을 다른 사람들이 알게 되면, 상황이 지금보다 더 복잡해질 거야."

아가사가 대답했다.

요정들은 두 사람을 떼어 내 각각 다른 방향으로 데리고 가기 시작했다.

"잠깐만!"

테드로스가 다급하게 소리쳤다.

"아무한테도 말하지 마!"

아가사가 핑크색

첨탑을 향해 멀어져 가며 소리쳤다.

"서커스에 참가할 거지?"

파란색 첨탑을 향해 날아가던 테드로스가 목소리를 높여 외쳤다.

하지만 아가사는 아무런 대답도 하지 않았고, 테드로스와 그를 둘러싼 요정들은 곧 반짝이는 빛이 되어 시야에서 사라지고 말았다.

요정들과 함께 어두운 하늘에 홀로 남은 아가사는 검은 그림자를 길게 드리우고 있는 은색 탑을 바라보았다. 가슴이 먹먹하고 복잡해져 왔다. 교장은 분명 그들에게 경고했다. 그는 아가사와 소피의 본모습을 정확하게 파악하고 있었던 것이다.

요정들은 그녀를 더욱더 높은 하늘로 데리고 올라갔고, 아가사는 날카로운 찬바람을 맞으며 테드로스의 피 묻은 셔츠로 몸을 꼭 감쌌다. 아가사는 시선을 돌려 불이 밝혀진 창문을 바라보았다. 무도회 프러포즈를 위해 드레스를 갖춰 입은 아름다운 실루엣들이 비치고 있었다. 순간 그녀의 마음을 짓누르던 죄책감과 충격은 분노가 되어 타오르기 시작했다.

'가장 가까운 사람 중에 적이 있다.'

과연 악당은 가장 친한 친구의 모습으로 그녀에게 다가왔다.

그래! 그녀는 서커스에 반드시 참가할 것이다.

새더 교수의 말이 옳았다.

이것은 절대 소피의 동화가 아니다.

주인공은 그녀였다.

"결국 공격은 일어나지 않았잖아요?"

아네모네 교수가 김이 모락모락 나는 사과주를 홀짝이며 말했다.

연구실 창가에 서서 교장의 은색 탑을 바라보는 더비 교수의 얼굴은 붉게 물든 저녁 햇살을 받아 반짝이고 있었다.

"에스파다 교수님 말씀이, 아이들은 아무것도 찾지 못했다고 하더군요. 테드로스도 밤새 숲을 샅샅이 뒤졌지만, 아무 소득이 없었어요. 어쩌면 그게 소피의 계획일지도 모르겠어요. 우리 학교 최고의 선수들이 잠을 못 자 죄다 피곤해하고 있으니까요."

"잠을 못 자기는 여자아이들도 마찬가지예요. 부스스한 얼굴로 프러포즈를 받는 일은 없어야 할 텐데!"

아네모네 교수가 낙타 모피 나이트가운 위 백조 문장에 떨어진 사과주를 톡톡 털어 내며 말했다.

"우리가 보면 안 되는 이유가 대체 뭘까요? 온갖 시험을 대비해 학생들을 준비시키고 가르친 건 우린데, 정작 테스트를 받는 현장에는 왜 참여할 수 없는 거죠?"

더비 교수가 은빛 탑을 뚫어지게 바라보며 물었다.

"어차피 졸업 후 숲에 들어가면, 우리는 아무 도움도 줄 수 없잖아요."

더비 교수가 몸을 돌려 아네모네 교수를 바라보았다.

"우리가 그분의 테스트에 관여할 수 없는 이유는 바로 그거예요. 아이들이 아무리 서로에게 잔인하게 군다고 해도, 진짜 동화 속에 존재하는 잔인함에 비하면 아무것도 아니죠."

더비 교수는 한동안 생각에 잠긴 듯 아무 말도 하지 않았다.

"이제 그만 가 보시죠."

더비 교수가 다시 창을 향해 돌아서며 입을 열었다.

아네모네 교수는 창을 통해 해가 지는 것을 보고는 깜짝 놀란 듯 자리에서 벌떡 일어섰다.

"어머나! 하마터면 교수님이랑 밤새 여기 갇혀 있을 뻔했네요.

선과 악의 학교

사과주 잘 마셨어요."

아네모네 교수는 급히 문을 향해 걸음을 옮겼다.

"아네모네 교수님!"

아네모네 교수가 뒤를 돌아보았다.

"그 아이 말이에요……."

더비 교수가 주저하며 입을 열었다.

"난 좀 두렵네요."

"걱정 말아요, 더비 교수님. 당신 학생들은 충분히 싸울 준비가
됐어요."

더비 교수는 쓸쓸한 미소를 지으며 고개를 끄덕였다.

"그렇겠죠? 곧 승리의 함성이 울려 퍼지는 것을 들을 수 있겠죠?"

아네모네 교수는 따뜻한 미소와 함께 손 키스를 보낸 뒤, 연구실
을 나섰다.

더비 교수는 지평선 너머로 점점 사라지는 붉은 해를 바라보았
다. 하늘에 어둠이 깔리기 시작하자, 그녀의 등 뒤에서 문 잠기는
소리가 들렸다. 그녀는 재빨리 문으로 달려가 손잡이를 잡아당겨
보았다. 지팡이도 휘두르고, 반짝이는 손가락 끝으로 가리켜도 보
았지만 문은 꼼짝도 하지 않았다. 그녀보다 훨씬 더 큰 마법의 힘이
작용하고 있었던 것이다.

순간 그녀의 얼굴이 긴장감으로 일그러졌지만, 그녀는 곧 평온
을 되찾았다.

"그래, 다들 무사할 거야."

그녀는 한숨을 내쉬며 침실로 터덜터덜 걸어갔다.

"늘 그랬으니까."

무도회 전날 밤 8시가 되자, 학생들이 동화의 전당에 입장하기 시작했다. 동화의 전당은 이미 오늘 밤 행사를 위해 마법으로 무장되어 있었다. 전당 양쪽에는 열 개의 백조 모양 초가 밝혀진 샹들리에가 하나씩 떠 있었는데, 선의 학교 쪽 초는 하얀색 불꽃을 내고 있었고, 악의 학교 쪽 초는 짙은 남색 불꽃을 내며 타오르고 있었다. 두 샹들리에 사이에서는 강철로 만든 서커스 왕관이 원을 그리며 날고 있었다. 일곱 개의 길고 뾰족한 첨탑 모양으로 만들어진 왕관은 양쪽에서 타오르는 촛불 사이에서 밝게 빛나며 그날 밤의 승자를 기다리고 있었다.

제일 먼저 도착한 것은 선의 학교 여학생들이었다. 그들은 무도회 프러포즈를 받을 것을 대비해, 형형색색의 아름다운 드레스를 갖춰 입었다. 하지만 그들의 미소에는 초조한 기색이 역력했다. 그들이 하얀 백조가 그려진 깃발과 '**선한 팀**'이라는 커다란 글자가 쓰인 플래카드를 흔들며 서쪽 문을 통해 들어서자, 유리 꽃송이들은 황홀한 꽃향기를 뿜어냈고 크리스털 띠 장식은 분주하게 살아 움직이기 시작했다.

"아름다운 아가씨, 어서 오시오! 당신의 탤런트가 오늘 밤 저 왕관의 주인이 될 수 있을까?"

크리스털 왕자가 뜨거운 김을 뿜어내는 용과 싸우며 인사를 건넸다.

"소피라는 아이의 재주가 어마어마하다고 들었는데, 당신이 그 아이를 이길 수 있을까?"

왕자 옆에서 반짝이는 물레를 돌리던 크리스털 공주가 끼어들었다.

"저는 오늘 출전하지 않아요."

선과 악의 학교

키코가 풀 죽은 목소리로 대답했다.

"그렇군, 뒤처지는 아이는 늘 있기 마련이지."

왕자가 날카로운 칼로 용을 찌르며 말했다.

잠시 후 동쪽 문에서 악의 학교 학생들이 함성을 지르며 입장하기 시작했다. 그들은 '**악한 팀**'이라는 글자가 적힌 흉측한 깃발을 흔들어 대고 있었다. 호트는 검은 백조가 그려진 깃발을 너무 열심히 흔든 나머지 천장에 붙어 있던 종유석을 쳐서 깨뜨렸고, 덕분에 그 아래로 입장하던 악인들이 우르르 도망을 치는 소동이 벌어지기도 했다. 호트는 자리에 앉으며 벽의 그을음 자국들을 바라보았다. 검은 그림자와 같은 그 자국들은 사람을 잡아먹는 괴물, 어린아이를 요리하는 마녀 등 끔찍하게 뒤틀린 모습을 묘사하고 있었다. 학생들의 좌석을 둘러싼 띠 장식들도 이 못지않게 잔인한 장면을 연출하며 살아 움직이고 있었다. 나무로 깎아 만든 악당들이 목판화 속 왕자들을 칼로 찌르자 왕자들은 괴로움에 가득 찬 비명을 질러 댔고, 그들의 가슴에서는 검은 수액이 솟구쳐 사방으로 튀었다.

"누가 이런 거지?"

수액을 뒤집어쓴 호트가 눈을 휘둥그렇게 뜨고 말했다.

"당연히 교장 선생님이지. 이래서 교수님들은 못 들어오게 한 거야."

라반이 두 손으로 귀를 막고 인상을 찡그린 채 대답했다.

한편, 악의 학교 여학생들과 선의 학교 남학생들도 각각 늑대와 요정 들의 안내를 받으며 동화의 전당에 들어섰다. 어른들은 단 한 명도 없는 이 신비로운 공간에서 그들은 흥분과 긴장감을 느끼고 있었다. 하지만 테드로스의 얼굴은 차갑고 무표정했다. 레이스를 풀어 가슴에 난 상처를 드러낸 감청색 셔츠와 크림색 반바지를 입은 그는 줄 제일 뒤에 서서 절뚝거리며 동화의 전당에 입장했다. 그는 벌겋게 성난 상처로 가득한 얼굴로 누군가를 찾는 듯 선인 학생들의 자리를 쭉 훑어보았지만, 곧 실망한 표정으로 자기 자리에 털썩 주저앉았다.

그를 지켜보던 헤스터의 얼굴에 긴장감이 감돌았다.

"소피 어디 있지?"

그녀는 멀리에서 원망 섞인 시선으로 자신을 바라보는 도트를 모른 척하며, 아나딜에게 조용히 물었다.

"레소 교수님 방에 갔다가 안 왔어."

아나딜이 대답했다.

"교수님이 치료해 주셨나?"

"증상이 더 심해졌는지도 모르지. 소피가 테드로스를 공격했을 수도 있잖아."

"하지만 쟤는 아무 변화가 없는걸! 악당에게 증상이 나타나기 시작하면, 운명의 적은 더욱 강해진다고 했단 말이야!"

헤스터가 왕자를 바라보며 말했다.

자리에 구부정하게 앉아 있는 테드로스는 강해지기는커녕 평소보다 훨씬 더 약하고 생기 없어 보였다.

헤스터의 말에 아나딜도 테드로스를 바라보았다.

"어쩌면 쟤는 소피의 적이 아니었나 봐. 그렇다면 누구지?"

그때 두 사람 뒤에서 선의 학교 문이 열리고, 누구도 본 적 없는 가장 아름다운 공주가 동화의 전당 안으로 미끄러지듯 걸어 들어왔다.

그녀는 섬세한 금박 장식이 달린 암청색 드레스를 입고 긴 벨벳 옷자락을 바닥에 끌며 걸음을 옮겼다. 윤기가 흐르는 흑단 같은 머

선과 악의 학교

리카락은 우아하게 틀어 올렸고, 탐스러운 머리채 위에는 파란 난초 티아라가 장식되어 있었다. 그녀의 하얀 목에서 반짝이는 루비 펜던트는 마치 하얀 눈밭에 떨어진 붉은 피처럼 강렬한 대조를 이루었다. 커다란 검은 눈은 금빛 아이섀도로 강조되었고, 그녀의 붉은 입술은 이슬 맺힌 장미처럼 촉촉하고 싱그러웠다.

"신입생인 것 같은데 이렇게 늦게 들어와도 되나?"

테드로스가 그녀를 강렬한 눈빛으로 바라보며 말했다.

"신입생 아니야."

옆에 있던 채덕이 대답했다.

테드로스는 그의 시선을 따라 드레스 아래로 시선을 돌렸다. 뭉툭한 검은 신발이 살짝 드러나 있었다. 그는 갑자기 숨이 막히는 듯 기침을 하기 시작했다.

아가사는 쑥스러운 듯 살며시 미소를 지으며 돌처럼 굳어 버린 베아트릭스를 지나쳤다. 남학생들은 침을 뚝뚝 흘리며 그녀에게 시선을 고정했고, 여학생들은 무도회 프러포즈가 걱정이 되는지 초조한 눈빛으로 그녀를 바라보았다. 사뿐사뿐 걸음을 옮기던 아가사는 두 눈이 튀어나올 듯 커다래진 키코를 발견하고, 그녀 옆에 자리를 잡았다.

"흑마법이라도 쓴 거야?"

키코가 신기한 듯 그녀를 바라보며 물었다.

"꾸밈방에서 좀 꾸며 봤어."

아가사가 아직 비어 있는 소피의 자리를 바라보며 속삭였다. 테드로스 역시 빈자리를 눈치챈 듯했다. 불편한 표정으로 시선을 돌리던 그의 커다란 파란 눈이 다음 순간 아가사를 향했고, 두 사람은 정면으로 눈이 마주쳤다.

복도 건너편에서 이 소동을 지켜보던 헤스터와 아나딜은 얼굴이 하얗게 질렸다. 그들은 마침내 질문에 대한 답을 찾았던 것이다.

"텔런트 서커스에 온 것을 환영한다."

무대에 오른 하얀 늑대가 입을 열자 학생들이 모두 고개를 들어 그를 바라보았다. 그의 머리 위에서는 요정 하나가 동그랗게 맴을 돌며 날고 있었다.

"오늘 밤 20명의 학생들이 등수에 따라 차례대로 1대 1 대결을 펼치게 될 것이다. 10등 선인 학생이 자신의 텔런트를 선보이고 나면 10등 악인 학생이 그 뒤를 잇는다. 교장 선생님께서는 이 두 학생의 공연을 보신 후, 승자에게는 성유를 바르고 패자에게는 공개적으로 벌을 내리실 것이다."

학생들은 교장의 모습을 찾기 위해 주변을 두리번거리기 시작했다. 하지만 늑대는 그런 학생들을 향해 코웃음을 치며 다시 입을 열었다.

"그다음에는 9등 학생, 8등 학생 순으로 대결을 진행하고, 마지막으로 1등 학생들이 텔런트를 선보인다. 대결이 모두 끝나면 교장 선생님께서는 가장 인상적인 텔런트를 가진 학생에게 서커스 왕관을 선사할 것이고, 그 학생이 속한 학교가 다음 해에 이 동화의 전당을 차지하게 된다."

늑대의 말이 끝나자 선의 학교 학생들 사이에서 함성이 터져 나왔다.

"우리가 차지한다! 우리가 차지한다!"

악의 학교 학생들도 지지 않고 이에 응수했다.

"이번에는 우리 것! 이번에는 우리 것!"

"여기 교사들이 한 명도 없다고 해서 망나니짓을 해도 될 거라는 생각은 하지 마라."

늑대가 사납게 으르렁거리며 말하자, 요정도 그의 말에 동의하는 듯 딸랑거리는 소리를 냈다.

"질서를 바로잡기 위해서라면 공주 한둘 쯤 물어뜯는 것은 어렵지 않은 일이다."

선인 소녀들 사이에서 거칠게 숨을 삼키는 소리가 들려왔다.

"질문이 있어도 묻지 마라. 화장실에 가고 싶거든 알아서 옷에 해결해라. 서커스가 진행되는 동안 문은 굳게 잠겨 있을 것이다. 지금부터 대결을 시작한다!"

아가사와 테드로스는 안도의 한숨을 내쉬었다. 헤스터와 아나딜 역시 같은 마음이었다.

오늘 밤 어떤 일이 벌어질지 모르겠지만, 적어도 소피는 그 자리에 없을 것이 분명해졌기 때문이다.

첫 네 번의 대결에서는 선의 학교 학생들이 승리했고, 악의 학교 학생 네 명은 교장의 벌칙을 받아야만 했다. 브론은 입을 벌릴 때마다 딸꾹질을 하며 나비를 뱉어 내기 시작했고, 아라크네는 동화의 전당 곳곳을 굴러다니는 눈알을 찾기 위해 허둥거려야 했으며, 벡스의 뾰족한 귀는 코끼리 귀만큼이나 커다랗게 부풀어 올랐다. 모두가 눈에 보이지 않는 심판이 내린 벌이었다. 그는 마치 악인들에게 벌을 내리는 것을 즐기는 듯했다.

샹들리에에서 타고 있던 악의 학교 촛불 중 또 하나가 꺼졌다. 아가사는 속이 울렁거렸다. 그녀의 차례가 되기까지 세 팀밖에 남아 있지 않았다.

"네 탤런트는 뭐야?"

키코가 팔꿈치로 그녀를 쿡 찌르며 물었다.

"화장하는 것도 탤런트로 쳐 주나?"

아가사는 여전히 홀린 듯한 표정으로 그녀를 훔쳐보는 선인 남학생들을 의식하며 불편한 표정으로 대답했다.

"사람들이 널 어떻게 보든 신경 쓰지 마, 아가사! 중요한 건 이기는 거야. 악의 학교 애한테 지면 그땐 정말 아무도 너한테 프러포즈하지 않을 거야."

그 말을 듣는 순간, 아가사는 온몸이 굳어 버리는 것 같았다. 수천 가지 생각들이 그녀의 마음을 혼란에 빠뜨렸지만, 정말 생각해야 할 것은 단 하나뿐이었다. 만약 누구도 그녀에게 무도회 프러포즈를 하지 않는다면…….

그녀는 낙제하는 것이다.

아가사는 얕은 숨을 헐떡이며 무대를 바라보았다. 지금 당장 탤런트를 만들어 내야 한다.

"다음 순서는 악의 학교 라반이다!"

늑대가 이름을 부르자, 연단 전면에 새겨진 불사조가 초록색 불빛을 내뿜었다.

기름기 흐르는 검은 머리의 라반은 커다란 검은 눈으로 지루한 표정을 짓고 있는 선인 학생들을 내려다보았다. 그들은 라반 역시 시시한 저주나 악랄한 독백을 선보일 것이 뻔하다는 표정을 짓고 있었다. 라반이 룸메이트들을 향해 고개를 끄덕이자, 그들은 좌석 아래에서 북을 꺼내 연주하기 시작했다. 라반은 연주에 맞추어 발을 하나씩 들어 올리며 제자리에서 깡충깡충 뛰더니, 이내 팔 동작을 곁들이기 시작했다. 악의 학교 학생들은 어리둥절한 표정으로 악의 학교 최상위권 학생 중 한 명의 무대를 바라보았다.

"설마…… 춤추는 거야?"

헤스터가 경악한 표정으로 말했다.

북소리는 점점 더 빨라졌고, 라반의 발소리도 점차 커졌다. 그리고 어느 순간, 그의 검은 눈동자는 피처럼 빨간색으로 바뀌었다.

"빨간 눈의 악당이라! 거 참 신선하군!"

테드로스가 불평하듯 중얼거렸다.

하지만 바로 그때 무엇인가가 갈라지는 날카로운 소리가 들렸다. 학생들은 모두 라반의 발을 쳐다보았지만, 굉음의 주인공은 그의 머리였다. 원래 머리가 있던 자리 옆에 새로운 머리가 또 하나 생겨났던 것이다. 그가 다시 발을 구르자, 세 번째 머리가 나타났고, 연이어 네 번째, 다섯 번째 머리가 생겨났다. 잠시 후 그의 목 위로는 열 개의 머리가 아슬아슬하게 균형을 이루었고, 그것들은 하나같이 소름 끼치는 소리로 학생들을 향해 울음을 토해 냈다. 북소리는 점점 더 커졌고, 라반의 동작은 더욱 격렬해졌다. 마침내 그는 무대에서 뛰어내려 양발을 쩍 버리고 서서는 통통 부풀어 오른 커다란 혀를 날름거렸고, 순간 그의 입에서는 거친 불꽃이 뿜어져 나왔다.

악의 학교 학생들은 자리에서 벌떡 일어나 환호성을 질렀다.

"내가 최고다!"

불꽃이 사라지고 연기가 걷히자, 다시 하나의 머리를 가진 모습으로 돌아온 라반이 의기양양하게 소리쳤다.

아가사는 악의 학교 경비인 늑대의 표정이 그다지 밝지 않다는 사실을 발견했다. 기뻐하고 있는 쪽은 오히려 요정들이었다.

'최종 점수를 두고 내기라도 했나?'

아가사는 뒤바뀐 그들의 표정에 혼란스러웠지만, 곧 다시 자신의 탤런트를 찾는 데에 집중했다. 악인 학생들의 공연은 조금씩 훌륭해지고 있었고, 선인 학생들도 이에 맞서 좋은 성적을 거두고 있었다. 하지만 그녀는 리본을 빙그르르 돌리거나 검술을 선보일 수도 없었고, 마법에 걸린 뱀으로 공연을 하는 재주도 없었다. 어떻게 하면 그녀가 선한 사람이라는 것을 모두 앞에서 증명할 수 있을까?

아가사는 자신을 바라보는 테드로스와 또다시 눈이 마주쳤다. 가슴이 두근거렸고, 숨이 멎을 것만 같았다. 지금껏 소피와 함께 고향에 돌아가는 것만이 그녀가 원하는 해피엔딩이라고 믿어 왔건만, 이제는 모든 것이 달라졌다. 그녀의 해피엔딩은 이 마법의 세상에 있었다. 그녀는 자신의 왕자가 곁에 있어야만 해피엔딩에 이를 수 있었다.

공동묘지에서의 삶은 이제 너무나 멀게 느껴졌다.

그녀에게는 자신만의 동화가 생겼다. 그녀는 마침내 자신의 삶을 찾은 것이다.

아가사에게 고정된 테드로스의 두 눈에는 희망이 가득했다. 그는 이 세상에 그녀밖에는 없는 것처럼 불타는 눈빛으로 그녀를 바라보고 있었다.

'테드로스의 진정한 사랑은 너야.'

다리 위 투명 벽 속 아가사는 지금의 그녀처럼 아름다운 드레스를 차려입고서 그녀에게 이렇게 약속했다. 아가사는 자신을 향해 미소 짓던 그 아름다운 공주가 되기 위해 자진해서 꾸밈방에 갔던 것이다.

하지만 그녀는 왜 투명 벽 속 공주처럼 미소를 짓지 못하고 있을까? 왜 그녀는 여전히 소피를 생각하고 있는 것일까?

테드로스는 그녀를 향해 밝은 미소를 보내고, 양손을 입가에 동그렇게 댄 채 입술을 움직였다.

"네 탤런트는 뭐야?"

아가사는 가슴이 철렁 내려앉았다. 그녀의 순서가 다가오고 이었다.

"다음 순서는 선의 학교 채딕!"

하얀 늑대가 순서를 발표하자, 무대 전면 불사조가 이번에는 금색 불빛을 내뿜었다.

악의 학교 학생들은 채딕을 향해 야유를 보내는가 하면 귀리죽을 집어 던지기도 했다. 악의 학교 쪽 장식물들 역시 이들에게 동조했다. 벽의 그을음 자국들은 그가 맞고 불타고 참수당하는 모습을 표현했고 좌석에 조각된 악당들은 그를 향해 나무 조각과 수액을 쏘아 댔다. 채딕은 넓은 가슴 앞으로 금색 털이 뒤덮인 양팔을 팔짱 끼고 차분한 미소를 지은 채 이 모습을 바라보았다. 그리고 천천히 활을 들어 올려 악의 학교 좌석을 향해 화살을 쏘았다. 화살은 학생들의 의자에 맞고 튕겨 나와 악인 학생들의 귀와 목을 스치고, 벽으로 향해 그을음 자국들에게 상처를 낸 뒤, 다시 좌석의 조각 장식들을 하나하나 맞췄다. 악당 장식물들은 결국 고통에 신음하며 입을 다물었다.

악의 학교 쪽 샹들리에에서 촛불 하나가 또다시 꺼졌다.

라반의 얼굴에서는 미소가 사라졌다. 알 수 없는 힘이 그를 공중으로 홱 잡아 올렸고, 그의 얼굴에는 돼지 코가 생겨나고 엉덩이에는 구불구불한 꼬리가 돋아났다. 그는 커다란 소리로 꿀꿀 울어 대며 선의 학교와 악의 학교 중간 복도에 툭 떨어졌다.

"선의 학교 승!"

늑대가 이를 드러내며 싱긋 웃었다.

'이상하네. 왜 자기 편이 졌는데 좋아하는 거지?'

아가사는 다시 한 번 혼란에 빠졌다.

"두 팀만 더 하면 네 차례야."

키코가 그녀의 귀에 속삭였다.

아가사의 심장은 그 어느 때보다 빠르게 뛰었다. 그녀는 소피와 테드로스 사이에서 갈팡질팡하는 마음을 도무지 진정시킬 수가 없었다. 흥분과 죄책감이 그녀의 집중력을 방해하고 있었다.

'탤런트…… 탤런트를 생각해 내야 해…….'

변신술은 불가능했다. 교사들이 선의 학교 전체에 변신 억제 마법을 걸어 놓았기 때문이다. 그녀가 즐겨 쓰는 주문들도 지금은 모두 무용지물이었다. 그것들은 모두 악한 주문이었던 것이다.

"휘파람으로 새들을 부르지, 뭐."

그녀가 우마 교수의 수업을 떠올리며 중얼거렸다.

"음, 새가 여길 어떻게 들어와?"

키코가 굳게 잠긴 문을 고개로 가리키며 말했다.

키코의 지적에 아가사는 정성껏 다듬은 손톱을 부러뜨리고 말했다.

아나딜의 차례가 되었다. 자신의 탤런트가 여전히 파멸의 방에 갇혀 있었기에, 그녀는 저주를 걸어 문을 열려고 했지만 너무나 강한 마법에 가로막혀 실패했고, 결국 노린재 떼의 습격을 받는 벌에 처해졌다. 호트의 대결 상대는 베아트릭스였다. 동화 경연 대회 이후 호트의 성적은 나날이 상승했고, 결국 그는 서커스 출전 자격을 획득했다. 호트는 이것이 동료 학생들의 '존중'을 획득하는 결정적인 기회가 될 것이라고 굳게 믿고 있었다. 하지만 무대에 오른 지 4분이 다 되어 가도록 그는 가슴에서 털이 솟아 나오도록 하기 위해 거친 숨을 몰아쉬며 끙끙대고 있을 뿐이었다.

"제발 그만하고 자리에 앉아 준다면, 조금은 존중해 줄 수 있을 텐데!"

헤스터가 간간이 터져 나오는 악인 학생들의 야유 소리를 들으며 투덜거렸다.

하지만 허락된 시간이 다 끝나갈 즈음, 호트는 갑자기 거친 신음을 토하더니 마치 목을 부러뜨리기라도 하듯 으드득 소리를 냈다. 그가 한 번 더 신음을 내뱉자 그의 가슴이 부풀어 올랐고, 또 한 번 고통에 찬 신음 소리가 울려 퍼지는 순간 그의 양 볼이 볼록하게 솟아올랐다. 그는 온몸을 비틀며 휘청거리다가 갑자기 몸을 홱 틀었고, 가슴속 깊은 곳에서 끌어 올린 것 같은 거친 비명을 질러 댔다. 순간 그의 몸이 옷을 뚫고 폭발하듯 터져 나왔다.

학생들은 모두 놀라 의자에 몸을 꼭 붙인 채 두 눈을 동그랗게 떴다.

호트는 이런 학생들을 비웃듯 바라보았다. 울퉁불퉁한 근육질의 거대한 몸뚱이 위로 짙은 갈색 털이 수북하게 덮여 있었고, 날카로운 이빨을 드러낸 주둥이는 길고 축축했다.

"저거…… 늑대인간 아니야?"

아나딜이 숨을 헉 들이쉬며 말했다.

"인간늑대야. 늑대인간에 비해 좀 더 편하게 자신의 상태를 조절할 수 있지."

하수도에서 본 비스트의 시체가 자꾸만 떠올라 불쾌한 표정을 짓고 있던 헤스터가 대꾸했다.

"어때?"

호트는 계속해서 학생들을 향해 으르렁거렸다.

"대단하지?"

그때 갑자기 그의 얼굴에 당황하는 기색이 퍼지더니, 연기와 함께 '펑' 소리가 울려 퍼졌다. 호트는 순식간에 뼈만 앙상한 매끈한 몸으로 되돌아왔고, 실오라기 하나 걸치지 않은 맨몸을 숨기기 위해 무대 뒤로 뛰어 들어갔다.

"조절 능력에 대한 말은 취소할게."

헤스터가 중얼거렸다.

마무리가 좀 어설프기는 했지만 악의 학교 학생들은 자신들의 승리를 믿어 의심치 않았다. 하지만 잠시 후 베아트릭스가 복숭아색 프레리 드레스를 입고 당당하게 무대 위에 등장했다. 그녀는 하얀 토끼를 팔에 안고 달콤한 목소리로 노래를 부르기 시작했다. 귀에 쏙쏙 들어오는 쉬운 가사와 멜로디 덕분에, 선의 학교 학생들은 곧 모두가 입을 모아 그녀의 노래를 따라 부르게 되었다.

때로는 무례할 수도 있고
때로는 치사한 행동을 할 수도 있지
그렇다고 성장할 가능성이 없는 건 아니야

하지만 늘 네 곁을 지킨 사람
늘 네게 진실했던 사람
늘 네게 친절했던 사람은 바로 나

좋은 상황에서만 친구인 척하고
잠깐 반짝이다 사라지는 사람과는 다르지
테드로스, 나야말로 네 파트너로 안성맞춤이지 않니?

"두 사람이 무도회 파트너가 되면 정말 완벽할 거야!"

키코가 한숨을 쉬며 아가사에게 속삭였다.

그녀는 테드로스를 바라보았다. 그도 못이기는 척 베아트릭스의 노래를 따라 부르고 있었다. 그녀의 진심 어린 고백에 어느 정도 마음이 끌리는 것 같았다. 아가사 역시 미소를 짓지 않을 수 없었다. 베아트릭스의 마음 어딘가에는 분명 선한 부분이 존재할 것이다. 적절한 탤런트로 그것을 꺼내 보이기만 하면 되는 것이다.

어느새 테드로스는 다시 그녀를 바라보며 환한 웃음을 짓고 있었다. 아가사는 두 눈을 깜빡였다. 그의 미소는 그녀가 더 훌륭한 탤런트를 선보일 것이라는 믿음에 가득 차 있었다. 그는 카멜롯의 아들에게 어울리는 우아한 탤런트를 그녀에게 기대하고 있는 것이다. 예전에 소피를 바라볼 때에도 그는 지금과 똑같은 표정을 지었다.

하지만 소피가 그를 실망시킨 후, 그는 소피를 향해 더 이상 그런 표정을 짓지 않았다.

"다음 차례는 악의 학교 헤스터 대 선의 학교 아가사!"

호트가 고슴도치 바늘에 찔리는 벌을 받은 후, 하얀 늑대가 다음 순서를 소개했다.

아가사는 자포자기의 심정이 되었다. 더 이상 생각할 시간도 없었다.

"소피가 없으니 헤스터가 우리 희망이야."

브론이 입을 벌리자 또다시 한 무리의 나비가 그의 입에서 쏟아져 나왔다.

"과연 그럴까?"

벡스가 코끼리 귀를 펄럭이며 인상을 쓰고 말했다. 헤스터가 기운 없는 모습으로 터덜터덜 무대에 오르는 모습을 보았던 것이다.

얼마 지나지 않아 다른 악인 학생들도 벡스의 말에 동의할 수밖에 없었다. 헤스터는 겨우 악마를 불러냈지만 그는 그을음이 잔뜩 묻은 불화살을 하나 날리고는 다시 그녀의 목에 들러붙어 버렸다. 헤스터는 이 볼품없는 공연을 선보이느라 남은 힘을 모두 쏟아 버린 듯 가슴을 움켜쥐고 고통스럽게 기침을 해 댔다.

헤스터는 제 실력을 발휘하지 못했지만, 그렇다고 해서 악의 학교 학생들이 쉽게 물러날 리는 없었다. 그들은 악당다운 선택을 했다. 패배의 그림자가 드리우자 아예 규칙을 바꿔 버리기로 한 것이다. 잠시 후 아가사가 무대에 올랐다. 그녀는 여전히 텔런트를 생각해 내는 데에만 집중하고 있었다. 그때 악인 학생들 사이에서 낮은 속삭임이 들려왔다.

"어서 해! 여기 있잖아!"

"안 돼!"

반대하는 것은 도트뿐이었다.

그녀는 속삭임이 들려오는 쪽을 향해 고개를 돌렸다. 악인 남학생들이 옹기종기 모여 빨간색《주문》교과서를 들여다보고 있었다. 잠시 후, 벡스가 붉은 빛을 내뿜는 손가락을 들고 주문을 외우자, 아가사는 온몸이 뻣뻣하게 굳어지더니 그대로 무대에 쓰러지고 말았다.

동화의 전당은 찬물을 끼얹은 듯 고요해졌고, 바로 그때 천장에서 무엇인가 깨지는 소리가 들렸다. 거대한 종유석이 천천히 갈라지고 있었던 것이다.

종유석은 곧 날카로운 끝을 무대로 향한 채, 바닥으로 떨어졌다.

테드로스는 곧장 벡스의 커다란 귀를 잡고 공격을 퍼붓기 시작했고, 브론은 테드로스의 옷깃을 잡아 샹들리에를 향해 밀쳤다. 학생들은 떨어지는 초를 피해 이리저리 달아났지만, 복도는 곧 불길에 휩싸이고 말았다. 선인 남학생들은 악인 좌석을 향해 돌진했고, 악인 학생들은 브론의 자리 밑에 떨어져 죽은 나비에 불을 붙여 적을 향해 던졌다.

가까스로 정신을 차린 아가사는 천천히 자리에서 일어나 주변을 둘러보았다. 악인과 선인 학생들이 불길에 휩싸인 복도를 사이에 두고 서로에게 신발을 던지고 있었다. 부츠와 하이힐이 마치 미사일처럼 검은 연기를 뚫고 정신없이 날아다녔다.

'경비원들은 다 어디 있는 거야?'

그녀는 눈을 가늘게 뜨고 뿌연 연기 속을 바라보았다. 늑대들이 악의 학교 학생들을 때리고 있는 모습이 보였다. 요정들은 요정 가루로 불꽃을 키우며 선의 학교 학생들을 공격하고 있었다. 아가사는 믿을 수 없다는 듯 눈을 비비고 다시 그들을 바라보았다. 늑대와 요정 들은 학생들을 말리는 대신 오히려 싸움을 더 크게 키우고 있었다.

그때 예쁜 여자아이들만 따라다니며 날카로운 이로 깨무는 남자 요정 하나가 그녀의 시선을 사로잡았다.

"전 죽고 싶지 않아요."

"나도 그랬다."

더비 교수의 연구실 앞에서 하얀 늑대와 나누었던 대화가 떠올랐다.

그 순간 아가사는 이 모든 상황을 이해할 수 있었다.

그녀는 손가락 끝에 빛을 밝히고, 반짝이는 빛의 채찍을 휘둘러 대리석 복도를 내리쳤다. 학생과 늑대, 요정 모두 깜짝 놀라 싸움을 멈추고 그녀를 바라보았다.

"모두 자리에 앉아요."

그녀가 진지한 목소리로 말했다.

누구 하나 감히 그녀의 말에 반항하지 못했다. 늑대와 요정 들도 부끄러운 표정으로 조용히 복도에 자리를 잡았다.

아가사는 양쪽 학교의 경비대원들을 천천히 바라보았다.

"우리는 자신이 어느 편에 속해 있는지 분명하게 알고 있다고 생각하죠."

그녀가 침묵을 깨고 입을 열었다.

"우리는 자신이 누구인지 알고 있다고 믿어요. 세상은 선과 악, 아름다움과 추함, 공주와 마녀, 옳음과 그름으로 명확하게 나뉘어 있다고 생각하죠."

아가사는 잠시 말을 멈추고, 깨물기 좋아하는 남자 요정을 지그시 바라보았다.

"하지만 모든 것이 그렇게 분명하게 구분되지 않는다면 어떨까요?"

요정의 두 눈에 눈물이 차올랐다.

'소원을 빌어 보렴.'

아가사가 생각을 통해 그에게 말했다.

하지만 겁에 질린 요정은 고개를 내저었다.

'어려운 일이 아니야. 소원을 말해 봐.'

아가사가 다시 애원하듯 생각을 전했다.

눈물이 그렁그렁한 그의 두 눈은 혼란에 빠진 듯 거칠게 흔들렸다.

그리고 잠시 후, 소원을 들어주는 물고기와 괴물 석상이 그러했

듯, 요정 아이의 생각이 아가사의 마음에 들려오기 시작했다.

'보여 줘⋯⋯.'

익숙한 목소리였다.

'모두에게 진실을 보여 줘⋯⋯.'

아가사는 요정을 향해 슬픈 미소를 지었다.

'소원을 이루어 줄게.'

아가사가 손을 앞으로 쭉 뻗자, 요정들과 늑대들의 몸에서 유령 같은 푸른 불빛이 뿜어져 나왔고, 그 아래 남겨진 몸들은 빈껍데기가 된 듯 꼼짝하지 않았다.

깜짝 놀란 학생들 앞에 나타난 것은 다름 아닌 인간의 영혼이었다. 그들은 얼어붙은 몸 위에 파란 불빛이 되어 둥둥 떠 있었다. 영혼 중 몇몇은 학생들과 비슷한 나이였고, 대부분은 그보다 훨씬 나이가 많았지만, 그들은 모두 학교 교복을 입고 있었다. 하지만 그보다 더 놀라운 사실이 있었다. 늑대의 몸 위에는 선의 학교 교복을 입은 영혼들이 날고 있었고, 요정들의 몸 위에는 악의 학교 교복을 입은 인간 영혼들이 맴돌고 있었던 것이다.

얼빠진 표정을 짓고 있던 학생들이 일제히 아가사를 바라보았다. 설명이 필요했던 것이다.

아가사는 요정의 몸 위에 둥둥 떠 있는, 검은색 교복을 입은 대머리 베인을 바라보고 있었다. 예쁜 여자아이들을 깨물던 가발돈의 장난꾸러기 소년은 그사이 몇 살 더 먹은 듯했고, 포동포동하던 양 볼은 푹 팬 채 눈물로 얼룩져 있었다.

"낙제한 학생은 상대편 학교의 노예가 되는 거예요."

아가사가 말했다.

"그것이 교장 선생님의 벌입니다."

그녀는 하얀 늑대의 몸 위에 떠 있는 흰 수염이 난 노인의 영혼을 바라보았다. 그는 요정의 몸에서 나온 어린 여자아이를 달래고 있었다.

"순수하지 못한 영혼은 영원한 벌을 받게 되는 것이죠."

소녀의 영혼은 흰 수염 난 노인의 팔에 기대어 울음을 터뜨렸다.

"교장 선생님은 이러한 벌이 못된 학생을 고칠 수 있다고 생각했어요. 자신과 어울리지 않는 상대편 학교에 가면 잘못을 깨닫게 될 거라고 믿었죠. 이렇듯 이 세상은 우리에게 어느 한쪽에 속해야 한다고 말합니다. 분명하게 구분된 양쪽 중 우리는 어느 한쪽에 속해 있고, 다른 쪽으로는 갈 수 없다고 말이에요. 하지만 저는 이런 의문이 생깁니다……."

그녀가 잠시 말을 멈추고 파란 불빛의 영혼들을 바라보았다. 그들은 모두 베인처럼 겁에 질리고 무기력해 보였다.

"이것이 과연 진실일까요?"

그녀의 손끝이 미세하게 흔들리자, 파란 불빛의 영혼들이 깜빡거리더니 늑대와 요정의 몸속으로 다이빙하듯 빨려 들어갔다. 잠시 후 그들의 몸은 잠에서 깨어난 듯 다시 살아 움직이기 시작했다.

"할 수만 있다면 저들을 모두 구해 주고 싶지만, 그분의 마법은 제가 감당하기에는 너무 강합니다."

아가사는 목이 메는 듯 잠시 말을 멈추었다.

"제 탤런트로 그들에게 해피엔딩을 선사하지 못하는 것이 안타깝습니다."

말을 마친 그녀는 무대 계단을 터덜터덜 걸어 내려왔다. 곳곳에서 훌쩍이는 소리가 들려왔다. 늑대와 요정 들, 그리고 양쪽 학교 학생들 모두 눈가에 흐르는 눈물을 닦아 내고 있었다.

선과 악의 학교

아가사는 키코 옆으로 돌아와 자리에 앉았다. 그녀의 얼굴은 핑크색과 파란색 화장이 흘러내려 얼룩져 있었다.

"저 늑대들 꼴도 보기 싫었는데, 이제는 꼭 안아 주고 싶어."

그녀가 울음을 터뜨리며 말했다.

아가사는 복도 건너편으로 고개를 돌렸다. 헤스터가 눈물이 그렁그렁한 눈으로 그녀를 바라보며 미소 짓고 있었다.

"내가 어느 쪽에 속하는지 이제 나도 잘 모르겠어."

헤스터가 낮은 목소리로 속삭였다.

악의 학교 쪽 상들리에에서 아홉 번째 촛불이 꺼졌다.

헤스터는 안타까움이 가득 담긴 한숨을 내뱉으며 자리에서 일어섰다. 천장에서 펄펄 끓는 검은 기름이 쏟아져 내렸고, 헤스터는 두 눈을 질끈 감아 버렸다.

하지만 뜨거운 기름 대신 포근한 털들이 그녀의 온몸을 감쌌다.

깜짝 놀란 헤스터는 두 눈을 번쩍 떴다. 늑대 세 마리가 그녀를 감싸 안고 보호하고 있었다. 그들의 몸은 뜨거운 기름에 데여 검게 그을려 있었다. 늑대들은 고통으로 숨을 헐떡이며 아무도 없는 허공을 날카로운 눈빛으로 노려보았다. 그것은 교장에게 보내는 메시지였다. 더 이상 그가 학생들을 벌주는 모습을 보고 싶지 않다는 뜻이었다.

동화의 전당은 다시 한 번 침묵에 휩싸였고, 학생과 요정과 늑대들은 서로를 바라보았다. 갑자기 게임의 규칙이 모조리 달라진 것 같았다.

"그분도 착한 사람인 게 분명해."

키코가 아가사의 귀에 대고 속삭였다.

"나쁜 사람이었으면, 저 사람들 다 죽였을 거 아니야!"

"마…… 마지막 대결!"

하얀 늑대가 자신의 책임을 다하려는 듯 더듬거리며 입을 열었다.

"악의 학교 소피 대 선의 학교 테드로스! 소피가 자리에 없기 때문에 테드로스의 공연만 보기로 한다."

"아니요!"

테드로스가 자리에서 일어서며 말했다.

"서커스는 이미 끝났습니다. 누구도 꺾을 수 없는 가장 훌륭한 탤런트를 우리 선의 학교에서 이미 선보였기 때문입니다."

그는 아가사에게 자신의 패배를 인정한다는 뜻으로 고개를 숙였다.

"승자는 이미 정해졌습니다."

아가사는 그의 맑고 파란 두 눈을 똑바로 바라보았다. 처음으로 소피 생각이 나지 않았다.

학생들은 모두 고개를 들어 반짝이는 왕관을 바라보았다. 이제 남은 것은 왕관이 주인을 찾아가는 일뿐이었다.

하지만 바로 그때 힘찬 노크 소리가 동화의 전당에 울려 퍼졌다.

27

지키지 못한 약속

동화의 전당에는 긴장과 침묵만이 가득했다. 노크 소리가 어디에서 들려온 것인지 누구도 확신할 수 없었다.

하지만 잠시 후, 다시 한 번 노크 소리가 들려왔다. 조금 전보다 더 힘이 들어간 소리였다. 누군가 악의 학교 쪽 문을 두드리고 있었다.

"서커스 진행 중에는 문을 열 수 없다!"

늑대가 으르렁대며 소리쳤다.

하지만 문 뒤의 누군가는 포기할 생각이 없는 듯, 또다시 문을 두드렸다.

"교수님들은 다 방에 갇혀 있는 걸로 아는데, 대체 누구지?"

아가사가 속삭였다.

"교수님이 아니라 다른 사람인가 봐."

키코가 트리스탄을 뚫어지게 바라보며 대답했다.

아가사는 복도 너머 헤스터의 얼굴을 바라보았다. 하지만 다시 커다란 노크 소리가 울리는 순간, 두 사람은 귀신에 홀린 듯 멍한 표정으로 문을 향해 고개를 돌렸다.

"들어올 수 없다고 말하지 않았나!"

늑대는 더욱 목청을 높여 소리쳤다.

마침내 노크 소리가 멈췄다.

아가사는 안도의 한숨을 내쉬었다.

바로 그때 꿈쩍하지 않던 문이 스르륵 열리기 시작했다. 누군가 마법을 사용한 것이다.

열린 문 사이로, 검은 모자가 달린 망토를 온몸에 뒤집어 쓴 인물이 나타나 동화의 전당 안으로 천천히 걸어 들어왔다. 모두의 시선이 이 미지의 인물에게 향했다. 그는 뱀가죽 망토를 웨딩드레스처럼 바닥에 질질 끌며, 조용한 발걸음으로 복도를 미끄러지듯 지났다. 무대 앞에 이른 그는 부드러운 동작으로 소리 없이 계단을 올랐고, 서커스 왕관 아래에 이르러 걸음을 멈추었다. 뱀 비늘은 불빛을 받아 반짝거렸고, 그는 박쥐처럼 고개를 숙인 채 꿈쩍하지 않았다.

활짝 열려 있던 문이 쾅 소리를 내며 닫혔다.

잠시 후 미동도 없던 반짝이는 망토 아래로 하얀 손가락이 스르륵 미끄러져 나오더니, 머리를 감싸고 있는 모자를 뒤로 젖혔다.

소피였다. 그녀는 날카로운 눈빛으로 학생들을 바라보았다. 그녀의 코와 턱은 무사마귀로 잔뜩 뒤덮여 있었고, 검은색으로 염색한 그녀의 머리카락 곳곳에는 하얀 얼룩이 보였다. 에메랄드빛 눈동자는 뿌연 회색으로 바뀌어 있었고, 그녀의 피부는 너무나 얇아 핏줄이 다 보일 정도였다.

겁에 질린 얼굴들을 천천히 둘러보던 그녀가 그들을 조롱하듯 비열한 웃음을 지었다. 하지만 파란색 드레스를 입고 당당하게 그녀를 마주 보는 아가사와 눈이 마주치는 순간, 그녀의 얼굴에서는 미소가 사라졌다. 소피는 아가사를 똑바로 쳐다보았지만, 그녀의 회색 눈동자에는 이내 두려움이 서리기 시작했다.

선과 악의 학교

"새 공주님이 계셨군! 아주 아름다워. 그렇지?"

소피가 낮은 목소리로 입을 열었다.

아가사는 그녀의 시선을 피하지 않고, 당당하게 마주했다. 소피를 향한 동정심은 더 이상 존재하지 않았다. 그녀의 기분을 맞추려 전전긍긍할 필요도 없었다.

"하지만 좀 더 자세히 봐, 얘들아. 너희 공주님은 너희 영혼을 빨아먹는 뱀파이어라고."

소피가 음흉한 웃음을 지어 보였다.

"왜인지 알아? 얘는 자기 영혼이 없거든!"

파란 드레스를 입은 아가사의 몸이 부르르 떨렸다. 하지만 그녀는 굴하지 않고, 소피의 불타오르는 두 눈을 똑바로 바라보았다. 시선을 돌린 것은 오히려 소피 쪽이었다. 그녀는 갑자기 테드로스 쪽으로 고개를 돌리고 미소를 지었다.

"다정한 테드로스! 여기서 보니 더 반갑네! 우리가 대결을 벌일 차례지, 아마?"

"서커스는 끝났어. 왕관의 주인은 이미 정해졌다고."

테드로스가 쏘아붙이듯 대답했다.

"그래? 그럼 저건 뭐지?"

소피가 깡마른 손가락을 공중으로 치켜들어 왕관을 가리켰다. 모두의 시선이 그녀의 손끝을 따라 움직였다. 과연 왕관은 여전히 공중에 떠서 주인을 기다리고 있었다.

"불길한데. 아주 불길해……."

헤스터가 아나딜에게 속삭였다.

그때 복도 건너편에서 테드로스가 벌떡 일어서며 입을 열었다.

"그만 나가 줘! 괜히 망신당하기 전에 떠나는 게 좋을 거야."

그는 소피를 향해 당장이라도 덤벼들 것 같은 기세였다.

하지만 소피는 조용히 미소를 지었다.

"나랑 대결하는 게 겁나나?"

테드로스는 자신의 속내를 내비치지 않으려는 듯 더욱 당당하게 가슴을 폈다. 선인 학생들 모두가 그를 바라보고 있었다. 소피가 공터에서 무도회 프러포즈 약속을 발설했을 때와 똑같은 상황이 펼쳐진 것이다.

"그런 게 아니면 보여 줘, 테드로스. 내가 도저히 이길 수 없는 놀라운 탤런트를 선보이란 말이야!"

소피가 다정한 목소리로 말했다.

테드로스는 이를 악물고, 자존심을 내세울 때가 아니라고 스스로를 타일렀다.

그때 벡스가 검게 그을린 채 바닥에 떨어져 버린 **'악한 팀'** 깃발을 발견했다. 순간 그의 두 눈에는 희망의 빛이 번뜩였다.

"그래, 어서 **보여 줘!**"

그는 큰 소리로 외친 뒤 옆에 있는 브론을 팔꿈치로 쿡쿡 찔렀다.

"맞아! **어디 한번 해 봐! 대결해!**"

브론이 소리쳤다.

악인 학생들 사이에서는 코앞까지 닥쳐 온 패배에서 벗어나 승리를 빼앗고자 하는 욕망이 순식간에 퍼져 나갔다.

"**보여 줘! 보여 줘!**"

"안 돼! 그만해!"

헤스터가 소리쳤다.

그녀와 아나딜은 악의 학교 학생들을 바라보았다. 하지만 이미 욕심에 눈이 멀어 버린 악당들은 마치 배신자를 바라보는 듯 날카

선과 악의 학교

로운 표정으로 그들을 노려볼 뿐이었다. 두 사람은 재빨리 태도를 바꾸어 그들의 욕망에 동참했다.

악의 학교 학생들의 목소리는 점점 높아졌지만, 테드로스는 꼼짝도 하지 않았다. 선의 학교 학생들은 초조한 듯 자리에서 꼼지락거리며, 자신들의 캡틴이 당당하게 도전을 받아들이기만을 기대하고 있었다. 하지만 아가사만은 예외였다. 그녀는 두 눈을 꼭 감았다.

'하지 마. 소피가 원하는 대로 가면 안 돼.'

그때 요란한 함성이 동화의 전당 안에 울려 퍼졌다. 아가사는 깜짝 놀라 두 눈을 번쩍 떴다.

테드로스가 무대 위에 오르고 있었다.

"안 돼!"

그녀가 다급하게 소리쳤지만, 그녀의 외침은 양쪽 학교 학생들의 열렬한 함성 소리에 파묻혀 버렸다.

2미터 정도 떨어진 거리에 선 소피와 테드로스가 시선을 교환했다. 소피는 만족스러운 듯 미소를 지었지만, 테드로스의 두 눈에서는 불꽃이 타오르고 있었다. 두 사람이 아무 말 없이 서로를 바라보는 사이, 함성은 점점 더 커져 갔다. 악인 학생들은 **"악! 악! 악!"**이라고 소리를 질렀고, 선인 학생들은 **"선! 선! 선!"**으로 응수했다. 멀리에서 천둥소리가 우르릉 울려 왔지만, 분노에 가득 찬 함성 소리는 거친 폭풍우마저 삼켜 버렸다. 소피는 테드로스의 근육이 팽팽하게 당겨지고 그의 광대뼈에 힘이 들어가는 것을 보며 더욱 환하게 미소를 지었다. 그녀의 미소는 점차 조롱과 비웃음으로 변해 갔고, 그런 소피를 지켜보는 아가사는 공포에 질려 더욱 세차게 고개를 저었다. 하지만 왕자는 결국 분노에 휩쓸려 황금 불빛을 내뿜는 손가락을 들어 올리고 공격 태세를 취했다.

공격이 시작되려는 바로 그 순간, 테드로스가 갑자기 무대 위에 무릎을 꿇고 풀썩 쓰러졌다.

동화의 전당 전체에 무거운 침묵이 흘렀다.

잠시 후, 악인 학생들은 승리를 확신하며 환호성을 질렀지만 아가사는 하얗게 질린 얼굴로 무대를 응시했다.

소피는 안타깝다는 듯 한숨을 내쉬며 무릎을 꿇은 왕자를 향해 다가갔다. 그녀는 힘없이 처진 그의 금발을 잡아 부드럽게 그의 고개를 들어 올리고는, 겁에 질린 파란 두 눈을 똑바로 바라보았다.

"그동안 혼자 공부를 좀 했는데, 보여 줄까?"

"아직 내 순서 안 끝났어."

테드로스가 굳은 표정으로 대꾸했다.

그가 연습용 검을 힘차게 뽑자, 소피는 뒤로 한 발자국 물러났다. 하지만 테드로스는 그녀를 공격하는 대신, 한쪽 무릎을 그대로 바닥에 꿇은 채 학생들이 있는 쪽으로 몸을 돌렸다. 그리고 어딘가를 향해 검을 쭉 내밀었다.

"숲 너머 마을에서 온 아가사!"

그가 검을 내려놓으며 입을 열었다.

"나의 무도회 파트너가 되어 줄래?"

소피는 그대로 돌이 된 듯 굳어 버렸고, 악인들은 승리의 환호성을 멈추었다.

아가사는 무거운 침묵 속에서 숨이 멎을 것만 같았다. 그녀는 충격으로 일그러진 소피의 얼굴을 바라보았다. 공포에 질린 두 눈과 창백해진 얼굴을 보는 순간, 그녀의 마음은 다시 어둠과 의심의 무덤 속으로 빠져들기 시작했다.

하지만 무덤 속으로 끌려들어 가는 그녀를 잡아 준 존재가 있었다.

정중하게 한쪽 무릎을 꿇은 채 그녀만을 바라보는 남자, 도깨비와 관과 호박의 눈속임에도 넘어가지 않고, 늘 한결같은 눈빛으로 그녀를 바라봐 준 남자가 있었던 것이다.

그는 두 사람이 미처 깨닫기 전 이미 그녀를 선택했다.

바로 그 남자가 지금 그녀에게 자신을 선택해 달라고 청하고 있는 것이다.

아가사는 왕자를 바라보았다.

"좋아."

"안 돼!"

자리에서 벌떡 일어나 비명을 지른 사람은 바로 베아트릭스였다.

그때 채딕이 그녀 앞에 무릎을 꿇었다.

"베아트릭스, 나의 무도회 파트너가 되어 주겠니?"

채딕을 시작으로 선인 남학생들의 프러포즈 릴레이가 시작되었다.

"리나, 나의 무도회 파트너가 되어 줘!"

니콜라스가 무릎을 꿇고 말했다.

"지젤, 나의 무도회 파트너가 되어 줄래?"

다음은 타르퀸이었다.

"아바, 무도회에서 나의 공주가 되어 주겠니?"

남학생들은 마치 정해진 순서라도 있는 듯 차례차례 무릎을 꿇고 파트너를 향해 손을 내밀었다. 프러포즈를 받은 여학생들 역시 미리 계획이라도 한 듯 자기 이름이 불리는 순간 숨이 멎을 듯한 표정을 지었다. 그리고 잠시 후, 누구에게도 이름을 불리지 못한 여학생 한 명이 홀로 남겨졌다. 키코는 눈에 가득 고인 눈물을 닦아 냈다. 낙제를 면할 방법이 없었다. 바로 그때, 어디에선가 나타난 트리스탄이 그녀 앞에 한쪽 무릎을 꿇었다.

"키코, 나의 무도회 파트너가 되어 줄래?"

"좋아!"

키코가 기쁨의 탄성을 질렀다.

"좋아!"

리나가 대답했다.

"그래!"

지젤도 프러포즈를 받아들였다.

숨 막힐 듯 황홀한 기쁨이 동화의 전당 곳곳으로 파도처럼 퍼져나갔다.

"좋아!"

"승낙할게!"

"물론이지!"

사랑의 파도는 조금 전 절망의 비명을 질렀던 베아트릭스마저 휩쓸어 버렸다. 그녀는 가장 아름다운 미소를 짓고 채딕의 손을 잡았다.

"그럴게!"

복도 너머에서 그들을 지켜보던 악의 학교 학생들의 표정에 변화가 일기 시작했다. 잔뜩 찡그려졌던 그들의 얼굴에 슬픔이 차올랐고 두 눈에는 아픔이 서렸다. 호트, 라반, 아나딜, 심지어 헤스터조차도 선인 학생들의 행복을 부러워하고 있는 것 같았다. 그들 역시 누군가에게 사랑받고 싶었던 것이다. 그들에게는 더 이상 싸우고자 하는 의지가 남아 있지 않았다. 그들은 이미 마음의 상처에 굴복했던 것이다. 악당들은 모두 독이 빠진 뱀처럼 조용히 몸을 움츠렸다.

　하지만 여전히 고개를 빳빳하게 세운 채 독기를 품은 뱀이 한 마리 있었다.

　무대에 선 소피는 테드로스의 두 팔에 안긴 아가사를 뚫어지게 노려보고 있었다. 그녀의 회색 눈동자는 뜨거운 석탄처럼 검게 변했고, 땀으로 범벅이 된 그녀의 몸은 바들바들 떨리고 있었다. 주먹을 세게 쥐어 날카로운 손톱이 파고든 손에서는 피가 떨어졌다. 그녀의 영혼 깊은 곳에서 마치 용암이 분출하듯 증오심이 솟아올랐다. 그녀의 영혼이 마침내 완벽하게 깨어나는 순간이었다. 소피는 행복에 취한 두 사람을 향해 양손을 들어올리고, 비명에 가까운 날카로운 목소리로 자신의 영혼의 노래를 부르기 시작했다. 그러자 그녀의 머리 위에 달려 있던 종유석이 날카로운 부리로 변하더니, 소름 끼치는 울음소리를 내며 살아 움직이기 시작했다.

　큰 까마귀가 된 종유석들은 눈 깜짝할 사이 천장에서 떨어져 나와 닥치는 대로 공격을 퍼부었다.

　학생들은 귀를 막은 채 까마귀를 피해 달아났고, 소피는 한 옥타브 더 높은 소리로 노래를 계속했다. 요정들이 소피를 향해 달려들었지만 까마귀들은 잽싸게 그들을 삼켜 버렸고, 다행히 한 명의 요정만이 벽의 작은 틈 사이에 몸을 숨겨 목숨을 건졌다. 두꺼운 앞발로 두 귀를 막은 늑대들 역시 까마귀의 무자비한 공격에 희생되고 있었다. 그들은 쏜살같이 늑대를 향해 날아들어 날카로운 부리로 그들의 목을 그어 버렸다. 하얀 털 늑대는 갈색 털의 젊은 늑대를 두 팔로 감싸고 까마귀에 맞서 싸웠지만, 그의 코와 귀에서는 이미 피가 철철 흐르고 있었다. 까마귀 떼는 이 두 늑대를 둘러싸고 무대 뒤로 끌고 간 뒤, 그들의 끈질긴 저항에 종지부를 찍었다. 요정과 늑대 들을 정리한 까마귀 떼는 마침내 학생들을 향해 고개를 돌렸다.

바로 그 순간, 소피의 노랫소리가 멈추고 까마귀 떼는 공중에서 그대로 바스러져 사라져 버렸다.

고통으로 숨을 헐떡이던 학생들은 천천히 고개를 들어 무대 위의 악당을 바라보았다. 하지만 소피는 그들을 보고 있지 않았다.

학생들은 그녀의 시선을 따라 공중에 떠 있는 서커스 왕관을 바라보았다. 왕관은 부르르 몸을 떨듯 흔들리더니, 마침내 결정을 내린 듯 펄럭이며 아래로 내려오기 시작했다. 왕관은 선의 학교 학생들과 악의 학교 학생들 사이를 이리저리 자유롭게 오가며 모두를 긴장 속에 빠뜨렸다. 그리고 어느 순간, 번쩍하는 빛과 함께 제자리에서 빙그르르 돌며 주인공의 머리 위에 가볍게 내려앉았다. 왕관이 선택한 사람은 바로 소피였다.

그녀는 입가를 살짝 올려 자신만만한 미소를 지었다.

"우승자가 정해졌으니 상도 받아야지!"

그녀의 말이 끝나자 무대 뒤에서 하얀색 마법의 줄무늬가 나타나 무대를 지우기 시작했다. 아가사는 그것이 무엇인지 정확하게 알고 있었다.

"도망쳐!"

아가사가 소리쳤다.

흰 줄무늬는 벽을 슥, 슥 지우고 복도 쪽으로 손길을 뻗쳐 왔다. 학생들은 비명을 지르며 문을 향해 도망쳤지만, 마법의 속도를 이길 수는 없었다.

동화의 전당은 새하얀 폭발 속으로 사라졌고, 학생들은 모두 선의 학교 계단방으로 쫓겨났다. 선인 학생들은 핑크색 탑의 계단에 떨어졌고, 악인 학생들은 파란색 탑 계단으로 추방되었다. 곧 무시무시한 번개와 바람이 스테인드글라스를 산산조각 내 버렸다. 헤스터와 다른 악인 학생들은 명예의 탑과 용맹의 탑 계단을 뛰어오르기 시작했다. 하지만 헤스터가 막 층계참에 발을 디디려는 순간, 그녀는 유리 조각에 미끄러져 옆으로 떨어지고 말았다. 한 손으로 난간을 잡고 공중에 매달린 그녀는 계단을 기어 올라가는 도트를 발견했다.

"도트! 도트, 나 좀 도와줘!"

"미안! 네가 내 룸메이트였다면 도와줬을 텐데!"

도트는 코를 훌쩍이며 걸음을 재촉했다.

"도트, 제발 부탁이야!"

"너 때문에 난 화장실에서 살았다고! 너희는 정말 못됐어! 친구도 아니야. 악당 중에서도 정말 저질……."

"도트!"

천둥처럼 울리는 헤스터의 목소리에 도트는 자기도 모르게 몸을 움직였다. 그리고 난간에서 막 미끄러지려는 그녀의 손을 붙잡는 데에 성공했다.

한편 선인 학생들의 상황은 조금 더 복잡했다. 그들도 번개와 바람을 피해 순수의 탑과 관용의 탑 계단을 미친 듯 뛰어올라갔지만, 소피가 귀청을 찢을 듯 높은 음으로 노래를 부르는 순간 두 유리 계단이 폭발해 버리고 말았던 것이다. 선의 학교 학생들은 그대로 대리석 바닥에 나동그라졌다. 소피의 노래가 한 음 더 높아지자, 이번에는 로비 전체가 부들부들 떨리더니 얇은 얼음 조각처럼 깨지기 시작했고 대리석 바닥은 곧 깊은 골을 드러내며 수백 조각으로 갈라졌다. 당황한 학생들은 서로 부딪치며, 입을 쩍 벌린 깊은 틈으로 점차 밀려났다. 그들은 부서진 대리석 조각과 계단을 붙잡아 보려 팔을 휘저었지만, 무너진 바닥은 이미 너무 가파르게 기울어져 있었다. 학생들은 이내 끔찍한 비명을 지르며 어두운 균열을 향해 미끄러졌다. 어두운 낭떠러지가 그들을 삼키려는 순간, 그들은 볼록 솟은 대리석 조각을 발견하고 있는 힘껏 붙잡았다. 그리고 바닥이 보이지 않는 어둠 속에서 발을 휘저으며 죽을힘을 다해 대리석에 매달렸다.

"아가사!"

테드로스가 소리쳤다. 그는 물에 흠뻑 젖어 버린 울퉁불퉁한 바닥을 뛰어 그들을 향해 달려오고 있었다. 그의 눈빛은 이미 제정신이 아니었다.

"아가사! 어디 있어?"

방 건너편 깨져 버린 창틀 위에, 무너진 벽을 붙잡고 매달린 창백한 두 개의 손이 보였다.

"아가사, 조금만 기다려!"

그는 푹 꺼진 바닥을 껑충 뛰어 넘고 산산조각 난 계단 조각들을 기어올라, 가파른 대리석 벽을 향해 달려갔다. 가위차기를 하듯 한쪽 발로 바닥을 박차고 공중으로 펄쩍 뛰어오른 그는 들쭉날쭉한 유리창을 지나 절벽에 무사히 도착했다. 그리고 벽에 매달린 작은 손을 꼭 붙잡았다.

하지만 그의 손에 이끌려 올라온 사람은 아가사가 아니라 소피였다.

테드로스는 깜짝 놀라 뒷걸음질을 쳤지만, 좁은 절벽 같은 벽 위에서 걸음을 옮길 수 있는 곳은 없었다. 아래쪽에서는 대리석 바닥에 매달린 선인 학생들의 절규가 계속되고 있었다.

"공주가 위험에 처했을 땐 왕자가 구해 주는데……."

비에 흠뻑 젖은 소피의 머리 위에서 서커스 왕관이 반짝반짝 빛을 발했다.

"왕자가 위험할 땐 누가 구해 주지?"

"약속했잖아……."

테드로스는 도망갈 곳을 찾아 사방을 두리번거리며 더듬더듬 입을 열었다.

"너 변하겠다고 약속했잖아!"

"그랬나?"

소피가 머리를 긁적였다.

"그게 말이야, 너도 약속을 하고 안 지켰으니 이걸로 비긴 셈 치자."

소피가 입을 벌리고 지금껏 단 한 번도 듣지 못했던 가장 높은 음을 내지르기 시작했다.

왕자는 힘없이 털썩 무릎을 꿇었다. 고통으로 끙끙대는 그를 바라보며, 소피는 음을 하나 더 높였다. 이미 온몸이 마비된 테드로스의 코에서는 피가 흘렀고, 금방이라도 찢어질 듯한 귀에서는 이상한 소리가 들리기 시작했다. 소피는 천천히 허리를 숙여, 부들부들 떨리는 그의 입술에 손가락을 가져다 댔다. 그리고 충격에 빠진 그의 파란 눈을 들여다보며 미소를 지었다. 마침내 그의 운명을 결정지을 죽음의 음을 내기 위한 준비였다.

바로 그때 아가사가 나타나, 뻥 뚫린 창을 향해 그녀를 밀쳤다. 반짝이던 서커스 왕관은 거친 폭풍 속으로 날아가 버렸다.

피를 흘리며 쓰러져 있던 테드로스가 자리에서 일어나 그녀를 도우려 했지만, 아가사는 두 눈을 부릅뜨고 그를 막아섰다.

"가서 다른 애들을 구해!"

"하지만……."

"어서 가!"

아가사는 소피를 창에 밀어붙이며 소리쳤다.

테드로스는 남아 있는 힘을 모두 끌어 모아 아슬아슬한 절벽에서 뛰어내려, 위험에 처한 친구들에게 향했다. 잠시 후 아래쪽에서 테드로스의 비명 소리가 들려왔다. 아가사는 걱정되는 마음을 이기지 못하고 테드로스를 향해 고개를 돌렸다. 소피는 기회를 놓치지 않고 재빨리 아가사의 다리를 걸어챘고, 아가사는 얼굴로 창문틀을 들이받고 말았다.

그녀는 코피를 주르륵 흘리며 비틀거렸다.

"레소 교수님 말씀이 맞았어."

소피가 아가사를 정면으로 바라보며 입을 열었다.

"내가 약해질수록 넌 강해지지. 내가 져야만 네가 이길 수 있는 거야. 네가 바로 내 운명의 적이야, 아가사!"

소피는 그녀에게 한 걸음 다가서며 말을 이었다.

"내가 이걸 어떻게 깨달았는지 알아?"

그녀의 얼굴에 짙은 슬픔이 드리워졌다.

"네가 죽는 꼴을 봐야 내가 행복해진다는 걸 알게 됐기 때문이야!"

아가사는 창에 등을 기댄 채 숨을 헐떡였다. 그리고 소피가 눈치 채지 못하게 손가락 끝에 불빛을 밝혔다.

그들보다 4층 위에서는 헤스터와 아나딜, 그리고 도트가 명예의 탑 복도를 정신없이 달리고 있었다. 아래쪽에서는 끔찍한 비명 소리와 천둥소리가 계속 울려 퍼지고 있었다.

선과 악의 학교

"서커스도 끝났는데, 교수님들은 다 어디 계신 거야!"

헤스터가 연구실 문을 활짝 열어젖히며 소리쳤다.

모퉁이를 돌아 방향을 휙 바꾸던 그녀는 마침내 그들을 발견했다.

아네모네 교수와 더비 교수, 에스파다 교수가 입을 쩍 벌리고 어딘가를 향해 달려가는 자세로 돌처럼 굳어 있었다. 그들은 계단방을 향해 뛰어가던 중 갑자기 주문에 걸려 버린 듯했다.

"헤스터……."

헤스터는 아나딜의 목소리에 고개를 돌려 복도 창문을 내다보았다. 번쩍이는 번개 불빛이 하프웨이 다리를 비추자, 아연실색한 표정으로 굳어 버린 레소 부인과 식스 교수, 그리고 맨리 교수의 모습이 드러났다.

"다시 살려 낼 수 없을까? 충격 주문인 것 같은데."

도트가 창백해진 얼굴로 말했다.

"아니, 충격 주문이 아니야."

아나딜이 말했다. 그녀가 더비 교수의 피부를 톡톡 두드리자 속이 텅 빈 얇은 껍질을 두드리는 것 같은 소리가 울렸다.

"돌이 되는 주문이야."

헤스터가 레소 부인의 수업에서 배운 내용을 떠올리며 말했다.

"주문을 건 사람만 풀 수 있어."

"하지만 대체 누가 이런 짓을……?"

도트가 숨이 넘어갈 것 같은 소리로 말했다.

"교수님들이 이 일에 관여하는 것을 원하지 않는 사람이 그랬겠지."

아나딜이 창 너머로 은색 탑을 바라보며 말했다.

도트는 고개를 내저었다.

"그럴 리가…… 그게 정말이라면……."

"우리를 도와줄 사람은 아무도 없어."

헤스터가 말했다.

무너져 내린 로비 위로 우뚝 솟은 절벽과도 같은 대리석 위에서, 아가사는 폭풍우를 맞으며 소피와 대치 중이었다.

"서로 싸울 필요 없잖아, 소피!"

그녀는 손을 등 뒤에 감춘 채 불빛을 밝히려고 애쓰며 말했다.

"네가 자초한 거야. 네가 나에게서 모든 것을 빼앗아 갔잖아!"

소피는 눈물이 그렁한 눈으로 거칠게 숨을 내쉬며 대꾸했다.

아가사는 흘끗 아래를 내려다보았다. 테드로스와 선인 학생들이 고통과 공포에 부들부들 몸을 떨며, 무너져 내린 로비의 잔해 위를 기어오르고 있었다. 번개가 번쩍하는 사이, 그녀는 다른 탑에서 자신들을 지켜보고 있는 악인 학생들의 모습도 발견했다. 그들의 표정 역시 공포로 굳어져 있었다. 아가사는 심장이 터질 것만 같았다. 이제 모든 것이 그녀의 손에 달린 것이다.

"이곳에서도 해피엔딩을 맞을 수 있어. 우리 둘 다 행복해질 수 있다고."

그녀는 손끝이 점점 달아오르는 것을 느끼며, 다시 소피를 향해 애원하듯 말했다.

"이곳이라고?"

소피가 엷은 미소를 지으며 물었다.

"집에 돌아가야 한다고 난리를 칠 땐 언제고, 이곳에서 해피엔딩을 찾겠다는 거니?"

아가사가 대답을 하지 못하고 꾸물거리는 사이, 소피가 다시 입을 열었다.

"아, 알겠다! 무도회에 초대 받아서 그러는구나. 왕자님을 찾았다 이거지?"

소피가 의미를 알 수 없는 미소를 지으며 말했다.

"난 그냥 너와 다시 친구가 되고 싶어, 소피. 내가 원하는 해피엔딩은 그것뿐이야!"

아가사의 눈에 눈물이 고이기 시작했다.

순간 소피의 얼굴이 얼음처럼 차갑게 굳었다.

"넌 단 한순간도 내 친구였던 적이 없어, 아가사! 넌 늘 내가 못생긴 아이가 되기를 바랐지!"

소피의 양 볼에 깊은 주름이 잡혔다. 마법의 힘이었다.

아가사는 깜짝 놀라 집중력을 잃었고, 반짝이던 그녀의 손가락 불빛은 불안하게 흔들렸다.

"소피, 네 생각이 널 그렇게 만들고 있는 거야!"

"넌 내가 악한 사람이 되기를 원했어."

소피가 다시 한 번 분노를 토해 내는 순간, 그녀의 두 손에는 두껍고 날카로운 손톱이 자라났다.

"너도 선한 사람이 될 수 있어, 소피!"

아가사가 소리쳤지만, 그녀의 목소리는 천둥소리에 묻혀 버렸다.

"넌 내가 마녀가 되기를 원했던 거야!"

소피의 두 눈에 벌건 핏줄이 솟았다.

"아니야, 그렇지 않아!"

아가사는 창에 등을 바짝 기대고 소리쳤다.

"잘 봐, 친구! 네 소원이 이루어졌어!"

"안 돼!"

소피는 눈 깜짝할 사이 아가사 앞으로 다가와 그녀를 폭풍 속으로 내밀쳤다. 아가사는 비에 젖은 다리를 향해 곤두박질 쳤다. 이제 남은 것은 죽음뿐이었다. 테드로스는 절망에 가득 찬 절규를 토해 냈다.

그때 어디에선가 한 요정이 나타나 아가사를 향해 몸을 던졌다. 그는 죽을힘을 다해 그녀를 붙잡아, 물이 흥건한 다리 위에 무사히 내려놓았다. 베인은 가발돈의 아가사에게 그동안 베풀어 준 선행에 대한 감사 인사를 속삭였다. 그리고 그녀가 다시 숨을 들이마시는 것을 확인하며, 마지막 숨을 내쉬었다. 그는 그렇게 축축하게 젖은 아가사의 손바닥 위에서 생을 마감했다.

소피는 번개가 내리치는 탑 위에서 충격에 빠진 얼굴로 아가사를 내려다보았다. 호수 건너 또 다른 탑에서는 악인 학생들이 추위와 공포에 오들오들 떨며 소피를 바라보고 있었다. 소피는 몸을 돌려 아래쪽을 내려다보았다. 테드로스와 선인 학생들이 서로에게 몸을 의지하며 겁에 질린 얼굴로 그녀를 바라보고 있었다. 그녀는 다시 위쪽으로 시선을 돌렸다. 충격에 휩싸인 채 계단에 서서 멍한 표정으로 그녀를 바라보는 헤스터와 아나딜, 그리고 도트의 모습이 보였다.

소피는 심장이 터질 듯 두근거렸다. 그녀는 바닥에 떨어진 유리 조각 하나를 집어 들어 빗물을 닦아 냈다.

흠뻑 젖은 그녀의 머리카락은 온통 하얗게 변했고, 그녀의 얼굴에는 커다란 검은 무사마귀가 잔뜩 박혀 있었으며, 그녀의 두 눈은 까마귀의 눈처럼 까맣게 툭 튀어나와 있었다.

그녀는 빗물이 툭툭 떨어지는 유리 조각을 손에 든 채 꼼짝하지 않았다.

하지만 그녀를 사로잡았던 공포는 점차 사그라졌고, 거울을 바라보던 그녀의 얼굴에는 묘한 안도감이 서리기 시작했다. 그녀는 마침내 겉으로 보이는 모습 너머 진짜 자신의 내면을 마주할 수 있게 된 것이다.

버썩 마른 그녀의 입술이 뒤틀리는 듯 미소를 짓더니, 이내 웃음을 토해 내기 시작했다. 그것은 진정한 자유를 찾은 자의 웃음이었다.

소피는 거울을 집어 던지고 고개를 들었다. 그리고 비명과도 같은 끔찍한 소리를 질러 댔다. 그것은 너무나 순수해서 도저히 거부할 수 없는 아름다운 악이 온 세상에 자신을 알리는 소리였다.

갑자기 소리를 멈춘 그녀가 고개를 숙이고 아가사를 바라보았다. 그녀는 경고하듯 무시무시한 괴성을 지르고는, 뱀가죽 망토를 걸치고 어두운 밤 속으로 사라졌다.

28
숲 너머 마을에서 온 마녀

"**끔**찍한 일이 생길 때면 우리 엄마는 '그 가운데에서도 좋
은 점을 찾아보라'고 말씀하셨어."

헤스터가 입을 우물거리며 낮은 목소리로 말했다. 그들은
겁에 질린 표정으로 굳어 버린 카스토르와 비즐을 지나 악행
의 탑 복도를 달리고 있었다.

"우리 아빠는 끔찍한 상황이 되면 무조건 먹으라
고 하셨는데."

그녀의 뒤를 따라 모퉁이를 돌던 도트가 숨을 헐떡
이며 대꾸했다. 바로 그 순간, 그들 앞에 모나와 아
라크네가 나타났다.

"대체 일이 어떻게 돼 가고 있는 거야?"

모나가 울 것 같은 표정으로 말했다.

"어서 방으로 가!"

헤스터가 명령조로 소리쳤다.

"절대 밖에 나오면 안 돼!"

모나와 아라크네는 쏜살같이 방으로 돌아가
문을 잠갔다.

헤스터와 도트는 계단을 뛰어 내려가던 중, 다
시 호트와 라반, 벡스를 마주쳤다. 그들은 반대

방향으로 계단을 오르고 있는 중이었다.

"방으로 돌아가!"

이번에는 도트가 소리쳤다.

"절대 나오면 안 돼!"

남자아이들은 물끄러미 도트를 바라보더니, 헤스터를 향해 시선을 돌렸다.

"어서 가!"

헤스터의 우렁찬 목소리에 그들은 허둥지둥 방을 향해 달리기 시작했다.

"날 부하 조무래기쯤으로 생각하나 본데! 내년엔 너랑 같은 수업 듣기 힘들겠다."

도트가 부루퉁한 표정으로 투덜거렸다.

"지금 학교가 없어질 판인데 그런 걱정하게 생겼어?"

헤스터가 날카롭게 쏘아붙였다.

두 사람은 계단방을 가로질러 계속해서 달렸다. 그리고 악인 학생들을 만날 때마다 날이 잔뜩 선 목소리로 그들을 방으로 돌려보냈다.

"좋은 점 하나 생각났다!"

도트가 갑자기 입을 열었다.

"숙제 안 해도 되잖아!"

헤스터는 갑자기 두 눈을 동그랗게 뜨고 걸음을 멈추었다.

"도트, 우린 진짜 마녀와 겨룰 준비가 안 돼 있어. 우린 이제 겨우 1학년이잖아."

"마녀는 무슨! 그냥 소피야. 향수랑 핑크색이라면 사족을 못 쓰는 애 말이야. 잘 달래 주면 다 해결될 거야."

도트의 말에 헤스터가 미소를 지었다.

"그동안 우리가 널 너무 무시했던 것 같아."

"에이, 갑자기 왜 이래!"

도트가 얼굴을 붉히며 뒤뚱뒤뚱 걸음을 옮겼다.

"아나딜은 소피를 찾았는지 모르겠네……."

악의 탑 전체를 다 뒤진 후 녹초가 된 두 소녀는 절뚝절뚝 지친 발걸음으로 66호실에 들어섰다. 그들의 룸메이트는 시트를 한데 높게 쌓아 올리고 그 위에 편안하게 기댄 채 그들을 기다리고 있었다.

"다들 방에 들어가서 꼼짝 말라고 말했어."

도트가 땀을 식히려는 듯 튜닉을 펄럭이며 말했다.

헤스터는 이마에 맺힌 땀을 닦으며, 잔뜩 찌푸린 얼굴로 아나딜을 바라보았다.

"너 소피를 찾아다니기는 한 거야?"

"그럴 필요가 없더라고. 곧 이쪽으로 올 거야."

아나딜이 나른한 표정으로 대답했다.

"여기로 온다고? 그걸 네가 대체 어떻게 알아?"

헤스터가 코웃음을 치며 대꾸했다.

아나딜이 몸을 일으켜 시트를 걷자, 밧줄에 꽁꽁 묶이고 입에는 재갈을 물린 그림이 모습을 드러냈다.

"얘가 말해 줬거든."

선의 학교에서는 갈기갈기 찢기고 피로 얼룩진 셔츠를 입은 채 딕과 테드로스가 용맹의 탑 휴게실 앞에서 보초를 서고 있었다. 휴게실 안은 학생들로 가득했고, 퀴퀴한 냄새가 진동했다. 여학생들은 저마다 무도회 파트너의 팔에 안긴 채 코를 킁킁거렸고, 베아트릭스와 리나는 연고와 붕대를 들고 다친 남학생들 사이를 부지런히 누볐다. 새벽 해가 떠오를 때가 되자, 지칠 대로 지친 학생들은 더 이상 견디지 못하고 하나둘 곯아 떨어졌다.

하지만 아가사는 눈을 감을 수 없었다. 그녀는 얼룩말 가죽 의자에 몸을 웅크리고 앉아 깊은 생각에 빠져 있었다. 한때 그녀에게 오이 주스와 겨로 만든 쿠키를 가져다주었던 한 소녀, 그녀가 싫다고 투정을 부려도 결국 산책을 데리고 나가고 자신의 꿈을 숨김없이 털어놓았던 바로 그 소녀에 대해 생각하고 있었던 것이다.

이제 그 소녀는 존재하지 않았다. 대신 아가사를 죽이려고 혈안이 된 마녀가 그녀의 자리를 차지하고 있었다.

아가사는 창밖을 바라보았다. 어슴푸레한 새벽빛을 받은 하프웨이 다리 위에 공포에 질린 얼굴로 얼어붙은 교수들의 모습이 보였다. 강력한 마법의 힘은 여전히 그들을 붙잡고 놓아주지 않았다. 그것은 우연도 아니었고 어이없는 실수도 아니었다. 모든 것이 교장의 계획에 따라 진행되고 있는 것이 분명했다. 교장은 자신이 선택한 두 명의 독자가 목숨을 건 전쟁에 나서기를 원했던 것이다.

'교장 선생님은 누구 편이지?'

방 안으로 환한 아침 햇살이 쏟아져 들어왔다. 아가사는 정신을 똑바로 차리고 두 눈을 더욱 크게 떴다. 소피의 다음 공격이 곧 이어질 것이기 때문이다.

66호실에도 아침이 찾아왔다. 하지만 아무 일 없이 아침이 지나갔고, 점심 역시 그렇게 흘러가 버렸다.

"뭐 먹을 것 좀 없어?"

침대에 누운 도트가 물었다. 몸부림치는 그림을 붙들고 입을 틀어막고 있던 헤스터와 아나딜은 기가 막힌다는 표정으로 그녀를 바라보았다.

"그게 말이야…… 어제부터 아무것도 못 먹었단 말이야! 초콜릿은 더 이상 못 먹겠어. 너희 때문에 한동안 화장실에서 살 때, 뭘로 초콜릿을 만들었냐면……."

그때 헤스터가 그림의 입에 물린 재갈을 빼냈다.

"소피 어디 있어?"

"올 거다."

그림이 짧게 쏘아붙였다.

"언제 오냐고?"

헤스터가 다시 물었다.

"기다려라."

그림이 대답했다.

"뭘 기다려?"

"그림이 여기 있다. 그림은 기다린다."

헤스터가 아나딜 쪽으로 시선을 돌렸다.

"이 말을 듣고 여태 기다린 거야?"

바로 그때 문손잡이에 열쇠를 집어넣는 소리가 들렸다. 세 소녀는 약속이라도 한 듯 침대 아래로 몸을 숨겼다.

"그림?"

소피가 살그머니 문을 열고 방으로 들어왔다. 그녀는 검은 망토를 벗어 문고리에 걸고 다시 그림을 찾았다.

"그림, 어디 있니?"

그녀는 방 안을 샅샅이 살펴보더니, 지저분한 긴 손톱으로 머리를 긁적였다.

침대 밑에 숨은 헤스터와 도트, 아나딜은 하얀 머리카락이 한 움

선과 악의 학교

큼 바닥에 떨어지는 것을 보고 헉 숨을 들이마셨다.

인기척을 느낀 소피가 갑자기 몸을 홱 돌려 침대를 바라보았다. 시트 아래에서 무엇인가가 꿈틀거리고 있었다.

"그럼?"

그녀는 조심스럽게 침대를 향해 다가왔다.

바로 그 순간 세 소녀가 침대 밑에서 뛰쳐나와 소피를 덮쳤다.

"손목 잡아!"

헤스터가 군데군데 타 버린 시트로 소피의 다리를 침대 기둥에 묶으며 소리쳤다. 아나딜은 소피의 손목을 머리 위로 올려 꼭 붙들었고, 도트도 한몫하려는 듯 베개를 들어 큐피드의 머리를 내리눌렀다.

"너희 잊었나 본데, 우린 다 같은 편이야."

소피가 당황한 기색 없이 느릿느릿 말했다.

"우리라고 하지 마! 이제 너는 우리 모두의 적이 됐어."

헤스터가 긴장한 목소리로 소리쳤다.

"저런, 착하기도 하지. 하지만 헤스터, 선의 학교 애들은 너랑 같은 편이 될 수 없어."

불을 켜자 소피의 얼굴에 자글자글한 주름이 더욱 선명하게 드러났다.

"우리가 교수님들을 살려 낼 방법을 찾을 때까지, 넌 여기 조용히 처박혀 있으면 돼."

헤스터가 부들부들 떨리는 손을 등 뒤로 감추며 말했다.

"이것만은 알아줘. 너희가 지금 한 짓 난 다 용서할 수 있어. 굳이 사과하지 않아도 돼."

소피가 안타깝다는 듯 한숨을 내쉬며 말했다.

"사과할 생각 없거든!"

헤스터가 아나딜과 도트를 먼저 문 쪽으로 보내며 말했다. 아나딜은 문고리에 걸린 소피의 망토를 잡아챘다.

"너희는 결국 날 찾으러 오게 될 거야."

밖으로 나가려던 세 사람이 소피를 향해 고개를 돌렸다. 그녀가 활짝 미소를 짓자 군데군데 이가 빠진 자리가 시커멓게 드러났다.

"두고 보면 알겠지!"

헤스터는 몸서리를 치며 문을 쾅 닫아 버렸다.

하지만 잠시 후 다시 문이 살짝 열리고 도트가 빼꼼히 얼굴을 들이밀었다.

"혹시 먹을 것 좀 있니?"

헤스터는 도트의 목덜미를 홱 잡아당기고, 다시 문을 닫았다.

그들이 사라지자, 그림은 즉시 작업에 착수했다. 그는 날카로운 이로 재갈을 물어뜯어 뱉어내 버렸다.

"잘했어."

그림이 소피의 손목을 묶은 시트를 이로 뜯어내자, 소피가 그의 머리를 다정하게 쓰다듬었다.

"쟤들을 이 방에 묶어 둔 거 아주 잘했어!"

그녀는 옷장 문을 열고 퀴퀴한 냄새를 풍기는 반짇고리, 그리고 천과 실이 담긴 상자를 꺼냈다.

"그동안 꽤 바빴단다, 그림. 하지만 아직도 할 일이 태산이야."

쾅!

소피가 문을 향해 고개를 돌렸다.

쾅! 쾅!

문 바깥에서 아나딜이 판자와 자물쇠, 나사못을 들고 문에 망치

선과 악의 학교

질을 하고 있었다. 헤스터와 도트는 복도에서 조각상과 벤치를 가져와 문을 막았다. 요란스러운 소리에 악인 학생들이 하나둘 문을 열고 밖을 내다보자, 헤스터는 손을 멈추고 그들을 향해 홱 고개를 돌렸다.

"나오지 말랬지!"

그녀의 호통에 학생들은 군소리 없이 방으로 쏙 들어가 문을 닫았다.

"이래도 되나 모르겠어. 소피는 우리 룸메이트잖아."

도트가 불편한 표정으로 말했다.

"쟤가 소피로 보이니? 쟤는 우리 룸메이트가 아니야!"

헤스터가 다시 한 번 소리를 쳤다.

다급하게 움직이는 세 사람과는 달리, 방 안에 있는 소피는 그저 태평하기만 했다. 그녀는 망치질 소리에 맞춰 콧노래를 흥얼거리며, 손가락 끝에 불빛을 밝히고 마법의 힘으로 바느질을 하고 있었다.

"결국 다 치워야 할 걸…… 헛고생들 하네."

그녀가 한숨을 쉬며 말했다. 그녀를 방에 가두려고 한 사람은 그들이 처음은 아니었다. 그녀는 옛날 기억을 더듬으며 다시 한 번 한숨을 내쉬었다.

"아무 소용없는 짓이야."

이른 저녁 시간이 되자, 선인 학생들은 조금씩 휴게실을 벗어나 활동을 시작했다. 그들은 먼저 몇 명씩 무리를 지어 목욕을 했고, 그다음에는 더 큰 무리를 만들어 주변을 경계하며 만찬실로 이동했다. 님프들은 교사들과 마찬가지로 돌처럼 굳어 버렸지만, 마법에 걸린 냄비들은 부엌에서 부지런히 요리를 하고 있었다. 학생들은 거위 커리, 렌즈콩 샐러드, 피스타치오 셔벗을 그릇에 담은 뒤 둥그런 테이블에 앉아 식사를 했다. 누구 하나 입을 여는 사람이 없는 무기력하고 조용한 저녁이었다.

제일 앞 테이블에 앉아 있던 아가사는 테드로스와 눈을 마주치려 했지만, 그는 아무 표정 없이 그저 고기를 뜯는 데에만 열중하고 있었다. 테드로스가 그렇게 지친 모습을 보는 것은 처음이었다. 그의 눈 아래는 둥글게 멍이 들었고, 그의 양 볼은 혈색 없이 창백하기만 했으며, 턱에는 작은 흉터가 나 있었다. 그는 선인 학생들 중 유일하게 목욕을 하지 않은 사람이기도 했다.

무거운 침묵은 식사 내내 계속되었다. 하지만 학생들이 셔벗을 거의 다 먹어 갈 때쯤, 마침내 누군가 용기를 내 입을 열었다.

"그냥 생각해 본 건데…… 너희 우리 학교 회관 알지?"

주인공은 키코였다.

"거기는 아직…… 멀쩡하더라고."

지저귀듯 조그맣게 속삭이는 그녀의 목소리에 119명의 아이들이 머리를 들고 그녀를 바라보았다.

키코는 식은땀에 젖은 얼굴 앞으로 셔벗을 들어 올리며 다시 입을 열었다.

"그러니까 내 말은…… 너희 생각이 어떤지 모르겠지만…… 아직 기회가 있지 않을까 해서……."

그녀가 마른침을 꼴깍 삼켰다.

"무도회 말이야."

아이들은 모두 키코를 뚫어지게 바라볼 뿐 아무 말도 하지 않았다.

"싫음 말고……."

키코는 자신을 잃은 듯 중얼거렸다.

아이들은 아무 일 없다는 듯 다시 머리를 숙이고 셔벗을 먹기 시작했다.

하지만 잠시 후, 밀리센트가 스푼을 테이블에 탁 내려놓으며 입을 열었다.

"그래, 지금까지 그 고생을 하면서 준비했잖아!"

"맞아, 아직 준비할 시간이 두 시간 정도 남아 있어."

지젤도 거들었다.

"두 시간으로 충분할까?"

리나가 불안한 표정으로 물었다.

"음악은 내가 준비할게."

트리스탄이 나섰다.

"나는 회관 상태를 확인해 볼게."

다음은 타르퀸이었다.

"다들 드레스 입으러 가자!"

베아트릭스가 한껏 들뜬 목소리로 말하는 순간, 학생들은 모두 기쁨의 함성을 지르며 스푼을 내려놓고 자리에서 벌떡 일어섰다.

"다들 지금 무슨 소리를 하는 거야?"

아가사의 날카로운 목소리가 함성을 뚫고 만찬실에 울려 퍼졌다.

"요정들과 늑대들은 모두 죽었고, 교수님들은 저주에 걸려 꼼짝도 못하고, 학교 건물은 여기저기 무너져 내린 데다, 우리를 죽이려고 드는 살인자가 어디에 있는지도 모르는데…… 무도회를 하겠다는 거야?"

"이대로 마녀한테 질 수는 없어!"

채딕이 단호한 목소리로 대꾸했다.

"맞아, 마녀 때문에 드레스를 포기할 수는 없다고!"

리나가 애통한 표정을 지으며 말했다.

다른 선인 학생들도 저마다 분노에 찬 목소리로 무도회를 해야만 하는 이유를 소리치기 시작했다.

"교수님들도 자랑스러워하실 거야."

"선은 절대 악에 굴복하지 않는 법이라고!"

"무도회를 망치는 건 바로 그 마녀가 바라는 바야."

"다들 조용히 해!"

만찬실은 순식간에 조용해졌고, 놀란 선인 학생들은 모두 테드로스를 향해 고개를 돌렸다.

"아가사 말이 맞아. 지금 무도회를 여는 건 말도 안 돼."

테드로스가 자리에 앉은 채 단호한 목소리로 말했다.

학생들은 그의 한마디에 고개를 끄덕이며 어쩔 수 없다는 듯 자리에 털썩 앉아 버렸고, 아가사는 그제야 안도의 한숨을 내쉬었다.

"그보다는 그 마녀를 찾아서 죽여야 해!"

테드로스가 사나운 눈빛을 번뜩이며 말했다.

"그래, 마녀를 죽이자! 마녀를 죽이자!"

선인 학생들은 그 어느 때보다 열광적으로 환호했지만, 아가사는 조용히 두 주먹을 불끈 쥐었다.

"걔가 가만히 앉아서 너희를 기다리고 있을 것 같아?"

아가사가 의자 위에 펄쩍 뛰어올라 소리쳤다.

"너희 진짜 마녀를 죽일 수 있다고 생각하는 거야? 산책하듯이 편안하게 악의 학교에 들어갈 수 있을 거라고 생각해?"

학생들의 환호성은 다시 침묵으로 바뀌었다.

"진짜 마녀라니 무슨 뜻이야?"

베아트릭스가 그녀를 노려보며 물었다.

하지만 그 의미를 알고 있는 키코의 얼굴은 이미 백지장처럼 하얗게 질려 있었다.

"이야기꾼이 너희의 동화를 쓰고 있다는 게 사실이었구나."

아가사는 대답 대신 고개를 끄덕였고, 학생들은 초조한 표정으로 수군거리기 시작했다.

"동화의 방향을 누가 결정하는지는 아무도 몰라."

아가사가 웅성거리는 학생들을 향해 다시 입을 열었다.

"교장 선생님이 선의 편인지 악의 편인지도 우린 모르고, 영원의 숲이 지금 균형을 이루고 있는지조차도 확실하지 않아. 분명한 건, 소피가 날 죽이려고 하고 있고 방해하는 사람은 누구든 가차 없이 제거할 거라는 사실뿐이야. 그러니까 우린 다시 용맹의 탑으로 돌아가서 조용히 상황을 지켜봐야 해."

학생들의 시선은 테드로스에게 향했다. 그는 인상을 쓴 채 아가사를 올려다보고 있었다.

"이 학교의 캡틴은 나야. 난 지금 공격하는 게 맞다고 생각해."

그가 침착한 목소리로 말했다.

학생들은 당황한 표정으로 테드로스와 그의 공주를 번갈아 바라보았다.

"테드로스, 나 믿지?"

아가사가 그를 바라보며 부드러운 목소리로 말했다.

테드로스는 자신을 뚫어지게 바라보는 그녀의 시선을 버텨 내며 입을 꼭 다물었다. 불편한 침묵이 흘렀다.

결국 왕자는 그녀의 뜨거운 눈빛을 견디지 못하고 고개를 돌리고 말았다.

"용맹의 탑으로 돌아간다!"

그가 기운 빠진 목소리로 중얼거렸다.

학생들은 그의 명령에 따라 접시를 비우고 자리에서 일어났지만, 시무룩한 표정만은 감추지 못했다. 아가사는 테드로스에게 다가가 그의 어깨에 손을 올렸다.

"잘 생각했어. 현명한 결정……."

"난 목욕하러 갈게. 겁쟁이처럼 숨어 있으려면 몸단장이라도 제대로 해야지."

테드로스가 무뚝뚝한 표정으로 그녀의 말을 잘랐다.

아가사는 쿵쾅거리며 멀어져 가는 그의 뒷모습을 안타까운 표정으로 바라보았다. 빠른 걸음으로 만찬실을 빠져나가던 테드로스는 갑자기 앞에 나타난 베아트릭스 때문에 걸음을 멈추었다.

"악의 학교에 몰래 숨어 들어가자, 테드로스! 같이 마녀를 죽이는 거야."

"이미 말했잖아. 시킨 대로 해."

테드로스는 분노에 가득 찬 목소리로 대꾸하고는 그녀를 지나쳐 가 버렸다.

그의 뒷모습을 바라보는 베아트릭스의 얼굴이 벌겋게 달아올랐다.

몇 분 뒤, 선인 학생들은 어슬렁어슬렁 용맹의 탑으로 돌아가 감옥 같은 휴게실에 스스로를 가두었지만, 베아트릭스는 브리즈웨이를 통해 자기 방으로 갔다. 한참을 굶주렸던 하얀 토끼는 반가움에 깡충깡충 뛰며 그녀를 맞이했다.

"곧 저녁 챙겨 줄게, 테드로스."

그녀가 토끼를 안아 올리며 말했다.

"대신 네가 해 줄 일이 있어."

종탑에서 8시를 알리는 종이 울렸다. 헤스터는 어둠 속에서 깜짝 놀라 눈을 떴다. 그녀는 자기도 모르게 책 속에 얼굴을 처박고 침까지 흘리며 잠이 들었던 것이다. 그녀는 한쪽 볼에 붙은 《주문 되돌리기》 책장을 떼어 내고, 도트와 아나딜을 바라보았다. 두 소녀는 방문을 가로막은 가구 뒤에 앉아 힘없이 서로에게 머리를 기댄 채 졸고 있었다. 헤스터는 깜짝 놀라 자리에서 벌떡 일어나 주변을 살폈다.

66호실의 문은 안전했다. 출입의 흔적은 전혀 보이지 않았다.

헤스터는 안도의 한숨을 내쉬다 말고, 갑자기 숨이 막힌 듯 캑캑거렸다.

복도 끝에서 무엇인가 움직이고 있는 것을 발견했던 것이다.

그녀는 살금살금 가구더미를 넘어 계단통으로 향했다. 가까이 다가가자 어렴풋한 형체가 드러나기 시작했다. 세 개의 검은 그림자가 구부정하게 몸을 숙인 채 계단을 내려가고 있었다. 잠시 후, 또 다른 두 개의 형체가 나타나더니 조심스럽게 그 뒤를 따랐다.

헤스터는 난간 뒤에 몸을 숨기고 조용히 기다렸다. 잠시 후 또 다른 그림자가 나타났고, 바로 그 순간 그녀는 횃불을 켜 계단을 밝혔다.

모나, 아라크네, 벡스, 그리고 브론이 두 눈을 휘둥그렇게 뜨고 그녀를 바라보고 있었다.

"방에 있으라니까 왜 나왔어?"

헤스터가 소리쳤다.

"너를 도와주려고……."

모나가 대답했다.

"우리도 같이 싸울게."

벡스도 거들었다.

"뭐? 대체 무슨 소리……."

순간 헤스터는 그들의 손에 들린 물건을 발견하고 말을 멈췄다.

꿈속에서 끔찍했던 하수도의 기억을 다시 만나고 있던 아나딜과 허겁지겁 콩을 주워 먹던 도트는 누군가 배를 쿡쿡 찌르는 것을 느끼고 잠에서 깨어났다.

"이것 좀 봐."

헤스터가 시커먼 카드 한 장을 내밀며 말했다. 초록색 반짝이가 뿌려진 까만 종이 위에는 유령처럼 새하얀 글씨가 쓰여 있었다.

이제 선은 우리 모두를 죽이러 올 것이다.
우리가 그들의 아름다운 무도회를 망쳤기 때문이다.
하지만 사랑하는 나의 악인 동지들이여, 이것은 우리의 원한을
풀 수 있는 기회이다. 오후 8시 악의 회관에 집합하라.

"재밌는 시녜. 그렇다고 우릴 깨울 것까지는 없잖아. 그런데 이 원한이라는 건 뭐야?"

도트가 잠에 취한 채 웅얼거렸다.

"그런 거 없어!"

헤스터가 답답하다는 듯 소리쳤다.

"그럼 왜 그렇게 썼어?"

아나딜이 물었다.

선과 악의 학교

"이 바보들아! 내가 쓴 게 아니라고!"

마침내 두 소녀가 두 눈을 제대로 뜨고 그녀를 바라보았다. 그들은 계단을 향해 허둥지둥 뛰어갔다.

"방문 앞을 계속 지키고 있었는데, 어떻게 나갔지?"

아나딜이 계단을 두 개씩 펄쩍펄쩍 뛰어 내려가며 소리쳤다.

"방에 오기 전에 한 거야."

헤스터가 뒤를 돌아보며 대답하는 사이, 8시 반을 알리는 시계 종소리가 울렸다.

"하여튼 이런 장난은 걔가 최고라니까. 원한을 푼다는 게 대체 뭘까?"

도트가 뒤뚱뒤뚱 위태롭게 계단을 내려가며 중얼거렸다.

"저번처럼 까마귀로 공격하는 건가?"

아나딜이 말했다.

"독 구름일 수도 있어."

헤스터가 대꾸했다.

"양쪽 학교 아래에 폭탄을 설치하고 동시에 터뜨리는 건 어때?"

도트의 말에 헤스터가 창백해진 얼굴로 그녀를 바라보았다.

"그럼 모두 죽겠지……."

그들은 달리기 시작했다. 계단방을 가로지르고 만찬실을 지나 악의 학교 전시관을 통과했다. 그리고 마침내 학교 건물의 끄트머리에 이르렀다. 여기저기 거미줄이 쳐져 있고 해골 모양이 조각된 마지막 문이 그들을 가로막고 있었다. 헤스터는 검은 초대장을 집어 던지며 문을 활짝 밀어젖혔고, 세 소녀는 악의 회관 안으로 몸을 던지듯 들어섰다. 그들은 대학살이 일어나고 있을 것을 확신하고 있었다.

회관을 바라보던 도트의 얼굴이 백지장처럼 하얗게 변했고, 다른 두 소녀는 숨이 멎은 듯 꼼짝하지 않았다.

"이게 원한을 푸는 거야?"

헤스터가 눈물 고인 두 눈을 껌뻑거리며 말했다.

한편 회관 바깥 쪽 계단에서는 하얀 토끼 테드로스가 헤스터가 막 떨어뜨린 검은 초대장을 향해 깡충깡충 뛰어오고 있었다. 토끼는 긴 앞니를 쑥 내밀더니, 초록색 반짝이가 번지지 않도록 조심하면서 초대장을 입에 물었다. 벌써 상으로 받을 사과, 자두, 그 외의 맛있는 것들이 머릿속에 떠오르는지, 주인에게 돌아가는 그의 발걸음은 더욱 경쾌하고 빨랐다.

용맹의 탑 휴게실 벽에 쓰러지듯 기대어 앉은 아가사는 잠들지 않기 위해 안간힘을 쓰고 있었다. 하지만 눈꺼풀은 점점 더 무거워졌고, 결국 깜빡 잠이 든 그녀의 몸이 한쪽으로 기우뚱하는 순간 튼튼한 두 팔이 그녀를 받쳐 안았다. 아가사는 잠이 덜 깬 눈을 가느다랗게 뜨고서 테드로스를 바라보았다. 그는 속옷만 입은 채 그녀 옆에 무릎을 꿇고 있었다. 목욕을 막 마치고 돌아왔는지 그의 피부는 아직 촉촉하고 발그레했다.

"좀 자. 내가 지키고 있을게."

그가 말했다.

"아까 나 때문에 기분 나빴……."

"쉬…… 그 얘기는 그만하자."

그가 아가사를 더욱 꼭 끌어안으며 말했다.

아가사는 미안한 표정으로 미소를 지으며, 든든한 그의 두 팔에 몸을 맡기고 눈을 감았다.

그때 휴게실 문이 활짝 열렸다.

"테드로스!"

베아트릭스가 휴게실로 뛰어 들어오며, 피곤에 곯아떨어진 선인 학생들을 깨웠다. 테드로스는 짜증 섞인 표정으로 그녀를 바라보았다.

"걔들이 오고 있어! 우리를 죽이려는 거야."

베아트릭스가 울먹거리며 검은색 카드를 내밀었다. 테드로스의 팔에 안겨 잠깐 눈을 붙이려던 아가사도 벌떡 몸을 일으켰다.

테드로스는 유령처럼 새하얀 글씨를 읽어 내려갔다. 그의 목에 드러난 핏줄이 벌떡이기 시작했다.

"이럴 줄 알았어!"

테드로스가 소리쳤다. 아가사도 그의 어깨 너머로 카드 내용을 읽어 보려 했지만, 테드로스는 카드를 손에 쥔 채 자리에서 벌떡 일어나 다른 학생들을 향해 돌아섰다.

주목!

모든 학생들이 긴장된 표정으로 그를 바라보았다.

"지금 이 순간, 악당들은 원한을 풀겠다며 우리 학교를 공격할 계획을 세우고 있다."

테드로스가 쩌렁쩌렁한 목소리로 소리쳤다.

"악인들은 이제 모두 소피와 한편이 되었어. 그들이 쳐들어오기 전에 우리가 먼저 악의 학교를 공격하는 것이 우리에게는 유일한 희망이다. 9시 정각, 적을 향해 돌격한다."

아가사가 깜짝 놀란 표정으로 자리에서 일어섰다.

"전쟁을 준비하자!"

테드로스가 힘차게 외치며 휴게실 문을 활짝 열어젖혔다.

"전쟁이다! 전쟁을 준비하자!"

채딕이 우렁찬 함성을 지르며 선인 학생들을 이끌기 시작했다.

아가사는 넋이 나간 표정으로 바닥에 떨어진 카드를 주워 들었다. 내용을 읽어 내려가던 그녀의 두 눈에서 반짝 불꽃이 일었다.

"잠깐! 공격하면 안 돼!"

그녀는 휴게실 밖으로 달려 나가려 했지만, 누군가 재빨리 그녀 앞에 다리를 내밀었다. 아가사는 다리에 걸려 그대로 바닥에 엎어진 뒤 의식을 잃고 말았다.

"어머나!"

베아트릭스는 아무 일 없다는 듯 새침한 표정으로 다른 학생들을 따라 휴게실을 빠져나갔다.

잠시 후, 아가사가 두 눈을 떴을 때 휴게실은 이미 텅 비어 있었다. 그녀는 끔찍한 두통에 얼굴을 찡그렸다.

그녀는 고통에 신음하며 다른 학생들의 발자국을 따라가기 시작했다. 발자국은 브리즈웨이를 지나 명예의 탑으로 이어졌고, 헨젤의 안식처를 향하고 있었다. 그때 가까운 곳에서 칼이 돌에 부딪치는 소리가 들려왔다.

그녀는 고개를 내밀어, 반짝이는 얼음사탕 방 안을 들여다보았다. 선인 남학생들이 무기고에서 되찾아 온 날카로운 진짜 검과 화살, 도끼, 철퇴, 사슬 등을 날카롭게 갈고 있었다.

"끓는 기름은 얼마나 필요하지?"

누군가 외쳤다.

"악인들 눈을 모조리 멀게 할 정도는 있어야지!"

숫돌에 칼을 내리치고 있던 다른 학생이 대답했다.

막대사탕 방에서는 리나가 여학생들의 드레스를 전투에 적합한 형태로 고치는 데에 열중하고 있었다. 베아트릭스는 뾰족한 돌멩이와 가시 박힌 화살이 가득 담긴 가방을 여학생들에게 하나씩 나눠 주고 있었다.

"남자애들이야 수업 시간에 전쟁 연습을 했다지만, 우리는……."

한 여학생이 난처한 표정을 지으며 웅얼거렸다.

"우리는 싸우는 법을 배운 적도 없잖아."

다른 학생이 그녀의 말을 거들었다.

"악당들의 노예가 되고 싶어?"

베아트릭스가 날카롭게 쏘아붙였다.

"어린애들로 요리를 만들고, 공주의 심장을 꺼내 먹고, 말의 피를 마시고 싶은 거야?"

"게다가 만날 시커먼 옷만 입어야 할 텐데……."

리나가 금방이라도 울음을 터뜨릴 것 같은 표정으로 말했다.

리나의 말에 선인 소녀들이 마른침을 꿀꺽 삼켰다.

"그렇게 되고 싶지 않으면, 같이 싸워야 해."

베아트릭스가 말했다.

마시멜로 방에서는 키코와 지젤이 수십 개의 홰에 불을 밝히고 있었고, 젤리과자 방에서는 니콜라스와 다른 여러 명의 소년들이 공성망치를 만들고 있었다.

마지막 방에 이른 아가사는 마침내 테드로스를 발견했다. 그는 채딕과 또 다른 두 소년과 함께, 더비 교수의 알사탕 책상 위에 손으로 그린 지도를 펼쳐 놓고 진지한 표정으로 생각에 잠겨 있었다.

"거기가 악의 회관인지 어떻게 알아?"

채딕이 물었다.

"추측일 뿐이야. 그 저주받은 학교에 직접 가 본 사람은 아가사 밖에 없는데, 지금 어디에 있는지 찾을 수가 없어. 베아트릭스한테 다시 한 번 찾아보라고 좀 전해 줘."

왕자가 말했다.

"그럴 필요 없어."

남학생들이 고개를 돌려 아가사를 바라보았다.

"마침 잘 왔어. 안 그래도 네 도움이 필요했는데."

테드로스가 미소를 지으며 그녀를 맞이했다.

"난 동료들을 무덤으로 이끌어 가는 캡틴에게는 어떤 도움도 줄 수 없어."

당황한 테드로스의 볼이 발갛게 달아올랐다.

"아가사, 저들이 우릴 죽이려고 하고 있어."

"이제 선은 우리 모두를 죽이러 올 것이다."

그녀가 검은색 초대장을 들어 보이며 말했다.

"악이 우릴 공격하는 게 아니야. 소피는 우리가 자신들을 공격하기를 기다리고 있는 거라고!"

"그 마녀랑 내가 통할 때가 다 있네!"

테드로스도 이번만큼은 뜻을 굽힐 생각이 없어 보였다.

"그래서 넌 어떻게 할 건데? 동참할 거야, 말 거야?"

테드로스가 아가사를 바라보며 물었다.

"난 너희를 막을 거야."

"이곳의 지휘관은 나야. 네가 아니라고!"

"그럼 지휘관답게 행동해!"

그때 시계가 9시를 알렸다.

탑에서 종이 울리는 동안 남학생들은 초조한 표정으로 테드로스

선과 악의 학교

와 아가사의 얼굴을 번갈아 바라보았다.

마지막 종소리가 울렸다.

적막이 흐르는 가운데, 아가사는 테드로스의 눈빛이 흔들리는 것을 감지했다. 결국 그는 그녀의 뜻을 따르게 될 것이다. 그녀는 부드럽게 미소를 지으며 그의 손을 잡기 위해 팔을 뻗었다. 하지만 테드로스는 그녀의 손길을 뿌리치고 그녀를 똑바로 노려보았다. 그의 얼굴이 점점 더 붉게 물들어 가고 있었다.

"지금 공격한다!"

그가 소리치자, 복도 전체에 쩌렁쩌렁한 함성이 울려 퍼졌다.

세 명의 부지휘관들은 부대를 지휘하기 위해 달려갔고, 테드로스는 지도를 손에 쥔 채 그들을 따라 방을 빠져나갔다.

아가사는 재빨리 그의 앞을 가로막고 그를 다시 설득하려고 했지만, 아가사가 입을 열기도 전에 그의 손이 그녀의 허리를 감았다.

"아가사, 나 믿지?"

그가 심호흡을 하며 말했다.

아가사는 곤란한 표정으로 한숨을 내쉬었다.

"당연히 믿지. 하지만……."

"됐어."

테드로스는 재빨리 그녀를 방 안에 밀어 넣고 문을 닫은 뒤 화살로 빗장을 걸었다.

"미안해!"

그가 가느다란 문틈으로 말했다.

"하지만 난 네 왕자잖아. 널 보호해야 한다고."

"테드로스!"

아가사는 사탕 문을 주먹으로 쾅쾅 치며 소리쳤다.

"테드로스, 소피가 너희를 다 죽이고 말 거야!"

하지만 이미 등을 돌린 테드로스는 방에서 멀어져 가고 있었다. 그는 횃불과 무기와 공성망치를 든 선의 군대를 이끌고 전장으로 향했다.

"마녀를 죽여라! 마녀를 죽여라!"

피에 굶주린 노랫소리가 학교 전체에 울려 퍼졌다. 너울거리는 불꽃은 벽 위에 뒤틀린 그림자들을 그려 냈고, 검은 그림자들은 노랫소리와 함께 곧 그녀의 시야에서 사라졌다.

아가사는 차가운 공포에 사로잡혔다. 그녀는 어떻게 해서든 테드로스와 그의 군대보다 먼저 악의 학교에 들어가야 했다. 하지만 어떻게 하면 그들을 구할 수 있을까?

'운명의 적이 죽어야만 너희의 갈증이 풀어질 것이다.'

레소 부인의 말이 떠올랐다.

아가사의 눈에 뜨거운 눈물이 차올랐다. 슬프지만 결정은 이미 내려졌다.

그녀는 자신을 소피에게 내어 줄 것이다. 그래야만 다른 사람들을 살릴 수 있다.

마녀에게 승리를 안겨 주기로 한 것이다.

지금 상황에서 가능한 해피엔딩은 그것뿐이었다.

그녀는 몸속 깊은 곳에서 끌어올린 비명을 토해 내며 주먹과 발로 문을 쳤다. 그리고 알사탕 책상을 끌고 와 문을 들이받기도 했다. 하지만 사탕으로 만들어진 문은 꿈쩍도 하지 않았다. 그녀는 탄 자국이 남아 있는 벽을 향해 의자를 내던지고 당밀 바닥을 발로 쾅쾅 내리쪘었다. 하지만 이것 역시 통하지 않았다. 이제 방을 빠져나갈 수 있는 방법은 하나밖에 남아 있지 않았다. 아가사는 굵은 땀방울을 흘리며 창밖을 내다보았다.

그녀는 창문틀에 올라서서 한쪽 발끝으로 지지할 곳을 더듬어 찾았다. 그녀의 파란색 드레스가 바람에 한껏 부풀어 올랐다. 차가운 밤바람이 그녀의 얼굴을 세차게 후려치는 순간, 그녀는 다른 한쪽 다리를 끌어당겨, 금색 불빛을 내뿜는 덩굴에 매달렸다. 요정들이 무도회를 위해 탑 전체에 둘러놓은 장식품이었다. 그녀는 있는 힘을 다해 덩굴을 붙잡고, 발을 디딜 수 있는 좁은 돌 위에 선 채 뒤를 돌아보았다.

저 멀리 아래쪽에 하프웨이 다리가 있었다. 그 위에 얼어붙은 교사들의 모습이 풍뎅이처럼 조그맣게 보였다. 그때 차가운 바람이 다시 한 번 그녀의 얼굴을 후려쳤고, 그녀의 몸은 좁은 공간에서 버티기 힘들 정도로 부들부들 떨렸다. 덩굴을 더욱 꼭 쥐어 잡은 아가사는 투명한 브리즈웨이를 향해 고개를 돌렸다. 수많은 횃불들이 명예의 탑을 지나 나무 터널로 향하고 있는 모습이 보였다. 시간이 없었다. 몇 분 후면 선의 군대가 악의 학교에 들이닥칠 것이다.

그녀는 군데군데 찢긴 손으로 금빛 덩굴을 잡아당겨 보았다. 쉽게 끊어질 것 같지는 않았다. 그녀는 다시 고개를 쭉 빼고 탑 전체를 빼곡하게 감싼 덩굴들을 내려다보았다. 그녀가 다리까지 갈 수 있는 방법은 바로 이 금빛 길뿐이었다.

'제발 버텨 줘야 할 텐데.'

그녀는 마음속으로 기도를 하며 덩굴을 잡고 좁은 돌조각 위에서 뛰어내렸다. 하지만 바로 그 순간 '두둑' 하는 소리와 함께 그녀의 몸이 아래로 떨어지기 시작했다. 살짝 튀어나온 유리 선반에 부딪쳐 잠시 추락을 멈추는가 싶었던 그녀가 다시 아래를 향해 곤두박질치려는 찰나, 무엇인가 쌩 소리를 내며 날아와 그녀의 볼 바로 옆에 자리를 잡았다. 아가사는 다급한 손길로 그것을 붙들었고, 그녀가 의지하고 있던 금빛 덩굴은 아래를 향해 힘없이 툭 떨어져 버렸다. 정신을 차린 아가사는 고개를 돌려 자신이 붙잡고 있는 물건을 바라보았다.

화살이었다.

벽에 꽂힌 화살에 대롱대롱 매달린 그녀는 뒤를 돌아보았다. 바로 그 순간 또 하나의 화살이 그녀의 볼을 살짝 스치며 벽에 박혔다. 충격에 빠진 그녀를 향해 더 많은 화살이 날아들기 시작했다. 어둠 속에서 정교하게 그녀를 조준한 날카로운 화살촉들이 번쩍번쩍 빛을 발하며 그녀를 향해 날아오고 있었다. 아가사는 두 눈을 질끈 감았다. 수많은 화살 중 하나가 그녀의 심장을 명중하는 것은 시간문제였다.

갑자기 쌩쌩 소리가 멈추었다.

아가사는 살며시 눈을 떴다. 쉴 새 없이 날아들던 화살들이 차례로 벽에 꽂혀 발을 디딜 수 있는 사다리가 되어 있었다.

그녀는 누가 그녀를 죽이려 했는지, 어떤 불가사의한 힘이 그녀의 목숨을 보호해 주었는지 생각할 여유가 없었다. 그녀는 허겁지겁 화살을 밟고 탑을 내려와 하프웨이 다리로 향했다. 마침내 다리에 도착한 아가사는 굳어 버린 교사들 사이를 요리조리 통과한 뒤, 투명 벽에 부딪치지 않기 위해 두 팔을 쭉 뻗고 앞으로 나아갔다. 하지만 벽은 그 자리에 없었다. 한편 공터에 도착한 테드로스와 그의 군대는 선의 학교와 악의 학교로 통하는 터널의 입구가 모두 마법에 걸린 나무로 칭칭 휘감겨 통과할 수 없다는 사실을 깨달았다. 그들이 혼란에 빠진 사이, 하프웨이 다리를 통과한 아가사는 무사히 악당들의 소굴에 잠입할 수 있었다.

하지만 높이 솟은 악의의 탑에서 창을 통해 그녀를 내려다보는 자가 있었다.

"잘했어. 머리카락 하나 안 건드렸네."

소피가 활을 내려놓는 그림을 쓰다듬으며 말했다.

"당장 숨통을 끊어 놓고 싶었을 텐데, 잘 참았어."

그림은 뭔가 불만이 있는 듯 툴툴거리면서도 소피의 손길에 공손히 몸을 내맡겼다. 소피는 다시 창밖으로 시선을 돌렸다. 테드로스의 군대가 도랑못을 돌아 악의 학교를 향해 행진 중이었다. 이미 건물 안으로 들어온 아가사는 철저하게 혼자였다.

"머지않아 다 끝날 거야."

그녀가 조용히 말했다.

그녀는 책상 위에 쌓인 흰 머리카락을 한쪽으로 쓸어 내고 다시 바느질을 하기 시작했다. 그녀의 유쾌한 손동작에 따라 바늘과 실이 분주히 움직였다.

아가사는 악의 학교에 들어서는 순간 붙잡힐 것이라고 생각했지만, 물이 뚝뚝 떨어지는 로비에는 아무도 없었다. 학교를 지키는 경비대도 보이지 않았고, 위장 폭탄도 없었다. 전쟁의 징후라고는 조금도 찾아볼 수 없었다. 악의 학교는 불안할 정도로 조용하기만 했다. 그때 계단방 뒤쪽에서 철문이 끼익거리며 열렸다 닫히는 소리가 들려왔다. 그녀는 슬쩍 문을 밀치고 안을 들여다보았다. 예전의 모습 그대로 깨끗하게 복원된 동화의 전당이었다. 다만 한 가지 차이점이 있었다. 잿더미 속에서 솟아오르는 불사조의 모습이 조각되어 있던 무대 전면에 전혀 다른 모습이 새겨져 있었던 것이다.

무대 전면을 장식한 것은 바로 까마귀에 둘러싸여 비명을 지르는 마녀의 모습이었다.

아가사는 몸서리를 치며 뒤로 물러나, 악의 회관으로 향하는 계단을 올라가기 시작했다.

'하지만 사랑하는 나의 악인 동지들이여, 이것은 우리의 원한을 풀 수 있는 기회이다.'

대체 소피는 악의 학교 학생들에게 무슨 짓을 시키려는 심산일까? 아가사는 그동안 동화에서 보았던 최악의 악당들을 떠올려 보았다. 소피는 그녀를 돌로 만들 생각일까? 그녀의 머리를 잘라 내 행진을 할 셈일까? 그녀의 살을 갈아 넣어 파이를 만들 계획인 것일까?

건물 안은 차가운 밤공기로 가득 차 있었지만, 아가사의 양쪽 뺨에는 굵은 땀방울이 흘러내렸다. 모퉁이를 돌아 방향을 바꾸면서도, 그녀의 머릿속에서는 잔인한 상상이 계속되었다.

못이 박힌 통에 그녀를 넣어 굴릴 생각인가? 산 채로 가슴을 열어 심장을 꺼낼 수도 있겠지. 배를 갈라 위 속에 돌을 가득 채운 악당도 있었다.

땀방울은 곧 미지근한 눈물과 뒤섞였다. 그녀는 드디어 수백 개의 어지러운 발자국을 발견했다.

산 채로 태우거나 돌로 쳐서 죽일 수도 있을 것이다. 아니면 간단하게 칼로 찌를 생각인가?

그녀는 달리기 시작했다. 고문과 죽음을 향한 질주였다. 그녀는 언젠가 또 다른 세상에서 소피를 만날 수 있기를 바랐다. 왕자가 없는 세상, 고통도 없는 세상, 바로 그런 곳에서 그녀는 소피와 다시 친구가 되기를 원했다. 마침내 해골이 조각된 문이 나타났다. 그녀는 공포에 질린 비명과 함께 문을 활짝 열어젖혔다.

그녀는 꼼짝도 할 수 없었다. 숨도 쉴 수 없었다.

악의 회관은 웅장한 무도회장으로 바뀌어 있었다. 초록색 반짝이 조각과 검은 풍선들, 초록색 불꽃을 너울거리는 수천 개의 초가 무도회장을 화려하게 장식했고, 뱅글뱅글 돌아가는 샹들리에는 벽화에 선명하고 아름다운 에메랄드빛 줄무늬를 새겨 넣고 있었다. 무도회장 중앙에는 서로 뒤얽힌 두 마리 뱀을 묘사한 거대한 얼음 조각이 서 있었고, 학생들은 그 주변에서 저마다의 방식으로 무도회를 즐기고 있었다. 호트와 도트는 왈츠 곡에 맞춰 뒤뚱뒤뚱 몸을 움직였고, 아나딜은 벡스의 몸에 팔을 두른 채 몸을 흔들었다. 브론은 모나의 초록색 발을 밟지 않으려 신경 쓰는 눈치였고, 헤스터와 라반은 무엇인가를 친근하게 속닥이며 음악에 맞춰 몸을 움직이고 있었다. 그 외에도 수많은 악인 학생들이 왈츠 곡의 흐름에 따라 무도회장을 돌고 있었다. 라반의 룸메이트가 갈대 바이올린을 연주하기 시작하자, 더 많은 학생들이 플로어로 밀려들었다. 그들의 춤 실력은 어설펐고, 표정에는 쑥스러움이 가득했지만, 그들은 모두 행복으로 밝게 빛나고 있었다. 그들의 머리 위에는 스팽글로 장식된 플래카드가 걸려 있었다.

제1회 연례 악당 무도회

아가사는 울음을 터뜨렸다.

갑자기 음악이 멈췄다.

그녀는 눈물을 닦으며 고개를 들었다. 모든 악인 학생들이 그녀를 빤히 쳐다보고 있었다. 춤을 추던 학생들은 허겁지겁 파트너에게 손을 뗐지만, 그들의 얼굴은 이미 수치심으로 붉게 상기되어 있었다.

"쟤가 여기 왜 왔지?"

벡스가 날카롭게 쏘아붙였다.

"선인 애들한테 다 소문 낼 거야."

모나가 말했다.

"잡아라!"

아라크네가 소리쳤다.

"내가 처리할게."

공격 태세로 달려 나오는 학생들을 누군가 만류하며 나섰다.

헤스터가 학생들 사이를 비집고 나와 아가사를 향해 다가섰고, 아가사는 휘청거리며 뒷걸음질을 쳤다.

"헤스터, 어떻게 된 일이냐면······."

"이건 우리 악당들의 파티야, 아가사."

헤스터가 그녀를 향해 성큼성큼 걸음을 옮기며 말했다.

"그런데 넌 악당이 아니잖아."

아가사는 벽에 기댄 채 잔뜩 몸을 웅크렸다.

"잠깐만, 내 말 좀······."

"이 상황을 해결할 방법은 하나뿐이야."

헤스터의 커다란 그림자가 아가사를 집어삼킬 듯 덮쳐왔다.

아가사는 두 손으로 얼굴을 가렸다.

"날 죽이려고?"

"우리랑 여기 같이 있어."

헤스터가 말했다.

아가사는 고개를 들고 헤스터를 바라보았다. 다른 학생들의 시선 역시 모두 헤스터를 향해 있었다.

"하지만······ 쟤는······."

벡스가 더듬거리며 입을 열었다.

"내 손님이니까, 다들 환영해 줘. 선의 학교 무도회와는 달리, 우리 악의 학교 무도회에는 규칙 같은 건 없어."

헤스터가 그의 말을 가로챘다.

아가사는 고개를 내저었다. 말을 하고 싶었지만, 눈물만 흘러나왔다. 헤스터는 부드럽게 그녀의 어깨를 다독였다.

"그 초대장 때문에 모두 이 회관에 모이게 됐어. 소피 자신은 무도회에 가지 못했지만, 우리끼리라도 그 즐거움을 누리라는 뜻이었나 봐. 소피는 자기 방식대로 사과를 한 셈이지."

헤스터의 목소리도 눈물에 촉촉하게 젖어 있었다.

아가사는 울음을 터뜨렸다.

"나도 사과하고 싶어……."

"내가 널 하수도에 던져 버렸던 거 기억나지? 실수는 누구나 하기 마련이야. 하지만 이제부터는 잘못을 바로잡아 가기로 하자. 두 학교가 힘을 합쳐서 말이야!"

헤스터가 민망한 듯 코를 훌쩍이며 말했다.

하지만 아가사의 울음은 그치지 않았다. 그녀는 더 격렬하게 몸을 흔들며 눈물을 쏟아냈다.

헤스터의 표정이 굳어졌다.

"왜 그래?"

"난 최선을 다했어. 정말 최선을 다해서 막으려고 했는데……."

아가사가 울먹이며 고개를 들었다.

"뭘 막으려고 했……."

"악당을 죽여라! 악인들을 끝장내자!"

헤스터가 천천히 고개를 돌렸다.

"악당을 죽여라! 악인들을 끝장내자!"

악의 학교 학생들은 커다란 창문 앞에 모여 어둠으로 뒤덮인 바깥을 내다보았다. 가파른 언덕 아래에서 선의 군대가 도랑못 가장자리를 따라 행군하고 있었다. 날카로운 무기들은 횃불의 불빛을 받아 번쩍번쩍 빛을 발했다.

악당들의 얼굴을 환하게 밝히던 행복의 빛은 순식간에 사라졌다. 그들은 익숙한 예전의 모습으로 돌아가 있었다. 그때 창을 통해 밀려들어 온 강한 바람에 회관을 밝히던 촛불이 모두 꺼졌다. 어둠에 휩싸인 회관에는 냉랭한 기운만이 감돌았다.

"그래서 네가 경고하러 온 거구나. 너의 왕자가 우릴 죽이러 오고 있다고 말이야. 화해고 뭐고 다 끝났군."

헤스터가 전의에 불타는 선의 군대를 노려보며 입을 열었다.

"맞서 싸울 필요 없어. 너희의 모습을 보여 주면 쟤들도 생각이 달라질 거야."

아가사가 다급하게 소리쳤다.

하지만 헤스터의 눈은 이미 불타오르고 있었다.

"실컷 비웃기나 하겠지! 우리가 얼마나 못생기고 가치 없는 실패자인지 자기들끼리 신나게 떠들면서 말이야!"

"그런 건 너희의 진짜 모습이 아니야!"

하지만 이미 예전의 사납고 위험한 소녀로 되돌아간 헤스터가 그녀의 말을 귀담아 들을 리 없었다.

"넌 우리에 대해 아무것도 몰라!"

그녀가 날카로운 목소리로 소리쳤다.

"우린 다 똑같아, 헤스터! 저들한테도 진정한 너희의 모습을 보여 줘. 그래야만 전쟁을 피할 수 있어."

아가사가 다시 애원하듯 소리쳤다.

"그래, 진정한 우리의 모습, 그것만이 유일한 방법이야."

갑자기 차분해진 헤스터가 낮은 목소리로 말했다.

"마녀를 풀어 줘."

"안 돼! 그건 소피의 계략에 말려드는 거야!"

아가사가 울부짖듯 말했다.

하지만 헤스터는 그녀를 바라보며 코웃음을 쳤다.

"그리고 우리 공주님께는 예쁘고 착한 아가씨들이 자기에게 어울리지 않는 곳에 가면 어떤 일이 벌어지는지 보여 주기로 하지."

순간 악당들의 검은 그림자가 아가사를 덮쳤고, 악의 회관에는 날카로운 비명 소리가 울려 퍼졌다.

한편 어두운 탑 높은 곳에서는 50명의 악인 학생들이 66호실 문을 막고 있던 마지막 가구를 치우고 못을 뽑아내고 있었다. 그들은 우렁찬 기합 소리와 함께 방문을 발로 걷어차 활짝 열어 젖혔다. 하지만 그들은 이내 충격에 빠져 몸을 움츠릴 수밖에 없었다.

사랑스러운 핑크색 드레스를 입은 쪼글쪼글한 노파가 그들을 똑바로 노려보고 있었던 것이다. 그녀는 손을 들어 반짝이는 대머리를 한 번 쓱 쓰다듬고는 검은 잇몸을 드러내며 웃어 보였다.

"무슨 일인지 말 안 해도 다 알지."

소피가 미소를 지으며 말했다.

"우리 파티에 불청객이 찾아왔군."

29

아름다운 악인들

아가사는 몸속을 파고드는 날카로운 추위에 깜짝 놀라 눈을 떴다. 그녀는 뿌옇게 서리가 낀 유리관 안에 똑바로 누워 있었고, 십여 개의 흐릿한 실루엣이 그녀를 내려다보고 있었다. 겁에 질린 아가사는 몸을 일으키려 했지만, 그녀의 몸은 꽁꽁 얼어붙어 꼼짝도 하지 않았다.

다시 보니 그것은 유리관이 아니었다. 얼음으로 만든 투명한 관이었다.

아가사는 숨을 들이마시려 했지만, 공기가 부족했다. 곧 그녀의 두 눈이 불거져 나오고, 양 볼은 핏기를 잃은 채 파랗게 질려 갔다. 그때 검은 실루엣들이 양쪽으로 갈라지고 그 사이로 흐물거리는

핑크색 형체가 나타났다. 아가사는 혀를 쑥 내밀고 숨을 헐떡이면서 서리가 깨끗하게 걷힐 때까지 관 표면을 핥았다. 투명해진 유리관 뚜껑을 통해 그녀가 본 것은 대머리에 흉측한 꼴을 한 소피였다. 그녀는 파멸의 방에서 가져온 도끼를 손에 든 채 미소 띤 얼굴로 아가사를 내려다보고 있었다. 아가사는 마지막 숨을 들이마시며, 간절한 눈빛으로 소피를 바라보았다. 소피는 유리관의 투명한 부분을 통해 아가사를 바라보며, 손끝으로 그녀의 얼굴을 쓰다듬듯 유리관을 더듬었다. 그러고는 도끼를 번쩍 들어올렸다.

어디에선가 헤스터의 비명이 들려왔다.

날카로운 도끼날은 얼음을 뚫고 관을 산산조각 내 버린 뒤, 아가사의 얼굴 바로 앞에서 멈춰 섰다. 그녀는 축축하게 젖어 버린 바닥에 나동그라진 채 헐떡이며 숨을 들이마셨다.

"가엾은 공주를 얼려 죽일 셈이었어? 손님을 그따위로 대접하면 어떻게 해, 헤스터!"

소피가 한숨을 내쉬며 말했다.

"그 화살…… 그것도 너였구나……."

가까스로 정신을 차린 아가사가 더듬거리며 입을 열었다.

"일부러 날 여기까지 오게 한 거지……. 네 손으로 직접 죽이려고……."

"죽인다고? 내가 어떻게 널 죽일 수 있겠니?"

소피는 서운함이 가득 담긴 표정을 지어 보였다.

방의 다른 한쪽에서는 한때 룸메이트였던 소녀가 갑자기 쪼글쪼글한 대머리 할망구가 된 것을 보고 충격에 빠진 헤스터와 아나딜, 그리고 도트가 얼빠진 표정으로 두 사람을 바라보고 있었다.

"솔직히 말하면, 널 좀 괴롭히고 싶기는 해."

소피가 손끝에서 뿜어져 나온 불빛으로 도끼를 녹이며 말했다.

"하지만 그럴 수는 없지."

그녀는 풍선 하나를 집어 들고 흉측하게 변한 자신의 얼굴을 들여다보았다.

"어제 내가 한 짓은 좀…… 어설펐지?"

"어설펐다고? 날 창밖으로 밀어 버렸잖아!"

아가사가 캑캑 기침을 하며 말했다.

"너라면 안 그랬겠니?"

소피가 풍선을 통해 아가사의 파란색 드레스를 노려보며 말했다.

"내가 네가 가진 걸 전부 빼앗아 갔다고 생각해 봐!"

소피가 핑크 드레스를 번쩍이며 휙 몸을 돌렸다.

"하지만 이건 결국 너의 동화야. 우리가 적이 될 것인지 친구가 될 것인지는 너 하기에 달렸어."

"친…… 친구라고?"

아가사는 기가 막힌다는 표정으로 씩씩거리며 말했다.

"교장 선생님은 그런 결말은 불가능하다고 하셨지. 우리 둘 다 그분 말씀을 믿었어."

소피가 입을 움직일 때마다 무사마귀 주변의 마른 피부가 버석거리는 소리를 냈다.

"하지만 교장 선생님이 우리 관계를 어떻게 이해할 수 있겠어?"

아가사는 믿을 수 없다는 표정을 지으며 몸을 움츠렸다.

"그래, 내 모습이 흉측하겠지."

소피가 고개를 끄덕이며 부드러운 목소리로 말했다.

"하지만 난 이곳에 있는 게 행복해, 아가사. 진짜야. 우리 둘 다 자기에게 어울리는 곳을 찾았잖아. 넌 선의 세계, 난 악의 세계에서 영원히 사는 거야!"

소피는 고개를 들고 무도회를 위해 장식된 회관을 둘러보았다.

"하지만 악이라고 늘 흉측하란 법은 없어. 우리도 아름다워질 수 있다고!"

그때 창을 통해 횃불의 환한 불빛이 쏟아져 들었다.

"소피, 선인 애들이 문 앞까지 왔어!"

아나딜이 밖을 내다보며 소리쳤다.

"원한…… 넌 원한을 풀겠다고 했지?"

아가사가 바들바들 몸을 떨며 말했다.

"선의 학교 애들을 이곳으로 끌어들이려면, 그 방법밖에 없었어. 우리가 원하는 건 우리 방식으로 무도회를 즐기는 것뿐인데, 그걸 쟤들에게 증명할 방법이 달리 없더라고."

소피가 슬픈 표정을 지으며 대답했다.

"소피, 시간이 없다니까!"

도트가 외쳤다. 그들의 발밑에서 선인 군대가 성문을 부수기 위해 쿵쾅거리는 소리가 들려왔다.

"하지만 이젠 끝낼 때가 된 것 같아."

소피가 드레스 주머니에서 뼈마디가 울퉁불퉁 튀어나온 거친 주먹을 꺼내며 말했다.

아가사는 두 눈을 커다랗게 떴다. 그녀의 손에 무엇인가 쥐어져 있는 것이 분명했다.

"마녀가 위층에 있다!"

마침내 문을 무수고 성 안에 들어온 선인 학생들이 소리쳤다.

"아가사!"

소피가 주먹을 꼭 쥔 채 아가사를 향해 천천히 다가왔다.

"마녀를 죽여라!"

선인 군대가 함성을 지르며 계단을 뛰어 올라오고 있었다.

소피는 검버섯으로 얼룩진 주먹을 앞으로 내밀었다.

"나의 친구…… 내 운명의 적……."

아가사는 움찔하며 몸을 뒤로 뺐고, 소피는 천천히 주먹을 폈다.

그리고 손바닥을 위로 향한 채 정중하게 한쪽 무릎을 꿇었다.

"나랑 같이 춤추지 않을래?"

아가사는 숨을 쉴 수 없었다.

쾅! 선인 군대가 회관 문을 거칠게 때리고 있었다.

"소피, 대체 뭐 하는 거야?"

헤스터가 비명을 지르듯 말했다.

소피는 볼품없이 말라빠진 손을 아가사에게 내민 채 꼼짝도 하지 않았다.

"이제 싸움이 끝났다는 걸 재들한테 보여 줘야지."

요란한 소리와 함께 문이 조금씩 부서지기 시작했다.

"평화를 위해 추자."

"소피, 이러다 우리 다 죽겠어!"

헤스터가 다급한 표정으로 비명을 질렀다.

하지만 소피는 손을 거두지 않았다.

"우리 모두의 해피엔딩을 위해서 말이야, 아가사."

아가사는 온몸이 뻣뻣하게 굳은 채 소피를 바라보았다. 그때 문의 자물쇠가 산산조각 나며 부서졌다.

소피의 무사마귀에 맑은 눈물이 맺혀 반짝였다.

"딱 한 번만 추자. 이게 날 살리는 길이야."

"셋에 들어간다!"

문 밖에서는 테드로스의 우렁찬 고함 소리가 들려왔다.

소피는 까만 두 눈을 커다랗게 뜨고 아가사를 똑바로 바라보았다.

"나야, 아가사. 친구를 못 알아보는 거니?"

아가사는 온몸을 바들바들 떨면서 주름으로 뒤덮인 그녀의 얼굴을 천천히 들여다보았다.

"하나!"

"아가사, 제발!"

아가사는 겁에 질린 표정으로 뒷걸음질을 쳤다.

"제발……."

소피는 울상을 지으며 애걸했다.

"이런 꼴로 죽고 싶지는 않아."

"하지만 넌 악하잖아……."

아가사가 다시 뒷걸음질 치며 말했다.

"그리고 넌 선하지. 선은 용서하는 거야."

아가사는 할 말을 잃은 듯 그대로 굳어 버렸다.

"내 말이 틀렸니?"

소피가 속삭이듯 말했다.

"둘!"

아가사는 크게 숨을 들이마시며, 소피의 손을 잡았다.

소피는 뼈가 앙상한 팔로 아가사를 감싸 안고 미끄러지듯 플로어로 그녀를 이끌었다. 헤스터가 허둥지둥 신호를 보내자, 라반의 룸메이트는 떨리는 손으로 사랑 노래를 연주하기 시작했다.

"넌 확실히 착해."

소피가 아가사의 어깨에 살며시 머리를 기댄 채 숨을 헐떡이며 말했다.

"쟤들이 널 해치지 못하게 내가 지켜 줄게."

아가사는 소피를 꼭 끌어안으며 나직이 속삭였다.

소피는 천천히 고개를 들어 그녀의 뺨을 어루만졌다.

"이걸 어쩌나! 난 그럴 생각이 없는데."

아가사는 멍한 표정으로 소피를 바라보았다. 소피의 얼굴에 어두운 미소가 피어오르고 있었다.

"셋!"

그때 테드로스가 문을 부수고 회관 안으로 들어왔다. 그의 군대도 우렁찬 함성을 지르며 그의 뒤를 따랐다. 그는 재빨리 검을 들어 소피의 등을 겨누고 입을 열었다.

"마녀에게는 죽음뿐……."

하지만 왈츠에 열중하고 있는 소피의 모습에 그는 더 이상 말을 잇지 못했다.

소피가 빙그르르 몸을 돌리자, 그녀의 팔에 안긴 아가사가 모습을 드러냈다. 테드로스는 온몸에 힘이 빠진 듯 칼을 바닥에 떨어뜨렸다.

"불쌍한 테드로스!"

소피가 음악을 멈추도록 손짓한 뒤, 테드로스를 향해 말했다.

"네가 찾은 공주는 늘 마녀로 밝혀지는구나."

테드로스는 얼빠진 표정으로 아가사를 바라보았다.

"너…… 쟤랑 한편이었어?"

"거짓말이야!"

아가사가 소피의 손에서 벗어나려고 몸부림치며 소리쳤다.

"창밖으로 떨어진 애가 어떻게 이렇게 멀쩡하게 살아 있겠어?

선과 악의 학교

네가 우릴 공격하려고 할 때 얘가 왜 막아섰겠냐고? 그래, 테드로스, 네 무도회 파트너는 원래 내 파트너였어."

소피는 아가사를 더욱 꼭 끌어안으며 말했다.

테드로스는 소피의 시선을 따라, 회관 천장에 걸린 플래카드를 바라보았다. 함성을 지르며 그를 뒤따르던 선의 군대는 모든 의지를 잃은 듯 망연자실한 표정을 지었다.

"얘 말 듣지 마! 이건 모함이야!"

아가사가 비명을 지르듯 소리쳤다.

"아가사, 괜찮아. 이제는 솔직하게 말해도 돼."

소피가 아가사를 달래듯 부드러운 목소리로 말했다.

"얘는 자기 손에 칼을 들고 네 목을 겨누기 전까지는 모든 걸 비밀로 붙이자고 했거든."

소피가 테드로스를 향해 짜증스러운 표정을 지으며 말했다.

테드로스는 휘둥그레진 눈으로 다시 아가사를 바라보았다.

"아니야! 다 거짓말이야. 증명할 수 있어!"

아가사는 정신없이 소리치며 몸을 홱 돌려 뒤를 바라보았다.

"헤스터! 도트! 사실을 말해 줘!"

하지만 헤스터와 도트, 그리고 다른 악인 학생들은 무시무시한 무기를 손에 든 선의 군대를 노려보고 있을 뿐이었다. 헤스터는 슬쩍 시선을 돌려 아가사를 바라보았지만, 끝내 아무 말도 하지 않았다.

왕자의 두 눈에서는 믿음의 불꽃이 사그라졌고, 선의 군대는 소피를 겨누던 무기를 돌려 아가사에게로 향했다.

"안 돼! 잠깐만!"

마침내 소피의 손에서 벗어난 아가사가 테드로스의 팔에 몸을 던지며 말했다.

"내 말 믿어! 난 네 편이야!"

"그 말을 믿으라고?"

소피가 재미있다는 듯 코웃음을 치며 다시 입을 열었다.

"그럼, 네가 어떻게 여기 와 있는지 설명해 볼래? 네 왕자님이 분명히 저쪽 탑에 널 가뒀잖아."

아가사는 자신을 붙잡은 테드로스의 팔이 굳어지는 것을 느꼈다. 그녀는 고개를 들어, 창백해진 그의 얼굴을 바라보았다.

"그래, 설명해 봐."

테드로스가 말했다.

"다 널 도우려고 한 거야. 창으로 빠져나와서……."

"저 높은 곳에서? 창으로 나와서 기어 내려오기라도 했다는 거니?"

소피가 킬킬거리며 그녀의 말을 가로챘다.

테드로스는 하늘을 뚫을 듯 높이 치솟은 선의 학교 첨탑들을 바라보았다.

"화살…… 그러니까 화살이 있었는데……."

아가사가 더듬거리며 말을 이어 가려 했지만, 소피는 다시 한 번 그녀를 막아섰다.

"얘가 왜 이렇게 수줍음이 많은지, 원!"

소피가 머리를 긁적이며 말했다.

"사실 그동안 있었던 일들은 전부 얘 작품이야. 선의 학교에 장난질을 친 거, 영원의 숲에서 너랑 마주친 거, 내가 서커스에 갑자기 들이닥친 거…… 전부 다 아가사가 계획한 거지. 네가 얘를 선한 사람이라고 믿게 하려고 철저하게 준비한 거야. 아, 그 사랑스러운 미소는 계획에 없던 건데, 얘가 나도 모르게 흑마법을 썼더라고!"

아가사는 심장이 멎을 것만 같았다.

"최고의 악만이 선으로 완벽하게 위장할 수 있지. 그런 면에서 얘는 나보다 한 수 위야."

소피가 번쩍이는 눈으로 아가사를 바라보며 말했다.

테드로스는 충격에 빠진 표정으로 아가사를 밀쳐 냈다.

"공주들은 내 의견에 반대하지 않아."

테드로스가 벌겋게 달아오른 얼굴로 말했다.

"테드로스, 잠깐 내 말 좀……."

아가사가 애원하듯 말했다.

"공주들은 내 명령을 따르지."

"넌 지금 소피의 계획대로 끌려가는 거야……."

"네가 마녀라는 건 진작부터 알고 있었어."

테드로스가 갈라지는 목소리로 말을 이었다.

"처음부터 알고 있었다고!"

"날 믿는다고 했잖아."

아가사가 울먹이며 말했다.

"우리 아빠도 엄마를 믿었지."

테드로스는 눈물을 참으려 이를 악물었다.

"하지만 난 아빠와 달라. 같은 실수를 되풀이하지는 않겠어!"

그의 시선이 그와 아가사 사이에 놓인 엑스칼리버를 향했다. 왕자는 재빨리 칼을 향해 손을 뻗었지만, 아가사가 그보다 한발 빨랐다. 그녀는 칼을 들고 몸을 똑바로 세운 뒤 테드로스를 향해 날카로운 칼끝을 들이밀었다. 선의 군대는 겁에 질린 얼굴로 무기를 뽑아 들었다.

"봤지? 직접 네 목에 칼을 겨누겠다고 했다니까!"

소피가 만족스러운 미소를 지으며 말했다.

아가사는 소피와 테드로스를 차례로 바라본 뒤, 테드로스를 겨누고 있는 번쩍이는 칼끝을 바라보았다. 그리고 칼을 바닥에 떨어뜨렸다.

"아니야! 그런 게 아니고…… 난 그저……."

테드로스의 얼굴은 곧 폭발할 듯 붉게 달아올랐다.

"공격 준비!"

아가사가 뒷걸음질을 쳤다.

"테드로스, 내 말 들어 봐!"

테드로스는 채딕의 활을 홱 낚아채 들었다.

"테드로스, 잠깐만……."

"늘 아빠를 원망했는데, 난 아빠보다 더 한심하다는 걸 깨달았어. 아직도 널 사랑하고 있으니……."

테드로스의 눈가에 눈물이 반짝였다.

그는 아가사의 심장을 향해 화살을 겨누었다.

"안 돼!"

아가사가 소리쳤다.

"발사!"

선인 군대는 아무런 무기도 없는 악인 학생들을 향해 돌과 화살, 기름을 던지기 시작했고, 테드로스는 아가사의 심장을 향해 화살을 날렸다.

날카로운 화살촉이 아가사의 심장을 뚫으려는 찰나, 소피의 손끝이 번쩍 불빛을 발했다. 순간, 무기들은 모두 데이지로 변해 바닥에 떨어졌다.

죽음을 예상하며 몸을 웅크리고 있던 악인들은 넋이 나간 표정으로 천천히 고개를 들었다. 그들 사이에서 허리를 숙이고 있던 아가사도 천천히 몸을 일으켜 선인들을 바라보았다.

"내가 가장 좋아하는 공주한테 배운 기술이지!"

소피가 낮은 목소리로 말했다.

아가사는 울음을 터뜨리며 바닥에 주저앉았다.

두 사람을 번갈아 바라보던 테드로스의 얼굴에 공포의 그림자가 밀려들었다. 소피는 사악한 미소를 지은 채 그를 똑바로 바라보았다.

"너 공주랑 마녀를 구분하는 거 정말 못하는구나, 테드로스!"

"안 돼!"

테드로스는 무릎을 꿇고, 흐느껴 우는 아가사를 두 팔로 감싸 안았다. 하지만 그녀는 그의 손길을 뿌리쳤다.

"이런 게 바로 내가 원하는 결말이지! 왕자가 자기 공주를 죽이려고 하는 거 말이야!"

소피는 신이 난 듯 흥분한 목소리로 떠들어 댔다. 그녀는 아가사의 심장을 향해 날아가던 데이지를 바닥에서 주워 얼굴에 가져다 대고, 황홀한 표정을 지으며 숨을 들이마셨다.

"사악한 마녀가 너희 목숨을 구해 주었으니, 다행인 줄 알라고!"

테드로스는 가슴이 무너져 내리는 것 같은 비참한 표정으로 소피를 올려다보았다.

"상황이 이렇게 됐으니 말인데…… 궁금하지 않아?"

소피가 버석한 입술을 핥으며 말했다.

"악이 선이 되면 어떤 일이 벌어질까?"

그녀가 다시 미소를 짓자 검은 잇몸 대신 반짝이는 하얀 이가 드러났다. 테드로스는 깜짝 놀라 뒤로 넘어졌다.

두 눈으로 똑똑히 보고도 믿을 수 없는 일이 벌어지기 시작했다. 소피의 얼굴을 뒤덮고 있던 무사마귀는 녹아내리듯 사라지고, 깊게 팬 주름은 옅어졌으며, 버석버석하던 그녀의 피부에는 부드러운 복숭앗빛 생기가 돌았다. 두피가 훤히 드러났던 그녀의 머리에는 출렁이는 금발 곱슬머리가 폭포수처럼 길게 드리워졌고, 쩍쩍 갈라졌던 입술은 촉촉하고 도톰한 붉은 입술로 바뀌었다. 얼굴을 감싸고 울던 아가사가 천천히 고개를 들고 손가락 사이로 소피를 바라보았다. 그녀의 눈빛은 에메랄드색으로 반짝였고 쪼글쪼글하던 몸에는 젊음의 기운이 넘쳐흘렀다. 누구도 본 적 없는 엄청난 마법을 선보인 이 위대한 악당은 핑크색 무도회 드레스를 입고, 그 어느 때보다 아름답고 눈부신 모습으로 당당하게 그녀 앞에 섰다.

"어서 가! 도망가라고!"

아가사가 소리쳤지만, 선인 학생들은 귀신에 홀린 듯 멍한 표정으로 꼼짝하지 않았다. 그들은 소피가 아니라, 그 뒤에 있는 무엇인가를 바라보고 있었다.

불길한 기운을 느낀 아가사는 휙 뒤를 돌아보았다.

헤스터 역시 그녀를 바라보고 있었다. 하지만 헤스터는 처음 보는 핑크색 드레스를 입고 있었다. 가느다란 머리카락으로 덮여 있던 머리에는 길고 치렁치렁한 머리카락이 출렁거렸고, 누렇던 그녀의 피부에는 생기가 넘쳤으며, 목의 문신은 화려한 빨간색으로 되살아났다. 그녀 옆에 서 있는 아나딜 역시 전혀 다른 사람이 되어 있었다. 하얗게 센 머리카락은 탐스러운 적갈색으로 바뀌었고, 빨갛던 눈동자는 바다처럼 푸른빛을 내고 있었다. 한편 둥글둥글하던 도트의 몸은 부드러운 곡선이 매혹적인 글래머러스한 몸매로 바뀌어 있었다. 풍선에 반사된 자기 모습을 지켜보던 호트는 믿을 수 없다는 듯 두 눈을 깜빡거렸다. 각진 턱 한가운데에는 턱 보조개가 움푹 패어 있었고 땅딸막한 검은 교복은 선인 남학생들의 파란색 코트로 바뀌어 있었다. 늘 기름이 줄줄 흐르던 라반의 피부는 보송보송해졌고, 흐물흐물하던 브론의 배에는 잔물결같이 섬세한 근육이 자리 잡았다. 아라크네는 손끝으로 새로 생긴 두 번째 눈을 더듬었고, 모나는 매끈해진 하얀 피부를 손바닥으로 쓰다듬었다. 선의 학교 교복을 입은 자신의 새로운 외모에 감탄하던 아름다운 악당들은 어느새 서로를 바라보며 다시 한 번 탄성을 질러 대기 시작했다.

소피는 만족스러운 미소를 지으며 아가사를 바라보았다.

"내가 말했지? 악도 아름다워질 수 있다고 말이야."

"후퇴하라!"

테드로스가 뒤로 물러서며 소리쳤다.

"아직 안 끝났어, 테드로스!"

소피가 쩌렁쩌렁한 목소리로 외쳤다.

"너와 너의 군대가 우리 무도회를 망쳤어! 아무런 준비도 안 돼 있는 우리 학교에 쳐들어와서는 무기도 없이 벌벌 떨고 있는 학생들을 죽이려고 했지! 우린 그저 우리 인생에서 가장 행복한 밤을 즐기려고 했을 뿐인데 말이야! 그래서 말이지…… 나는 또 이런 게 궁금해졌어……."

"당장 후퇴해!"

테드로스가 소리쳤다.

"선이 악으로 변하면 과연 어떨까?"

테드로스의 등 뒤에서 비명이 울려 퍼졌다.

아가사는 선의 군대를 향해 고개를 돌렸다. 베아트릭스가 고통에 찬 비명을 지르고 있었다. 그녀의 등은 우두둑 소리와 함께 둥글게 굽어졌고, 그녀의 탐스러운 머리카락은 새하얗게 새 버렸다. 그녀의 얼굴은 얽은 자국으로 뒤덮여 흉측한 노파가 되어 버렸고, 젊고 생기 넘치는 그녀의 몸을 감싸고 있던 핑크색 드레스는 축 늘어진 검은 천 조각이 되었다. 그녀는 순식간에 쭈글쭈글한 할망구가 되어 버렸다.

그녀의 뒤에 선 다른 학생들에게도 비슷한 변화가 일어나고 있었다. 선의 학교 교복은 모조리 축 처진 검은색 교복으로 바뀌었고, 채딕의 몸에는 뾰족한 금속 못이 돋아났다. 밀리센트는 자신의 피부가 초록색으로 바뀐 것을 보고 울음을 터뜨렸고, 리나는 피부병이라도 걸린 듯 딱지로 뒤덮여 버린 뺨을 긁으며 비명을 질렀으며, 등에 커다란 혹을 짊어진 니콜라스는 한쪽 눈으로 앞을 보려 애쓰며 휘청거렸다. 악당을 공격했던 선인 학생들은 차례차례 흉측한 모습으로 변해 갔지만, 아가사에게만은 아무런 변화도 일어나지 않았다. 마침내 소피가 음흉한 눈빛으로 테드로스를 바라보았다. 머리가 벗겨지고 뼈만 앙상하게 남은 몸에 끔찍한 흉터가 가득한 선의 학교 캡틴은 악당으로 이루어진 자신의 군대 앞에 서서 그녀를 똑바로 바라보고 있었다.

"멋져! 최고로 멋진 왕자님이야!"

소피가 킬킬거리며 말했다.

아름다운 악인 학생들은 추한 모습의 선인 학생들을 손가락질하며 마음껏 비웃기 시작했다. 그것은 200년 동안의 패배를 설욕하는 승리의 웃음이었다.

그때 아가사가 바닥에 떨어진 칼을 주워 들고 소피를 겨눴다.

선과 악의 학교

"네 상대는 나야. 다른 애들은 보내 줘!"

"당연히 그래야지. 문은 활짝 열려 있어."

소피가 미소를 지으며 대답했다.

역겨운 모습으로 변해 버린 선인 학생들이 문을 향해 우르르 몰려들었다. 그때 누군가 그들 앞을 가로막았다. 쭈글쭈글하고 앙상한 노인이 되어 버린 테드로스였다.

"제발, 테드로스! 이 싸움을 끝내야 해."

아가사가 애원했다.

"하지만 널 두고 갈 순 없어!"

왕자가 꺽꺽거리는 쉰 목소리로 대답했다.

아가사는 그의 두 눈을 조용히 바라보았다. 흉측하게 변해 버린 눈이었지만, 그 안에는 깊은 슬픔이 담겨 있었다.

"이번만큼은 날 믿어야 해, 테드로스."

테드로스는 아무 말 없이 고개를 내저었다. 하지만 그는 자신이 저지른 실수가 얼마나 엄청난 것인지 이미 잘 알고 있었다.

"후퇴한다!"

그가 결심한 듯 잠긴 목소리로 말했다.

"당장 후퇴하라!"

그는 괴로움에 가득 찬 목소리로, 괴물이 되어 버린 선의 군대를 문 쪽으로 이끌었다. 하지만 해골이 조각된 문은 그들의 코앞에서 쾅 닫혀 버리고 말았다.

"너희 수업 시간에 다 졸았니? 규칙을 잘 모르나 보구나!"

소피가 한숨을 내쉬며 말했다.

테드로스와 그의 군대는 겁에 질린 표정으로 고개를 돌렸다.

"악은 공격하고, 선은 방어한다!"

소피가 다시 입을 열었다.

"너희가 공격을 시작했으니, 이제 우리가 방어할 차례지."

미소를 짓고 있던 소피가 높은 음으로 노래를 부르기 시작했다. 문 바깥쪽에서는 그녀의 부름에 답하는 듯 으르렁거리는 소리가 들려왔다. 소리는 점점 더 가까워졌다. 순간, 아가사는 그들의 정체를 깨닫고 두 눈이 휘둥그레졌다.

"도망쳐!"

그녀가 소리쳤다.

하지만 바로 그때 거대한 쥐 세 마리가 문을 박차고 들어와 테드로스의 군대를 짓밟기 시작했다. 그림은 그중 한 마리의 등에 올라타 고삐를 쥐고, 그들을 지휘하고 있었다. 말만큼이나 커다랗게 자라난 쥐들은 날카롭고 위협적인 울음소리와 함께 회관 안을 껑충껑충 뛰어다니며, 정신없이 도망치는 선인들을 벽에 밀어붙이고 계단으로 밀어내고 창밖 도랑못으로 내던졌다. 선의 군대는 바닥에 떨어진 무기를 주워 들려고 했지만, 쥐들은 그들을 마치 장난감 병정처럼 손쉽게 뭉개 버렸다.

"내 탤런트는 써먹지도 못하고 끝나는 줄 알았는데!"

아나딜이 너무 놀라 정신이 나간 듯 멍한 표정을 짓고 있는 도트를 바라보며 싱긋 웃었다. 그때 두 사람 사이로 가시 화살이 쌩 소리를 내며 지나갔다. 그들은 깜짝 놀라 고개를 돌렸다. 테드로스와 선인 학생들이 정신없이 무기를 집어 들고 있었다.

"발사!"

테드로스의 목소리가 회관에 쩌렁쩌렁하게 울려 퍼졌다.

도트는 빗발치는 화살을 피해 몸을 숙였고, 아름다운 악인 학생들은 지금껏 연습해 온 저주를 이용해 반격을 시작했다. 각각 무기와 주문으로 무장한 두 학교는 마침내 정면으로 충돌했다. 화살이 쌩쌩 소리를 내며 날아다녔고, 번쩍이는 칼들은 자신을 향해 날아오는 번개를 쳐 냈으며, 반짝이는 손가락들은 이곳저곳에서 각기 다른 색깔의 불빛을 뿜어냈다. 어느새 그림의 통제에서 완전히 벗어나 버린 쥐들은 아바를 샹들리에 위로 던져 버리고 니콜라스의 등에 깊은 상처를 냈다. 그림은 재빨리 공중으로 날아올라, 불화살을 들고 아가사를 쫓기 시작했다. 회관 안을 정신없이 뛰어 도망치던 아가사는 기둥 뒤에 몸을 숨기고 손가락 끝에 불을 밝힌 채 기회를 기다렸다. 그리고 그림이 불화살을 활에 끼워 시위를 당기는 순간, 기둥 뒤에서 뛰어나와 화살을 향해 반짝이는 손가락을 내밀었다. 화살은 즉시 파리지옥으로 변해 그림의 손을 덥석 물었고, 그림은 끔찍한 비명을 내질렀다. 아가사는 재빨리 몸을 돌려 베아트릭스와 리나 그리고 밀리센트를 바라보았다. 흉측한 모습을 한 세 소녀는 그녀 옆에 꼭 달라붙어 바들바들 떨고 있었다.

"화살을 꽃으로 바꿀 수 있으면, 우리 모습도 좀 바꿔 주면 안 될까?"

베아트릭스가 눈물이 가득 고인 눈으로 아가사를 바라보며 말했다.

아가사는 대답할 가치도 없다는 듯 그녀의 말을 무시하고, 기둥 뒤에 숨어 대학살의 현장을 바라보았다. 양쪽에서 색색의 주문들이 로켓처럼 솟아올라 상대편을 향했고, 그럴 때마다 바닥에는 꽃송이가 후드득 떨어지는가 하면, 공격을 받은 학생들이 공포에 질린 표정으로 굳어 버리기도 했다. 쥐 두 마리는 쪼글쪼글하고 여윈 테드로스와 겁에 질린 그의 동료들을 창 쪽으로 밀어붙이고 날카로운 이를 드러내며 위협하고 있었다.

아가사가 세 소녀를 향해 다시 고개를 돌렸다.

"우리가 도와줘야 해!"

"아무 소용없어."

밀리센트가 훌쩍이며 말했다.

"우리 꼴을 좀 봐."

리나 역시 곧 울음이 터질 듯한 표정이었다.

"싸워서 뭐 해? 더 이상 잃을 것도 없는데."

베아트릭스가 훌쩍이며 말했다.

"선을 지켜야지. 선을 위해 싸워야 해."

아가사는 쥐들이 무기를 집어삼키는 것을 바라보며 소리쳤다.

"외모는 중요하지 않아!"

"너야 그렇게 말하겠지. 넌 여전히 예쁘니까."

베아트릭스가 투덜거렸다.

"우리 학교 탑 이름이 뭐야? 귀여움, 아름다움이니?"

아가사가 소녀들을 꾸짖듯 소리쳤다.

"아니야! 용맹과 명예잖아! 그게 바로 우리가 지켜야 할 선이란 말이야, 이 바보 겁쟁이들아!"

그들은 멍한 표정으로 아가사를 바라보았다. 하지만 아가사는 더 이상 지체할 시간이 없었다. 그녀는 궁지에 몰린 남학생들을 구하기 위해 쥐를 향해 달려들었다. 그때 무엇인가 그녀를 확 낚아채 벽으로 내던졌다.

아가사는 정신을 차리려고 애쓰며 천천히 고개를 들었다. 가장 큰 쥐에 올라탄 소피가 다시 한 번 그녀를 향해 돌격하고 있었다. 아가사는 공격을 막을 주문을 생각해 내려 했지만, 때는 이미 늦은 듯했다.

바로 그때 베아트릭스가 쥐 앞을 가로막고, 손을 쭉 내밀었다. 그러자 천장에서 마법의 비가 쏟아져 바닥을 흠뻑 적셨다. 미끄러운 바닥에서 휘청거리던 쥐는 결국 바닥에 쓰러져 한창 전투 중인 악인 학생들 쪽으로 굴러갔고, 소피는 바닥에 그대로 곤두박질쳤다.

"선에 대해 알아야 할 게 하나 더 있어!"

베아트릭스가 아가사를 향해 미소를 지으며 말했다.

"우린 혼자가 아니라는 거야."

리나와 밀리센트의 얼굴에도 미소가 떠오르기 시작했다.

선인들은 점차 맞서 싸울 용기를 되찾아 가고 있었다. 바닥에 쓰러진 소피는 지휘관을 잃어버린 악인들이 용맹하게 달려드는 선인의 공격에 서서히 밀리기 시작하는 모습을 지켜보았다. 채딕은 온몸에 솟아오른 뾰족한 못으로 쥐의 심장을 들이받았고, 테드로스는 또 다른 쥐의 꼬리를 타고 기어올라 목 뒤에 칼을 꽂았다. 다른 선인들은 공격의 고삐를 늦추지 않는 악인들을 쓰러뜨리고, 검은 튜닉과 허리띠로 그들을 꽁꽁 묶어 버렸다.

그때 갑자기 덩굴 줄기가 나타나 소피의 손과 발을 동여맸다.

"우리가 동화 속에 있다는 걸 기억했어야지."

그녀의 등 뒤에서 익숙한 목소리가 들려왔다.

소피는 몸을 비틀어 뒤를 돌아보았다. 손가락 끝에 불을 밝힌 아가사가 그녀를 내려다보고 있었다.

"동화에서 마지막에 이기는 사람은 언제나 선한 쪽이야."

아가사가 말했다.

소피는 부지런히 몸을 움직여 조금씩 덩굴을 풀어내고 있었다.

"그래, 네 말이 맞아."

소피가 그녀를 바라보며 대답했다.

하지만 아가사는 소피의 시선이 자신을 향하고 있지 않다는 사실을 이내 깨달았다. 소피는 아가사 뒤로 펼쳐진 마지막 벽화를 바라보고 있었다. 수많은 군중이 별처럼 밝은 빛을 내뿜는 이야기꾼 앞에 무릎을 꿇고 있는 그림이었다. 이야기꾼을 손에 쥔 사람은 물론 교장이었다.

소피의 얼굴에 사악한 미소가 번져 갔다.

"하지만 내가 직접 쓴다면 얘기는 달라지겠지!"

덩굴 줄기에서 마침내 손을 끄집어내는 데 성공한 소피가 반짝이는 손끝을 쭉 내밀었다. 바닥에 고여 있던 빗물이 갑자기 깊어지더니, 아가사와 양쪽 학교 학생들을 모조리 휩쓸어 버렸다. 학생들은 물 밖으로 고개를 내밀기 위해 발버둥을 쳤지만, 물은 점점 차올라 마침내 천장까지 가득 차 버렸고, 학생들은 모두 물에 빠져 죽을 위험에 처했다. 그들은 양쪽 볼을 공기로 가득 채운 채 파랗게 질린 얼굴로 소피를 바라보았다. 그녀는 덩굴에 묶인 몸으로 깨진 유리창을 꼭 틀어막고 있었다. 하지만 잠시 후, 그녀의 얼굴에 장난기 가득한 미소가 번졌다. 소피는 깨진 창밖으로 몸을 내던졌다.

회관 안에 가득 차 있던 물은 거센 폭포가 되어 창밖으로 쏟아져 내렸고, 200명의 학생들은 거센 물줄기에 휩쓸려 탑 아래로 곤두박질치기 시작했다. 그들은 얼음같이 차가운 밤공기를 느낄 새도 없이 곧 시커먼 도랑못 속으로 풍덩 빠져들었다.

전쟁은 썩은 내 나는 도랑못 속에서 다시 시작되었다. 하지만 얼굴과 옷이 모두 시커먼 오물로 뒤덮인지라 누가 누구인지 구분할 수가 없었다. 어슴푸레한 새벽빛은 그들을 밝혀 줄 정도로 강하지 못했던 것이다. 헤스터는 아나딜을 선인으로 착각하고 그녀의 얼굴에 오물을 던졌고, 베아트릭스는 리나를 악인으로 착각해 그녀

선과 악의 학교

의 턱에 주먹을 날렸다. 채딕은 가장 가까이에 있는 사람 하나를 붙잡아 목을 조르기 시작했지만 그는 테드로스였고, 상대가 누구인지 몰랐던 테드로스 역시 가장 친한 친구의 목을 날카로운 이로 물어 버렸다. 선과 악, 공격과 방어의 규칙은 순식간에 무너져 내렸다. 학생들은 핑크에서 검은색으로, 다시 검은색에서 파란색으로 변했고, 아름다운 외모와 흉측한 외모 사이를 오락가락하며 종잡을 수 없이 달라졌다. 결국 그들의 전쟁은 누가 선이고 누가 악인지 도저히 구분할 수 없는 지경에 이르렀다.

혼란에 빠진 학생들 중 누구도 저 멀리에서 핑크색 옷을 입은 한 소녀가 교장의 탑을 기어오르고 있다는 사실을 전혀 눈치채지 못했다. 그녀는 그림이 꽂아 준 화살을 붙잡고 벽돌을 하나하나 밟아 오르고 있었다. 그보다 한참 아래쪽에서는 희미한 달빛 아래 어슴푸레한 실루엣을 드러낸 한 왕자가 그녀를 따라 탑을 기어오르고 있었다. 까마귀같이 짙은 머리카락을 휘날리는 왕자는 굳은 의지에 차 보였다. 그가 큐피드의 화살을 피하려고 몸을 움직일 때마다 그의 파란색 옷이 마치 치마처럼 둥글게 부풀어 오르는 것이 보였다.

그것은 분명 드레스였다.

소녀의 뒤를 쫓는 사람은 왕자가 아니었던 것이다.

30

영원한 이별

소피는 이를 악물고 은색 벽돌 창을 기어올랐다.

'마지막에 이기는 건 언제나 선한 쪽이야.'

그녀의 운명의 적이 한 말은 옳았다. 교장이 살아 있는 한, 그리고 이야기꾼이 그의 손에 있는 한 그녀는 결코 자신이 원하는 복수에 성공할 수 없을 것이다. 아가사의 해피엔딩을 망치는 방법은 오직 하나뿐이었다.

이야기꾼과 그 보호자를 모두 제거하는 것이다.

소피는 마지막 신음을 내뱉으며 마침내 교장의 방에 들어섰다. 그녀는 곧바로 손가락에 불빛을 밝혔지만, 불빛은 이내 희미해지고 말았다.

돌로 만들어진 빈 방 안에는 빨간 불꽃을 너울거리는 초 수백 개가 책장과 선반 둘레를 따라 밝혀져 있었던 것이다. 차가운 돌바닥에는 붉은 장미 꽃잎이 흩뿌려져 있었고, 어디에선가 하프 소리가 은은하게 들려왔다.

소피는 불만 가득한 표정을 지었다. 기껏 싸우러 왔더니 이게 웬 결혼식장 분위기인가 하는 생각이 들었던 것이다. 선한 것들은 생각했던 것보다 훨씬 더 한심한 존재임이 틀림없었다.

그때 이야기꾼이 그녀의 시야에 들어왔다.

이야기꾼은 방 건너편 어두침침한 돌 테이블에 놓인 그녀와 아가사의 동화책 위를 뱅글뱅글 맴돌고 있었다. 지키는 사람은 보이지 않았다.

소피는 바닥에 떨어진 꽃잎들과 흔들거리는 촛불 사이를 지나, 날카로운 펜을 향해 살금살금 다가갔다. 그녀가 가까이 다가오자 펜대에 새겨진 글자가 마치 불에 그슬린 듯 검은색으로 변했다. 소피는 숨소리를 죽이고 펜을 향해 손을 뻗었다. 그녀의 두 눈이 이글이글 불타오르고 있었다. 하지만 펜은 재빨리 방향을 바꿔 그녀의 손가락을 정확하게 찔렀다. 소피는 깜짝 놀라 뒷걸음질을 치고 말았다.

그녀의 손가락에서 떨어진 붉은 피 한 방울이 이야기꾼의 몸을 타고 내려가, 구불구불한 새김 글자를 가득 채우더니 날카로운 펜 촉에 맺혀 똑똑 떨어졌다. 새 잉크로 생명을 얻은 펜은 시뻘겋게 타오르며 책을 향해 돌진하더니, 정신없이 책장을 넘기기 시작했다. 그녀의 동화가 바로 눈앞에서 펼쳐지고 있었다. 그녀는 빠르게 넘어가는 책장 속에서, 눈부시게 아름다운 그림들과 몇몇 단어들을 알아볼 수 있었다. 신입생 환영회에서 테드로스를 처음 본 순간, 동화 경연 대회에서 테드로스의 시선을 피해 숨었던 자신의 모습, 아가사에게 프러포즈를 하는 그녀의 왕자님을 목격했던 순간, 선의 군대를 속여 전쟁으로 이끌어 간 장면들, 그리고 벽에 꽂힌 화살을 붙잡고 이 탑에 올라온 그녀의 모습 등등 지금까지의 모든 일들이 책 속에 담겨 있었다. 마침내 아무것도 쓰이지 않은 깨끗한 페이지를 찾은 이야기꾼은 순식간에 시뻘건 선으로 그림을 그려 냈다. 곧 마법의 힘이 다양한 색으로 그림을 채워 갔고, 소피는 그 순간 탑 안에 들어와 있는 자신의 모습이 아름다운 그림으로 탄생하는 것을 조용히 지켜보았다. 핑크색 무도회 드레스를 입은 그림 속 그녀는 황홀한 표정으로 한 잘생긴 남자의 두 눈을 똑바로 바라보고 있었다. 그는 키가 크고 늘씬했으며, 젊음과 아름다움이 가득했다.

소피는 손을 뻗어 그림 속 남자의 얼굴을 만져 보았다. 반짝이는 파란 눈, 대리석같이 매끈한 피부, 유령처럼 새하얀 머리카락…….

그녀는 분명 그를 본 적이 있었다.

가발돈에서 보낸 마지막 밤, 그녀는 꿈속에서 그를 만났다. 화려한 성에서 열린 무도회에 수백 명의 왕자들이 모여 있었고, 그중 그녀는 바로 그 남자를 선택했던 것이다. 그녀는 그의 눈 속에서 영원한 행복을 발견했다.

"오랫동안 이 순간을 기다려 왔지."

그녀의 등 뒤에서 따스한 목소리가 들려왔다.

그녀가 뒤를 돌아보자, 마스크를 쓴 교장이 방 건너편에서 미끄러지듯 그녀를 향해 다가왔다. 풍성한 그의 하얀 머리카락 위에 녹슨 왕관이 비스듬히 씌워져 있었다. 그는 천천히 굽은 등을 펴더니, 바른 자세의 키 큰 남자로 변했다. 그가 마스크를 벗자, 푸르스름한 기운이 감도는 새하얀 피부와 깎아 놓은 듯 날렵한 턱, 그리고 물결치듯 일렁이는 파란 눈이 드러났다.

소피는 다리에 힘이 풀려 그대로 주저앉을 것만 같았다.

그는 조금 전 그림에서 본 왕자의 모습 그대로였다.

"젊은…… 분이셨네요."

"이건 모두 테스트였단다, 소피."

교장이 말했다.

"진정한 나의 사랑을 찾기 위한 일종의 시험이었지."

"진정한…… 제가요?"

소피가 더듬거리며 말했다.

"하지만 교장 선생님은 선하고 저는 악하잖아요."

교장이 미소를 지었다.

"그래, 그것부터 설명하면 되겠구나."

도랑못과 맑은 호수 사이 정확하게 중간 지점의 공중 높은 곳에서는 아가사가 여전히 사투를 벌이고 있었다. 그녀는 은색 벽돌 사이사이에 꽂힌 화살을 붙잡고 탑을 기어오르는 동시에, 그림이 교장의 탑을 향해 쏘아 대는 새로운 화살을 요리조리 피해야만 했던 것이다. 큐피드가 또다시 활시위를 당기는 순간, 그녀는 벽에 꽂힌 다음 화살을 향해 한 손을 뻗었지만 화살은 힘없이 부러져 탑 아래로 떨어져 버렸다. 그녀는 다급하게 고개를 돌려 그림을 바라보았다. 그는 날카로운 누런 이를 드러내며 그녀의 얼굴을 향해 화살을 겨누고 있었다.

하지만 무엇엔가 놀란 새처럼 갑자기 몸이 굳어진 그림은 이내 어두운 물을 향해 곤두박질쳤다.

아가사는 깜짝 놀라 고개를 돌렸다. 쇠사슬에 감겨 깊은 오물에서 옴짝달싹하지 못하는 헤스터가 그녀를 향해 빨간색 불빛이 반짝이는 손끝을 뻗고 있었다. 달빛은 희미했지만, 아가사는 그녀의 표정을 읽을 수 있었다. 그녀는 이 끔찍한 전쟁을 끝낼 수 있는 절호의 기회를 놓쳐 버린 것을 깊이 후회하고 있었다. 그녀 주변에서는 싸움이 계속되고 있었다. 승기를 잡은 쪽은 선인 학생들이었다. 못생긴 모습으로 되돌아온 악당들은 선인들의 손에 붙잡혀 몸부림을 쳤고, 인간늑대로 변해 울부짖는 호트는 네 명의 선인 남학생들에게 둘러싸여 주먹질과 발길질을 당하고 있었다.

순간, 아가사가 붙잡고 있던 마지막 화살이 으드득 소리를 내며 쪼개지기 시작했다.

"살려 줘!"

그녀는 허공에 발을 차며 소리쳤지만 결국 화살은 부러졌다.

하지만 바로 그 순간, 화살은 단단한 얼음으로 바뀌었고 아가사는 다시 한 번 목숨을 구할 수 있었다.

그녀는 다시 뒤를 돌아보았다. 아나딜의 초록 불빛 손가락이 꽁꽁 얼어 버린 화살을 향하고 있었다.

그때 그녀의 머리 바로 위 은색 벽돌이 짙은 갈색으로 변하며, 짙고 달콤한 향기를 풍기기 시작했다. 아가사는 한 손을 쭉 뻗어 단단한 초콜릿 안에 깊숙이 박아 넣고, 퍼지사탕 위에 올라섰다. 그리고 다시 뒤를 돌아 저 멀리 악의 학교를 바라보았다.

도트의 파란 불빛이 자랑스럽게 그녀를 향해 반짝이고 있었다.

아가사는 미소를 지으며, 초콜릿으로 변한 다음 벽돌을 향해 다시 손을 뻗었다.

마녀와 공주의 구분은 더 이상 아무 의미가 없다는 것이 확실해졌다.

"난 늘 네 편이었단다."

교장이 말했다. 푸르스름한 아름다운 그의 얼굴이 첫 아침 햇살에 검게 물들어 가고 있었다.

선과 악의 학교

"널 납치하던 날 밤 아가사를 끌어들인 것도 나였지. 네가 초반에 학교에서 낙제하지 않으려면 그 아이가 필요했어. 난 네가 서커스에 참여할 수 있도록 문을 열어 주었고, 너에게 수수께끼를 내서 그 답을 통해 나를 찾아올 수 있도록 했지. 너희의 동화에도 직접 관여했단다. 그대로 두었다가는 어떻게 끝날지 뻔했으니까."

"하지만…… 그렇다면 교장 선생님은……."

소피가 더듬거리며 말을 이었다.

"선생님은 악의 편인가요?"

"난 내 형을 아주 사랑했어."

교장이 악의 학교 앞에서 벌어지는 격렬한 전쟁을 바라보며 긴장한 표정으로 말했다.

"우리 둘은 영원히 이야기꾼을 보호하는 임무를 맡았지. 우리 영혼은 서로 전쟁을 벌여야 마땅했지만, 형과 나 사이에는 그 운명을 뛰어넘는 유대감이 있었거든. 우리가 서로를 해치지 않고 보호하는 한, 우리는 아름다운 모습으로 영생을 누릴 수 있고 선과 악은 완벽한 균형을 이루게 되지. 양쪽 모두 동일하게 가치 있고 강력한 존재로 유지될 수 있었던 거야."

교장이 잠시 말을 멈추고 소피를 향해 돌아섰다.

"하지만 악은 누구와도 공존할 수 없어. 혼자 서야 할 운명이란다."

"그래서 형을 죽이셨어요?"

소피가 물었다.

"너도 가장 소중한 친구와 사랑하는 왕자를 네 손으로 직접 죽이려고 하지 않았니?"

교장이 미소를 지으며 대답했다.

"이야기꾼을 독차지하게 된 나는 이야기꾼도 내 뜻대로 조종하려고 했지만, 어찌된 일인지 그날 이후 모든 이야기에서 선이 승리를 거두었단다."

그는 펜대에 새겨진 글자를 손끝으로 쓰다듬었다.

"그 이유가 뭔지 아니? 순수한 악보다 더 위대한 것이 존재하기 때문이었어. 너와 나 같은 존재는 가질 수 없는 것이 있었단다."

마침내 모든 것을 이해한 소피의 얼굴에 불꽃이 사라지고 슬픔이 드리워졌다.

"사랑이군요."

그녀가 기운 없는 목소리로 대답했다.

"그래, 모든 이야기에서 선이 승리한 건 바로 그것 때문이었어."

교장이 대답했다.

"선은 서로를 지키기 위해서 싸우지. 우리는 자기 자신을 위해서만 싸움에 나서는데 말이야. 그래서 난 더 강한 것을 찾고 싶었단다. 우리에게도 승리의 기회를 안겨 줄 수 있는 보다 강력한 것이 필요했어. 그래서 영원의 숲에 있는 모든 예언자들을 찾아갔지. 그중 한 명이 내게 필요한 답을 해주더구나. 그는 내가 찾고 있는 것이 숲 너머 세상에 존재한다고 했어. 그 후 지금까지 난 그 답을 찾아다녔단다. 내 몸과 나의 희망은 시간이 지남에 따라 점점 나약해졌지만, 난 균형을 깨뜨리지 않기 위해 최선을 다했어. 그리고 마침내 네가 나타난 거란다. 지금의 상황을 완전히 뒤바꿀 수 있는 존재가 나타난 거지. 선이 가진 사랑보다 훨씬 더 강력한 존재 말이다."

그가 부드러운 손길로 소피의 뺨을 어루만졌다.

"그건 바로 악의 사랑이지."

그의 단단한 손끝이 피부에 느껴지는 순간 그녀는 숨을 쉴 수 없었다.

교장은 환한 미소를 지으며 다시 입을 열었다.

"새더 교수는 네가 올 것을 알고 있더구나. 너는 나만큼 어두운 마음을 가진 존재이고, 너의 아름다움이 쇠약해진 나를 회복시킬 거라고 했지."

그의 손이 그녀의 허리를 감싸 안았다.

"우리가 결합함으로써 악과 악 사이의 연대를 이룰 수만 있다면, 남을 해치고 파괴하고 벌주기 위한 목적으로 우리가 결혼에 이를 수만 있다면, 너와 나는 선의 사랑보다 더 강력한 싸움의 목적을 가지게 되는 거란다."

교장의 따뜻한 숨결이 그녀의 귓가에 느껴졌다.

"영원한 악의 세계가 시작되는 거지."

소피는 고개를 들어 그를 바라보았다. 그녀는 마침내 그를 이해할 수 있을 것 같았다. 그는 그녀와 똑같이 차갑고 악한 사람이었고, 그의 눈에는 고통이 가득했다. 테드로스를 만나기 이미 오래전부터, 그녀의 영혼은 자신의 진정한 짝이 누구인지 알고 있었다. 그녀의 배필은 빛나는 갑옷을 입고 선을 위해 싸우는 기사가 아니었다. 선과는 전혀 상관없는 사람이었다.

그동안 그녀는 진정한 자신을 외면한 채 다른 사람이 되려고 노력했다. 그런 착각 때문에 그토록 많은 실수를 저질렀던 것이다. 하지만 이제 그녀는 자신이 있어야 할 자리에 와 있었다.

"키스할까? 영원한 악의 승리를 위한 키스!"

교장이 속삭였다.

소피의 뺨에 눈물이 주르륵 흘러내렸다. 그녀는 드디어 자신만의 해피엔딩을 맞이하게 된 것이다.

그녀가 교장의 손길에 몸을 맡기자, 교장은 그녀를 가까이 끌어당겼다. 그리고 그녀의 목에 손을 두르고, 그녀의 입술을 향해 고개를 숙였다. 소피는 동화에서 늘 보아 오던 완벽한 키스를 기대하며, 부드러운 눈빛으로 천천히 꿈 속 왕자님을 올려다보았다.

하지만 그의 얼굴에 변화가 일어나기 시작했다.

가장자리에 금이 가더니, 매끈하고 빛나는 피부를 뚫고 새까맣게 타 버린 살이 드러났다. 그의 등 뒤에서 하늘하늘 떨어지던 장미 꽃잎은 구더기로 변했고, 빨간 초들은 불길한 기운의 그림자를 드리웠다. 창밖을 바라보자 새벽 하늘은 지옥의 초록빛 안개로 뒤덮였고, 선의 학교는 검게 변해 돌이 되었다. 썩어 가는 교장의 입술이 그녀의 입술에 닿는 순간, 그녀의 눈앞은 온통 흐릿한 붉은색으로 물들었다. 핏줄은 타들어 가는 것 같았고 그녀의 몸은 교장의 피부처럼 썩어 들어가기 시작했다. 그녀는 온몸에 물집이 잡히는 것을 느끼며 교장의 눈을 바라보았다. 그 속에서 사랑을 느끼고 싶었던 것이다. 동화가 약속한 사랑, 영원히 변하지 않는 사랑을 그녀는 갈구하고 있었다.

하지만 그녀가 본 것은 증오뿐이었다.

소피는 교장의 키스에 완전히 압도된 채, 마침내 진실을 깨달았다. 그녀는 절대 사랑을 찾을 수 없을 것이다. 그녀는 언제는 악이었고, 행복이나 평화는 그녀의 것이 될 수 없었다. 그녀의 가슴은 슬픔으로 산산조각 나 버렸고, 그녀는 순순히 어둠에 굴복했다. 하지만 그녀의 영혼 깊은 곳 어딘가에서 작은 외침이 메아리치며 그녀를 흔들어 깨우고 있었다.

'소피, 우리가 누구인지는 중요하지 않단다. 무엇을 하느냐가 중요하지.'

소피는 교장의 손길을 뿌리치며 그를 거칠게 밀어냈다. 교장은 돌 테이블에 나동그라졌고, 테이블이 흔들리며 이야기꾼과 동화책은 벽에 부딪쳐 떨어졌다. 소피는 바닥에 떨어진 이야기꾼을 바라보았다. 이마에서 턱으로 이어지는 선명한 선을 기준으로 이미 반은 썩어 들어간 그녀의 얼굴이 반지르르한 표면에 비치고 있었다. 그녀는 숨을 헐떡이며 창으로 달려갔다. 하지만 탑을 내려갈 방법은 보이지 않았다.

으스스한 초록색 안개 너머 저 멀리 악의 학교 기슭이 보였다. 번쩍이는 무기와 로켓처럼 불빛을 뿜어내는 주문은 더 이상 존재하지 않았다. 명확하게 구분된 내 편과 남의 편도 없었다. 오물 구덩이를 가득 채운 학생들은 시커멓게 변해 버린 몸으로 사방을 향해 주먹을 휘두르고 있었다. 잡히는 것은 무엇이든 진흙에 처박아 버리고, 가까운 사람의 피부와 머리카락을 되는 대로 잡아 뜯었다. 수많은 학생들이 살기 위해 온몸을 비틀며 절박하게 팔을 휘저었다. 소피는 자신이 시작한 이 전쟁의 양상을 물끄러미 바라보았다. 선과 악은 아무 이유 없이 서로를 해치고 있었다.

"내가 대체 무슨 짓을 한 거지?"

그녀가 한숨을 내쉬었다.

그녀는 고개를 돌려, 바닥에 쓰러진 교장을 바라보았다.

"저는 선한 사람이 되고 싶어요."

그녀가 교장을 향해 애원했다.

교장은 눈가가 붉어진 두 눈을 들고 그녀를 향해 옅은 미소를 지었다. 입가에 쪼글쪼글한 주름이 잡혔다.

"넌 절대 선한 사람이 될 수 없어, 소피. 그래서 내 것이 될 수밖에 없는 거지."

자리에서 일어선 교장이 스르륵 그녀를 향해 다가왔다. 겁에 질린 소피는 창에 바짝 기대섰지만, 교장은 개의치 않고 그녀를 향해 손을 뻗었다.

바로 그때 그녀의 등 뒤에서 부드럽고 따뜻한 두 팔이 나타나, 마치 천사가 인간을 감싸 안듯 그녀를 끌어안고는 어두운 하늘로 잡아당겼다.

"숨 참아!"

아래를 향해 떨어지는 사이, 아가사가 소피를 향해 소리쳤다.

서로를 꼭 껴안은 두 소녀는 머리를 아래로 한 채 얼음장처럼 차가운 물속으로 풍덩 빠져들었다. 차가운 물에 닿는 순간, 폐는 활동을 멈춰 버리고 피부는 감각을 잃었지만 두 사람은 절대 서로를 놓지 않았다. 두 사람은 그렇게 서로 뒤얽힌 채 깊은 바닥까지 가라앉았다가, 바닥을 차고 다시 아침 햇살을 향해 나아갔다. 하지만 그들이 물 밖으로 손을 뻗으려는 찰나, 아가사는 자신들을 향해 돌진하는 검은 그림자를 발견했다. 그녀는 소리 없는 비명을 지르며 손가락 끝에 불을 밝혔다. 곧 거대한 파도가 일어나 그들을 교장에게서 밀어냈고, 두 사람은 황량한 악의 학교 쪽 기슭에 곤두박질치듯 떨어졌다.

아가사는 오물투성이 도랑못에서 가까스로 무릎을 꿇고 일어났다. 주변에서는 여전히 전쟁의 비명이 쉴 새 없이 울려 퍼지고 있었다. 더러운 오물을 뒤집어 쓴 채 이름도, 얼굴도 잃어버린 학생들은 짐승처럼 미친 듯 서로를 공격하고 있었다.

그때 저 멀리 진흙탕 속에서 늘씬한 실루엣이 몸을 일으키는 것이 보였다.

"소피?"

선과 악의 학교

아가사가 쉰 소리로 소피의 이름을 불렀다.

하지만 실루엣을 감싸고 있던 진흙이 벗겨져 나가는 순간, 그녀는 공포에 휩싸인 채 마른 땅을 향해 몸을 던졌다.

늙고 쭈글쭈글한 몸을 드러낸 교장은 이야기꾼을 손에 쥔 채 차분한 표정으로 진흙을 헤치며 그녀를 향해 다가오고 있었다. 아가사는 입속으로 쏟아져 들어오는 물을 뱉어 내며 온몸으로 진흙 밭을 기어 마른 땅으로 향했지만, 기름진 검은 손들은 사정없이 그녀의 얼굴을 잡아 뜯었고, 끈적끈적한 진창은 흘러내리는 모래처럼 그녀를 아래로 잡아당겼다. 아가사는 다시 고개를 돌려 교장을 바라보았다. 그는 전쟁에 열중한 학생들의 눈에 띄지 않고 미끄러지듯 유유히 다가오고 있었다. 아가사는 입안에 들어온 오물들을 뱉어 내며, 마침내 군중에게서 벗어나 죽은 풀밭에 이르렀다. 그리고 후들거리는 다리에 힘을 주며 가까스로 자리에서 일어섰다.

하지만 그녀가 막 달려 나가려는 순간, 교장이 그녀의 앞을 가로막았다. 그의 얼굴은 쭈글쭈글한 살들이 바스러지듯 떨어져 나가 하얀 해골이 드러나 있었다.

"독자가 이런 짓을 하면 쓰나? 동화에서 사랑을 방해하는 자들이 어떤 결말을 맞이하는지 잘 알고 있을 텐데!"

교장이 말했다.

"저는 절대 소피를 포기할 수 없어요! 소피를 데려가려면 저를 죽여야 할 거예요!"

아가사가 붉어진 얼굴로 소리쳤다.

교장의 파란 눈동자가 순식간에 핏빛으로 물들었다.

"네 말대로 해 주마."

교장은 이야기꾼을 단검처럼 들어 올리더니, 귀청을 찢을 듯한 날카로운 비명과 함께 아가사를 향해 힘껏 던졌다.

아가사는 마지막을 예감하며 두 눈을 꼭 감았다.

하지만 바로 그때 누군가 그녀의 몸을 덮쳐 땅바닥으로 밀쳤다.

아가사는 눈을 떴다.

바로 옆에 소피가 있었다. 그리고 그녀의 심장 정중앙에는 날카로운 펜이 꽂혀 있었다.

교장은 절망에 휩싸여 절규했고, 처절한 전쟁을 계속하던 학생들은 모두 그 자리에 멈춰 섰다.

피로 얼룩진 그들은 너무 놀라 아무 말도 하지 못한 채 교장을 바라보았다. 육체는 썩어 문드러지고 영혼은 악으로 가득 찬 그들의 지도자는 공주를 구하기 위해 자신의 목숨을 바친 마녀의 시체 옆에 얼어붙은 듯 서 있었다. 교장이 내려다보고 있는 마녀는 그들이 너무도 잘 아는 바로 그 사람이었다.

진창으로 뒤덮인 선인과 악인 들의 얼굴에 공포와 수치심이 차올랐다. 그들은 서로를 배신했고 결국 진짜 적에게 패하고 말았다. 바보 같은 복수심에 사로잡혀, 그들이 보호해야 할 균형을 스스로 깨뜨려 버리고 말았던 것이다. 하지만 교장의 모습을 본 학생들의 마음속에서는 새로운 목적이 자라나고 있었다. 그리고 그 목적을 향한 그들의 의지가 불타오르는 바로 그 순간, 그들의 교복에 새겨진 은색 백조 문장은 똑바로 바라볼 수 없을 정도로 새하얀 불빛을 내뿜기 시작했다. 백조들은 날카로운 울음소리와 함께 날개를 퍼덕였다.

작은 새들은 곧 교복에서 빠져나와 붉게 물들기 시작한 하늘을 향해 날아올랐다. 그리고 하나로 합쳐져 반짝거리는 실루엣을 만들어 냈다. 하늘을 바라보던 교장의 얼굴은 피가 모두 빠져나간 듯 하얗게 질렸다. 반짝이는 실루엣이 그에게 너무나 익숙한 형체를 만들어 내고 있었던 것이다. 눈같이 새하얀 머리카락과 아이보리색 볼, 그리고 따뜻한 파란 눈동자…….

"형은 영혼일 뿐이야. 몸이 없으면 아무런 힘도 발휘할 수 없어."

교장이 얼굴을 잔뜩 찡그린 채 말했다.

"지금은 그렇지."

반짝이는 형체가 대답했다.

그때 교장의 등 뒤에서 누군가 나타났다. 새더 교수가 영원의 숲에서 절뚝거리며 걸어 나와 학교 출입문을 통과하고 있었다. 그의 몸은 가시에 긁힌 상처와 피로 온통 얼룩져 있었다. 새더 교수는 바들바들 떨리는 몸으로 자리에 선 뒤, 하늘에 떠 있는 유령 같은 형체를 향해 고개를 들어 올렸다.

"준비됐습니다."

새더 교수의 말이 끝나기 무섭게, 하늘에 떠 있던 선한 형의 영혼이 땅을 향해 곤두박질치듯 내려와, 양팔을 벌린 새더의 몸속으로 들어갔다.

새더는 적갈색 두 눈을 커다랗게 뜨고 몸을 격렬하게 흔들더니, 이내 두 눈을 꼭 감고 바닥에 쓰러지듯 무릎을 꿇었다.

그리고 잠시 후, 그가 다시 천천히 눈을 떴을 때 그의 눈동자는 따뜻한 파란색으로 빛나고 있었다.

교장은 깜짝 놀라 뒷걸음질을 쳤다. 새더의 팔은 곧 하얀 깃털로 뒤덮였고 그의 초록색 양복은 갈기갈기 찢어졌다. 겁에 질린 교장은 검은 그림자로 변해 죽은 풀밭을 가로질러 호수로 도망쳤지만, 새더 교수는 이내 그를 뒤쫓았다. 그의 두 팔은 이미 모두 하얀 백조의 날개로 변해 있었다. 금세 교장을 따라잡은 하얀 백조는 아래쪽으로 방향을 바꾸어 그림자를 덮치더니 날카로운 부리로 그를 낚아채 물었다. 그리고 고막을 찢을 듯 날카로운 울음소리와 함께, 검은 그림자를 찢어 산산조각 내 버렸다. 조금 전까지 전쟁이 벌어 졌던 진흙탕 위로 검은 깃털이 우수수 쏟아져 내렸다.

새더는 공중에 뜬 채 아래를 내려다보았다. 아가사의 팔에 안긴 소피를 보는 순간, 적갈색으로 되돌아온 그의 두 눈에 눈물이 차올 랐다. 그것이 그가 마지막으로 보는 장면이 될 것을 직감했던 것이 다. 그의 희생은 이로써 모두 완성되었다. 그는 황금빛 먼지가 되어 사라져 버렸다.

마침내 교장의 저주에서 풀려난 교수들이 학교 건물에서 우르르 쏟아져 나왔다. 더비 교수가 갑자기 걸음을 멈추자, 뒤를 따르던 다 른 교수들 역시 그 자리에 멈춰 섰다. 레소 부인의 턱이 바들바들 떨리기 시작했고, 더비 교수는 그녀의 손을 꼭 잡았다. 아네모네 교 수와 식스 교수, 맨리 교수와 우마 공주의 얼굴에는 두려움과 무력 감이 가득 차올랐다. 카스토르와 폴룩스 역시 서로를 구분할 수 없 을 정도로 비통한 표정을 짓고 있었다. 그들은 곧 슬픔에 잠겨 고개 를 숙였다. 어떤 마법의 힘으로도 되돌릴 수 없는 비극이 이미 벌어 졌음을 깨달았던 것이다.

교수들 앞으로 학생들이 하나둘 몰려들어, 아가사의 팔에 안겨 죽어 가는 소피를 둘러쌌다. 아가사는 눈물범벅이 된 채 소피의 가 슴에서 흐르는 붉은 피를 멈춰 보려 했지만 소용없는 일이었다.

테드로스가 학생들을 헤치고 두 사람을 향해 다가왔다.

"내가 도와줄게."

그가 팔을 뻗어 소피를 받아 안았다.

"아니…… 아가사……."

소피가 들릴 듯 말 듯 작은 목소리로 말했다.

테드로스는 아무 말 없이 공주의 팔에 그녀를 되돌려 주었다.

아가사는 소피의 가슴을 꾹 눌렀다. 그녀의 두 손은 이미 붉은 피로 물들어 있었다.

"이제 안전해."

아가사가 부드러운 목소리로 속삭였다.

"난…… 악한 사람…… 되기 싫어……."

소피가 숨을 헐떡이며 흐느끼듯 말했다.

"넌 악하지 않아, 소피."

아가사가 죽어 가는 소피의 뺨을 쓰다듬으며 속삭였다.

"사람이라 그런 거야."

소피가 옅은 미소를 지어 보였다.

"다 네가 옆에 있어 준 덕분이야."

그녀의 눈동자에서 생명의 불꽃이 꺼질 듯 깜빡거리기 시작했다.

"아직…… 아직 안 돼……."

소피는 마지막 불꽃을 놓치지 않으려 애쓰고 있었다.

"소피! 소피, 제발!"

아가사가 목멘 소리로 그녀의 이름을 불렀다.

"아가사……."

소피는 마침내 마지막 숨을 내쉬었다.

"사랑해."

"안 돼!"

아가사가 비명을 질렀다.

얼음처럼 차가운 바람이 남아 있던 횃불을 모조리 꺼뜨렸고, 어둠 속에 잠긴 선의 학교 건물은 짙은 안개 속으로 사라졌다.

아가사는 온몸을 흔들며 흐느꼈다. 그리고 소피의 차가운 입술에 입을 맞추었다.

공중을 떠다니던 검은 깃털이 죽은 풀밭 위로 나풀나풀 떨어져 내렸다. 학생들은 여전히 공포에서 벗어나지 못한 표정으로 깃털을 바라보았지만, 아가사는 소피의 가슴에 머리를 묻은 채 슬픔을 토해 냈다. 주변은 끔찍할 정도로 조용했고, 소피의 심장 역시 아무런 소리를 내지 않았다. 하나로 뒤엉킨 두 소녀 옆에는 소피의 피로 뒤범벅이 된 차가운 펜이 놓여 있었다. 마침내 임무를 마친 이야기꾼은 번쩍이던 빛을 잃고 흐릿한 회색으로 변했다.

교사들이 천천히 다가와 두 소녀를 감싸 안았지만, 아가사는 소피를 놓지 않았다. 보내야 한다는 것을 알고 있었지만, 그녀는 차마 그럴 수 없었다. 그녀의 양 볼은 소피의 피로 축축하게 젖어 있었다. 주변에서는 흐느끼는 울음소리가 점점 커져 갔고, 날카로운 바람은 전쟁으로 폐허가 된 진흙탕을 거칠게 휩쓸고 지나갔다. 소피의 차가운 몸에 기댄 아가사의 숨소리는 점점 얕아져 갔다.

바로 그때, 심장 뛰는 소리가 그녀의 귓전을 울렸다.

소피의 입술에는 발그레한 핏기가 돌았고 그녀의 피부에는 온기가 돌아오고 있었다.

소피의 가슴 위로 흘러넘친 붉은 피가 서서히 사라졌다.

그녀의 피부는 예전의 아름다운 모습을 되찾았고, 마침내 그녀는 거친 숨을 헉 들이마시며 두 눈을 동그랗게 떴다. 맑은 에메랄드 빛 눈동자가 밝게 빛나고 있었다.

"소피?"

아가사가 속삭였다.

소피는 그녀의 얼굴을 쓰다듬으며 미소를 지었다.

"우리 동화에 왕자는 필요 없어."

하늘을 가리고 있던 짙은 안개를 뚫고 태양이 빛나기 시작했다. 두 학교는 밝은 햇빛 아래 금빛으로 반짝였다.

죽어 있던 풀들은 초록빛으로 되살아났고, 새 생명을 얻은 이야기꾼은 번쩍이는 빛을 발하며 하늘 높이 솟아올라 은색 탑을 향해 날아갔다. 기슭 위를 가득 채운 학생들 사이에서도 변화가 일어나기 시작했다. 검은색과 핑크색, 그리고 파란색 옷들이 모두 똑같은 은색으로 변했던 것이다. 그들을 갈라놓았던 차이는 이제 영원히 사라져 버렸다.

학생들과 교사들은 모두 기쁨에 넘치는 얼굴로 두 소녀를 향해 다가섰지만, 이내 뒷걸음질을 치고 말았다. 소피와 아가사의 몸이 희미하게 일렁이더니만 어느새 투명하게 변해 버렸던 것이다. 그때 바람 속에서 익숙한 소리가 들려왔다. 다른 사람들 귀에는 들리지 않는 높고 경쾌한 소리였다. 두 소녀는 서로를 바라보았다. 마을 시계탑 종소리가 점점 더 가까워지고 있었다.

소피가 두 눈을 반짝였다.

"공주와 마녀……."

"아니, 우린 그냥 친구야."

아가사가 감격에 겨운 표정으로 대답했다.

그녀는 테드로스를 향해 고개를 돌렸다. 왕자는 절규하며 그녀를 향해 손을 뻗었다.

"기다려!"

하지만 밝은 빛은 그의 손가락 사이를 그대로 빠져나갔다.

두 사람은 그렇게 사라졌다.

교장이 보내는 편지

친애하는 학생들에게

선과 악의 학교에 온 것을 환영합니다. 지난 수천 년 동안, 가장 위대한 영웅과 악당 들은 자신들의 동화를 찾아 영원의 숲으로 모험을 떠나기 전 바로 이 학교를 거쳐 갔습니다.

이 전설적인 학교에 입학하기를 원하는 여러분은 이제 내가 깊은 고심을 거쳐 개발해 낸 입학시험을 치르게 될 것입니다. 이 시험은 여러분의 영혼 깊은 곳을 들여다보고 그중 얼마만큼이 선 혹은 악인지 결정하기 위한 것입니다.

여러분은 원하는 만큼 여러 번 시험을 치를 수 있습니다. 문제는 매번 바뀌겠지만 그 결과는 언제나 진실을 담고 있을 것입니다.

선의 학교에 입학하게 되면, 여러분은 기사도 정신과 우정, 그리고 선행을 배우며 자신만의 사랑을 찾아 나가게 될 것입니다. 악의 학교에 입학하는 학생들은 어둠과 기만, 그리고 변신술을 배움으로써 무한한 힘을 향해 나아가게 될 것입니다. 하지만 여러분이 선하든 악하든, 선인이든 악인이든, 반드시 배워야 할 것이 하나 있습니다. 바로 상대방에 대한 존중입니다. 선과 악은 서로 정 반대편에 서 있는 듯 보이지만, 어느 한쪽이 없이는 다른 한쪽도 존재할 수 없습니다. 여러분은 영웅과 악당이 사실은 매우 닮아 있다는 사실을 머지않아 깨닫게 될 것입니다.

이제 여러분의 운명을 시험해 볼 시간입니다. 펜을 잡고 자신의 영혼을 들여다보십시오. 그리고 가장 위대한 다음 질문들에 솔직하게 답을 하면 됩니다.

여러분은 과연 어떤 학교에 가게 될까요?

교장

선과 악의 학교

입학시험

1. **시험을 보는 중, 선생님의 해답지가 당신 바로 앞 책상에 펼쳐져 있는 것을 발견했다. 어떻게 할 것인가?**

   1) 주저 없이 답을 다 고친다. 해답지를 눈에 보이는 곳에 방치한 것은 선생님 잘 못이므로 죄책감을 느낄 필요는 없다.

   2) 당신이 선택한 답과 해답지의 답을 비교해 본다. 하지만 틀린 답을 고치지는 않는다.

   3) 못 본 척하고, 끝까지 스스로 힘으로 문제를 푼다.

   4) 선생님께 해답지가 잘 보이는 곳에 놓여 있다는 사실을 알린다.

2. **등교 첫날, 학교 전체에서 가장 인기 없는 악당이 점심시간에 당신 옆자리에 앉아도 되는지 묻는다. 그때 인기 있는 악당들이 모여 있는 다른 테이블에서 손짓으로 당신을 부른다. 어떻게 할 것인가?**

   1) 인기 있는 악당들의 초대를 거절하고 인기 없는 악당과 점심을 먹는다.

   2) 인기 없는 악당을 인기 있는 악당들의 테이블로 같이 데려간다. 둘 다 거절당할 가능성이 높지만 위험을 감수한다.

   3) 인기 없는 악당을 버리고 인기 있는 악당들과 함께 점심을 먹는다.

   4) 인기 없는 악당에게 주변에 다른 사람들이 있을 때는 아는 척하지 말고, 아무도 없을 때에만 친하게 지내자고 말한다.

3. 악의 학교 부하 길들이기 수업에서 팀 프로젝트를 진행 중이다. 당신의 팀은 다른 팀원이 열심히 노력한 덕분에 좋은 점수를 받았지만, 선생님은 그 공을 모두 당신에게 돌렸다. 선생님은 당신이 프로젝트를 위해 부지런히 노력했다고 생각하고, 그에 대한 대가로 귀리죽 대신 초콜릿 칩 팬케이크를 일주일 동안 아침으로 제공하겠다고 약속한다. 어떻게 할 것인가?

1) 즐거운 마음으로 팬케이크를 즐긴다. 다른 팀원이 어떻게 생각하든 상관하지 않는다.

2) 다른 팀원도 아침 식사로 팬케이크를 먹을 수 있도록, 선생님께 다른 팀원과 함께 노력한 결과라고 말씀드린다.

3) 선생님께 상을 받을 사람은 자신이 아니라 다른 팀원이라고 말씀드린다.

4) 팬케이크를 받아 팀원과 나눠 먹는다.

4. 검술 수업 중, 당신은 평소 당신을 경멸하고 조롱하는 학생과 대련하게 되었다. 그 학생은 선생님이 눈만 돌리면 당신의 민감한 부위를 칼끝으로 찌른다. 어떻게 할 것인가?

1) 최대한 힘껏 상대를 찔러 응수한다.

2) 그 학생이 파멸의 방에 끌려가 고문을 당하고 벌을 받게 될 것을 알지만, 그럼에도 선생님께 사실대로 말씀드린다.

3) 그 학생에게 수업 후 파란 숲에서 결투를 벌이자고 제안한다.

4) 당신은 그런 치사한 폭력 행위에 신경 쓰지 않으므로, 아무 반응도 보이지 않는다.

5. 선의 학교 겨울 무도회에 당신을 데려갈 데이트 상대의 얼굴에 무시무시한 여드름이 생겼다. 무도회는 바로 다음 날이다. 어떻게 할 것인가?

1) 여드름이 있든 없든, 당신과 당신의 데이트 상대는 즐거운 시간을 보낼 것이므

로, 아무 말도 하지 않는다.

2) 데이트 상대에게 여드름을 없애기 위해 당신이 도와줄 일이 있는지 물어본다.

3) 아프다고 거짓말을 하고 무도회에 가지 않는다.

4) 데이트 상대에게 더 이상 만나고 싶지 않다고 말한다. 그런 갑작스러운 불상사 가 생길지도 모른다는 경고를 미리 하지 않은 것은 상대이므로 책임감을 느낄 필요는 없다.

6. 당신의 가장 친한 친구가 당신의 짝사랑 상대와 너무 많은 시간을 함께 보내는 것을 알게 되었다. 어떻게 할 것인가?

1) 친구와 짝사랑 상대가 사이좋게 지나는 한, 계속해서 그들에게 못되게 군다.

2) 짝사랑 상대 앞에서 일부러 친구를 망신 준다.

3) 남몰래 마음만 졸이다가, 결국 다른 사랑을 찾기로 한다.

4) 친구의 배신행위에 대해 대놓고 따진다.

7. 선의 학교와 악의 학교 사이에 중요한 럭비 경기가 펼쳐지고 있다. 당신은 팀의 주장인데, 당신 팀은 5초를 남겨 놓은 상태에서 상대에게 1점 뒤지고 있다. 당 신이 득점 골을 성공하려는 찰나, 당신은 공을 놓쳐 그만 바닥에 떨어뜨리고 만 다. 하지만 심판은 당신 학교의 선생님이므로 그것을 못 본 척하고 득점을 인정 했다. 어떻게 할 것인가?

1) 팀원들에게 어떻게 하면 좋을지 물어본다.

2) 사실을 외면하고 승리를 축하한다.

3) 당신이 골라인 전에 공을 떨어뜨린 사실을 인정하고, 상대 팀에게 승리를 양보 한다.

4) 일단 승리를 받아들이고, 후에 심판을 본 선생님께 따진다.

8. 아서왕의 아들 테드로스의 칼이 학교 잔디밭에 떨어져 있는 것을 우연히 발견했다. 테드로스는 평소 당신을 미워한 사람이고, 당신은 그 엑스칼리버라는 칼이 놀라운 마법의 힘을 가지고 있다는 사실을 알고 있다. 어떻게 할 것인가?

1) 테드로스는 당신을 도둑으로 몰겠지만, 그래도 즉시 그에게 칼을 가져다준다.

2) 마법의 힘을 직접 시험해 본 뒤 테드로스에게 가져다준다.

3) 엑스칼리버가 있던 자리에 당신의 칼을 놓아두고, 엑스칼리버는 당신 방에 숨겨 둔다.

4) 칼을 그 자리에 그대로 두고 아무것도 하지 않는다.

9. 다음 중 어느 곳에서 살고 싶은가?

1) 막대한 부와 자유를 누릴 수 있지만 가까운 친구는 한 명도 없는 섬

2) 가난하고 집도 없지만 친한 친구들이 모두 있는 섬

3) 당신의 진정한 사랑 외에는 아무도 없는 섬

4) 영생을 누릴 수 있지만 다른 사람이 한 명도 없는 섬

10. 꾸밈방의 수영장은 지금껏 당신이 본 것 중 가장 아름다운 푸른 수정 빛으로 반짝이고 있다. 당신은 세 친구와 함께 물속에 뛰어들었는데 그 순간 소변이 마려워졌다. 어떻게 할 것인가?

1) 즉시 물 밖으로 나와 5분 거리를 걸어 화장실에 간다.

2) 소변을 보고, 친구들에게 들키면 순순히 인정한다.

3) 수영을 하는 척하며 몰래 소변을 본다.

4) 안전 요원 님프에게 소변을 해결할 수 있는 화분이나 물통이 없는지 물어본다.

결과가 궁금하다면? www.schoolforgoodandevil.com에 로그인해, 당신이 갈 학교를 알아보고 당신이 선인인지 악인인지도 알아보세요.

작가와의 대화

〈선과 악의 학교〉를 세 단어로 설명한다면?

강렬하고 짓궂고 활기 넘친다고 하고 싶군요.

〈선과 악의 학교〉가 탄생하는 데에 영감을 준 것이 있다면?

제가 어렸을 때에는 케이블 방송이란 게 없었죠. 그저 낡은 TV와 디즈니 애니메이션 비디오테이프뿐이었습니다. 여덟 살 정도까지 제가 본 것은 그게 다였어요. 디즈니를 통해 이야기 만드는 방법을 배웠다고 할 수 있죠. 그런데 대학에 간 후 저는 새로운 사실을 깨달았어요. 원래 동화의 내용과 디즈니가 각색한 내용 사이에 큰 차이가 존재한다는 것이었죠. 전 그 엄청난 차이에 매력을 느꼈습니다.

저는 그림 형제의 이야기에 중독된 학생이었어요. 이야기 속 인물들이 절대 안전하지 않다는 점이 너무 좋았죠. 사랑을 만나 결혼을 하고 영원히 행복하게 살 수도 있지만, 혀를 잘리거나 파이 재료가 되는 주인공도 있거든요. 서술자에게는 친절함이나 온기가 부여되어 있지 않고, 해피엔딩에 대한 보장도 없죠. 생강과자로 만들어진 집, 갈고리 손을 가진 선장, 또는 사과를 들고 집 앞에 찾아온 노파에게서 살아남기 위해 발버둥치는 인물을 통해 독자들은 흥분을 느끼고, 실제 그 생존기가 성공할 때 안도감을 느낍니다. 디즈니의 원작 동화들과 각색된 이야기 사이의 간극 어딘가에서 《선과 악의 학교》가 태어났다고 할 수 있어요.

최근 여러 동화를 뒤섞은 이야기나 원작 동화를 각색한 이야기들이 사랑받고 있는데, 저는 충분히 그럴 만하다고 생각합니다. 원 작품이 우리에게 끊임없이 영감을 불러일으키는 힘을 가지고 있기 때문이죠. 하지만 저는 좀 더 근원적인 부분에 주목했습니다. 원작만큼이나 강렬하고 불안정하면서도, 오늘날의 아이들이 느끼는 실제적인 불안감을 담아낼 수 있는 새로운 동화를 만들고 싶었죠. 같은 장르에 속해 있다는 점에서 과거를 계승하면서, 동시에 새로운 단계로 발전하고 싶었어요. 이런 생각을 하기 시작하면서, 바로 학교를 배경으로 한 소설을 써야겠다고 결심했죠. 어느 날 회의를 앞두고 런던의 리젠트 파크를 걷고 있다가 문득 소설의 첫 이미지가 떠올랐어요. 핑크색 옷을 즐겨 입는 소녀와 늘 검은색 옷만 입는 소녀가 어느 날 갑자기 자기와 어울리지 않는 학교에 가게 된다…… 이 아이디어에 너무 몰두한 나머지, 전 그날 회의를 까맣게 잊어 먹고 결국 못 가고 말았어요.

가장 좋아하는 인물과 그 이유는?

책을 읽어 보신 분들은 제 대답을 이미 알고 계실 겁니다. 전 소피에게 각별한 애정을 가지고 있어요. 그 아이의 진지함과 유머 감각, 그리고 그 얼토당토않은 잔인함까지 모두 좋아요. 늘 뭔가 일을 꾸미고 시도한다는 점에서 풍자극 인물 같기도 해요. 아가사는 이런 비현실적인 친구를 현실에 붙잡아 두어야 하는 아주 골치 아픈 임무를 맡은 인물이에요. 덕분에 이 두 인물 사이에서는 늘 흥미로운 대화가 이루어지죠. (이 소설에서 제가 가장 좋아하는 문장은 학교에서 가장 인기 있는 학생이 된 소피가 아가사에게 거만하게 쏘아붙이는 부분이에요. "나한테 할 말이 있으면, 다른 애들처럼 줄을 서서 차례를 기다려야지"라고 말했죠.)

최우수로 졸업한 하버드 대학 재학 시절, 사악한 여성 캐릭터가 가장 매혹적인 악당이 될 수 있는 이유에 대한 논문을 썼는데, 그 논문의 결론은?

개인적으로 디즈니가 왜 여성 악당 캐릭터를 활용하는 데 그토록 소극적인지 이해할 수 없었어요. 디즈니가 만든 50여 편의 애니메이션 중 사악한 여성 캐릭터가 등장하는 이야기는 예닐곱 편뿐이에요. 하지만 이들은 결과적으로 가장 사랑받는 캐릭터가 되었죠. 우슬라(애니메이션 〈인어공주〉 속 마녀—옮긴이), 말레피센트(〈잠자는 숲속의 미녀〉 속 마녀—옮긴이), 크루엘라(〈101마리 달마시안〉 속 여자 악당—옮긴이), 그리고 사악한 여왕(〈백설공주〉 속 마녀 여왕—옮긴이) 등이 있습니다[스카(〈라이언 킹〉 캐릭터—옮긴이)와 자파르(〈알라딘과 요술램프〉 캐릭터—옮긴이) 등의 인물이 여성적인 특징을 지닌 것도 기억해야겠죠]. 이런 여성 악당이 그토록 매력적인 이유는 그들이 육체적인 힘에만 의존할 수는 없다는 점에 있습니다. 대신 그들은 다양한 계략을 꾸미지요. 속임수를 쓰고, 상대를 유혹하고, 변장을 하기도 합니다. 이런 여성 캐릭터들이야말로 진정한 악의 매력을 마음껏 발산할 수 있죠. 이들은 선을 물리치기 위해서 순수한 카리스마와 영리함, 그리고 내면의 힘을 사용하기 때문이에요.

최근 시나리오 작가와 영화감독으로도 호평을 받았는데, 영화계와 작가의 세계의 차이점이라면? 그리고 둘 중 선호하는 쪽은?

영화는 그야말로 공동의 작업이더군요. 개인이 통제할 수 있는 것은 거의 없어요. 일단 촬영에 들어간다고 해도 날씨 때문에 하루 작업을 모두 망칠 수도 있고, 여배우가 부상을 당할 수도 있고, 하필 마지막 신을 촬영하는 날 무릎을 다칠 수도 있어요. (네, 실제로 있었던 일입니다. 나무 그루터기에 걸려 넘어졌죠. 이 책에 사악한 나무 그루터기가 여러 번 등장하는 이유를 아시겠죠?) 영화의 힘은 마치 전쟁을 위해 진군하는 군인들에게서 느껴지는 힘과 같습니다. 오직 정해진 목표 지점만을 바라보며, 아드레날린과 땀과 피로 가득 찬 행군을 하죠. 하지만 이 고난의 행군을 같이하는 동료들이 있기에 즐거움도 느낄 수 있습니다.

글을 쓰는 것은 훨씬 조용하고 어려운 작업이에요. 영화에서는 거친 힘과 의지가 작업을 마무리하는 데 도움을 주지만, 글을 쓸 때에는 오히려 방해가 되는 경우가 허다합니다. 이 작품을 쓰면서 제가 배운 중요한 교훈을 말씀드리죠. 저는 작업을 시작하기 전 매일 아침 미친 듯이 운동을 했어요. 일단 글쓰기가 시작되면 너무 지쳐서 나 자신에게 저항할 수 없을 정도로 힘을 빼놓는 겁니다. 저는 이 작품이 일종의 악몽처럼 느껴지기를 바랐거든요. 빠른 속도와 마법과 감정이 뒤섞인 아주 공격적인 꿈 말입니다. 그런 글을 쓰기 위해서는 저 스스로 비슷한 상태에 놓여 있어야 했죠.

유니버설 스튜디오에서 이 작품을 영화화한다는 것이 사실인지? 그 과정에서 맡은 역할은?

네, 사실입니다! 지금 시점에서는 더 말씀드릴 수 있는 것이 없어요. 다만, 제가 말리아 스캇치 말모(스티븐 스필버그의 〈후크〉 시나리오 작가)와 함께 시나리오를 쓰고 있다는 점은 말씀드릴 수 있겠네요. 〈스노우 화이트 앤 더 헌츠맨〉, 〈이상한 나라의 앨리스〉, 〈엘라 인챈티드〉, 〈터크 애버래스팅〉, 〈오즈 그레이트 앤드 파워풀〉 등 여러 작품을 함께 제작했던 조 로스, 팔랙 파텔, 제인 스타츠도 참여합니다. 그래서 제 작품의 독자들께도 자신 있게 말씀드릴 수 있죠. 절대 실망스럽지 않은 영화가 탄생할 거예요!

제 역할에 대해서 말씀드리자면, 거의 모든 분야에 관여하고 있다고

선과 악의 학교

표현해야 할 것 같네요. 영화와 관련된 것이라면 창의적인 것이든 그렇지 않은 것이든 모든 결정에 적극적으로 개입하고 있어요. 아마 함께 작업 중인 분들이 이 말을 들으면 굉장히 절제된 표현이라고 생각하실 거예요. 전 그런 면에서 소피와 닮았거든요. 모든 일을 제 뜻대로 하려는 경향이 강하죠!

가장 좋아하는 동화 속 영웅과 악당은?

좋은 질문이네요. 고대 인도 서사시 〈라마야나〉의 라바나를 좋아합니다. 매력이 넘치는 악당이죠. 머리가 열 개 달린 데다 아주 영리한 방식으로 사디즘을 표현하니까요. 워낙 좋아하는 캐릭터여서, 제가 상상한 젊은 라바나의 모습을 악의 학교 학생으로 등장시켰답니다. 가장 좋아하는 영웅은 그레텔이에요. 사람을 잡아먹는 마녀에게서 탈출하는 건 절대 쉬운 일이 아니죠. 오빠까지 데리고 말이에요. 게다가 그 모든 과정이 놀라울 정도로 차분하고 재치 있게 이루어지고 있지 않습니까?

선과 악의 학교 중 어느 학교에 어울린다고 생각하는지? 그 이유는?

솔직히 저는 우스꽝스러울 정도로 몸단장에 깐깐한 편입니다. (친구들은 작품 속 소피가 곧 제 모습이라고 저를 놀리곤 하죠.) 그래서 선의 학교에 간다면 선생님들이 피곤해할 정도로 우수한 학생이 될 것 같아요. 아마도 꾸밈방에서 살지 않을까 싶습니다. (특히 상위권 학생들만 쓸 수 있는 중세 스파에서요.) 반면 악의 학교 수업에서는 온갖 것을 다 다루죠. 재미를 생각한다면, 거기도 아주 매력적인 곳이에요.

하지만 이건 다 저한테 선택권이 있을 때 얘기예요. 이 책을 쓰는 동안 저는 어떤 학교가 정말로 저에게 어울리는 곳인지 도무지 결정할 수 없더군요. 그래서 이 질문에 답하기 위한 온라인 평가를 만들었죠. www.schoolforgoodandevil.com에 가 보시면, 열 개의 문제로 이루어진 선과 악의 학교 입학시험을 볼 수 있습니다. 그 결과에 따라 선의 학교로 갈지 악의 학교로 갈지 결정되는 거죠. 질문은 모두 제가 만든 거예요. 백 개가 넘는 질문이 문제은행에 저장되어 있어서, 시험을 볼 때마다 문제가 달라지죠.

저도 여러 번 해 봤습니다. 최대한 솔직하게 답하려고 노력했죠. 결과는 항상 75퍼센트 악과 25퍼센트 선으로 나오더군요. 적어도 이 책을 이미 읽으신 분들에게는 그다지 놀라운 결과는 아닐 겁니다.

가장 듣고 싶은 수업은?

단연 부하 길들이기 수업이죠! 순종적인 부하가 되기를 거부하는 과격하고 고약한 짐승들과 한바탕 싸움을 벌이며 그들을 길들이는 과정은 당연히 온갖 참사와 극적인 사건을 만들어 내게 될 겁니다. 제가 가장 좋아하는 두 가지를 모두 누릴 수 있는 거죠.

다음 편에 대한 힌트를 준다면?

누가 등장하는지를 알려드리는 것만으로도 엄청난 스포일러가 될 거예요. 하지만 한 가지는 분명합니다. 1권보다 훨씬 더 거친 모험이 될 거예요.

작가 외에 다른 직업을 선택한다면?

프로 테니스 선수가 되고 싶군요! 사실 전 테니스광이에요. 중독이죠! 상상도 못 하실 겁니다. 세 살 때부터 테니스를 치기 시작했고, 지금도 세계 곳곳을 돌아다니면서 아마추어 대회에 참여하고 있어요. 테니스 관련 잡지라면 집착에 가까울 정도로 빼놓지 않고 다 읽는 편이고, 종종 직접 글을 쓰기도 하죠.

제가 늘 마음속에 품고 있는 말도 안 되는 꿈이 하나 있는데요, 제가 윔블던에 와일드카드로 출전하게 되는 거랍니다. 행정 착오가 생긴다든가, 아니면 저를 좋아하는 마피아가 힘을 쓴다든가, 그런 얼토당토않은 상황이 생기는 거죠. 웃기는 생각인 줄은 알지만, 제 머리를 떠나지 않아요.

이 책을 통해 독자에게 전하고 싶은 것은?

저는 독자들이 자신이 사랑하는 캐릭터들과 함께 아주 기묘하면서도 풍요로운 여행을 떠난 것 같은 기분을 느꼈으면 좋겠어요. 저는 발리우드 영화를 보면서 자랐는데, 그 영화들의 놀라운 점은 그 안에 모든 것이 다 들어 있다는 점이었어요. 로맨스, 마법, 모험, 액션, 코미디, 미스터리까지 모든 것이 다 있죠. 마치 호화로운 만찬을 즐기는 기분이었어요. 결국 가장 중요한 건 이겁니다. 전 독자들에게 놀라운 경험과 전혀 예상하지 못했던 결말을 선사하고 싶었어요.

향후 계획은?

이 책을 영화화하는 것과 다음 편을 쓰는 것이죠. 제목은《왕자 없는 세상》이 될 겁니다. 1권의 내용이 꽤나 사악하다고 생각하시는 분이라면, 다음 편을 꼭 보시기 바랍니다!

옮긴이 **신윤경**

서강대학교에서 영어영문학과 불어불문학을 복수 전공하고, 같은 학교 대학원에서 석사학위를 받았다. 영국 리버풀 종합단과대학과 프랑스 브장송 CLA에서 수학했으며, 현재 프리랜서 번역가로 활동하고 있다. 주요 역서로 《청소부 밥》, 《소문난 하루》, 《마담 보베리》, 《포드 카운티》 외 다수가 있다.

선과 악의 학교 제1부—소피와 아가사 2

초판 1쇄 인쇄 2018년 11월 16일
초판 2쇄 발행 2021년 7월 12일

지은이 | 소만 차이나니
옮긴이 | 신윤경
발행인 | 강봉자, 김은경

펴낸곳 | (주)문학수첩
주소 | 경기도 파주시 회동길 503-1(문발동 633-4) 출판문화단지
전화 | 031-955-9088(마케팅부), 9530(편집부)
팩스 | 031-955-9066
등록 | 1991년 11월 27일 제16-482호

홈페이지 | www.moonhak.co.kr
블로그 | blog.naver.com/moonhak91
이메일 | moonhak@moonhak.co.kr

ISBN 978-89-8392-727-9 04840
     978-89-8392-728-6 (세트)

「이 도서의 국립중앙도서관 출판예정도서목록(CIP)은 서지정보유통지원시스템 홈페이지(http://seoji.nl.go.kr)와 국가자료공동목록시스템(http://www.nl.go.kr/kolisnet)에서 이용하실 수 있습니다.(CIP제어번호: CIP2018033752)」

* 파본은 구매처에서 바꾸어 드립니다.